U0437125

白城恶魔

〔美〕埃里克·拉森 著
徐佳雨 译

The Devil In The White City

Murder, Magic and Madness
at the Fair that Changed America

南海出版公司

新经典文化股份有限公司
www.readinglife.com
出 品

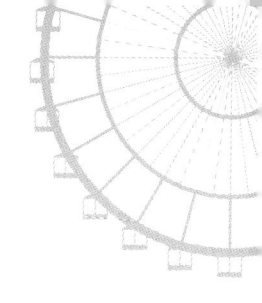

目 录

序　曲　奥林匹克号上
　　奥林匹克号上 2

第一部　凝固的音乐
　　黑城 10
　　"麻烦才刚刚开始" 13
　　不可或缺的材料 39
　　顺势而为 54
　　"别怕！" 69
　　朝圣 83
　　为世博会而建的旅馆 94
　　令人遗憾的景观 104
　　消失点 111
　　独自一人 116

第二部　背水一战

集会 124

通奸 136

焦虑 141

长日留痕 162

迎接决斗 170

德怀特来的天使 179

揭幕日 186

普伦德加斯特 204

我马上就聘用你 207

查普尔归来 209

残酷的事实 216

捕获米妮 223

姑娘们做了可怕的事 231

邀请 244

最终的准备 246

第三部　白城之下

开幕日 264

世界博览会旅馆 273

普伦德加斯特 276

夜晚是魔术师 277

作案方法 287

成功运行 289

娜妮 296

眩晕 302

诚招异教徒 307

最终 313

纷至沓来 316

独立日 326

担忧 330

幽闭恐惧症 332

暴风雨和火灾 337

爱 344

怪物 349

普伦德加斯特 358

走向胜利 360

离别 363

夜幕降临 369

黑城 377

第四部　真相大白

H.H.霍姆斯的财产　382

摩亚门森监狱　396

房客　400

活生生的死尸　406

那些令人筋疲力尽的日子　409

有预谋的罪行　416

尾　声　最后的交集

世博会　420

曲终人散　428

霍姆斯　434

奥林匹克号上　439

序曲
奥林匹克号上

1912

奥林匹克号上

这天是一九一二年四月十四日，一个航海史上黑暗的日子。不过当然，这位住在C层防护甲板六十三号至六十五号套房的先生对此一无所知。他只觉得脚异常疼痛，超乎了自己的预料。六十五岁的他已经发了福，头发变成了灰色，胡须几近全白，眼睛却一如既往地蓝，此时甚至因为靠近海洋而显得更蓝了。因为脚疼，他不得不推迟了行程。头等舱的其他乘客，包括他的夫人在内，都去探索邮轮上风情各异的角落了，本来这是他最想参与的活动，却只能被迫困在套房里。这位先生十分中意邮轮上的奢华设施，这与他对普尔曼卧铺车厢[1]和大型壁炉的钟爱如出一辙，可惜脚疼让他无福消受。他心里明白，这种情况造成的全身不适，部分应归咎于自己多年来毫无节制地追求顶级美酒、佳肴和香烟。这份疼痛每天都在提醒他大限将至。踏上旅途之前，他还对一位朋友说："延长生命对我

---

[1] 由美国发明家乔治·普尔曼发明。——编注（本书注释若无特别说明，均为编注）

而言已经没有意义了，我已经做了自己该做的事情，并且交了一份满意的答卷。"

这位先生是丹尼尔·哈德森·伯纳姆，当时已经名震全球。他是一名建筑师，在芝加哥、纽约、华盛顿、旧金山、马尼拉等多个城市都留下了经典作品。他与夫人玛格丽特正在女儿女婿的陪伴下乘坐邮轮前往欧洲，打算在那儿度过一整个夏天。伯纳姆之所以选择白星航运公司的这艘皇家邮轮奥林匹克号，是因为这是一艘新船，体积巨大且富丽堂皇。在他订票的时候，奥林匹克号还是当时常规航线中最大的船。不过就在他出发前三天，这艘船的姊妹号开启了首航，抢走了这个头衔，而它只是船身稍长了一点儿。伯纳姆清楚，自己的一位亲密的朋友——画家弗朗西斯·米勒[①]此刻就在那艘船上。两艘船都在同一片海洋上航行，只是方向相反。

当白昼的最后一丝暮光洒进伯纳姆的套房时，他和玛格丽特起身前往下一层甲板上的头等舱餐厅。华丽的阶梯会让他的腿饱受折磨，于是他们选择乘坐电梯前往。不过这并非伯纳姆所愿，因为走楼梯的话，他可以欣赏精巧的涡卷式铁艺栏杆，抬头就可以看到由钢铁和玻璃制成的巨型穹顶，以及室外的自然光透过穹顶把内厅照得通明透亮。他的脚令他的行动处处受限。就在一周前，他不得不坐着轮椅穿过华盛顿联合车站，这让他备感羞辱，要知道这个车站还是他设计的。

伯纳姆一家在奥林匹克号头等舱的餐厅里单独享用完晚餐后，便回到了自己的套房休息。这时，伯纳姆毫无缘由地又想起了弗朗

[①] 弗朗西斯·米勒，美国学术古典派画家、雕塑家、作家，于1912年4月15日在泰坦尼克号的沉没事故中丧生。

西斯·米勒。一时兴起，他决定通过奥林匹克号上强大的马可尼[①]无线电给米勒发去一封来自海上的问候。

伯纳姆唤来服务生。一位身穿笔挺白制服的中年人前来取走了他的信，送到三层甲板上毗邻官员散步长廊的电报室。过了没多久，服务生回来了，信还在他手上。他告诉伯纳姆，收发员拒绝发送这封电报。

脚疼加上心烦，伯纳姆要求服务生返回电报室要一个解释。

伯纳姆时常想起米勒，常常回忆让他们俩结下缘分的事件：一八九三年的芝加哥世界博览会。在建造博览会展馆的苦乐参半的冗长过程中，米勒是伯纳姆的亲密战友之一。该次世博会的官方名称为"哥伦布纪念博览会"，借以纪念哥伦布发现美洲四百周年。在首席建筑师伯纳姆的打造之下，这次博览会最终呈现的效果十分令人着迷，"白城"成了铭刻于世人心中的名字。

世博会只开放了六个月，不过有记录显示，在此期间参观人数达到了两千七百五十万，而美国当时的总人口才六千五百万。最火爆时，世博会一天就接待了七十万名游客。然而，世博会能顺利举办，本身就是一个奇迹。为了建造白城，伯纳姆遭遇了数之不尽的困难，其中任何一个都足以（或者说本该）将这场盛会扼杀在摇篮里。伯纳姆和他的建筑师像变戏法似的合力打造了一座梦幻之城，宏伟大气，美轮美奂，凭个人的力量绝对难以构思出来。游客们身着最华丽的服装，表情凝重庄严，仿佛在造访一座大教堂。有一些游客甚

[①]指伽利尔摩·马可尼，被称作"无线电之父"。

至为建筑的壮美而落了泪。他们尝到了一种名为"好家伙玉米花"[1]的新型小吃和一种名为"麦丝卷"[2]的新型早餐。世博会将埃及、阿尔及利亚以及达荷美等偏远地区的某些村庄，连同里面的居民一起照原样搬来。仅仅是展出的开罗一条街就雇用了近两百名埃及人，还建造了二十五幢不同的房屋，其中一处能容纳一千五百名观众的剧院将一种新奇而声名狼藉的娱乐形式带到了美国。世博会上的一切都充满异域风情，体积都尤为壮观，占地超过一平方英里，包含超过两百座建筑。单独一个展厅都足以同时容纳美国国会大厦、大金字塔、温切斯特大教堂、麦迪逊广场花园以及圣保罗大教堂。有一座建筑起初因被视为"庞然怪物"而遭到否决，却最终成为该次世博会的标志。这个机器如此庞大而惊人，一问世就立刻让曾经重创美国人自尊心的埃菲尔铁塔黯然失色。"水牛比尔"[3]、西奥多·德莱塞、苏珊·布朗奈尔·安东尼[4]、珍妮·亚当斯[5]、克莱伦斯·丹诺[6]、乔治·威斯汀豪斯[7]、托马斯·爱迪生、亨利·亚当斯[8]、弗朗西斯·斐迪南大

---

[1] 由玉米花、糖蜜、花生调合成的混合零食，在芝加哥世博会上首次贩售。
[2] 谷物类早餐食品。
[3] "水牛比尔"，美国西部开拓时期最具传奇色彩的人物之一，其组织的牛仔主题表演非常有名。
[4] 苏珊·布朗奈尔·安东尼，美国社会改革者、妇女权利活动家，在女性选举权运动中发挥了关键作用。
[5] 珍妮·亚当斯，美国社会改革家，历史上第一位获得诺贝尔和平奖的美国女性。
[6] 克莱伦斯·丹诺，美国公民联盟主要成员，当时美国最杰出的律师和公民自由主义者之一。
[7] 乔治·威斯汀豪斯，美国企业家、工程师，发明了铁路空气制动器，是电气工业的先驱。
[8] 亨利·亚当斯，美国著名历史学家。

公、尼古拉·特斯拉①、伊格纳西·帕德雷夫斯基②、菲利普·阿莫尔③、马歇尔·菲尔德④等众多历史上的耀眼人物，从未像此时一样齐聚一堂。理查德·哈丁·戴维斯⑤将此次博览会称为"内战以来美国历史上最盛大的事件"。

毫无疑问，那年夏天，世博会上发生了不少奇迹，不过依然有黑暗的事情随之出现。在建造这座梦幻之城的过程中，有不少工人受伤甚至丧命，他们的家庭也随之陷入贫困。一场火灾导致超过十五人丧生，而一起刺杀事件使得本该成为本世纪最盛大庆典的世博会闭幕式沦为一场大型追悼会。当然，还发生了更为糟糕的事情，不过这些事之后才慢慢浮出水面：有一名杀手潜藏在伯纳姆建造的美丽白城中。一些被世博会和独立生活的愿景吸引来的年轻女人失踪了。人们最后一次看见她们，是在凶手自建的占据整个街区的大楼里，这幢建筑是对建筑师们珍爱的作品的拙劣仿造。直到展会结束，伯纳姆和他的同事们才得知这段时间有不少信件，讲述着家里女儿来到芝加哥却从此杳无音讯的苦痛。媒体猜测应该有不少世博会的访客在这栋建筑里消失。即使是以英国连环杀人案凶手"开膛手杰克"的作案地点为名的白教堂俱乐部里那些铁石心肠的成员，也惊讶于侦探最终在房子里的发现，以及这些令人毛骨悚然的案件居然这么久都没有曝光。理性一方的解释则将其归咎于芝加哥在这段时间发

---

①尼古拉·特斯拉，塞尔维亚裔美籍发明家、物理学家，对现代交流电供电系统作出了卓越的贡献。
②伊格纳西·帕德雷夫斯基，波兰钢琴家、作曲家、政治家。
③菲利普·阿莫尔，美国肉类加工企业家，创立了总部位于芝加哥的阿莫尔公司。
④马歇尔·菲尔德，美国企业家，马歇尔·菲尔德百货公司的创始人。
⑤理查德·哈丁·戴维斯，美国记者、小说家。

生的种种变化。在如此混乱的时局中,一位年轻英俊的医生做出这些暴行而不被发觉,也可以说得通。不过,随着时间的流逝,连十分冷静的人也很难再理性地审视这个凶手。他形容自己为"恶魔",并且声称自己的容貌已经发生了变化。那些将他绳之以法的人身上开始发生许多奇怪的事情,以至于他的说法看起来几乎像真的。

对于那些迷信超自然力量的人来说,光是陪审团团长死亡这一起事件就足以构成有力的佐证。

伯纳姆的脚一直很疼。甲板有规律地颤动着。不管在船上什么地方,你都能感觉到奥林匹克号那二十九个锅炉的力量正透过各层船板向上传来。即使你位于特等舱、餐厅和吸烟室,哪怕这些地方奢华得仿佛是从凡尔赛宫或雅各宾风格[1]的大宅中照搬而来,锅炉持续传来的颤动也不断提醒着你,你在一艘船上,正向大海最蓝的地方前进。

伯纳姆和米勒是世博会建造者中为数不多的尚在人世的成员,其他很多人都已经离世了。奥姆斯特德[2]、科德曼[3]、麦金[4]、亨特[5]、阿特伍德[6]都已离奇死亡,还有最初失去的那位挚友,这让伯纳姆至今都难以接受。过不了多久大家就都不在了,而世博会也将不再作为活生生的记忆存在于任何人的脑海里。

---

[1] 英国文艺复兴时期的一种建筑风格。
[2] 弗雷德里克·洛·奥姆斯特德,美国景观设计师、记者,被誉为美国风景园林之父。
[3] 亨利·科德曼,美国景观设计师,在奥姆斯特德的景观设计公司工作。
[4] 查尔斯·麦金,美国建筑师,19世纪后期美国艺术建筑设计的代表人物之一。
[5] 理查德·M·亨特,美国建筑师,设计了自由女神像基座、大都会博物馆等纽约地标性建筑。
[6] 查尔斯·阿特伍德,美国建筑师,参与了芝加哥世博会的部分建筑工作。

当年那些重要人物，除了米勒还有谁活着？只剩路易斯·沙利文①了，他整天惨兮兮的，浑身酒味，不知在怨恨些什么，却时不时地会到伯纳姆的办公室来借点钱，或者兜售一些画像和素描。

至少弗兰克·米勒看起来仍然壮硕而健康，粗俗的玩笑从不离口。世博会建造期间的许多漫漫长夜，都因为米勒的幽默增添了很多欢乐。

服务生回来了，神情有所变化。他向伯纳姆道歉，因为他仍然无法发送电报。不过现在至少有个说法了，他说，米勒的船发生了意外。事实上，奥林匹克号已收到指令，此刻正全速向北航行，去施以救援，接收并照料受伤的乘客。此外的情况他一概不知。

伯纳姆挪了挪自己的腿，面部肌肉抽搐着，等待着进一步的消息。他期望奥林匹克号最终到达事故现场时，自己能找到米勒，听米勒讲述关于这次航行的骇人故事。坐在安静的特等舱里，伯纳姆打开了日记本。

这一晚，世博会的景象格外清晰地浮现在他眼前。

---

① 路易斯·沙利文，美国建筑师，被誉为摩天大楼之父、现代建筑之父。

第一部
凝固的音乐

芝加哥，1890-1891

黑城

在世间消失无踪,是多么容易。

在一天中有上千列火车驶入或驶离芝加哥,其中不少乘客都是年轻的单身女性。她们以前连城市的模样都没见过,此时却期望能在芝加哥这座世界上最大、最残酷的城市之一扎根。城市改革家、芝加哥赫尔馆[①]的创始人珍妮·亚当斯曾写道:"在人类文明史上,这是第一次有如此多的年轻女性忽然从家庭的庇护中解放出来,被允许在没人陪伴的情况下在城市的街头行走,或者在外人的屋檐下工作。"这些女性寻找的工种包括打字员、速记员、女裁缝以及织布工。雇用她们的男性大多是品行端正的市民,热衷于效率和利润,不过也有例外。一八九〇年三月三十日,第一国家银行的一位官员在《芝加哥论坛报》的招聘专栏上发表了一则警告声明,提醒女性速记员:"我们越来越坚信,凡是值得尊敬的正直商人都绝不会刊登广告,寻

---

① 美国芝加哥市的社会福利机构,由珍妮·亚当斯和艾伦·盖茨·斯塔尔于1889年共同创建。

求金发、貌美并在此独居的女速记员，或要求对方附上照片。所有类似的广告都难掩粗俗的标志，我们认为，女性回应如此丑陋的广告是不安全的行为。"

这些女性步行上班时，经过的地方不乏藏在街角的酒吧、赌场和妓院。政府睁一只眼闭一只眼的态度导致犯罪频发。"遵纪守法的市民曾经（现在依然）居住的客厅和卧室充满了乏味，"本·赫克特[①]晚年曾这样解释老芝加哥不变的特征，"在某种程度上，知道自己的窗外有魔鬼在地狱之火里跳跃，其实挺令人愉悦的。"还有一个极为恰当的类比：马克斯·韦伯[②]将这座城市比作"被剥了皮的人类"。

无法确认姓名的死亡事件并不是什么新鲜事，而是时常发生。上千辆列车出入这座城市，每一辆都有可能造成死亡。你可能一走下人行道就被芝加哥特快列车撞死。平均每天有两人在城市的铁路交叉口丧生。人们受伤的形式五花八门，行人可以经常捡到切断的头颅。还有其他形形色色的危险：有轨电车可能会从吊桥上坠落；马儿脱缰，拖着马车撞入人群；每天都有几十人在火灾中丧生。在描述丧命于火灾中的人时，报纸常用的一个词是"烤焦"。还有白喉、伤寒、霍乱、流感等疾病。除此之外，还有谋杀。在世博会举办期间，全国范围内的杀人案件陡增，芝加哥尤为严重，警察甚至发现自己缺乏足够的人力和专业知识来处理如此之多的犯罪案件。一八九二年上半年，芝加哥发生近八百起暴力致死事件，大约每天四起，大多是常见的案子，由抢劫、争执或者感情纠葛引起。男人射杀女人，女人射杀女人，儿童无意间互相射杀，不过这些事件都可以理解，

---

① 本·赫克特，美国著名编剧、导演、制片人。
② 马克斯·韦伯，德国著名社会学家、政治学家、经济学家、哲学家。

毕竟没有像英国伦敦白教堂连环杀人案那样的事情发生。一八八八年，开膛手杰克连续杀戮五人的狂欢行径令人惊诧，却在美国受到读者的热捧，当然，他们认为这样的事情不会在自己的国家发生。

然而所有事情都在发展变化。很显然，不论何处，道德与邪恶的界线都在不断变得模糊。伊丽莎白·卡迪·斯坦顿①为了拥护离婚而奔走呼号。克莱伦斯·丹诺宣扬自由恋爱。一位名为玻顿的年轻女子手刃了自己的双亲。②

在芝加哥，一位年轻英俊的医生提着手术箱踏出了列车。他走入了这个充满喧哗、烟雾和蒸汽的世界，空气里弥漫着浓烈的屠牛宰猪的味道。他发现这地方挺合自己的口味。

后来，从西格兰家、威廉姆斯家、史密斯家以及数不尽的其他家庭寄出的信件纷至沓来，寄到了六十三街和华莱士街交汇处那幢阴暗古怪的宅子里，询问自己的女儿及外孙的下落。

要让一个人从世间消失是如此容易，要矢口否认自己知情也是如此容易，要在这一片喧嚣和烟尘中掩盖黑暗已经扎根的事实更是易如反掌。

在史上最盛大的世博会开幕前夕，芝加哥就是如此的模样。

---

① 伊丽莎白·卡迪·斯坦顿，美国社会活动家，早期妇女权利运动的领军人物。
② 1892年发生于美国的凶杀案，凶手丽兹·玻顿杀死了父亲和后母。

"麻烦才刚刚开始"

一八九〇年二月二十四日，一个星期一的下午，两千人簇拥在《芝加哥论坛报》办公室外的人行道和街上。芝加哥另外二十八家日报的办公室、各酒店大厅、酒吧、西联汇款公司和邮政电报公司的办公室也聚集了类似的人群。《芝加哥论坛报》办公室外的围观群众包括商人、普通职员、旅行推销员、速记员、警察以及至少一名理发师。送信的男孩们正在摩拳擦掌，准备一收到有价值的消息就拔腿狂奔。空气冰冷。烟雾填满了建筑之间的缝隙，一两个街区外就什么都看不见了。警察时不时为该城亮黄色的有轨电车开道，这种电车也被称作"抓地电车"，因其操作员将电车连接在街面下不断运转的钢索上而得名。满载着货物的马车轰隆隆地驶过铺好的路面，拉车的高头大马往头顶的黑暗中喷出白色的蒸汽。

芝加哥是一个高傲的城市。整座城市都在紧张地等待着。在城市的每一个角落里，人们紧盯着店主、出租马车司机、服务员和侍者的脸，揣测是不是有消息了，是好消息还是坏消息。到目前为止，芝加哥这一年的发展势头都不错。芝加哥的人口首次突破一百万，一跃成为人口数量位居美国第二的城市，仅次于纽约。不过这惹恼了曾经位列第二的费城的居民，他们马上指出，芝加哥赶在一八九〇年十年一次的人口普查之前吞并了大量的土地，从而在数据上作了弊。芝加哥对这个指控置若罔闻——占地广阔本来就是一种优势。今天如果有好消息，芝加哥被视为只会杀猪的贪婪闭塞之地的偏见将会消除；如果是坏消息，那么此事带来的屈辱将许久难以抹去，因为市里的达官显贵已经到处鼓吹芝加哥必胜。正是这种大话，让纽约的编辑查尔斯·安德森·达纳给芝加哥取了一个昵称——风城，当然，这与常年盛行于此地的西南风无关。

在位于鲁克利大楼顶层的办公室里，四十三岁的丹尼尔·伯纳姆和他的合伙人——刚满四十岁的约翰·鲁特，比别人更加敏锐地感受到了这份紧张。他们参与了多次秘密会谈，获得了可靠的保证，甚至已经跑到市里偏远的地区做过初期侦察。他们俩是芝加哥的顶级建筑师，曾主导芝加哥大批高楼的建造，并设计了国内第一栋被称为"摩天大楼"的建筑。似乎每年他们参与建造的大楼中都会有一栋成为世界第一高楼。鲁克利大楼位于拉莎利路和亚当斯路的交汇处，金碧辉煌，光线充足。当他们搬到这栋楼里办公后，才看到了之前只有建筑工人才能看到的湖景和市景。然而他们心里清楚，今天发生的事件足以令他们之前的所有成绩黯然失色。

消息将通过电报从华盛顿发来。《芝加哥论坛报》的特派记者将带来独家报道。之后，煤炉工会将煤炭铲入报社的蒸汽印刷机，社里的编辑、改稿员及排字工人将发表一篇篇"号外"。一名职员会把传来的每一条快讯贴到窗口，印有字的一面朝外，方便路人阅读。

芝加哥标准铁路时间刚过四点，《芝加哥论坛报》就收到了第一封电报。

连伯纳姆都无法确定是谁最先提出了这个想法，大家似乎是想到一块儿去了，起初只是打算借举办一次世界博览会来庆祝哥伦布发现新大陆四百周年。最开始的时候，大家对这个主意并不怎么上心。内战结束以后，美国拼尽全力让自己变得富有而强大，对于庆祝自己遥远的过去兴趣索然。不过，一八八九年，法国的行动震惊了世界。

在巴黎的战神广场，法国揭开了世界博览会的序幕。这一场世博会声势浩大，富有魅力，充满了异域风情。慕名而来的游客认为今后再不会有任何世博会能超越其上。展会的中心地带矗立着一座高达上千英尺的铁塔，直插云霄。这是当时世界上最高的人造建筑。该塔不仅让其设计者亚历山大·古斯塔夫·埃菲尔从此留名青史，同时也形象地证明了法国已经超越美国，在钢铁领域占据了主导地位，尽管美国工程师也曾留下布鲁克林大桥、马蹄铁形火车弯道[1]及另外一些无法否认的丰功伟业。

对于这一事实，美国也只能责怪自己。在巴黎世博会上，美国并未尽力展示自己的艺术、工业及科学成就。"我们应该是对本国的对外形象最粗心大意的国家之一了。"《芝加哥论坛报》驻巴黎特派员在一八八九年五月十三日这样写道。他还补充，当其他国家都在展示本国的尊严和格调时，美国的布展人员仅仅搭建了一个展馆和

---

[1] 位于宾夕法尼亚州布莱尔县诺福克南部匹兹堡线上的三轨铁路，1966年被指定为国家历史地标。

亭阁的合并建筑,没有任何的艺术指导或总体规划。"结果就是商店、货摊和集市混在一起的悲哀组合,不仅分开看不讨人喜欢,组合到一起也不协调。"相反,法国却绞尽脑汁让自己光芒四射,使其他国家相形见绌。"其他国家根本不是法国的对手,"特派员写道,"只能作为法国的陪衬。相比之下,他们的展区如此逊色,简直像是专门为了衬托法国展区的丰富和华丽而来的。"

尽管有些美国人一厢情愿地预测埃菲尔铁塔这个巨大的怪物定会对巴黎秀丽的市容产生永久的损害,它却出人意料地展示出强大的生命力。广阔的底座加上向上不断变窄的塔身,仿佛是火箭一飞冲天时留下的云迹。随着美国越来越强大,国际地位不断提升,美国的骄傲心理把爱国情绪煽动到了新的高度,美国人已经不堪忍受这样的屈辱。这个国家急需一个机会来超越法国,特别是要能淘汰埃菲尔的埃菲尔铁塔。突然之间,举办一场盛大的博览会来纪念哥伦布发现新大陆便成了一个势不可挡的念头。

起初,大多数美国人都认为,为了向本国的历史致敬,如果要找一个地方举办博览会的话,作为首都的华盛顿一定是不二之选。最开始连芝加哥的编辑们也表示赞同。不过,随着举办博览会的念头逐渐成形,其他的城市也开始觊觎这样一个机会,原因主要是这个机会有助于大大提升城市地位。在这样一个地域荣誉感仅次于血统荣誉感的时代,提升城市地位无疑是个强有力的诱饵。纽约和圣路易斯突然也开始争夺这次博览会的举办权。华盛顿给出的竞选理由是这里是政治中心,纽约给出的竞选理由是这里是一切的中心。没有人关心圣路易斯怎么想,尽管它加入竞争的举动的确让人觉得勇气可嘉。

芝加哥市民对于自己城市的自豪之情远胜过任何地方的市民。在这里，人们提起"芝加哥精神"，就仿佛它是某种能触摸得到的力量。人们为一八七一年大火后重建家园的超凡速度自豪不已。他们不仅重建了这座城市，更将它打造成全国商业、制造业和建筑业的领航军。可是，不管城市如何繁荣，都没能改变大家对这座城市的印象：芝加哥只是一个二线城市，偏爱杀猪，胜过贝多芬。纽约是全国的文化氛围和社会制度改良的领航之都，其能力超群的市民和报纸上的内容时刻提醒着芝加哥这一点。这次博览会如果办得出色——如果超越了巴黎世博会——将有可能从此粉碎这一观点。芝加哥各大日报的编辑们眼看纽约也加入了争夺，便开始问自己，为什么芝加哥不可以？《芝加哥论坛报》提出警告："纽约的各路牛鬼蛇神正张牙舞爪地出动，企图占据主动权。"

一八八九年六月二十九日，芝加哥市长德维特·克林顿·克莱吉尔宣布成立一个市民委员会，由芝加哥市的二百五十名杰出人物组成。委员会通过了一项决议，它的末章这样写道："曾帮助建造芝加哥市各项设施的人们期望获得这次世博会的举办权，他们有公平而合理的理由来积极争取这次机会。"

不过，最终的决定权还在国会。不久之后，这次重大的投票开始了。

《芝加哥论坛报》的一位职员走到窗前，粘贴了第一份快讯。在第一轮的投票中，芝加哥以一百一十五票比七十二票大幅领先纽约。圣路易斯位列第三，接下来是华盛顿。有一位国会议员从根本上就反对举办世博会，纯粹出于闹别扭的心理把票投给了坎伯兰岬口①。当《芝加哥论坛报》报社外聚集的人们看到芝加哥比纽约多得了四十三票的消息后，人群中爆发出阵阵欢呼，口哨声和鼓掌声不绝于耳。不过，大家心里十分清楚，芝加哥还差三十八票才能达到赢得世博会举办资格的大多数票。

后几轮投票还在继续，夜幕已渐渐降临。下班的人们聚集在人行道上。操作着最新商务机器的打字员们涌出鲁克利大楼、蒙托克大楼及其他摩天大楼，她们外套里的白衬衣和黑长裙令人联想到雷明顿打字机上的按键。出租马车的车夫一边咒骂着什么，一边安抚他们的马。一位负责点街灯的灯夫沿着人群外围匆匆奔走，一盏盏地点燃铸铁灯杆顶端的煤气灯。忽然之间，到处都充溢着色彩：亮黄色的有轨电车；身着蓝上衣的电报少年背着载满欢喜和悲伤消息的书包在人群里穿梭；出租马车车夫点亮了双座马车尾部的红色夜灯；一头镀金的狮像蹲在街对面的帽店前。抬头望去，高楼内的煤气灯和电灯在暮色中像月光花一般闪烁着。

《芝加哥论坛报》的职员再次出现在报社的窗口，手里拿着第五轮投票的结果。"人群的失落情绪显得凝重而冰冷。"一位记者观察到。纽约增加了十五票，芝加哥只增加了六票。优势不再明显。人群里的一位理发师向附近的人说，纽约多出来的票数一定来自原先支持圣路易斯的那些国会议员。这一说法引得一位名为亚历山大·罗斯的陆军中尉开了口："先生们，我想说，任何来自圣路易斯的人都会去教堂抢劫。"另外一个男人嚷道："或者毒死他老婆的狗。"人们对最后这句话纷纷表示赞同。

---

① 阿巴拉契亚山脉坎伯兰山区的一个通道，是被坠落的陨石冲击出来的。

在华盛顿，纽约代表团察觉到情况有变，要求暂停投票，第二天再继续。昌西·迪普是该代表团的成员之一，此人是纽约中央铁路公司的总裁，也是当时最负盛名的演说家之一。听闻这一请求，《芝加哥论坛报》报社外的人群中嘘声一片，他们推测，纽约这么做是为了争取时间，以游说到更多的票，这一说法或许比较合理。

提议被否决了，不过众议院通过投票决定稍事休息。人群在原地静候。

在第七轮的投票过后，芝加哥只差一票就可以达到大多数票了。纽约事实上已经溃败。街上一片寂静，出租马车也停了下来。"抓地电车"一辆接着一辆堵在一起，形成了一条越来越长的镉质长链，连警察也管不了了。乘客走出车厢，紧盯着《芝加哥论坛报》报社的窗口，等待下一轮消息。路面下的钢索发出的嗡嗡声仿佛一曲充满悬念的小调和弦，持续不停。

不久，另一名职员出现在《芝加哥论坛报》报社的窗口。他又高又瘦，年纪很轻，脸上蓄着黑胡须。他面无表情地看着街上的人群，一只手提着糨糊罐，另一只手拿着刷子和一张快讯单，开始不紧不慢地完成自己的工作。他将快讯单放在桌子上，大家看不到那张纸上的内容，但每个人都能通过他肩部的起伏分辨他每一个细小的动作。他不慌不忙地拧开糨糊罐的盖子，脸上蒙着一层阴郁，仿佛正在俯视一具棺材。然后，他有条不紊地将糨糊涂到快讯单上，花了很长时间才将单子贴到窗户上。

他的表情毫无变化，将快讯单牢牢地贴在了玻璃上。

伯纳姆在等待。为了满足对自然光线的渴望，他和鲁特的办公室都朝南。芝加哥所有的居民都将自然光线视若珍宝,在这儿,煤气灯是人工照明的主要来源,但它们发出的光根本无法穿透城市上空终年笼罩的煤烟。电灯泡通常用于电气结合的设备中,才刚开始为最新的建筑物照明,不过这又在一定程度上让问题变得更加严重,因为这种设备需要在地下室里安装发电机,发电又需要烧煤。天色渐晚,路两旁和底层建筑中的煤气灯在烟尘里闪烁,形成混沌的黄色光晕。伯纳姆只能听到办公室灯里的煤油燃烧的嘶嘶声。

他那已故的父亲要是得知他今天能成为建筑行业的顶尖专家,坐在市内高楼顶层的办公室里,一定会感到巨大的惊喜和满足。

丹尼尔·哈德森·伯纳姆于一八四六年九月四日出生于纽约的亨德森,全家虔诚地信奉新教会[①]"顺从、谦卑及参加公共服务"的教理。一八五五年,伯纳姆九岁的时候,全家搬迁到芝加哥。他的父亲在这儿创办了一家成功的药品批发公司。学生时代的伯纳姆非常平庸。"根据旧中央学校的记录,他的平均成绩仅超过百分之五十五的同学,"一位记者发现,"而他取得最好成绩时似乎也只超过百分之八十一的同学。"不过,在绘画方面,他却展现出了过人的才华,并且乐此不疲。在他十八岁的时候,父亲送他到东部接受私人教师的指导,为哈佛大学和耶鲁大学的入学考试做准备。事实证明,他有严重的考试焦虑症。"和我一起考哈佛的另外两位考生都没我准备得充分,"他说,"但他们俩都轻松通过,我却落选了,有两三场考试我连一个字都写不出来。"考耶鲁的时候他也遭遇了同样的事。两所学校都没考上,他一直对此难以释怀。

[①] 1784年,瑞典神学家伊曼纽·斯威登堡与一些信徒成立了新耶路撒冷教会,也称新教会。

一八六七年秋天,二十一岁的伯纳姆回到了芝加哥。他打算在有机会大展拳脚的领域内找工作,于是加入了洛林-简尼建筑公司,做了一名绘图员。一八六八年,他认为自己找到了人生的方向,并告诉父母他想成为"全市或全国最优秀的建筑师"。不过,第二年他就辞职和朋友去了内华达,想试试自己淘金的手气。但淘金也失败了。他乘坐运送牲口的车子身无分文地回到芝加哥,加入了一位名为 L.G. 劳雷安的建筑师的公司。之后,芝加哥便发生了一八七一年十月的大火,万物烧尽,风火肆虐,损失惨重。这场大火烧毁了近一万八千幢房屋,令超过十万人无家可归。这场灾难为市里的建筑师们带来了无尽的工作。不过伯纳姆选择离开建筑行业,转而去卖厚玻璃板,却失败了。后来他转行当了药剂师,但也没干多久。他写道:"不论干什么,一件事情做久了就会腻,这是我们家族的遗传。"

伯纳姆的父亲又气又急,于是在一八七二年把儿子推荐给了建筑师彼得·怀特。怀特欣赏这位年轻人的绘图技术,雇他为绘图员。当时伯纳姆二十五岁。他喜欢怀特,也喜欢这份工作。他尤其欣赏怀特的另一名绘图员,一位名叫约翰·唯尔本·鲁特的南方人,比他小四岁。鲁特一八五〇年一月十日出生于佐治亚州的伦普金,是一名音乐神童,在能开口说话之前就已经会唱歌了。内战期间,亚特兰大到处硝烟滚滚,鲁特的父亲安排他乘坐南部邦联[①]的船穿越封锁线偷渡到了英格兰的利物浦。鲁特被牛津大学录取,不过在他入学前,内战就结束了。他的父亲吩咐他回美国,回到纽约的新家,进入纽约大学学习土木工程,后来,他成了设计圣帕特里克大教堂的建筑

[①] 1861 年至 1865 年间存在于美国的未被承认的国家,由 7 个奉行奴隶制的州组成。

师的绘图员。

伯纳姆很快就喜欢上了鲁特。他欣赏鲁特的白皮肤、健壮的胳膊，还有埋首于绘图桌的姿势。他们成了朋友，然后成了合伙人。一八七三年，美国经济遭遇大恐慌，全国经济受到了重创，但在此前的三个月里，他们获得了第一桶金。这一次伯纳姆坚持了下来。他和鲁特之间的合伙关系支撑着他。他们的合作填补了各自的缺陷，让两人可以各施所长。他们费尽心思寻找自己的客户，同时也为其他更成熟的公司做事。

一八七四年的某一天，一个男人走进了他们的办公室。这短暂的一瞬间改变了他们的一生。他身着一袭黑衣，看起来平凡无奇，但他过往的经历中却充斥着流血和死亡，获得了让人难以置信的利润。他是来找鲁特的，不过鲁特有事出城了，于是他向伯纳姆做了自我介绍，自称约翰·B·舍曼。

这次自我介绍并不需要详细叙述。作为联合牲口中心的负责人，舍曼操纵着一个血腥帝国，手下有两万五千个男人、女人和孩童，每年屠杀的牲口多达一千四百万头。芝加哥近五分之一的人口都直接或间接靠着联合牲口中心创下的经济效益过活。

舍曼挺喜欢伯纳姆。他欣赏伯纳姆强健的身躯，蓝色眼睛里坚定的目光，以及主导谈话时自信满满的样子。舍曼委托他们的公司在二十一街普莱利大道上建造一栋宅子。这个区域居住着许多芝加哥的重要人物，时不时就可以看到马歇尔·菲尔德、乔治·普尔曼和菲利普·阿莫尔一起走路去工作，三人都身着黑衣，可谓一道奇特的风景线。鲁特画了一栋三层宅子的草图，带山形墙和尖顶，屋身砌红砖、浅黄色砂岩、蓝色花岗岩和黑色板岩。伯纳姆进一步完善了设计图，并且指挥了建造过程。一天，伯纳姆正好站在宅子的大门口，思考着工作的事情，这时一个看起来有些高傲的年轻男子迈着古怪的步伐（并非出于自负，而是先天的毛病）朝他走来，自我介绍为路易斯·沙利文。伯纳姆对这个名字没有任何印象，至少目前还没有。沙利文和伯纳姆交谈了一番。沙利文当时十八岁，伯纳姆二十八岁。他私下里告诉沙利文，自己并不满足于建一辈子的房子。"按我的想法，"他说，"我要做大事业，处理大事，和成功的大商人打交道，建立一个大公司，因为没有一个大公司是做不成大事的。"

约翰·B·舍曼的女儿玛格丽特经常来工地参观。她年轻漂亮，满头金发。玛格丽特确实认为这座宅子很棒，不过她更欣赏那个在石堆、砂岩和木材间游刃有余的建筑师。她来得很勤，总是以她的朋友德拉·奥德斯就住在街对面为借口。这样的状态维持了很长一段时间，伯纳姆最终心领神会、向她求婚了，她点了头。伯纳姆求爱的过程非常顺利，可之后就传来了丑闻。伯纳姆的兄长涉嫌伪造支票，他们父亲的药品批发生意因此受了影响。伯纳姆立刻前去拜访玛格丽特的父亲，要求解除婚约，理由是他们不能在丑闻的阴影下结为连理。舍曼告诉他，自己尊重伯纳姆的荣誉感，不过反对解除婚约。他心平气和地说："每家都有一只黑羊[①]。"

没过多久，舍曼作为一名有妇之夫，就和一位朋友的女儿私奔去了欧洲。

伯纳姆和玛格丽特于一八七六年一月二十日结为夫妻。舍曼在四十三街和密歇根大道的交汇处购置了一栋房子，靠近湖边，更重

[①] "黑羊"意指家中的浪荡子。

要的是离牲口中心不远。他希望大家住得近一点儿。他欣赏伯纳姆，也赞成这桩婚事，不过他并不完全信任这个年轻的建筑师。他认为伯纳姆酗酒的问题有点严重。

舍曼对于伯纳姆品性的怀疑并不影响他对其建筑才华的钦佩。他又委托伯纳姆的公司建造了其他的房子。出于极大的信任，他委托伯纳姆－鲁特公司为联合牲口中心建造大门，希望这个大门能反映出该中心蒸蒸日上的地位。于是伯纳姆的公司建造了石门，包括三座拱门，门身由莱蒙特灰岩建成，铜制门顶，中间的拱门顶上雕刻着约翰·B·舍曼最心爱的"舍曼公牛像"——毫无疑问出自鲁特之手。这座石门变成了一个地标，直到二十一世纪都岿然不动，而此时离最后一头猪跨过那座被称为"叹息桥"的巨大木制斜坡进入极乐世界已经很久了。

鲁特也娶了牲口中心一名高管的女儿，不过他的人生没有这么顺利。他为牲口中心的总裁约翰·沃克设计了一栋房子，认识了沃克的女儿玛丽。然而在他们交往的过程中，玛丽患上了肺结核。病情很快恶化，不过鲁特没有解除婚约，尽管人人都知道他要娶的是一个濒临死亡的女人。婚礼在鲁特设计的房子里举行。一位名为哈瑞特·门罗的诗人朋友与其他宾客一起等着新娘出现在楼梯口。门罗的妹妹朵拉是唯一的伴娘。"等待了太久，大家都吓坏了，"哈瑞特·门罗说，"不过新娘最终还是挽着父亲的手臂出现了，站在楼梯转角处的她简直就像个面色煞白的幽灵。她迈着缓慢的步子走来。噢，她步履蹒跚地拖曳着缎面婚纱，迈下宽阔的阶梯，穿过大厅，走到了爬满鲜花和藤蔓的明艳凸窗旁。整个画面诡谲异常，令人感伤。"鲁特的新娘瘦骨嶙峋，面色惨白，只能用耳语般的音量念出誓词。"她愉快的神情,"哈瑞特·门罗这样写道,"仿佛骷髅上挂着珠宝。"

结婚不到六周,玛丽·沃克就病逝了。两年后,鲁特娶了伴娘朵拉·门罗,此举很有可能伤了她诗人姐姐的心。毫无疑问,哈瑞特·门罗也深爱着鲁特。她住得不远,经常来鲁特和朵拉位于亚斯特街的家里探望他们。一八九六年,她出版了一本关于鲁特的传记,内容简直会让天使都脸红。不久,她在回忆录《诗人一生》中,将鲁特和妹妹的婚姻形容为"如此美满和睦,甚至我自身关于幸福的梦想都得到了印证,也希冀能有幸如他们这般幸福,从此再难将就"。然而哈瑞特却从未找到同样美满的爱情,只好将一生奉献给诗歌,最终创办了《诗歌》杂志,并借由这份杂志让埃兹拉·庞德[1]得到了全国的瞩目。

鲁特和伯纳姆的事业非常成功。生意如瀑布一样涌向他们的公司,部分原因是鲁特设法解决了一个自从芝加哥建市以来就困扰着建筑师们的难题。解决这个难题之后,他使芝加哥变成了摩天大楼的摇篮,即使这座城市下的土质非常不适合建造高楼。

十九世纪八十年代,芝加哥经历了爆炸式的发展,土地价值增长到了人们从未想象过的水平,尤以市中心以环状有轨电车的轨道而得名的"环线"范围内为甚。随着地价陡增,土地所有者开始想方设法提高投资回报。从未利用的广阔天空在向他们招手。

建造高楼的最大的障碍无非是人类爬楼能力有限。鉴于十九世纪人们的饮食结构不合理,大多数人体力都不太好。不过,电梯出现了,同样重要的是,伊莱沙·格雷夫斯·奥德斯发明出了阻止电梯自由坠落的安全装置。这些发明的问世扫清了这一障碍。不过,要建高楼

---

[1] 埃兹拉·庞德,美国诗人、翻译家、评论家,意象派诗歌代表人物。

还有其他的困难，其中最大的问题就是芝加哥令人头疼的土壤结构。一位工程师曾经形容，在芝加哥打地基是"全世界其他任何地区都比不上的挑战"。基岩位于地下一百二十五英尺处，按照十九世纪八十年代的建造技术，考虑到经济和安全因素，工人根本无法到达这样的深度。这个深度与地表之间充满了泥沙和黏土的混合物，中间渗满了水分，被工程师们称为"秋葵浓汤"，就算只在上面建很简单的建筑，其重量也会使地面下陷。因此建筑师在设计首层与人行道相交的房屋时会特意抬高四英寸，这样一来，当房子下陷时，人行道就与地面平齐了。这样的操作已经成为惯例。

当时只有两种方法可以解决土质问题：第一种是只建矮房，避开麻烦，另一种是利用沉箱一路挖到基岩。后者要求工人挖掘深深的竖井，支撑住井壁，朝每一口井内打入足量的空气，利用高压将水分隔离。由于会造成减压病，甚至会造成死亡，这种操作让人闻之色变。这种技术主要由建桥的工人使用，因为他们别无选择。约翰·奥古斯都·罗布林[①]就曾在建造布鲁克林大桥的过程中使用沉箱，这也是沉箱应用的有名案例。不过美国最初使用沉箱的时间更早，是一八六九年至一八七四年间，詹姆斯·B·伊兹[②]在圣路易斯建造密西西比河上的大桥的时候。伊兹发现工人们在到达地下六十英尺后就开始出现减压病症状，而这个深度只是芝加哥的沉箱需要到达的一半左右。共三百五十二名工人在这座桥梁让人闻之色变的东沉箱中劳作，与气压有关的疾病导致其中十二人死亡，两人残疾，另有

---

① 约翰·奥古斯都·罗布林，美国土木工程师，设计并建造了以布鲁克林大桥为代表的钢丝绳悬索桥。
② 詹姆斯·B·伊兹，美国著名土木工程师、发明家，拥有五十多项专利。

六十六人负伤,伤亡率超过百分之二十。

可是芝加哥的土地所有者想要利润,而在市中心,利润就意味着要把楼建高。一八八一年,一位来自马萨诸塞州的名为彼得·沙登·布鲁克斯三世的投资人,委托伯纳姆-鲁特公司建造芝加哥有史以来最高的办公大楼。他打算以"蒙托克"①来命名。在这之前,他曾经为伯纳姆和鲁特带来市中心的第一笔大生意——七层楼高的格兰尼斯大厦。伯纳姆说,从那栋大厦开始,"我们的独创性开始展现了……它是神来之笔。每个人都跑来看热闹,整个芝加哥都为之骄傲"。他们将办公室搬到了格兰尼斯大厦的顶层(后来证明这次搬迁埋下了致命的祸根,不过当时可没人知道)。布鲁克斯希望这栋新的大楼比格兰尼斯大厦再高上百分之五十。"如果,"他说,"地面能支撑的话。"

两位合伙人很快就被布鲁克斯弄得筋疲力尽。他为人挑剔,十分抠门,并且压根儿就不关心大楼的外观,只要实用就行。他做出了许多指示,和路易斯·沙利文在很多年后才总结出的那句"形式必须服务于功能"的名言异曲同工。"建筑物的存在自始至终都是为了使用,而不是为了好看,"布鲁克斯写道,"能满足功能的设计就是好看的设计。"大楼正面没有任何凸起物——没有滴水嘴,没有山形墙——因为凸起物会惹尘。他想让所有的管道裸露在外面,"把管道都埋起来的做法是彻头彻尾的错误,管道就应该露在外面,如果有必要,可以刷点油漆装饰一下。"他抠门的目光还延伸到了大楼的盥洗室。根据鲁特的设计,洗手池下应安装柜子。布鲁克斯却反对这么做,只因为他认为柜子很容易"藏污纳垢,沦为鼠窝"。

---

①旧阿尔贡金语中的一个地名。

建造蒙托克大楼最棘手的部分就是打地基。起初，鲁特计划使用芝加哥建筑师自一八七三年以来建造普通高楼时一直使用的技巧。工人在地下室底板上竖起一些石头金字塔，每个金字塔宽阔的底部都会将重压分散，减少建筑的下陷，金字塔尖窄的顶部支撑承重的柱子。不过，如果要支撑十层楼高的砖石结构，必须将金字塔建得很大，会把地下室变成石质的吉萨金字塔群。布鲁克斯提出反对，他希望地下室能空出来放置锅炉和发电机。

解决的办法却十分简单，以至于鲁特最初想到时根本没期望会成功。根据他的构想，向下挖掘至第一层硬度合适的黏土（被称为硬质层）时，在此铺设一层约两英尺厚的混凝土。工人再往这层混凝土上铺设一层钢轨，贯穿整个混凝土层，在此之上以合适的角度再铺设一层钢轨。如此层层铺设。完成之后，在这个钢质格形地层的表面和内部浇筑波特兰水泥[1]，形成一个宽广坚固的筏子，鲁特称之为"漂浮式地基"。实际上，他所构想的就是一个人造基岩层，顶部是地下室的地板。布鲁克斯喜欢这个想法。

蒙托克大楼建好了，造型如此新颖，高度前所未见，简直无法用传统的文字形容。没有人知道是谁发明了"摩天大楼"一词，但这个词非常精准，于是蒙托克大楼成了第一栋被称为"摩天大楼"的建筑。一位叫托马斯·塔尔梅奇的芝加哥建筑师兼评论家写道："蒙托克大楼之于高层商业建筑，不亚于沙特尔大教堂[2]之于哥特式教堂。"

当时，建筑新技术层出不穷。电梯速度越来越快，安全性越来

---

[1] 即硅酸盐水泥。
[2] 法国著名的天主教堂，与兰斯大教堂、亚眠大教堂和博韦大教堂并列为四大哥特式教堂，是法国12世纪至13世纪哥特式建筑的典范。

越高。玻璃工人已经能熟练地生产出越来越大的玻璃板。伯纳姆建筑事业的起点——洛林-简尼公司的威廉·简尼设计了第一栋金属承重结构的建筑,这种结构使得支撑建筑的力量从外墙转移到了钢铁制的框架上。伯纳姆与鲁特明白,这一创新将建筑师从建造高楼的最后一道物理束缚中解放了出来。运用这种技术,他们建造出的房子一栋比一栋高。这些"天空之城"里居住着新兴的商人阶层,被一些人称为"悬崖居民"。林肯·斯蒂芬斯[①]这样写道:"高层的空气清凉新鲜,风景广阔动人,虽处于闹市中心却独占一份幽静,如果不是这样,他们是不会考虑在此设置办公室的。"

伯纳姆和鲁特变成了富人,他们并非像普尔曼那般有钱,也不足以位列社会的顶层,与波特·帕玛[②]及菲利普·阿莫尔等人相提并论,也没有市里的报纸会对他们夫人的礼服评头论足。不过他们的财富已经超过了两人曾经的期望。伯纳姆有钱到每年会买两桶上好的马德拉酒,并且放到慢船上去环绕地球两圈来陈化它,从而获得更醇厚的口感。

随着公司不断发展,两位合伙人性格的不同之处也开始凸显出来。伯纳姆有较高的艺术天分,也有过硬的建筑才能,不过他最强的本领在于赢得客户,以及将鲁特的优秀设计付诸实践。伯纳姆容貌俊朗,体型高大,身材强健,还有一双动人的蓝眼睛。就像透镜能聚拢光一样,这些品质也吸引着客户和朋友。"丹尼尔·哈德森·伯纳姆是我见过的最俊秀的人之一。"后来主要负责帝国大厦建造工

[①] 林肯·斯蒂芬斯,美国调查记者,以调查美国城市的市政腐败现象而闻名。
[②] 波特·帕玛,美国商人、房地产开发商,1871年芝加哥大火后,主要负责芝加哥市区和湖滨驾车区的大部分开发工作。

作的保罗·斯塔雷特如此描述他,此人一八八八年作为万能助手加入了伯纳姆-鲁特公司。"很容易理解他是怎么拉到生意的。他一出场,风度和容貌就已经赢了一半。他只需要强调一些最平常的事情,就会让人听起来觉得非常重要,而且令人信服。"斯塔雷特记得自己常为伯纳姆反复提起的一句警言所感动:"不要做小计划,小计划没有点燃激情的魔力。"

伯纳姆明白,鲁特是公司艺术创造的领头羊。他认为鲁特有迅速并全方位地构思一栋建筑的天分。"在这方面,我从未见过有什么人能和他相提并论,"伯纳姆说,"他有时会心不在焉,沉默寡言,接着注视远方,然后整栋建筑就浮现在了他的眼前——一砖一瓦都清清楚楚。"与此同时,他也清楚鲁特对商业运作没有丝毫兴趣,不喜欢在芝加哥俱乐部[①]和联邦同盟会[②]之类的地方扩展人脉,而这通常会让他们获得生意机会。

鲁特每个礼拜天早晨都在第一长老会教堂里演奏风琴。他还为《芝加哥论坛报》撰写歌剧评论。他广泛地涉猎哲学、科学、艺术及宗教知识,在芝加哥的上流社会中,人人都知道鲁特能与人谈论任何领域的话题,并且很有自己的想法。"他的交谈能力卓越超凡,"一位朋友如此评价道,"没有什么领域是他未曾涉猎的,而且他似乎都学得很精。"鲁特有一种略带狡黠的幽默感。某一个礼拜天的早晨,他正在极为严肃地演奏风琴,而听众花了很长时间才发现他在演奏《苍蝇苍蝇快走开》[③]。当伯纳姆和鲁特在一起的时候,一位女士曾形

[①]成立于1869年的私人社交俱乐部,成员均为芝加哥著名的商人、政治家等。
[②]美国内战期间成立的男子俱乐部。
[③]美国童谣。

容说,"那样子总让我觉得像一棵粗壮的大树被闪电围绕着。"

伯纳姆和鲁特了解彼此的才能,并且互相欣赏,由此发展出的和谐关系可以从他们办公室的运作方式中一窥究竟。引用一名历史学家的话说,"他们办公室的运转就像'屠宰场'一般拥有机械般的精准度。"这个暗示非常准确,毕竟伯纳姆不论是在事业上还是生活上都和联合牲口中心密不可分。不过,他也创造了另一种办公室文化,而这种办公环境直到一个世纪后才变得普及。他在办公楼里设立了健身房。在午餐休息时间,员工可以在这儿打手球。伯纳姆还让员工去上击剑课,鲁特则在租来的钢琴上即兴独奏。"办公室里堆满了工作要做,"斯塔雷特说,"不过比起我工作过的其他公司,这里的氛围很自由,令人感到轻松愉快,非常人性化。"

伯纳姆明白,是他和鲁特合力赢得了目前的成功,单凭各自的力量绝不可能办到。两人工作步调一致,才得以接手越来越具有挑战性和冒险性的项目。在那个时代,建筑师不断创新,建筑物的高度和体积都急剧增加,也使得产生毁灭性失败的风险越来越大。哈瑞特·门罗写道:"两人在工作上越来越离不开彼此。"

随着公司不断壮大,他们所在的城市也在不断发展。建筑越来越大、越来越高,人民也越来越富有。与此同时,芝加哥却变得越来越肮脏、黑暗、危险。污浊的空气里弥漫着一股煤渣味,把街道弄得脏乱不堪,有时能见度低到一个街区外就什么都看不清了。冬天尤为严重,因为全城都在烧煤炉。火车、"抓地电车"、有轨电车、四轮马车在城里穿梭。双座轻便马车、活顶双座四轮马车、维多利亚马车、四轮箱型马车、四轮敞篷轻便马车甚至灵车的车轮全都覆有铁皮,撞击地面时活像锤头在滚动,一刻不停地发出雷鸣般的声响,直到午夜后才消退,这也使必须开窗睡觉的夏夜变得非常难熬。在穷困的街区,垃圾堆满巷道,巨型的垃圾桶都已溢出,老鼠和青蝇在此享用饕餮盛宴。无数苍蝇漫天飞舞,死去的狗、猫和马无处不在。一月时,它们被冻成冰块,姿势让人看着可怜;到了八月,它们的体内又充满了气体,于是爆裂开来,最终被冲入芝加哥河,而这条河是芝加哥的主要商业动脉。下暴雨的时节,油腻的河水呈羽毛状外溢,灌入密歇根湖,蔓延到市区饮用水源头的管道所在的水塔处。下雨时,没有铺设碎石的路面流淌着恶臭的马粪、淤泥和垃圾,堆积在花岗岩质建筑之间,仿佛伤口的脓汁。芝加哥让来访的人赞叹不已,却又充满恐惧。来自法国的编辑奥克塔夫·乌赞称其为"戈尔迪之城[①],如此丰盛,又如此邪恶"。作家兼出版商保罗·林道将其描述为"一面异常恐怖的巨型西洋镜,却拥有非凡的魅力"。

  伯纳姆热爱芝加哥遍地都是的机会,不过他也为这座城市本身而感到忧虑。一八八六年,他和玛格丽特已经有了五个孩子:两个女儿,三个儿子,最小的儿子名为丹尼尔,二月刚刚出生。那年,伯纳姆买了一栋靠近湖边的农舍,就在一个名为埃文斯顿的安静山村中,这儿被人称作"郊区的雅典"。农舍有两层楼,共十六个房间,周围环绕着"宏伟的古树"。农舍占据了一块长方形土地,一直延伸到湖边。伯纳姆是不顾夫人和岳父的反对买下这座农舍的,并且直到购买手续全部办好之后,才告诉母亲自己打算搬家。后来他在信中向她致歉。"我之所以这么做,"他向母亲解释,"是因为我不能再忍受自己的孩子行走在芝加哥的街道上。"

[①]此说法应源于"戈尔迪之结"的故事,指棘手两难的情况,在此或指代芝加哥既丰盛又邪恶的情形。

成功对于伯纳姆和鲁特而言来得很容易，不过这两位合伙人也经历了一番磨难。一八八五年，一场大火烧毁了他们俩旗舰式的建筑——格兰尼斯大厦。发生大火时，至少有一人还在办公室里，从燃着熊熊大火的楼道里逃了出来。之后他们就搬到了鲁克利大楼的顶层。三年后，他们设计的一座位于堪萨斯市的旅馆在建设过程中坍塌，造成一人死亡，好几人受伤。伯纳姆十分伤心。堪萨斯市召集验尸官调查，注意力被引到了建筑的设计上。自事业起步以来，伯纳姆第一次发现自己面临着公众的抨击。他在寄给夫人的信里写道："不管报纸上怎么写，你都不用担心。在一切过去之前，责难在所难免，也会有很多麻烦。所有这些我们都会用简单直接的、男子汉式的方式扛下来。我们会竭尽全力。"

这次经历带给他的打击很大，特别是他的才干要被一位他没办法施加影响力的官僚调查，这一事实最让他难过。在坍塌事件发生三天后，他给玛格丽特写信："这位验尸官就是一个让人不悦的小医生，一条政治走狗，没有脑子，让我头疼。"伯纳姆很难过，也很孤单，想要回家。"我真的很想回家，想和你一起重获平静。"

同一时期，第三次打击接踵而至，不过这一次的性质有所不同。虽然芝加哥作为工业和商业发动机的地位已经广受认可，可是市里的名流听到纽约那边诽谤芝加哥没有文化资产时，还是非常敏感。为了弥补这一缺憾，一位名为斐迪南·W·佩克的芝加哥名人提议修建一座有良好声音效果的巨型会堂，不仅能让吹毛求疵的东部人哑口无言，还能获取利润。按照佩克的想象，这座巨型的剧院应该包含在一个更大的外壳中，里面设有酒店、宴会厅、办公室等。那些在金斯利餐厅（该餐厅在芝加哥的地位，等同于德尔摩尼哥餐厅在纽约的地位）吃饭的建筑师都认为这座大会堂的修建将是芝加哥有史以来最重要的一次建筑作业，并极可能落入伯纳姆－鲁特公司囊中。伯纳姆也这么认为。

佩克最终选择了芝加哥建筑师丹克马·艾德勒。佩克清楚，如果没有出众的听觉效果，不论建成后外观多么令人惊艳，这座建筑都只会是一个败笔。而只有艾德勒在之前展现出了对建筑音效的把控能力。路易斯·沙利文当时是艾德勒的合伙人。他写道："伯纳姆非常不悦，约翰·鲁特也不怎么高兴。"亲眼见到大会堂的草图时，鲁特说看来沙利文又要"毁掉一幢建筑物的外墙了"。

这两家公司从一开始就关系紧张，不过没人能预见多年之后，沙利文刻薄地贬损伯纳姆最杰出的作品会导致矛盾最终爆发。那时候沙利文自己的事业早已在酒精和悔恨中完蛋了。不过在此时，他们的关系还只是有些轻微的紧张，是一种微弱的震荡，就像钢铁在压力过重时发出的无声呐喊。两家公司关系的紧张源自对建筑本质和功用的不同见解。沙利文认为自己首先是一名艺术家、理想主义者。在自传中，他总是用第三人称称呼自己。他将自己描述为"一颗天真的心包裹在艺术里，包裹在哲学里，包裹在宗教里，包裹在美好大自然的福佑里，包裹在追求人类真相的路途中，包裹在对仁慈力量的坚毅信念中"。他称伯纳姆为"巨型商贾"，专注于建造最大、最高、最昂贵的建筑，"他迟缓、笨拙、缺根筋"。

一八八七年六月一日，工人开始建造大会堂。完工之后，这座奢华的建筑成了当时美国最大的私人建筑。大会堂内的剧院能容纳超过四千个座位，比纽约大都会歌剧院还多一千二百个。除此之外，大会堂还配备了空调，使用的是让空气流经冰块的技术。大会堂的外围建筑包含商业办公场所、一座巨大的宴会厅以及一间拥有四百个豪华房间的酒店。一位来自德国的游客回忆道,只需扭动床头墙上的电动开关,他就能索要浴巾、文具、冰水、报纸、威士忌,或者请求擦鞋服务。大会堂变成了芝加哥最著名的建筑。美国总统本杰明·哈里森参加了盛大的开幕仪式。

最终,事实证明这些挫折在伯纳姆和鲁特的人生中只是小小的插曲。以后还会发生更糟糕的事情,并且就在不算遥远的未来。不过,在一八九〇年二月十四日对世博会举办权进行投票这天,这两位合作伙伴看似注定要一辈子享受成功了。

《芝加哥论坛报》办公室外一片寂静。人们似乎需要一点时间来消化这个好消息。一个蓄着长须的男人是首先反应过来的人之一。他曾经发誓,除非芝加哥获得举办世博会的资格,不然绝不剃须。此时他爬上了不远处联合信托公司银行的台阶,在最高一级台阶上仰天长啸。一位目击者把他的声音比喻成火箭的轰鸣声。人群开始回应他的呼喊,不多久,两千多名男人、女人,还有小孩——大多是受雇来送电报和信件的——爆发出一阵欢呼,这声音就像一道迅猛的洪水,在钢筋水泥和砖瓦玻璃中冲出一道峡谷来。送信的小孩得到消息后就赶紧跑去送信,与此同时,送电报的男们也从邮政电报公司和西联汇款公司的办公室里狂奔出来,有的跳上了波普牌"安全"单车,有的去了太平洋大酒店,有的去了帕玛家园,还有的去了黎塞留馆、大会堂、惠灵顿酒店、密歇根湖畔和普莱利大道上的豪宅,各家俱乐部(芝加哥、世纪、联邦同盟会等),还有的去了一些奢华的妓院,特别是嘉丽·沃森之家,里面有许多秀色可餐的年轻姑娘，还有一直流淌的香槟瀑布。

一位送电报的男孩在黑暗中穿梭，来到了一条漆黑的小巷里。这里弥漫着水果腐烂的味道，除了他刚才离开的那条街上煤气灯的嘶嘶声外，什么都听不到。他摸索到一扇门，敲了敲，进入了一个房间，里面挤满了人，有年轻的，也有年迈的，好像都在交谈，有一些已经喝得酩酊大醉。屋子中央有一具棺材，是作为吧台使用的。屋内灯光昏暗，墙上挂着当作煤气灯外罩的头盖骨，还有一些头盖骨散落在屋子各处。墙上悬挂着一条绞人的绳套，还有各式各样的凶器，以及一条凝结着血块的毛毯。

这些人工制品告诉我们，这里是白教堂俱乐部的总部。取这个名字，是因为两年前开膛手杰克就是在一个名为"白教堂"的伦敦贫民区大开杀戒的。俱乐部主席的官方头衔就是"开膛手"。成员们主要是新闻从业者，会把从街头巷尾搜集到的凶杀故事带到俱乐部的聚会中来。墙上的凶器都是在真实凶杀案中使用过的，由芝加哥警方提供；头盖骨是不远处一家精神病院的医生提供的；那条毛毯是一位俱乐部成员在报道美国陆军和印第安苏族的交战情况时获得的。

刚刚得知芝加哥赢得了世博会的举办资格，白教堂俱乐部的成员们就起草了一份电报发给昌西·迪普。此人比任何人都更能代表纽约，以及纽约这次的申请运动。迪普曾经答应过白教堂俱乐部的成员们，如果芝加哥赢得了世博会举办资格，自己将出席俱乐部的下一次聚会，被开膛手本人开膛破肚——在他看来，这当然是一种比喻的说法，不过在白教堂俱乐部这种地方，谁又能保证呢？就拿俱乐部当作吧台的棺材来说，它就曾被用来运送一位自杀成员的遗体。在运回他的遗体后，俱乐部成员们把棺材拖到了密歇根湖畔的印第安纳沙丘,在那儿堆起了一座巨型柴堆。他们将遗体放置在柴堆顶端,随后点燃了柴堆。他们举着火炬,穿着黑色带帽长袍,围绕着葬礼的火堆为逝者吟唱颂歌,时不时还啜两口威士忌。俱乐部还有另一个传统,派遣会员身着长袍来绑架造访俱乐部的名人,并用一辆蒙上了窗户的黑色马车将他们悄无声息地运走。

最后一轮投票结束后二十分钟,俱乐部的电报就到达了迪普手中。此时芝加哥的国会代表团正在白宫附近的威拉德酒店准备庆功。电报上问:"我们什么时候能见到您躺在我们的解剖台上?"

迪普立刻回了信:"本人随时待命,在今天的事件之后,我已经准备好将自己的身躯奉献给芝加哥的科学研究。"

虽然迪普非常大度地承认了失败,但他仍然怀疑芝加哥是否真正清楚自己面临的挑战。"古往今来最伟大的展会刚刚在巴黎落幕,"他告诉《芝加哥论坛报》,"你们的一举一动都会被拿来和它对比。如果能做得一样好,当然是成功。如果能有所超越,那就是大获全胜。如果没有巴黎好,全美国人民都会拿你们是问,问你们为什么要这么不自量力。"

"当心,"他警告道,"保重!"

芝加哥迅速成立了一家正式的公司来筹建世博会,取名为哥伦布世博会公司。官方低调而明确地表示将任命伯纳姆和鲁特为首席设计师。自巴黎世博会以来的重建国家自尊和卓越形象的重压就落到了芝加哥肩上,芝加哥继而又将它稳稳地——至少目前是小心谨慎地——放在了鲁克利大楼的顶层。

失败是无法想象的。伯纳姆清楚,世博会如果不成功,国家的荣誉会受损，芝加哥会蒙羞，他自己的公司也要遭遇毁灭性的打击。不论伯纳姆走到哪儿，都会有人——要么是朋友，要么是编辑，要么是同一个俱乐部的会员——告诉他美国期待展馆能按时完工，而且能呈现一场精彩绝伦的世博会。之前光是建造大会堂就花费了近三年时间，并且把路易斯·沙利文逼到了身体崩溃的边缘。如今时间限度几乎一样，交给伯纳姆和鲁特的任务却不亚于建造一整座城市——如果只是随便一座城市还好，可要建得足以超越光芒四射的巴黎世博会，就太难了。世博会还要能够盈利。在芝加哥的领导者看来，收益性和自身及城市荣誉息息相关。

以传统的建筑标准来看，这似乎是一个不可能完成的挑战。如果单枪匹马，没有任何建筑师能将其完成，不过伯纳姆相信，如果齐心协力，则一定可以成功，因为他和鲁特有足够坚定的意志，还有良好的默契和丰富的设计经验。他们俩已经齐心协力战胜了地心引力，并且征服了芝加哥"秋葵浓汤"一般的黏土土质，永久地改变了都市生活的品质。如今，只要继续携手，他们一定会建好世博会，改写历史。他们一定能成功，因为非成功不可，不过挑战异常巨大。迪普关于世博会的言论很快就令人生厌，但这个人有一种用精妙而简洁的语言将局势本质一语道破的本领。"芝加哥就像个男人，娶了个家里有十二口人的女人，"他说，"麻烦才刚刚开始。"

然而，哪怕是迪普都没有预见到压在伯纳姆和鲁特肩头的负担有多重。在这一刻，迪普、伯纳姆和鲁特都只看到了这个挑战最基本的两个维度——时间和金钱，而这两样就足以让人吃不消了。仿佛只有爱伦·坡才能构思出接下来的剧情。

不可或缺的材料

一八八六年八月的一个早晨，热气正像小孩发高烧一般从街面上冒起，一个自称H.H.霍姆斯的男人走入了芝加哥的某座火车站。空气浑浊而近乎凝固，充斥着腐烂的桃子、马粪还有燃烧不完全的伊利诺伊无烟煤的味道。六七辆火车头停在车场，朝已然泛黄的天空喷吐着蒸汽。

霍姆斯买了一张票，前往一座名为恩格尔伍德的镇子。这个镇子位于雷克城，一个拥有二十万居民的自治市，紧邻芝加哥的最南边。市区包含联合牲口中心和两座大型公园：华盛顿公园和杰克逊公园，华盛顿公园有草坪、花园以及一座广受欢迎的赛马场，杰克逊公园却基本上是湖畔一片未经开发的荒地。

尽管天很热，霍姆斯看起来却又清爽又精神。他穿越火车站时，年轻姑娘的目光像风吹落花瓣一般落在他身上。

他走路的姿势充满自信，穿得得体，给人一种富有并事业有成的印象。他二十六岁，身高五英尺八英寸，体重仅一百五十五磅。

他有一头黑发和一双闪耀的蓝眼睛,曾有人将这双眼睛比作催眠师的眼睛。"他的眼睛非常大,睁得很开,"一位名为约翰·L·卡朋的医生后来描述道,"是蓝色的。极为凶残的杀手往往拥有蓝色的眼睛,就像其他领域里的杰出者一样。"卡朋同样注意到了他的薄唇,以及周围隆起的一圈深色胡须。不过,最令卡朋印象深刻的,还是霍姆斯的双耳。"真是一对小到惊人的耳朵,顶部的形状像极了古代雕刻师在创作萨蒂斯①雕像时暗示残暴和邪恶会用的笔触。"总体来说,卡朋指出,"他出落得非常标致。"

对于那些仍不知道他隐秘嗜好的女性而言,他的模样充满了吸引力。他打破了正常接触异性的普遍规矩:他站得太近,盯得太用力,碰触太多而且时间过长。然而所有的女性都对此很痴迷。

他踏出火车,走入了恩格尔伍德的中心地带,花了一点时间环顾四周。他站在六十三街和华莱士街的路口。街角的一根电线杆上挂着第二千四百七十五号消防警报箱。远处好几幢正在施工的三层房屋的轮廓映入眼帘。他听到了铁锤的敲击声。新栽的树木笔挺如军人的队列,不过在热辣的天气和雾霾中,它们看起来就像在沙漠中干渴了太久的军队。空气凝滞而湿润,充满了新铺的碎石路的味道,那味道就像烧过的甘草。街角有一个商铺,招牌上写着"E.S.霍尔顿药店"。

他往前走,一直走到了温特沃斯街,这条南北向的大道显然是恩格尔伍德的主要商业街。人行道上挤满了马匹、四轮平板车和四轮敞篷轻便马车。在六十三街和温特沃斯街的拐角附近,他路过了

---

①希腊神话中代表雄性精神的形象,有着与马类似的耳朵和尾巴。

一个消防站，里面驻扎着第五十一消防支队。隔壁是警察局。多年以后，一位对那些令人毛骨悚然的事件一无所知的居民会写道："虽然联合牲口中心一带偶尔需要一定的警力，但恩格尔伍德的生活平静安详，警察的存在仅仅是作为装饰，以及让奶牛在它们安宁的牧场里不受惊扰。"

霍姆斯返回华莱士街，看到了霍尔顿药店的招牌。铁轨穿过十字路口。一名守卫面朝太阳而坐，眯着眼紧盯着火车，每隔几分钟就放下平交道遮断杆，让一辆喷着蒸汽的火车开过。药店坐落在华莱士街和六十三街路口的西北角。穿过华莱士街，会看到对面有很大一片空地。

霍姆斯走进药店，发现里面有一位上了年纪的老妇人，人称霍尔顿太太。他嗅到了脆弱的味道，就像其他男人能捕捉到女人身上的香水味一样。他自称是医生，说自己有药剂师的执照，并问那位太太店里是否需要帮手。他言语温柔，始终面带微笑，用直率的蓝眼睛凝视着她。

他十分善于交谈，使她很快就说出了内心深处的伤心事。她的丈夫患上了癌症濒临死亡，就躺在楼上的房间里。她坦言一边经营药店一边照料丈夫让她不堪重负。

霍姆斯听到这些，不禁湿了眼眶。他碰触着她的胳膊说道，他能减轻她的负担，不仅如此，他还能让药店生意兴隆，打败街区的竞争对手。

他的双眼清澈而湛蓝。她告诉他，这件事她需要和丈夫谈谈。

她走上楼。天气很热，有苍蝇停在窗台上。窗外，又一辆火车轰隆隆地驶过路口。煤灰和烟尘漫天飞舞,像脏污的薄纱般飘过窗口。她会和丈夫谈谈的,没错,不过他已经行将就木,而她才是店里真正做主、对一切负责的人。她已经有了主意。

仅仅是想到那位年轻的医生,她的心里就涌起一股满足感。她已经很久没有体验到这种感觉了。

霍姆斯之前曾经来过芝加哥,不过只作了短暂的停留。后来他说,让自己觉得惊讶的是,这座城市令他印象十分深刻,而通常情况下,没有事情能够打动或者感染他。事件和人群引起他的注意,就像移动的物体引起两栖动物的注意一样:首先机械地记录距离,然后计算价值,最后决定有所行动或是按兵不动。他最终下定决心搬到芝加哥后,却仍在使用自己的教名:赫尔曼·韦伯斯特·马盖特。

对大多数人而言,芝加哥给他们留下的第一个感官印象,就是联合牲口中心附近永远飘浮着难以言说的臭味,西南风永远混合着动物腐烂和毛发烧焦的味道。"根深蒂固的味道,"厄普顿·辛克莱[1]写道,"这味道非常浓烈,原始而天然,带来强烈的感官刺激,几乎令人作呕。"大多数人会觉得这股味道很恶心。而少数觉得这股味道振奋人心的人,引用辛克莱的话,就是那些涉入了这条"死亡之河",并且从中捞了大把好处的人。我们忍不住猜测,所有这些死亡和血腥都让马盖特觉得宾至如归,不过更现实的推测是,这些死亡和血腥传达了一个信息。马盖特终于到了这样一个城市,在这里,行为尺度要比在新罕布什尔州的吉尔曼顿学院[2]宽松得多。他在那个镇子

---

[1] 厄普顿·辛克莱,美国作家,代表作有《屠宰场》等。
[2] 该建筑现在是城镇办事处和当地历史学会的所在地,1983年被列入国家历史遗迹。

出生,并且度过了童年时光。那时他体型瘦小,性格孤僻,却格外聪明——自然,他成了同龄人残忍捉弄的对象。

有一段童年的记忆他一辈子都忘不掉。那时候他五岁,穿着自己的第一套西服,开始被父母送到村里的学舍念书。"我每天都要经过一位农村医生的办公室,办公室的门几乎从来不关。"他后来在回忆录中写道,"这个地方让我特别恐惧,一方面是由于我在心里把这儿和令我童年蒙上阴影的那些恶心混合物(当时还没有儿童药物)联系了起来,一方面是由于我听到了关于这个办公室的一些模糊的传言。"

在那时,医生的办公室可能确实是一个令人害怕的场所。所有的医生在某种程度上来说都是业余的。最优秀的医生会自己购买尸体来进行研究。他们用现金购买,不问无谓的问题,将特别值得研究的脏器保存在大型的透明容器里。办公室里挂着骨架,方便解剖时进行参考。有一些骨架已经超越了用来研究的功能,成了一件艺术品,如此精细——每一块都连接得严丝合缝,每一块漂白的骨头都通过铜钩相连,顶端的头骨微笑着,仿佛一位会拍你肩膀的好朋友,好像随时都准备咣当咣当地奔下楼,赶上下一辆电车。

两个年纪稍长的小孩发现了马盖特的恐惧,于是某天抓住了他,将"不断挣扎和尖叫"的他拽进了医生的办公室。"这样还不够,"马盖特写道,"他们还把我拉到了一具微笑的骨架面前。那具骨架双臂前伸,仿佛随时准备来抓我。"

"对一个年纪尚小且身体不好的小孩做这些事情既邪恶又危险。"他写道,"不过事实证明,这次经历是一次英勇的治疗,注定会彻底治愈我的恐惧,并且第一次在我的内心注入了一股强烈的好奇心,随后转变为学习的欲望,最终导致我在多年后选择医学作为自己的专业。"

这件事可能确实发生过,不过真实情况有所不同。更有可能的情况是,这两个年纪稍长的男孩发现这个年仅五岁的受害者并不害怕这次"游览",他不仅没有挣扎和尖叫,还盯着这具骨架,冷静地欣赏起来。

他逐渐将视线转回,望着抓他来的这两位,这一次轮到他们落荒而逃了。

吉尔曼顿是新罕布什尔州湖区的一个小农村,偏远到这儿的村民都读不到日报,也几乎没听过火车的汽笛声。马盖特还有一个哥哥和一个姐姐。他的父亲列维是农民,列维的父亲也是农民。马盖特的父母是虔诚的卫理公会派教徒,哪怕小孩犯了最平常的过错也要施以棍棒责罚,再诚恳地祷告,随后将孩子禁足于阁楼,一天不许说话,也不许进食。他的母亲经常要求他在她的房间里一起祷告,直到整个房间的气氛都变得诡谲而兴奋。

按他自己的评价,他是"妈妈的乖小孩"。他花了大量的时间独自在房里阅读儒勒·凡尔纳和埃德加·爱伦·坡的作品,或者发明一些玩意儿。他做了一个风力装置,产生的噪音能用来赶走家中田地里的鸟儿。他还计划着要制造一个永动机。他把自己最心爱的宝贝藏到一个小盒子里,其中包括他拔的第一颗牙和他的"十二岁恋人"的照片,不过后来有观察者推测,这盒子里还包括一些更为可怕的"宝贝",比如小动物的头骨。他可能是在吉尔曼顿周边的树林里弄伤了这些小动物,然后活生生地解剖了它们——后来的人有这样的推测,是基于二十世纪一些个性相同的儿童留下的惨痛教训。马盖特唯一的朋友是一个比他大一点的叫汤姆的男孩，但和一群小孩在一座废弃的屋子里玩耍时，汤姆摔死了。

马盖特把自己名字的首字母凿到了祖父农场的一棵老橡树上。他的家人会在门侧的柱子上留下刻痕来标记他的身高。第一道刻痕还不到三英尺高。他最爱的消遣之一是爬到一块很高的巨石上，大声喊叫来产生回声。他曾经替一位在吉尔曼顿稍作停留的"江湖摄影师"跑腿。这个男人跛得很严重，很乐意有人帮忙。某天早晨，摄影师交给马盖特一块坏掉的木头，叫他拿到城里制造货运马车的铺子去换新的。当马盖特拿着新的木块返回时，却发现摄影师正坐在门边，衣服只穿到一半。毫无征兆地，他卸下了自己的一条腿。

马盖特惊呆了。在此之前，他从未见过假肢。他痴痴地盯着摄影师，看着他把这块新木头塞到了假肢的一个部位。"假如接下来他把自己的头用同样神秘的方式卸下来，我一定不会感到更吃惊。"马盖特写道。

马盖特脸上的神情引起了摄影师的注意。他仅靠一条腿，取来了自己的相机，打算替马盖特拍一张照。在按下快门的前一秒，他举起自己的假肢，朝小男孩挥舞了两下。几天后，他递给马盖特冲洗好的照片。

"这张照片我保留了很多年，"马盖特写道，"直到现在我还能回想起那个光着脚、穿着自家做的衣服的男孩那张瘦削而受惊的脸。"

在回忆录里描述这段经历时，马盖特正坐在监狱里，希望能引发公众的同情。虽然这幅画面想象起来挺让人唏嘘，不过真实情况是，在马盖特儿时，相机还不具备抓拍的功能，特别是拍摄对象是小孩子，

45

就更难捕捉到了。如果摄影师真在马盖特的眼中看到了什么，大概是一片他早已知道的苍白而空洞的蓝色，让他感到悲哀的是，现存的任何底片都没能将这片蓝色记录下来。

十六岁时，马盖特毕业了。尽管年纪尚小，他却成了一名教师，一开始在吉尔曼顿，后来去了新罕布什尔州的奥尔顿，在那儿，他邂逅了一个名叫克拉拉·A·洛夫林的女人。她从未遇到过马盖特这样的人。他年轻却泰然自若，并且有本事逗她开心，哪怕是在她想要发脾气的时候。他的谈吐如此得体，言语如此温暖，还总是深情地轻轻抚摸她，哪怕是在别人面前。他有一个不小的缺点，就是一直要求与她做爱，这不是追求期的恋人应该做的，而是婚后的夫妇才会有的方式。她一直推辞，但不可否认的是，马盖特激发了她内心深处的强烈欲望，装饰了她的梦。马盖特十八岁的时候要求她和自己一起私奔，她同意了。一八七八年七月四日，他们在一名治安法官面前结了婚。

起初，两人的激情远远超过了克拉拉期望从那些阴暗的年长妇女口中听到的程度。不过两人的关系极为迅速地冷却了。马盖特总是离家很久不回来，很快就到了一连好几天都不回家的程度，最后干脆再也不回了。在新罕布什尔州奥尔顿的婚姻登记处，他们俩结婚的事实还登记在案，仍有法律效应，不过早已干枯而死。

十九岁时，马盖特上了大学。刚开始他打算去达特茅斯学院就读，但之后改变了主意，转而直接读了医学院。他一开始进了位于伯灵顿市的佛蒙特大学医学部，不过觉得学校太小，才读了一年就转校去了安娜堡市的密歇根大学。这所大学是西部最好的医学院之一，因重视尚存争议的解剖学而出名。他于一八八二年九月二十一日入学。在大三那年的暑假，他犯下了在回忆录中自述的"人生中第一次真正的不诚实行为"。他在出版社找了一份巡回推销员的工作，工作内容是在伊利诺伊州西北部兜售某一本书。他没有上交自己的收入，而是扣了下来。暑假结束时他回到了密歇根。"我不认为这次西行是失败的经历，"他写道，"因为我见识了芝加哥。"

一八八四年六月，他毕业了。他学习成绩平平，打算寻找"一个不错的地方"开展自己的事业。为了达到这一目标，他又找了一份巡回推销员的工作，这一次是一家位于缅因州波特兰的苗圃公司。他的工作路线带他去了许多城镇，若不是因为这份工作，他是绝不会去的。最终他来到了纽约的摩尔斯福克斯，根据《芝加哥论坛报》的报道，一所小学的理事会"对马盖特的绅士风度印象深刻"，雇用他为学校的校长。他在这个职位上干了一段时间，直到自己开了一间诊所。"我在这里待了一年，工作认真而诚恳，因此大家十分感激我。不过我没挣到什么钱。"

不论他走到哪儿，似乎总是有麻烦跟着。密歇根大学的教授们认为他的学术能力毋庸置疑，却记得他在别的方面十分引人注目。"这里的几个教授认为他就像个流氓。"学校方面表示，"他违背了对一个美发师许下的诺言。那名美发师是个寡妇，是从密苏里州的圣路易斯来到安娜堡的。"

摩尔斯福克斯曾有谣言说一个与他同行的小男孩离奇消失了。马盖特则声称这个男孩返回了马萨诸塞州的老家。然而没有人追究这件事，没有人能够想象充满魅力的马盖特医生会伤害任何人，更不用说小孩了。

在许多个夜里，午夜时分，马盖特都在住所外的街头辗转徘徊。

马盖特需要钱。教师的薪水很微薄，开诊所的收入也好不了多少。"一八八五年秋天，"他写道，"我直接面临着饿肚子的处境。"

当他还在医学院的时候，一个来自加拿大的同学曾经谈到，如果他们中间的一人去买人寿保险，把另一人设为受益人，然后用一具尸体来伪造投保人的死亡，是件极为容易的事。在摩尔斯福克斯，马盖特又重新起了这个念头。他去拜访这位同学，发现对方的经济状况和自己的一样糟糕，于是他们合伙谋划了一桩人寿保险骗局。马盖特在回忆录里对这一骗局进行了描述。这个计划无比复杂，而且令人毛骨悚然，几乎没人有能力执行。不过，他的描述还是值得一读的，因为我们可以从中窥见他无意中暴露出来的扭曲灵魂。

概括地说，这个计划要求马盖特和他的朋友召集另外几位同谋，一起伪造一家三口的死亡，并且找到尸体来替代每一位家庭成员。尸体会稍晚出现，并且重度腐烂。共谋者将瓜分四万美元的保险金（相当于二十一世纪的一百多万美元）。

"这个计划要求准备大量的材料，"马盖特写道，"事实上，至少要准备三具尸体。"这意味着他和朋友要想方设法获取三具看起来像丈夫、妻子和孩子的尸体。

马盖特认为寻找尸体不是难事，但事实上，当时全国都缺少用于医学教育的尸体，医生们甚至被迫去盗墓来获取新鲜尸体。意识到即使是医生也没法不惹人怀疑地弄到三具尸体后，马盖特和同伙商议好，每个人都要为这些"不可或缺的材料"做出贡献。

马盖特声称自己一八八五年十一月去了芝加哥,在那儿弄到了他"那一份"尸体。由于找不到工作,他将尸体贮藏好后便前往明尼阿波利斯,在那儿找了份药店的工作。他在明尼阿波利斯待到一八八六年五月,然后去了纽约市,计划把"部分材料带过去",其余的留在芝加哥。"这样一来,"他说,"我就不得不重新打包尸体了。"

他声称曾将一袋肢解的尸体储存在芝加哥的富达仓库,另一袋他带去了纽约,寄存在"一个安全的地方"。不过,在去纽约的火车上,他在报纸上读到了两篇文章,是关于保险犯罪的。"我第一次意识到顶尖的保险公司是多么严谨有序、准备充分,能侦破和惩治这类欺诈行为。"他声称自己在读了这几篇文章后,放弃了整个计划,也粉碎了在未来成功完成类似计划的希冀。

他在撒谎。事实上,马盖特深信,这个计划原则上是可行的——通过伪造他人的死亡,他确实可以诈骗保险公司。作为一名医生,他清楚当时的技术还无法确认尸体的身份。如果尸体被焚烧、肢解,或者通过其他方式毁灭了体表特征,它就不过是"材料",和柴火没有两样,只不过处理起来要困难一些。

捉襟见肘的经济状况也是谎言。在摩尔斯福克斯,房东 D. S. 海斯注意到马盖特经常持有大量的现金。海斯开始起疑,并且开始密切关注马盖特,不过并没有深入调查下去。

马盖特在深夜离开了摩尔斯福克斯,而且没有把房租付给海斯。他去了费城,希望在一家药店找个差事,最终变成合伙人或者老板。不过,他没有找到合适的药店,于是转而在诺利斯敦精神病院找了份"看守人"的工作。"这份工作,"他写道,"是我第一次与精神病患者接触，这次经历太可怕了，以至于过了好多年，甚至是现在的一些夜晚，我都会梦到他们的脸。"所以没干几天他就辞职了。

最后，他确实在费城的一家药店找到了工作。没过多久，一个小孩就因为吃了药店开的药而夭折，于是马盖特随即逃离了费城。

他搭乘火车前往芝加哥，但很快意识到除非去州首府斯普林菲尔德参加并通过资格考试，否则便不能在伊利诺伊州的药店工作。一八八六年七月，马盖特在芝加哥将自己的名字注册为霍姆斯，借用了当时某个显贵家族的姓氏。

霍姆斯清楚，几股强大的新势力正在芝加哥蓬勃发展，使得芝加哥奇迹般地不断扩张。这座城市向所有可能的方向急速成长，靠近湖边的地区开始向天空发展，环线以内的土地价值飞速增长。不管从哪里看，都能看到城市繁荣的标志，连空中飘浮的烟尘都是证明。城里的报纸很爱吹嘘各工厂雇用的工人数量惊人的增长速度，特别是肉类加工厂。霍姆斯清楚——人人都清楚——随着一栋栋摩天大楼拔地而起，牲口中心不断扩张屠宰工作，对工人的需求将会持续增长，这就意味着工人和他们的上级需要在城市郊区寻找居住地，并且希望居住环境良好，有平坦的碎石路、干净的水源、不错的学校，最重要的是空气清新，没有被联合牲口中心那些腐烂内脏的臭味污染。

随着城里的人口不断膨胀，对于住所的需求转变成了"公寓热"。当人们找不到或住不起公寓的时候，他们就寄住在别人家或者家庭旅馆里，租金通常包含三餐。投机者发了财，造成了古怪的景象：在卡柳梅特县，一千盏华丽的路灯立在泥沼里，没有发挥任何功能，仅仅只是照亮了烟雾，招来一层又一层的蚊子。西奥多·德莱塞与霍姆斯差不多同一时间来到芝加哥，眼前的景象令他震惊。"城里铺设了一条又一条地上道路和下水道，穿过的地区也许只伫立着一栋孤零零的房子。"他在《嘉莉妹妹》中写道，"有一些地区饱受风雨摧残，却整夜亮着路灯，绵延不绝的煤气灯在风中闪烁着、摇曳着。"

发展最迅速的郊区之一就是恩格尔伍德。即使是像霍姆斯这样初来乍到的人也能察觉到，这里正在急速发展。房地产广告大肆吹嘘这地方的地理位置和增值潜力。事实上，自从一八七一年芝加哥大火发生以来，恩格尔伍德就一直在飞快地发展。据一位当地居民回忆，大火之后，"恩格尔伍德的房子就立刻变成了抢手货，人口增速太快，供应很难跟上需求"。老的铁路工人仍把这儿称作"芝加哥交叉口""交叉口路"，或者直接称为"交叉口"，只因为有八条铁轨线路在该区域汇集。但在内战以后，居民开始对这个名字的工业内涵感到厌烦。一八六八年，一位名为H.B.刘易斯的太太建议取个新名字——恩格尔伍德。这是她曾经住过的一个新泽西镇子的名字，而这个镇名又来自英格兰卡莱尔的一片森林，传说有两位罗宾汉之流的英雄住在里面。这片让芝加哥人称为"有轨电车"的郊区地带，被牲口中心的高管们选为了居住地，还有不少公司总部坐落于芝加哥环线内的摩天大楼的高管也住在这儿。他们在名为"哈佛"及"耶鲁"的街旁买了大宅子。路旁整齐地栽种着橡树、桦树、梧桐树和椴树，并张贴着告示，声明除非是重要的货运马车，其他车辆一律不得入内。他们送小孩到学校读书，上教堂，参加共济会及镇上另外四十五个秘密社团的会议。这些秘密社团都有自己的集会场所、地理上的分区和活动区域。礼拜天，他们会在华盛顿公园软绵绵的草坪上漫步，如果一时兴起想要独处，那么六十三街尽头靠近湖畔的杰克逊公园内狂风大作的山脊就是不二之选。

他们乘坐火车或者电车上班，并且庆幸自己住在联合牲口中心的上风口。在名为"贝茨分割地"的两百块住宅用地拍卖会的产品目录上，一个在恩格尔伍德拥有大片土地的开发商如此兜售自己的产业："对于联合牲口中心的商人们而言，这里特别方便，容易到达，并且避开了肆虐的西南风带来的臭味。城里其他热门的地域可没这么幸运。"

霍尔顿医生去世了。霍姆斯向霍尔顿太太提议让他来买下药店，而她可以继续住在药店楼上的公寓里。说起这个提议时，他语气平淡，仿佛买下药店并不是为了自己，而仅仅是想减轻霍尔顿太太的工作负担。他一边说话，一边碰触着她的胳膊。她签好转让店铺的契约后，霍姆斯站起来向她表示感谢，眼里噙满了泪水。

他购买药店的钱主要来自抵押店铺的设备和股份所得，并且同意以每月一百美元的额度偿还债务（相当于二十一世纪的三千美元）。"药店生意不错，"他说，"这是我人生中第一次在我感到满意的行业有所成就。"

他换了块新招牌：H.H.霍姆斯药店。随着消息传开，人们发现一位年轻俊秀、显然未婚的医生现在站在了柜台后面，于是越来越多的二十来岁的单身女性开始光顾药店。她们精心打扮，来买一些自己并不需要的物品。老顾客也很喜欢这位新老板，虽然他们也很想念让人觉得安心的霍尔顿太太。当他们的孩子生病时，霍尔顿夫妇会及时帮忙；当有人病重回天乏术时，他们会提供安慰。大家知道霍尔顿太太把药店卖了，不过为什么很久没有在镇上见到她了呢？

霍姆斯笑着解释说，她决定去拜访远在加利福尼亚的亲戚。她一直想去，却没有足够的钱，也抽不出时间——以前丈夫病重，自然要贴身照顾。

时间流逝，问起霍尔顿太太的人也越来越少，于是霍姆斯稍微修改了一下这个故事。霍尔顿太太很喜欢加利福尼亚，决定留在那儿不回来了，他解释道。

顺势而为

毫无进展。之前那么兴致勃勃，那样气势汹汹——现在却毫无进展。现在是一八九〇年六月，距离国会投票决定将"世界哥伦布博览会"的举办权赋予芝加哥已经过去了近六个月，然而理事会的四十五位成员还是没能决定，究竟在城里哪个位置建造博览会园区更合适。城市的尊严处于危急关头，在投票的时候，全体芝加哥人都一致对外。芝加哥代表团向国会夸下海口，说芝加哥一定能建设出比纽约、华盛顿或者其他任何城市所构想的更宏伟、更得体的博览会园区。可是现在，芝加哥的每一个区都坚持要把世博会园区建在自己的辖区内，吵作一团，令理事会一片混乱。

博览会的场地及建筑委员会已经要求伯纳姆暗地里对城里的一些位置进行评估。带着同样的谨慎，委员会向伯纳姆和鲁特保证，最后一定是由他们俩来主导世博会的设计和建造。对于伯纳姆而言，每拖一秒，都是从本来就不多的世博会园区的建造时间里偷走一部分。最终的"世博会法案"由本杰明·哈里森总统在四月签署，其中写明了将在一八九二年十月十二日举办揭幕仪式，以纪念四百年前哥伦布发现新世界的那一刻。不过，正式的开幕式要等到一八九三年五月一日，这样可以多给芝加哥一点准备时间。伯纳姆清楚，即便如此，在揭幕仪式那天，博览会也得准备得八九不离十才行。那就只剩下二十六个月了。

伯纳姆有个朋友，名叫詹姆斯·埃尔斯沃思[①]，是理事会的成员之一。他也被目前的僵局弄得焦头烂额，以至于在七月中旬去缅因州出差的时候，他出于个人意愿造访了弗雷德里克·洛·奥姆斯特德位于马萨诸塞州布鲁克莱恩的办公室，试图劝说他前往芝加哥对备选的地点进行评估，也许还能担任博览会的景观设计师。埃尔斯沃思希望奥姆斯特德的建议能迫使大家做出决定，毕竟他有着纽约中央公园"魔法师"的美誉。

在所有人当中，埃尔斯沃思走出的这一步具有重要意义。他一开始就对芝加哥是否应该争取世博会的举办权心存怀疑。他之所以同意担任理事会成员，仅仅是因为担心博览会真的像东部期待的那样，变成"字面意义上的一次普通的展览"。他认为芝加哥必须举办世界历史上最伟大的盛会来捍卫自己的尊严，而时针每摆动一下，这个目标就变得更难实现。

埃尔斯沃思为奥姆斯特德开出的咨询费为一千美元（相当于今天的三万美元）。他有两点没有透露，一是这笔钱是由他自己出，二是他并没有获得官方授权来聘请奥姆斯特德。

奥姆斯特德拒绝了。他告诉埃尔斯沃思，自己不想做博览会的

[①]詹姆斯·埃尔斯沃思，美国实业家，宾夕法尼亚州的煤矿主。

景观设计。除此之外，他还认为剩下的时间实在太短，没人能把博览会的景观设计好。要制造出奥姆斯特德努力创造的景观效果，数月的时间是不够的，至少需要数年，甚至几十年的时间。"我这辈子考虑的都是长期的效果，总是牺牲掉眼前的成功和掌声，留给未来。"他写道，"在设计中央公园的时候，我们就决心不考虑任何会在四十年内实现的效果。"

埃尔斯沃思坚持，芝加哥想要创办的是连巴黎世博会都望尘莫及的豪华盛会。他为奥姆斯特德描绘了一幅愿景：那是由美国顶级的建筑师们设计出的梦幻之城，占地面积比巴黎世博会至少大三分之一。埃尔斯沃思向奥姆斯特德保证，要是他同意来帮忙，他的名字必然会被列入本世纪最伟大的艺术创举的名单。

奥姆斯特德的态度稍有缓和，他说他会考虑，并同意在两天后埃尔斯沃思准备从缅因州返回的时候和他再见一面。

奥姆斯特德确实在考虑，并且开始把这次世博会视为一次机会，用于实现他拼搏了很久却一直没有实现的目标。在职业生涯里，他一直在奋力打破景观设计不过是一种野心勃勃的园艺活的成见，想让人们将他的专业认可为一门独立的美术分支，能与绘画、雕塑及建筑比肩。奥姆斯特德评估植物、树木、花朵的时候不看它们单独的属性，而是视之为调色板上的颜色和色块。他很厌恶塑了形的花坛。在他看来，玫瑰不是玫瑰，而是"点缀大片绿色空间的白色或红色斑点"。似乎没有人能懂得他努力了这么久想要呈现出什么效果，这让他很懊恼。"我像写文章一样做设计，安静沉着，松弛有度，忧郁却不露声色，然后塑造地形，摒除突兀的元素，让合适的植被生长。"然而，更常见的情况是，他"一年后回来时会发现设计遭到了破坏，为什么？'我的夫人太喜欢玫瑰了'，'有人送了我几棵大型挪威云杉'，'我太喜欢白桦树了——在我小时候父亲的园子里就有一棵'"。

即使是大型的城市项目，这样的情况也在所难免。他和卡尔弗特·沃克斯在一八五八年至一八七六年间对中央公园进行了建造和修改。可是自从建好后，奥姆斯特德便发现自己要不断地抵制人们以各种各样的方式对园地进行修补的企图，在他看来，这些修补与破坏无异。可是，这种情况不仅限于中央公园，似乎每一座公园都面临这类无理的修补。

"假设，"他在给设计师亨利·万·布伦特的信里写道，"你被委托建造一座非常豪华的歌剧院，当施工已经接近结尾，你的装潢设计已经全部完成，这时，你被告知歌剧院在礼拜日会被用作浸礼会的礼拜堂，必须腾出合适的空间放置一架大型风琴、一座布道坛和一个浸池。在接下来的日子里，还时不时有人建议你对歌剧院进行改造，使其可以作为法庭、监狱、演艺厅、酒店、滑冰场，作为外科诊所、马戏团、赛狗场、练习室、舞厅、火车站甚至制弹塔？"他写道："这，就是公园设计中几乎一直在上演的事。如果我显得咄咄逼人，请原谅我，这种愤怒我已经压抑很久了。"

奥姆斯特德认为景观设计师所需要的，是被更多的人看到，继而才能被更多的人信赖。他意识到，假如成果真的有埃尔斯沃思想象中那么好的话，世博会也许是一次机会。不过，他还得仔细权衡这份好处，以及签约之后短期内的代价。他的公司已经排满了工作，他写道，"我们每个人都时常处于令人焦躁的压力之下。"除此之外，奥姆斯特德现在也越来越频繁地受到疾病困扰。他已经六十八岁了，数十年前的一起马车事故导致他的一条腿比另一条腿短了一英寸，所以走路有点跛。他容易抑郁，每次发作的时间都很长；他经常牙疼；他长期患有失眠症和面部神经痛；他时不时会产生奇怪的耳鸣，让他难以与人交谈。不过他仍然充满了创造力，一直到处奔波，但要在火车上过夜对他而言太难熬了。就算是在自己的床上，他也经常失眠，还要忍受牙痛。

不过，埃尔斯沃思展现的愿景太诱人了。奥姆斯特德和儿子们商量后，又与公司的最新成员亨利·萨金特·科德曼进行了商议。他称科德曼为"哈利"，后者是一位极富天分的年轻景观设计师，很快就获得了奥姆斯特德的信任。奥姆斯特德很尊重他的建议。

当埃尔斯沃思返回的时候，奥姆斯特德告诉他自己改变了主意。他会加入这次冒险。

一回到芝加哥，埃尔斯沃思就获得了雇用奥姆斯特德的正式授权，并安排他直接向伯纳姆汇报工作。

在一封写给奥姆斯特德的信里，埃尔斯沃思写道："我的立场是这样——在这件事上，美国的名誉处于危急关头，芝加哥的名誉也是一样。作为一位美国公民，你同样也希望为这项伟大而恢宏的事业添砖加瓦。通过和你交谈我也明白，面对这样的机会，你会从宏观上把握局势，并且突破自身的局限。"

当然，这件事看来是成了，在随后的合同洽谈中，奥姆斯特德在科德曼的力劝下，要求获得二万二千五百美元的酬劳（相当于今天的六十七万五千美元），并且没有商榷的余地。

一八九〇年八月六日星期三，埃尔斯沃思造访布鲁克莱恩后的第三周，世博会公司给奥姆斯特德发去电报："您什么时候能就位？"

三天后的礼拜天早晨，奥姆斯特德与科德曼到达了芝加哥。他们发现芝加哥正为一个消息欢庆：之前芝加哥作为美国第二大城市的初步排名，已经被最终的人口普查数据证实。不过这个最终数据也显示，芝加哥仅以五万二千三百二十四名的人口数字险胜了费城。这个好消息为难熬的夏天带来了一丝宽慰。不久前，一股热浪在城里肆虐，导致十七人死亡（包括一位名叫"基督"的男人），也干净利索地捏碎了芝加哥向国会夸下的海口：这儿的夏日就像度假村般气候怡人。"这里的夏天凉爽而舒适"，《芝加哥论坛报》曾经这样描述。就在热浪袭来之前，一位英国的文坛新秀发表了一篇言辞犀利的文章点评芝加哥。"亲眼见到以后，"鲁德亚德·吉卜林[①]写道，"我希望永远不会再回到这里。这里住的都是野人。"

对伯纳姆而言，科德曼看起来太年轻了，最多不到三十岁。如此年轻，并且深得美国顶级景观设计师的信任，科德曼必定天资聪颖过人。他的双眼像两颗黑曜石，仿佛可以在钢铁上砸出洞来。至于奥姆斯特德，伯纳姆惊异于他的身材竟如此瘦小，从构造上来看，仿佛无法支撑那颗硕大的脑袋。那颗脑袋表面大部分秃着，只有底部蓄着一团乱糟糟的白毛，活像一颗象牙制的圣诞球置于一堆细木刨花上。奥姆斯特德看起来疲于旅途劳顿，不过他的双眼大而温润，闪烁着智慧的光芒。他希望立刻投入工作。在这里，伯纳姆终于见

[①]鲁德亚德·吉卜林，英国记者、短篇小说家、诗人。

到了一个明白每一分钟的流失究竟意味着什么的人。

伯纳姆当然知道奥姆斯特德的成功作品：位于曼哈顿的中央公园、位于布鲁克林的普罗斯佩克特公园、康奈尔大学和耶鲁大学的庭院，以及其他许多项目。他也知道开始景观设计事业之前，奥姆斯特德曾是一名作家兼编辑，曾经在内战前游历南方，考察奴隶文化和蓄奴现象。奥姆斯特德是出了名的精益求精，工作起来奋不顾身——同样出名的还有他直率的辛辣言辞，特别是面对那些不懂他设计理念的人的时候。奥姆斯特德想要打造的是充满神秘色彩，地面点缀着阳光，时有阴影出现的景观，而不仅仅是花坛和装饰性花园。

而在奥姆斯特德来看，他知道伯纳姆在建造高楼方面是顶级专家。据说伯纳姆是他公司的商业天才，而鲁特则是艺术家。奥姆斯特德和伯纳姆一见如故。伯纳姆果断、直率而热忱。他说话的时候，蓝眼睛会直视对方，这让奥姆斯特德觉得安心。奥姆斯特德和科德曼私下交流，认为伯纳姆是值得共事的人。

选址工作马上开始，不过很难做到客观公正。伯纳姆和鲁特显然倾向于一个特定地点：杰克逊公园，位于芝加哥以南，恩格尔伍德以东的湖畔地区。碰巧，奥姆斯特德知道这个地方。二十年前，应芝加哥南方公园委员会委托，奥姆斯特德曾对杰克逊公园、杰克逊公园西边的华盛顿公园，以及连接这两座公园的名为"中道"的宽阔林荫道进行过评估。在他为委员会起草的计划书中，他的设想是把杰克逊公园由一片荒芜沙地和污臭水池改造成美国独一无二的公园，主打水景和泛舟，并要为此修建运河、潟湖和绿树成荫的水湾。奥姆斯特德完成这份计划书后不久，芝加哥就发生了一八七一年的大火。芝加哥一心急着重建家园，一直没有机会回过头来实现奥姆斯特德的构想。这座公园在一八八九年被纳入了芝加哥的辖区，不过在奥姆斯特德看来，除此之外，一切都还是原样。他清楚这儿的缺陷，确实有不少缺陷，不过他相信只要大量开展巧妙的清淤和造型工作，杰克逊公园就能被改造成之前的世博会举办地从未有过的景观场所。

因为他意识到，杰克逊公园有世界上任何城市都望尘莫及的优势：一望无际、湛蓝平整的密歇根湖。有这片秀美的风景作为世博会的背景，简直是众望所归。

八月十二日星期二，奥姆斯特德向世博会理事会递交了一份报告，而此时距离他和科德曼抵达芝加哥才过了四天。令他气恼的是，这份报告随后便被公诸于世。一开始，奥姆斯特德只打算让业内人士看这份报告，因为他们会认可杰克逊公园本质上是可以接受的选址，并且珍视这份报告，将其作为应对未来各种挑战的可靠蓝本。可奥姆斯特德惊讶地发现，这份报告被反对派加以利用，成了世博会场馆根本不能建在杰克逊公园的证据。

理事会要求奥姆斯特德递交第二份报告。奥姆斯特德于六天后，也就是八月十八日星期一递交了第二份报告。伯纳姆欣喜地看到，奥姆斯特德为理事会提供了一些超出他们预期的东西。

奥姆斯特德并不是一个讲究文字风格的人。报告中的句子写得很随性，就像牵牛花随意从栅栏的缝隙中探出头来。不过他的文章展现出了思考的深度和敏锐，关于如何修改景观可以令人产生心灵上的震撼，他作出了自己的阐释。

首先他列出了以下几条原则，对当前的状况进行了一番谴责。

不该为了选址而争吵，他训诫道，不同的派系必须意识到，要想成功举办世博会，每个人必须齐心协力，不论最终理事会将如何选址。"比如说，你们有些人似乎还不明白，这次博览会并不是芝加哥博览会，而是世界博览会。芝加哥是要作为这次美国盛会的旗手，站在世界面前接受检阅。整个芝加哥必须找到最适合建造世博会园区的地址，抛弃某一区域的地方利益。"

他强调，世博会的每一项景观元素，必须"拥有一个最高目标，也就是顺势而为：每一砖每一瓦都要顺势而为，为最终宏伟的整体效果作出适当的贡献。整体的主要元素会在展区高耸的主体建筑群中呈现。换句话说，在建筑前面、建筑之间以及后面的所有地面和上面的承载物中，不论是以草皮来修饰，还是点缀花丛、灌木、树木、喷泉、雕像、摆件及艺术品，都必须和建筑在设计上交相辉映，它们必须作为建筑的陪衬，而建筑又必须通过光线、阴影及色调来反衬它们"。

显然，一些地点有着得天独厚的优势。将世博会与令人心旷神怡的自然景色结合能够带来更强烈的效果，"这个优势，不论人工景致——比如园艺、草坪、喷泉及雕塑等——如何精巧或昂贵都比不上，任何绝世天才都构思不出，任何能工巧匠都力所不及"。在这场选址争夺中，各派系似乎都忽略了一点，芝加哥"有且只有一处自然资源是本地特有的，而且它无比壮观美丽，能极大地吸引人潮。那就是密歇根湖"。

密歇根湖非常美丽，并且会时刻变换颜色和纹理。奥姆斯特德强调，除此之外，这儿也是一处新颖的景观，能够增强世博会的吸引力。许多内地的游客"只有到这儿才能见到延伸至地平线的广阔水面;才能见到扬帆航行的船舰和足有常见船只两倍大的汽船时时刻刻穿梭于芝加哥港;才能见到光线倒映在水面,或是地平线上堆积着层层白云的景象。每一个夏日,这些景象都可以在芝加哥这个湖边的区域观赏到"。

奥姆斯特德接下来考虑了四个具体的候选地点:位于环线上靠近湖岸的一处地点;两个城内的地点,其中一个是位于芝加哥西部的加菲尔德公园;当然,第四个是杰克逊公园。

虽然奥姆斯特德更倾向于选择最北边的那个地点,但坚持认为杰克逊公园也行得通,"在此顺势而为能产生令人愉悦的效果,至今为止,还没有任何一次世界博览会以此为目标"。

奥姆斯特德淘汰了城内的两处地点,因为地势太平,会显得单调,并且离密歇根湖太远。在评估加菲尔德公园时,他再一次花了点时间表达自己对于芝加哥迟迟未能选出园址的愤怒。一想到芝加哥的名流们在游说国会争取主办权时夸下的海口,就更令人生气了。

"不过,想想举国上下都在关注芝加哥能否提供大量优秀的候选地址;想想若是这次世纪性的纪念博览会在费城周边的美景中举办会带来什么好处;想想若是世博会建在华盛顿美丽的岩溪谷——国家正打算在此修建一座公园——会带来什么好处;想想纽约能提供的世博会选址,一边是新泽西悬崖与哈德逊河谷的奇美景色,一边是长岛海湾的海水和变幻的海岸。想到所有这些,我们不禁担心起来,如果选址落于城市背面,完全缺乏自然景观的吸引力,全国人民定会感到失望,而去年冬天向国会许下的无尽'完美'的候选地的诺言,就会遭遇一记响亮的耳光。"

奥姆斯特德特意强调了"完美"一词。

伯纳姆希望第二份报告能最终逼迫大家做出决定。此前已耽误太久,令人恼怒并备感荒谬。时间的沙漏早就开始倒计时了。理事会似乎还没察觉到,芝加哥正面临着沦为全国甚至全球笑柄的危险。

又过了几周。

一八九〇年十月末,选址仍未确定。伯纳姆和鲁特忙着打理他们不断发展壮大的事业。承包人已经开始兴建公司设计的两栋最新、最高的芝加哥摩天大楼——基督教妇女禁酒联盟大楼和共济兄弟会大楼,它们足足有二十一层,是当时世界上最高的建筑。两座大楼的地基都已接近完成,正等着埋入奠基石。由于建筑业和建造业在芝加哥备受瞩目,奠基仪式变成了奢华的盛宴。

基督教妇女禁酒联盟大楼的奠基庆典在拉莎利路与门罗路的拐角处举办,旁边是一块占地七平方英尺、厚三英尺、重达十吨的新罕布什尔花岗岩巨石。伯纳姆和鲁特来到了权贵之间,包括禁酒联盟的主席弗朗西斯·E·威拉德夫人以及前市长卡特·亨利·哈里森。哈里森已经担任过四届市长了,今年打算再次参选。哈里森出现时戴着他平常爱戴的黑色宽边软帽,口袋里塞满雪茄,而人群里爆发出一阵欢呼,特别是爱尔兰人和工会成员,他们视哈里森为城里下层阶级的盟友。伯纳姆、鲁特和哈里森并肩站在禁酒联盟大楼的巨石旁,这场面显得极为讽刺。哈里森担任市长的时候,他在市政厅的办公室里存放了好几箱上好的波旁酒。城里严苛的新教上流人士将他视为市政机构中的好色之徒,认为正是因为他对卖淫、赌博和酒精的纵容,才使得城里的几个犯罪频发区变得越来越乱,特别是莱维，成了臭名昭著的酒保及强盗米奇·费恩[①]的老窝。鲁特对食物和生活出了名地挑剔，曾被路易斯·沙利文形容为"一个眷恋红尘、纵情享乐的人，更是一个放浪形骸的人"。至于伯纳姆，除了关注他的马德拉酒环球之旅，每年还会装瓶保存四百夸脱朋友送的档次稍低的酒，并且亲自为联邦联合会挑选酒窖藏酒。

伯纳姆十分庄重地将一把镀银的泥铲交给了殿堂建造协会的主席T.B.卡尔斯夫人，她脸上的微笑表明她对这些怪异的风俗毫不知情，或者情愿在此时忽视它们。她挖起一团为仪式特意准备的灰浆，轻轻拍打和涂抹。现场一位见证者描述道："她拍灰浆的样子就像一个男人轻拍一个卷发小男孩。"她将泥铲递给了满脸惧色的威拉德夫人，"她更加用心地拍打灰浆，不慎沾了一些在礼服上。"

一位目击者称，鲁特朝朋友倚过去，低声建议溜走去喝鸡尾酒。

不远处就是读者众多且备受尊敬的《芝加哥洋际报》的派发仓库。一位年轻的爱尔兰移民——也是卡特·哈里森的忠实拥护者——完成了一天的工作。他的名字是帕特里克·尤金·约瑟夫·普伦德加斯特。他管着一班吵闹的小报童，他厌恶他们，他们也厌恶他，这从他们日常的讥讽和恶作剧中可以看出来。要是小报童知道普伦德加斯特有一天会改变世界哥伦布博览会的命运，他们会觉得荒谬无比，因为在他们看来，普伦德加斯特是他们能想象的最倒霉、最可悲的人了。

普伦德加斯特一八六八年出生于爱尔兰，时年二十二岁。一八七一年，他全家移民到美国，并在同年八月迁居芝加哥，正巧遭遇

[①]美国俚语，意为"混有麻醉药的酒"，可能是以1896年至1903年间在芝加哥经营孤星酒馆和棕榈园酒馆的经理和酒保的名字命名的。

了芝加哥大火。如他母亲所言,他一直都是"一个内向且不善社交的男孩"。他在德拉莎利学校接受了小学教育。他的老师阿德胡特神父说:"在学校的时候他就颇为与众不同。他很安静,午休时也不加入其他同学的娱乐活动。他一般只是站在旁边看着。从这个孩子的外表来看,我会以为他有什么地方不太好,或者生病了。"普伦德加斯特的父亲为他找了一份在西联汇款公司送电报的工作,他干了一年半。普伦德加斯特十三岁的时候,父亲去世,他失去了自己唯一的朋友。有一段时间,他似乎彻底与世隔绝了。之后他缓慢地恢复过来,开始阅读法律和政治类书籍,并参加了单一税俱乐部的聚会。单一税俱乐部拥护亨利·乔治[①]的观点,认为私有土地业主应该缴纳一种税款,本质上相当于租金,以反映出土地属于所有人这一根本事实。在这些聚会里,普伦德加斯特坚持参与每一次对话,以至于有一次被大家扛出了房间。他母亲觉得他似乎变了一个人:博览群书、意气风发,并且努力参与各项事务。她说:"他突然变得聪明起来。"

事实上,他比表面上看起来更为疯狂。不工作的时候,他就写明信片,一写就是几十张,甚至上百张,寄给城里最有权势的人,使用的语气好像与他们拥有同样的社会地位似的。他写给他挚爱的哈里森,写给此外各式各样的政客,包括伊利诺伊州的州长。鉴于伯纳姆近期的优秀表现,连他都可能收到过一张这样的明信片。

显然,普伦德加斯特是个有问题的年轻人,但要说他这个人很危险倒是不太可能。对于任何见过他的人来说,他都不过是个可怜人,饱受芝加哥的嘈杂和恶臭折磨。不过普伦德加斯特对于未来抱有宏大

---

① 亨利·乔治,美国政治经济学家、记者,主张从土地(包括自然资源)中获得的经济收益应公平地属于社会的所有成员。

的期望，并且把所有的期望寄托在了一个人身上：卡特·亨利·哈里森。

他奋不顾身地投入到哈里森的市长竞选活动中，尽管哈里森并不知情，他还是会给任何可能支持哈里森的人寄明信片，宣传哈里森是爱尔兰人和工人阶级最忠诚的朋友，是市长职位最合适的候选人。

普伦德加斯特相信当哈里森最终赢得第五次两年任期时（理想状态是在即将到来的一八九一年四月的竞选中当选，不过可能要到下一次，即一八九三年的竞选中才能实现），他会奖励自己一份工作。这就是芝加哥政界的规矩，他对此毫不怀疑。他坚定地认为哈里森会获得成功，然后把他从天寒地冻的早晨、从恶毒的报童身边解救出来。而这就是他目前的生活。

在最先进的精神病医生看来，这样毫无根据地相信一件事就是一种幻觉，和一种新发现的名为"妄想症"的疾病有关。所幸，大多数幻觉是无害的。

一八九〇年十月二十五日，世博会的选址仍未确定，令人不安的消息却从欧洲传来，随之而来的第一波隐藏的势力已经在集结，这带给世博会的损害可能比理事会的僵局严重无数倍。据《芝加哥论坛报》报道，国际市场不断动荡，伦敦方面开始担忧，一次经济衰退甚至是一场彻底的"恐慌"或许即将到来。这样的担忧立刻开始冲击华尔街。铁路股票暴跌，西联汇款公司的股价跌了百分之五。

随后的周六，关于经济衰退的惊人消息通过英国和美国之间的海底电缆陆陆续续地传来。

在消息到来之前，芝加哥金融界的掮客们花了很多时间讨论早晨的奇怪天气——一层不常见的"黑暗烟雾"笼罩着城市。掮客们打趣说，这幅景象也许预示着"审判日"即将到来。

自打收到伦敦第一份电报，就没人笑得出来了：伦敦一所强大的投资公司——巴林兄弟公司即将倒闭。"这个消息，"一位《芝加哥论坛报》的记者说，"几乎令人难以置信。"英格兰银行和某金融财团正在筹集资金，以保证巴林公司有足够的债务承担能力。"紧随其后的股票抛售大潮太可怕了。这场名副其实的恐慌持续了一个小时。"

对于伯纳姆和世博会的理事们而言，这一波金融冲击非常恼人。如果这意味着一次真实而持久的财政恐慌即将开始，那么这时机真是糟透了。如果芝加哥想要兑现自己的诺言，在规模和游客数量上都超越巴黎世博会，那么它的资金投入必须大大超越法国，并且要吸引得多的观光客——可是巴黎世博会已经是历史上和平时期吸引游客最多的盛会了。哪怕处于最好的时机，要超越这样的游客规模都已经是一件难事；如果处于最差的时机，就根本不可能做到，特别是考虑到芝加哥位于内地，这意味着大多数游客将不得不买过夜火车票才能到达。而铁路公司很早就强硬地表示，他们没有为了芝加哥世博会而出售折扣车票的打算。

在欧洲和美国还有其他的一些公司倒闭，不过这意味着什么，当时的人们还不清楚——现在看来，其实是一件好事。

在愈演愈烈的金融动荡中，十月三十日，世博会理事会任命伯纳姆为建筑工程总负责人，酬劳为三十六万美元。伯纳姆接着任命鲁特为世博会的建筑总监，任命奥姆斯特德为景观设计总监。

伯纳姆现在手握正式任命的职权，可以开始建造世博会园区了，但场地仍然没有确定下来。

"别怕!"

恩格尔伍德的人口越来越多，霍姆斯的滋补药和护肤液销量也不断增加。到一八八六年年末，药店的经营都十分顺利，并且收益颇丰。他的心思现在转到了在明尼阿波利斯短暂停留时遇到的一个女人——米尔塔·Z·贝尔纳普身上。她很年轻，满头金发，有蓝色的眼睛和丰腴的身材。不过除了美貌之外，让她脱颖而出的是她身上散发的脆弱无助的气息。她马上就令他着了迷，她的一颦一笑和无助的神情萦绕在他脑海里挥之不去。他假装出差去了明尼阿波利斯。他相信自己一定能得手。他对于女性这一群体的脆弱程度既感到满意又觉得好笑。她们仿佛认为离开自己灰尘满天、充满煤油味道的故乡（诸如阿尔瓦镇、克林顿县或珀西村之类安全的小地方）之后，原有的行为准则仍然适用于在大城市独立生活。

不过，城市很快就会使她们变得强硬起来。最好在她们刚获得自由，刚走出小地方，在大城市里还是个无名氏，彷徨且没有留下任何记录的时候抓住她们。每天，他眼瞅着她们踏出火车、电车或者马车,迷茫地朝着一张告诉她们该去向何方的纸条皱着眉头。城里的老鸨们了解这一点,她们会守着外来的列车,找机会用温暖而友好的语言前来搭讪,重要的信息却留着以后再说。霍姆斯钟情于芝加哥,尤其是这里的烟尘和喧闹,它可以随便吞噬一个女人的所有痕迹,只留下一丝薄薄的香水味,消散在粪便、无烟煤和腐烂物的恶臭中。

对于米尔塔而言,霍姆斯仿佛来自一个比她的世界令人激动得多的地方。她和父母同住,在一家乐器店里工作。明尼阿波利斯小而无趣,到处都是来自瑞典和挪威的农民,他们就像玉米秆一样粗糙。霍姆斯英俊、温暖,看起来就很有钱,并且住在芝加哥这个最令人害怕又最具魔力的城市。他甚至在第一次见面时就触摸了她。他的眼里沉淀着浅蓝色的希望。第一次见面后他离开了乐器店,只留下一阵尘埃。很快她便觉得自己的生命已经单调到无法忍受了。时钟嘀嗒作响,有些事情必须作出改变。

当他的第一封信到来,用甜蜜的言语询问能否追求她时,她便感觉仿佛把一条粗糙的毯子从生活里挪走了似的。每隔一两周,他就会返回明尼阿波利斯。他向她讲述芝加哥的见闻,向她描述芝加哥的摩天大楼,并且解释为什么每年都会有更高的建筑出现。他愉快地向她讲述牲口中心的骇人故事:待宰的猪通过叹息桥爬上一个更高的平台,在那儿,它们的后腿会被拴上链子,然后被整个儿拖走,在头顶的轨道上发出一声声惨叫,被运往屠宰场充满血腥的核心地带。还有浪漫的故事:波特·帕玛是如此深爱自己的妻子贝莎,于是送给了她一座豪华的酒店——帕玛家园作为新婚礼物。

追求是有一套规矩的。虽然并没有白纸黑字的规定,但每一位年轻女士都了若指掌，当规矩被破坏的时候马上就会觉察到。但霍姆斯打破了所有的规矩，并且如此坦率，不知羞耻。对于米尔塔而言，一切却都很清晰，一定是芝加哥的规矩不一样。一开始她十分担心，不过很快就发现自己喜欢这种激情和冒险的感觉。当霍姆斯向她求婚时，她马上就答应了。一八八七年一月二十八日，他们结婚了。

霍姆斯没有告诉米尔塔自己已经结过婚，克拉拉·洛夫林才是他的原配夫人，只不过当时他用的名字是赫尔曼·韦伯斯特·马盖特。在娶了米尔塔两周后，他向伊利诺伊州库克郡最高法庭提出了申请，要和洛夫林离婚。这个清楚记录在案的举动充满了恶意：他控诉洛夫林有不贞行为。这样的指控是毁灭性的。不过，最终法院以"无法执行"为由驳回了申请。他任由这个申请失效了。

在芝加哥，米尔塔立刻发现，霍姆斯讲给她听的芝加哥见闻比起这里真实的美丽和充满危险的能量而言，只是冰山一角。这座城市就像一口大汽锅，将钢铁升腾成蒸汽。这里到处都有火车，它们发出的鸣笛很刺耳，不过同样也提醒着她，生命最终向她打开了大门。在明尼阿波利斯只有一片死寂，以及手指肥肿得像土豆般的男人，他们寻觅着知音，只要能分享他们生活中的痛苦，任何一个人都行。霍姆斯住在恩格尔伍德而不是芝加哥城里，这一开始令米尔塔有点失望，不过即使这里也比她的家乡有活力得多。她和霍姆斯在药店楼上——霍尔顿太太曾经的公寓里安顿下来。一八八八年春天，米尔塔怀孕了。

一开始，她会帮着经营药店。她很喜欢和丈夫一起工作，经常在他服务顾客的时候凝视着他。她细细品味着他的面容，他平静时略带忧郁的神情，并期待着平常工作时两人的肢体无意中碰触的时刻。她也十分欣赏丈夫做每一笔生意时散发的魅力，以及他是如何赢得那些曾经忠实于霍尔顿太太的老年顾客的。当无穷无尽的年轻女性接踵而至,一定要霍姆斯医生亲自问诊时,她会保持微笑,至少在刚开始的时候是这样。

米尔塔逐渐发现,在丈夫温暖而充满魅力的外表下,涌动着强烈的野心。他表面看起来只是一个药剂师,实际上他更是一个典型的白手起家的男人,通过努力工作和积极创新,一步一步爬到了社会的上流阶级。"野心就是我丈夫生命中的一个诅咒,"米尔塔后来说,"他希望获得地位,得到崇拜和尊重。他希望获得财富。"

不过,她坚持认为,他的野心从未损害他的品性,也从未让他从丈夫以及后来的父亲角色中分心。她发誓,霍姆斯有一颗柔软的心。他爱自己的孩子和小动物。"他很爱宠物,总是带着一只狗,或者一只猫,更常见的情况是带着一匹马。他会和它们玩耍,动辄好几个小时,教它们小伎俩,或者和它们一起嬉闹。"他既不酗酒,也不抽烟,更不赌博。他总是充满爱意,从不动怒。"在家庭生活中,我认为没有人会比我丈夫更好了。"米尔塔说,"他从来没有对我,或者对我们的女儿和我的母亲说过重话。他从来不会生气或者发怒,总是开开心心、无忧无虑的。"

然而,从一开始,他们的婚姻中就充满了紧张气氛。霍姆斯没有表达任何敌意,紧张都来自米尔塔。她很快就开始厌烦那些年轻姑娘,以及霍姆斯是如何朝她们微笑,碰触她们,用一双蓝眼睛和她们对视的。一开始她觉得这件事充满了魅力,之后她开始感到不安,最后她变得嫉妒又警惕。

她不断变强的占有欲并没有惹恼霍姆斯。他更多是把她看作一个障碍,正如一名船长在航海时看待冰山一样,只要警惕和避开就行。

生意太好了,他告诉米尔塔,他需要她帮忙管理店里的账本。之后,她发现自己待在楼上办公室的时间越来越长,总是忙着写信或者准备药店的发票。她写信向父母诉说了自己的苦闷。一八八八年夏天,她的父母搬到了伊利诺伊州的威尔米特,住在约翰街教堂对面一幢漂亮的两层宅子里。米尔塔感到既孤单又痛苦,还怀了身孕,于是搬过去和父母同住,并在那儿生下了女儿露西。

霍姆斯突然开始变得像一个称职的丈夫了。米尔塔的父母一开始态度冷淡,不过他双眼噙满泪水,诉说着自己的悔恨,表达着对妻子和孩子的爱意,请求他们原谅。他成功了。"他的出现,"米尔塔说,"就像油遮盖了起伏的水面,这是母亲经常对他说的话。他是如此善良、温柔和体贴,让我们忘了烦恼和忧愁。"

他为不能经常来威尔米特探望而向他们请求原谅。芝加哥的生意太忙了。从他的穿着以及给米尔塔的钱来看,他的确很像一个处于事业上升期的男人。有了这个印象之后,米尔塔的父母也没那么担心了。他们和米尔塔过着安定的生活。霍姆斯医生时不时会来探望,频率却越来越低。但每当他出现时,总会带来温暖和礼物,并把小露西拥入自己的怀里。

"据说婴儿对人的判断比成年人更准,"米尔塔说,"所有的孩子都想让霍姆斯抱,并且心满意足地待在他的怀里。他们会选择让他抱,而不是我。他也特别喜欢孩子。在我们旅游的时候,如果碰巧车里有一个孩子,他经常会说,'你去问问他们愿不愿意把孩子借给你一下'。当我把孩子带过来后,他会和孩子玩得很开心,仿佛忘掉了周遭的一切,直到孩子的母亲把孩子要回去,或者我发现她们想把孩子要回去时,他才会反应过来。他经常把哭闹的孩子从母亲怀里抱过来，几乎每一次小孩都会安然睡着，或者尽情地玩耍。"

恩格尔伍德不断发展，霍姆斯看到了机会。得到霍尔顿的药店之后，他一直对街对面那块荒地念念不忘。经过一番打听，他得知那块地的业主是位女士，现在人在纽约。一八八八年夏天，他买下了这块地，并深谋远虑地将其注册在一个假名——H.S.坎贝尔之下。没过多久他就开始记笔记，描绘自己计划在这块土地上建造的房子的模样。他没有咨询建筑师，尽管一位名为A.A.弗雷泽的苏格兰优秀建筑师的办公室就位于霍姆斯药店所在的大楼。要雇用一位建筑师，就意味着得泄露这栋突然出现在他想象中的房屋的真实属性。

房子的大体设计和功能是同时涌现于他的脑海中的，简直就像直接从抽屉里取出了一幅蓝图。他希望一楼是零售商铺，可以带来收益，也让他有机会尽可能多地雇用女性。二楼和三楼是公寓。二楼的一角是他自己的卧室和大型办公室，在那儿可以俯视六十三街和华莱士街的路口。这只是基本框架，房子的细节才是带给他最大快乐的地方。他描绘了一个木制滑道，从二楼的一个秘密地点直接通往地下室。他打算在滑道上涂满机油。他计划在自己办公室的隔壁建一个步入式保险库，缝隙全部封死，四面的铁墙覆盖上石棉。其中一面墙上安装一个煤气喷口，可以从他的密室里控制，整栋房子的其他房间也都会安装煤气喷口。地下室要建得很大，隔出几间密室，同时还要建一个下层地下室，用来永久存放一些"敏感物质"。

随着霍姆斯的想象和描绘，这栋房子的特征变得越来越详细。他感到很满意，不过这只是构思阶段。他很难想象，当施工完成，看到有血有肉的女人在里面走来走去时，他该是多么愉悦！像往常一样,这个念头让他兴奋不已。

他知道,建造这栋房子是不小的挑战。他想了一个策略,相信这样既能避开怀疑,又能减少施工的开支。

他在报纸上刊登广告招聘木匠和工人。很快工人们便带着成队的马,开始挖掘这块地。他们挖出的大洞让人不禁想起一座巨大的墓穴,泥土里渗出阴沉的寒意。但工人们并不介意,这正好可以让不断增强的暑热得到一些缓解。这里的土质让工人们很头疼。靠近地面的那几英尺很轻松就挖开了,不过再往下挖,就变成了沙质土壤,其间充满水分。大坑的四壁需要用木材支撑起来,并且一直在渗水。后来一位芝加哥建筑检查员发现,"地基沉降不均匀,在二十英尺以内的高度差可以达到四英寸"。瓦匠铺设地基,建好外墙,木匠建造内部结构。街面上回荡着手锯呼哧呼哧的工作声。

霍姆斯扮演着苛刻的承包商的角色。当工人们前来索取薪水时,他便斥责他们以次充好,拒绝付钱,即使他们的活儿干得十分漂亮。他要么等他们辞职,要么解雇他们,然后再聘请其他人,并以同样的态度对待他们。这样施工进展缓慢,不过耗费的资金比正常建一栋房子少得多。如此高的人员流动必然有一个好处,那就是把了解这栋建筑秘密的人数控制到最少。一个工人可能被要求完成一项特定的任务,比如在大型步入式保险库里安装煤气喷口,不过工人的任务只是整个工程中独立的一小块,所以这个任务看起来是合理的,顶多有一点奇怪而已。

即便如此,还是有一位名为乔治·鲍曼的瓦匠发现了给霍姆斯干活的诡异之处。"我不知道他在想什么。"鲍曼说,"当时我已经不再替他干活了,但两天后他又来找我,问我觉得砌砖累不累。他问我想不想赚点容易钱，我当然说想了。过了几天，他来找我，指着地下室说，'看到下面那个男人了吗？那是我的小舅子，我们俩都不喜欢对方。如果你施工的时候在他头上掉了一块石头，那是再简单不过的事了。你要是这么做了，我给你五十美元。'"

更让人诧异的是霍姆斯在提出这个请求时的神情。"他的神情就像一个朋友在问你最无关紧要的问题一样。"鲍曼说。

霍姆斯是不是真想让鲍曼杀死那个人，这一点不得而知。首先，说服这位"小舅子"买一份人寿保险，并选择霍姆斯为受益人，完全是他干得出的事情。也有可能霍姆斯只是在测试鲍曼，看看是否以后能用他。如果真是如此，那么鲍曼就没有通过测试。"我当时吓坏了，不知道该说什么或做什么。"鲍曼说，"不过我没有朝那个男人扔石头，很快就离开那儿了。"

有三个男人确实达到了霍姆斯的标准。他们三人都在施工期间为他工作过，并在完工后一直和他保持联系。一个是查尔斯·查普尔，一位住在库克郡医院附近的机械工。他一开始是作为一名普通工人替霍姆斯干活，不过很快就显露出某种霍姆斯极为看重的才能。另一个是帕特里克·昆兰，住在恩格尔伍德的四十七街与摩根街路口，后来搬到了霍姆斯的大楼里当看门人。他不到四十岁，身材瘦小，性情暴躁，有浅色的卷发和浅黄色胡须。

第三个，也是最重要的一个，名叫本杰明·皮特泽尔，他是一位木匠，一八八九年十一月开始为霍姆斯工作。他顶替了一位叫罗伯特·拉蒂默的工人，后者辞工后去霍姆斯药店门前的铁路道口当了看守人。拉蒂默说，一开始，皮特泽尔的任务是照顾霍姆斯的建筑工地使用的马匹，不过后来成了霍姆斯全方位的助理。霍姆斯和皮特泽尔似乎很亲近，近到足以让霍姆斯不计代价来帮助他。皮特泽尔在印第安纳州因试图转让伪造的支票而被捕时，霍姆斯邮寄了保释金过去。虽然损失了一笔钱，但皮特泽尔果然没有被审讯。

皮特泽尔五官端正，下巴尖尖的，线条很好看。要不是一副没吃饱而瘦骨嶙峋的样子，还整天耷拉着眼皮，他其实算得上英俊。"总的来说，"霍姆斯说，"我对他的描述是近六英尺高（至少有五英尺十英寸），身形很瘦，体重有一百四十五至一百五十五磅，头发很黑，而且有一点粗糙，发量很厚实，没有秃头的迹象。他的胡须颜色更浅，我认为带有一丝红色，不过我偶尔看到过他把胡子染成黑色，这让他看起来很不一样。"

皮特泽尔为好几种疾病所困扰：他铺了太多地板，导致膝盖受伤；脖子上长了个肉瘤，所以不能穿立领的衣服；还有牙疼的问题。有一次他因为牙疼不得不向霍姆斯请假。尽管是个长期病患，但根据一位医生的评价，皮特泽尔"体格还不错"。

皮特泽尔娶了来自伊利诺伊州加尔瓦的嘉莉·坎宁，婚后便一个接一个地生孩子。从照片上来看，这是一群朴素但很听话的孩子，好像只需要一声令下，他们就会马上行动起来，拿扫帚扫地或者拿起布洗碗。这对夫妇最大的女儿黛丝在他们结婚前就出生了，这件事一点也不让皮特泽尔的父母感到惊讶。皮特泽尔的父亲最后一次请求他走上正途时，在信里写道："'追随我的人有福了'，这是救世者的旨意，你会追随吗？我会擦除你邪恶的本质，清洗你的污渍，然后我会尽到父亲的责任，你也要尽到身为人子和继承人的义务。"信的字里行间透露着痛苦。"我爱你，"他写道，"尽管你已经迷失走远了。"

第二个孩子爱丽丝在他们婚后很快就出生了。接下来又是一个女儿和三个儿子,不过其中一个儿子出生后不久就因白喉夭折。这三个孩子——爱丽丝、内莉和霍华德以后将会闻名全国,报纸头条都将抛去姓氏直呼其名,因为不管是来自多么偏远的地区的读者都知道他们是谁。

皮特泽尔也会因为霍姆斯而变得出名。"皮特泽尔是他的工具,"一位地方检察官说,"是他一手塑造出来的。"

霍姆斯房子的施工磕磕绊绊,差不多每个冬天都要暂停,因为到了工人们所谓的"建造季节"的尾巴。不过霍姆斯从阅读中得知,环线以内的建筑师有办法利用技术让施工全年无休。最终,霍姆斯建起大楼的时间和远在千里之外的开膛手杰克开始杀戮的起点相重合,这一事实似乎有点意味深长。

开膛手杰克第一次作案是在一八八八年八月三十一日,最后一次作案是在一八八八年十一月九日。那天夜里他遇到了一位叫玛丽·凯莉的妓女,并陪她回了房间。他割开了她的喉咙,几乎让她的头颅从脊柱上掉落,手起刀落之流畅犹如梵高在作画。接下来几个小时,他在她的房间里疯狂作恶:他安心地将她的双乳切下,和她的鼻子一起并排放置于桌子上。他将她从喉咙到耻骨一路剖开,剥除大腿的皮肤,掏空内脏,堆成一团置于她的双腿之间。他割下一只手,随后插在她一分为二的腹部上。当时凯莉已经怀有三个月的身孕。

之后,这个杀手的连环谋杀行为突然停止了,仿佛和玛丽·凯莉的这场幽会最终满足了他的需求。已经确认的有五位受害者,最终证明也只有这五位,而开膛手杰克从此永远成了纯粹邪恶的化身。

每一位识字的芝加哥居民都如痴如醉地品读着来自国外的报道,

不过没有谁像 H.H. 霍姆斯医生读得这般入神。

一八八九年六月二十九日，霍姆斯的房子完成了一半。芝加哥合并了恩格尔伍德，并且很快在六十三街和温特沃斯街附近设了一个新的警察辖区——第二分队第十辖区，距离霍姆斯的药店七个街区远。不多久，巡警根据霍勒斯·艾略特队长的指示开始有规律地巡街，每次经过药店门口都会按照规定稍作停留，和这位年轻而和气的老板聊几句。巡警们会定期漫步到街对面查看一下这栋新建筑的施工。当时，恩格尔伍德已经有了一些高大的建筑，包括基督教青年会、培养教师的库克郡师范学校，还有坐落于六十三街和斯图尔特街附近的即将竣工的蒂默曼歌剧院，在当时已经算是十分奢华了。不过镇子里仍然还有大量的闲置土地，要建造任何一幢占据整个街区的大楼都会引起人们的谈论。

施工又进行了一年，冬天仍然按照惯例停工。到了一八九〇年五月，大楼接近完工。第二层有六个走廊，三十五个房间，五十一扇门，第三层还有另外三十六个房间。大楼的首层可以设置五间零售商铺，最好的一间就在六十三街和华莱士街交汇的拐角处，面积很大，十分引人注目。

搬进这栋大楼一个月后，霍姆斯便把旧的霍尔顿药店卖了，并向买家拍胸脯保证说不会遇到同行竞争。

让这位买家懊恼的是，霍姆斯迅速在街对面开了一家新的药店，就在他自己房子拐角处的那一间店铺。

在大楼第一层剩下的几间店铺里，霍姆斯安排了好几项不同的生意，包括一间理发店和一个饭店。在城市电话簿上，霍姆斯的地址上还列着一位名为亨利·D·曼的医生的办公室，这大概是霍姆斯的又一个假名。这个地址还列着一家"华纳玻璃加工公司"，显然是霍姆斯成立的，他打算进军一个突然崛起的新兴行业——大型玻璃板制造和塑形。市场目前对这一行的需求量很大。

霍姆斯店面里的家具和设施都是赊账买来的。他并不打算偿还自己的债务，并且有信心通过实施诡计、散发魅力来躲避起诉。当债权人上门要求见大楼的业主时，霍姆斯会开心地让他们去找那个并不存在的H.S.坎贝尔。

"他是我见过的最圆滑的人。"C.E.戴维斯说，他受雇于霍姆斯，管理药店的珠宝柜台。戴维斯说，债权人会"怒发冲冠地找上门，用任何你能想到的名字称呼他，他却微笑着和他们交谈，为他们准备雪茄和饮料，然后把他们送走，仿佛他们是交往了一辈子的朋友。我从未见过他动怒。你就算试着激怒他，也不会有任何结果"。

戴维斯指了指那间店铺。"如果把所有技工对这栋房子申请的扣押文书贴到这三面墙上，这个街区看起来会像一面巨幅马戏团广告牌。不过我从来没听说有任何文书生效。霍姆斯曾告诉我，他雇了一位律师来帮他解围，不过我一直认为，是这位伙计谦逊有礼又大胆无畏的流氓行为帮助他走了过来。有一次他为饭店买了一些家具，把它们搬了进去，当天晚上经销商就上门来收钱，不然就要把家具搬走。霍姆斯准备了饮料，带他去吃晚餐，给他买了雪茄，然后开着玩笑把他送走，许诺隔周一定还钱。经销商上车后还没三十分钟，霍姆斯就把家具送上了一辆运货马车，这个经销商最后没有拿到一分钱。霍姆斯也没有进监狱。他是美国唯一一个能做到这些事的人。"

霍姆斯是有钱还债的。戴维斯估计，霍姆斯通过药店和其他生意赚了二十万美元，其中大部分是靠欺诈赚来的。例如，霍姆斯曾试着向投资者兜售一个可以把水转化为天然气的机器，在演示的过程中，他会偷偷地把自己的样品连到市里的煤气管道上。

他一直充满魅力，为人热忱，不过有时这些品质也无法令他的生意伙伴放心。据一位名为埃里克森的药剂师回忆，霍姆斯曾去他的店里购买氯仿，这是一种强烈但不好控制的麻醉药，内战以来人们常常使用。"有时候，我每周要卖给他这种药多达九次或十次，每次剂量都很大。我好几次问他买来作何用处，不过他的回答很含糊。最后我拒绝把药卖给他，除非他告诉我真正的用途，我担心他并不是用在什么正道上。"

霍姆斯曾告诉埃里克森，他是用氯仿来做科学实验。后来，当霍姆斯又来买更多的氯仿时，埃里克森便问他实验进行得怎么样了。

霍姆斯眼神空洞，说他没有在做任何实验。

"我永远无法猜透他。"埃里克森说。

一位名为斯托尔斯的女子偶尔会为霍姆斯洗衣服。有一次他提出，如果她能购买一万美元的人寿保险，并且把他设为受益人的话，可以给她六千美元。当她问他为什么要这么做时，他解释道，如果她死亡，他可以获益四千美元，不过在那之前她可以随心所欲地支配自己的六千美元。

对于斯托尔斯夫人而言，这不是一笔小数目，她唯一要做的就是签几份文件。霍姆斯向她保证，所有的程序都是合法的。

她身体健康，觉得自己会活得长长久久。她正打算接受这个建议，这时霍姆斯却语气温柔地对她说："不要怕我。"

这倒真的把她吓坏了。

一八九〇年十一月，霍姆斯和其他芝加哥人都得知，世界哥伦布博览会的理事会最终就世博会的选址达成了一致意见。他从报纸上得知，世博会的主要展区将设在杰克逊公园，这让他非常开心，因为杰克逊公园就在他的大楼东边，从六十三街一直走到湖边就到了。除了主展区杰克逊公园，还有部分展区将会设在芝加哥城区、华盛顿公园及整条中央大道。

通过骑车出行，霍姆斯对这些公园很熟悉。当时出现了"安全"自行车，两个轮子一样大，由链条和齿轮产生动力，这引发了一阵自行车热。像其他美国人一样，霍姆斯也卷入其中，但与其他人不同的是，他还尝试在这场狂热中获利：通过赊账的方式买入自行车，然后再次出售。当然，他一直没有偿还最初买进时的欠款。他自己骑的是一辆"波普"牌自行车。

世博会公司的决定在整个芝加哥南部掀起了一场贪婪的海啸。《芝加哥论坛报》上刊登了一则广告，出售四十一街和艾力士街路口一栋六间房的宅子。这座宅子距离杰克逊公园大概一英里远，广告上宣称在世博会期间，新业主可以将其中的四间房出租，租金预计为每月一千美元（约合二十一世纪的三万美元）。一开始，鉴于恩格尔伍德在不断发展，霍姆斯的大楼和土地就已经非常值钱，到了现在，他的产业似乎不亚于一层金矿了。

他突然有了一个想法，既可以挖掘金矿，又可以满足自己的其他需求。他发布了一条广告，寻求更多的建筑工人，并再一次寻求他忠诚的伙伴们——查普尔、昆兰和皮特泽尔的帮助。

朝圣

一八九〇年十二月十五日，正逢周一，是一个值得记住的日子，芝加哥这天异常暖和，而就在这天，"坐牛"酋长①被枪杀了。当晚，丹尼尔·伯纳姆上了一辆开往纽约的列车，他知道，等待他的将是世博会漫长的历险旅程中最重要的一次会面。

他走入一节明亮的绿色车厢，这是乔治·普尔曼公司宫殿式车厢中的一款。车厢内挂着厚实沉重的挂毯，气氛庄严。火车以每小时二十英里的速度驶入核心城区，不断响着节奏轻快的铃声，车窗外的"抓地电车"、马车和行人近在咫尺。当火车一跃而过，穿过铁道道口，浣熊尾巴般黑白相间的烟尘便舞动着冒出来，街上的行人都止步观望。列车哐当哐当地经过牲口中心，那儿在这样温暖的天气里散发出双倍的臭味。列车绕过锯齿状的黑色煤山，煤山顶还盖着一层肮脏的即将融化的雪。伯纳姆热爱美的事物，可是列车开出去

---

① 美国印第安人苏族亨克帕帕部落的首领。

一程又一程，没有看到任何美的事物，只有煤烟、灰尘和烟雾循环往复。直到列车进入大草原，窗外的一切似乎才平静下来。夜幕降临，只剩下积雪的反光让人以为天尚未全黑。

世博会的理事们已经确定了展区的选址，所有的工作旋即展开，十分振奋人心，不过也让人有些担心，因为突然之间这一切都变得更加真实了，而这个任务骇人的难度令人畏惧。理事会要求设计师在二十四小时内上交一份博览会的草案。约翰·鲁特在伯纳姆和奥姆斯特德的指引下，在一张四十平方英尺的牛皮纸上勾勒出了一幅草图。交给委员会的时候，他们不无讽刺地私语，巴黎的设计师们花了整整一年时间构思、计划和制图才做到这一步。根据这幅草图，他们计划在湖畔建造一片一平方英里的平地，通过挖泥机把这片平地塑造成潟湖和运河交错的景观。设计师们知道，博览会最终会呈现上百座建筑，联邦各州、许多国家和行业都要有自己的展厅，不过在这幅草图上，他们只勾勒了最重要的建筑，其中包括围绕着巨大的中庭而建的五座大型宫殿。他们也在中庭的一端预留了位置，想要建造一座塔，不过没有人确切地知道谁会来建这座塔，也没人知道塔会是什么样子。人们唯一知道的，是这座塔一定要在各方面超越埃菲尔铁塔。理事会及作为其联邦监督机构的全国委员会以非比寻常的速度通过了这个草案。

在局外人看来，让这次挑战显得如此巨大的原因，纯粹是因为世博会占地面积太大了。每一位芝加哥人都理所应当地认为这次博览会的场地会非常开阔，建筑也会非常雄伟，让他们担忧的是怎么可能有人能在这么短的时间内完成美国有史以来最庞大的工程，它比罗布尔的布鲁克林大桥还大得多。然而，伯纳姆心里清楚，占地面积还只是这次挑战的一个方面。这份计划粗略勾勒的地方隐含着数亿个更小的难关，公众和世博会理事会的大多数成员对此都毫不知情。伯纳姆必须在园内建造一条铁路，将钢铁、石材和木材运送到各建筑工地。他还要协调由跨洲海运公司运来的材料、货物、邮件以及所有的展览品的寄送，其中运送量最大的是亚当斯快递公司。他将会需要一支警队、一支消防队、一所医院和一个救护车服务中心。马也是一个大问题，上千匹马每天产生的好几吨粪便也需要处理。

牛皮纸草案通过后，伯纳姆立即请求上级"马上在杰克逊公园内建造廉价的木制房屋，给我和建筑人员使用"。接下来的三年，他将基本上住在这些屋子里。这些房子很快以"棚屋"的名字为人熟知，不过屋里有大壁炉，酒窖里还有伯纳姆自己私藏的好酒。伯纳姆有着远远超越那个年代的洞察力，他意识到最微小的细节也会影响人们对这次博览会的评价。他非常警觉，甚至连博览会官方印章的设计都考虑到了。"您可能没有意识到这个印章有多么重要。"他一八九〇年十二月八日在给世博会理事长兼首席长官乔治·R·戴维斯的信里写道，"这个印章将广泛传播到各国，人们将通过这些最细小的事物判断博览会的艺术水准。"

不过，以上这些都只是小小的干扰而已，相较而言，伯纳姆的日程上还有一个至关重要的任务：选择建筑师来设计博览会的主要建筑。

他和约翰·鲁特曾考虑自己来设计整个博览会，他们的同行们尽管心存嫉妒，也认为他们会这么做。据鲁特妻子的姐姐哈瑞特·门罗回忆，一天夜里鲁特回家后"很受打击"，因为他视为朋友的一位建筑师"在酒吧遇上他们的时候，装作不认识伯纳姆先生"。鲁特抱怨道:"我觉得他可能认为我们要全部独吞!"他决定,为了保住作为建筑总监的信誉,他自己将不会设计任何建筑。因为身为建筑总监,他必须监督博览会其他建筑师的工作。

伯纳姆心里非常清楚自己想要雇用谁,但还不清楚自己的选择将引起怎样的骚动。他想雇用美国顶级的建筑师,不仅因为他们有过人的才能,还因为请他们加盟可以马上粉碎东部认为"芝加哥只能打造一场乡村世博会"的想法。

十二月,尽管还没有取得官方授权,伯纳姆已经私下给五位建筑师寄去了询问信件,"我很自信地认为我明确表达了自己的意思"。的确,过了没多久,博览会的场地及建筑委员会就授权他邀请这些建筑师来加盟。毫无疑问,这五位都是美国顶尖的建筑师,不过其中有三位来自之前被《芝加哥论坛报》称为"牛鬼蛇神之地"的纽约:乔治·B·博斯特、查尔斯·麦金和理查德·M·亨特,这三位都是国内备受尊敬的建筑师。另外两位是来自波士顿的罗伯特·皮博迪[①]和来自堪萨斯城的亨利·万·布伦特[②]。

这些设计师没有一位来自芝加哥,尽管这座城市为本地建筑行业的先锋们感到无比自豪,比如沙利文、艾德勒、简尼、贝曼、科布等。不知怎的,伯纳姆虽然颇有先见之明,却没有意识到芝加哥会把他的选择视为一种背叛。

当伯纳姆坐在普尔曼车厢里时,困扰他的问题是,他的候选人中只有来自堪萨斯城的亨利·万·布伦特在回信中表现出了兴趣。另

[①]罗伯特·皮博迪,美国建筑师,殖民复兴风格的早期支持者。
[②]亨利·万·布伦特,美国建筑师、建筑学专著作家。

外几位只是勉强答应在伯纳姆抵达纽约时和他见上一面。

伯纳姆曾邀请奥姆斯特德与他同行,他知道这位景观设计师在纽约的声誉可以对这次会面起到很大的作用。不过奥姆斯特德抽不开身。于是伯纳姆将独自赴约,和这些传奇的设计师会面——其中亨特是出了名的脾气暴躁。

为什么他们兴味索然?如果他试图说服,他们会作何反应?如果他们拒绝了自己的邀请,这件事传开了,该怎么办?

窗外的风景没有给他带来一丝安慰。火车轰鸣着开过印第安纳州时,遭遇了一阵寒流的袭击。气温骤降,强风冲击着列车,可怕的冰雪整夜肆虐。

有些事情伯纳姆并不知情。在收到伯纳姆的信后,这几个东部的建筑师——亨特、博斯特、皮博迪和麦金自己开了个会,就在麦金、米德和怀特位于纽约的公司碰头,商讨芝加哥世博会除了展示吃得太多的牛群之外,还能有什么作为。在会议中亨特(伯纳姆最希望雇用的设计师)表态说自己决不会参加。乔治·博斯特劝他至少听听伯纳姆有什么话说,他认为如果亨特不参与,其他人可能会被迫效仿,因为亨特就是有这样的影响力。

麦金在会议开场时漫无边际地谈论起了世博会和它的前景。亨特打断了他:"开场白就省了吧,麦金。直接说正题!"

纽约一整周都刮着强劲猛烈的冷风。哈德逊河的河水结冰,导致一八八〇年以来最早的一次停航出现。周四早晨,在酒店吃早餐的时候,伯纳姆从报纸上读到了一个让他不安的消息,芝加哥一家名为S.A.基恩公司的私人银行倒闭了。这又是一个经济恐慌正在蔓延的证据。

十二月二十二日，星期一的晚上，伯纳姆和东部的建筑师们在玩家俱乐部碰面吃晚餐。冰冷的空气冻得他们双颊发红。他们互相握手：亨特、麦金、博斯特还有从波士顿赶来赴约的皮博迪。于是就在这儿，在这张餐桌上，被歌德和谢林称为"凝固的音乐"的建筑艺术的美国顶尖从业者齐聚一堂。每个人都处于事业的巅峰期，腰缠万贯，每个人也都背负着十九世纪生活的伤痕，过去的岁月里充满失事的火车车厢、高烧和心爱之人早逝的残酷回忆。他们穿着黑西装和笔挺的白色立领衬衫。每个人都蓄着胡须，有些是黑色，有些呈灰色。博斯特体型庞大，是餐厅里最魁梧的人。亨特面相很凶，总皱着眉头，他的客户名单包含美国大多数的富有家庭。纽波特、罗德岛及纽约第五大道沿线的豪宅几乎有一大半是他设计的，他还建造了自由女神像的基座，同时也是美国建筑师协会的创始人之一。在座每一位的背景都有相似的地方。亨特、麦金和皮博迪都曾就读于巴黎美术学院。万·布伦特和博斯特两人师从亨特。万·布伦特又指导过皮博迪。对于伯纳姆而言，由于他没考上哈佛和耶鲁，也没有接受过正规的建筑培训，和这些人吃饭犹如一个陌生人加入了别人家感恩节的晚餐。

这些人都很热情。伯纳姆向他们描述了自己的构思：他打算打造一场比巴黎世博会更加大气、更加豪华的博览会。他强调，奥姆斯特德也参与了这个工程。奥姆斯特德和亨特曾共同为乔治·华盛顿·范德比尔特建造位于北卡罗来纳州阿什维尔附近的比尔特莫庄园，他们俩还携手建造了范德比尔特家族的陵墓。不过亨特心存怀疑，并十分坦率地表达了自己的疑虑。为什么他和其他几位同仁要打破他们已经排满的工作表，跑到一个遥远的城市建造一些临时建筑呢？他们又不能掌控最后的成品。

他们的质疑使伯纳姆动摇了。他习惯了芝加哥一往无前的城市精神。他希望奥姆斯特德和鲁特此刻能陪在他身边，奥姆斯特德会帮忙说服亨特；鲁特则有过人的智慧，而且在场的各位都知道他是美国建筑师协会的秘书。通常而言，在这样的场合中伯纳姆是最有效的武器。"对于他自己和世界上大多数普通人而言，他总是对的。"哈瑞特·门罗写道，"他深知这一点，才能建立起纯粹的人格魅力，这帮助他做成了许多大事。"不过这个夜晚，他却感到十分不安，就像一个唱诗班的男孩坐在一群红衣主教中间。

他据理力争，说明芝加哥世博会不会像之前的任何一次一样，它首先将变成建筑史上的一块纪念碑。它将展示给全国看，建筑有怎样的魔力，可以化钢铁、石材为美丽的风景。单靠奥姆斯特德的规划就足以使这次世博会与众不同，钴蓝色的密歇根湖广阔无垠，映衬着潟湖、运河和大片草坪。他向他们说明，展区的面积至少比巴黎世博会大三分之一。这不会只是一个梦，他说。芝加哥有这个决心把这次世博会变成现实。要知道，就是凭借同样的决心，芝加哥已经使自己成为美国第二大城市。而且，芝加哥有这个财力，他补充道。

几位建筑师的问题变得没有那么难回答了，他们开始问一些实际的问题：打算建造什么类型的建筑，什么风格？与埃菲尔铁塔相关的问题也来了：芝加哥能拿什么和它媲美？在这个问题上，伯纳姆除了一定要超越埃菲尔铁塔外,也拿不出具体的计划。在内心深处,他十分失望,美国的工程师们还没能想出新奇又可行的计划,使埃菲尔铁塔的成就黯然失色。

建筑师们担心加入世博会的建设会使自己受控于无数的委员会。伯纳姆向大家保证,艺术上完全由自己做主。他们想知道奥姆斯特德具体如何看待世博会的选址,尤其是名为"伍迪德岛"的中心景点是如何构思的。由于他们如此坚持,伯纳姆立即发电报给奥姆斯特德,再一次力劝他来纽约。奥姆斯特德却再一次拒绝。

有一个问题成了整个晚上的焦点:时间够吗?

伯纳姆向他们保证,时间还算充裕,不过他不会心存侥幸。工作必须马上展开。

他相信自己能打动他们。一晚上过去了,他再次问他们会不会参加。

大家都缄默不语。

第二天早晨,伯纳姆乘坐北海岸特快列车离开了纽约。一场暴风雪从大西洋肆虐到明尼苏达,整个国家都变成了一片白色。他乘坐的列车一整天都在风雪中穿梭。暴风雪摧毁了建筑,折断了树木,在俄亥俄州的巴伯顿造成一人死亡,不过没有阻止特快列车前行。

在火车上,伯纳姆给奥姆斯特德写了一封信,交代了和几位建筑师会面的情况,不过有所隐瞒。"他们都同意来主持设计主建筑群……似乎很赞同咱们的大体布局,首先是亨特先生,然后是其他几位,不过他们很想了解你是怎么看待岛体和岛周的景观设计的。所以我才急着发电报给你叫你过来。当发现你没有办法过来时,他们非常失望,我也是。这几位先生将在下个月十号齐聚芝加哥,他们强烈要求到时候你也到场,我也是这个意思。我发现亨特先生在这件事上特别注重你的看法。"

事实上,那晚后来发生的事情截然不同。在玩家俱乐部,大家最后都陷入沉默,无言地啜饮着法国白兰地,抽着香烟,面面相觑。梦想很诱人,几位建筑师都赞同这一点,也没人质疑芝加哥在构想一个潟湖和宫殿交织的仙境时的诚意,不过现实完全是另外一码事。唯一可以确定的事实就是,由于旅途距离太长,在离家甚远之处建设一项复杂工程背后必然存在众多难题,一定会影响到工作质量。皮博迪已经允诺会参与世博会建设,不过亨特和其他几位没有答应。"他们说,"伯纳姆后来说,"他们会好好考虑。"

不过,他们确实答应了一月十号在芝加哥会面,再次进行协商,并且视察世博会的选址。

这几位建筑师都没去过杰克逊公园。伯纳姆心里清楚,在原始面貌下,它不是一个多么吸引人的地方。这一次奥姆斯特德必须到场。同时鲁特也必须加入到劝说中来。建筑师们尊重他,但对他作为建筑总监的能力有所怀疑。他必须去一趟纽约。

车窗外,天空高远,呈现出青灰色。普尔曼车厢连廊的寒意细如灰尘,沉淀在一节节车厢之间,使伯纳姆的车厢里渗满了寒气。铁轨两旁不时出现被疾风刮倒的树木。

丹尼尔·伯纳姆到达芝加哥后,发现这里的建筑师和世博会理事会成员都为他跑到别的地方——那么多地方不选,偏偏选了纽约这么个倒霉地方——低眉顺眼地求那边的建筑师来建设世博会而感到怒不可遏：他忽视了艾德勒、沙利文、简尼等一众优秀的芝加哥建筑师。沙利文认为这代表伯纳姆不是真的相信芝加哥有能力独自兴建世博会。"伯纳姆认为他为国家效忠的最好方式，就是把所有的工作全盘交给东部的建筑师。"沙利文写道，"他声称，仅仅是因为人家有优越的文化，有优雅得体的语言和巧妙的方式。"当时的场地及建筑委员会主席是爱德华·T·杰弗里，沙利文透露说："杰弗里在委员会的一次会议上说服伯纳姆，在他的候选名单里增加几位西部建筑师。"

鲁特和伯纳姆匆匆协商，选了五家芝加哥公司加入世博会建设，其中包括艾德勒－沙利文公司。伯纳姆第二天就逐家登门造访。五家公司里有四家立刻抛开受伤的心灵，表示接受。只有艾德勒－沙利文公司拒绝了。艾德勒还在生气。"我觉得艾德勒希望坐上我这个位置。"伯纳姆说，"他很不满，自己也'不清楚为何'。"

最终，艾德勒还是接受了伯纳姆的邀请。

现在轮到鲁特去纽约了。不过他本来就要去那儿参加美国建筑师协会理事会的会议，并计划在会后乘坐火车前往亚特兰大，视察公司的一栋建筑。一八九一年元旦的下午，鲁特在位于鲁克利大楼的办公室里，即将出发时，有位员工过来探望他。"他说自己很疲惫，"这位员工回忆道，"并且可能会辞掉协会秘书的职位。这是一个警报，因为从来没有人听他抱怨过工作多，这说明他的身体一定已经疲惫到了极限。不过他在回家前又再一次变得精神奕奕、信心满满。考虑到后来发生的一系列事情，这件事显得尤为耐人寻味。"

在纽约，鲁特再三向那几位建筑师保证，他决不会对他们的设计进行任何干涉。尽管他充满魅力（《芝加哥洋际报》曾称他为"另一位昌西·M·迪普，在餐后闲聊中充满智慧和幽默"），但还是没能激起他们的热情。他只好满怀失望地离开纽约前往亚特兰大，就像两周前伯纳姆感受到的那样。南下的旅途并没有让他的心情好受一点。哈瑞特·门罗在他返回芝加哥时见到了他，发现他很沮丧，她说："因为东部建筑师的态度，他觉得他们非常冷漠，完全不相信任何西部商人组织会像他说的那样让艺术家自己做主。梦想太遥不可及了，他们尤其不愿意为了实现这个梦想去对抗各种困难和阻碍，以及他们认为一定会接踵而至的大大小小的干涉。"

鲁特很疲惫，十分泄气。他告诉门罗，自己就是没办法让他们感兴趣。"他认为这是自己从事的行业有史以来在国内得到的最佳机会，而他没法让他们珍惜它。"门罗说。这几位建筑师确实计划一月来芝加哥会面，但他告诉她："不过只是勉强答应，他们根本没有参与的意愿。"

一八九一年一月五日，场地及建筑委员会授权伯纳姆正式委托十位建筑师参与世博会工程建设，并且支付每位一万美元的酬劳（相当于今天的三十万美元）。考虑到伯纳姆希望他们做的不过是制几张图，来几趟芝加哥，这笔酬劳可以说是相当丰厚。伯纳姆和鲁特会负责建筑的施工，并协调建筑师通常最为头疼的各种琐碎的细节工作。建筑师进行艺术创造的过程将不会受到任何干涉。

东部的建筑师们暂时接受了委任，不过内心的担忧并没有消除。

而且，他们至今还没见过杰克逊公园。

为世博会而建的旅馆

霍姆斯的新想法是把自己的大楼改造成一个旅馆,来接待世界哥伦布博览会的游客——当然不像帕玛家园或黎塞留馆那么豪华,不过也足够舒适和便宜,能够吸引到一些特定的客人,也让霍姆斯有充足的理由来购买一份大型火灾保险。他打算在博览会结束后烧掉房子,获得赔款,除此之外还有一个开心的小福利,可以借机毁灭那些可能留在屋子隐藏的储存室中的多余"材料"。不过理想的状态是,届时他已经找到了更有效的处理方法,房子里没有留下任何犯罪证据。可是,人永远不知道下一秒会发生什么。人在最春风得意的时候很容易犯下错误,遗漏一些细节,最终可能会被一位聪明的探员用来把他送上绞刑架。但芝加哥警方是否有这样的能力还要打上一个问号。平克顿侦探事务所是最危险的存在,但目前它的探员似乎都忙着和全国各地煤田和钢厂里的罢工者斗争。

一八九一年年初,霍姆斯再一次自己操刀,计划对房子进行必要的修改。很快木匠就开始在第二层和第三层施工了。霍姆斯将任务分割开来，不停解雇工人的方法再次奏效。显然没有任何一位工人报警。温特沃斯街新设的警察辖区的巡警每天在巡逻途中都会经过霍姆斯的房子。警官们完全没有起疑，而是十分友好，甚至非常袒护霍姆斯。霍姆斯熟悉每位巡警的名字。他会请他们喝一杯咖啡，让他们在他的饭店里免费吃一餐，或是给他们一根上好的黑雪茄——而警察们很珍惜这些显得亲近而体面的示好。

不过，霍姆斯感到来自债权人的压力越来越大，特别是几位家具和自行车的经销商。他目前还能讨他们欢心，并且对他们一直找不到东躲西藏的业主H.S.坎贝尔表示同情，但清楚他们很快就会失去耐心。事实上，霍姆斯有一点惊讶，他们居然直到现在都还没有采用更强硬的手段来催债。他的手段太新颖了，技巧太优秀了，而周围的人太天真了，好像他们以前从来没被骗过似的。有一些商家现在已经拒绝向他出售商品了，不过还是有更多的商家会朝他皱皱眉头，然后从他手中接过由H.S.坎贝尔或者华纳玻璃加工公司的资产做担保的票据。当情况紧急，眼看某位债权人就要采取法律手段甚至暴力手段进行催款时，霍姆斯会用现金来偿还自己的债务。这些钱来自他自己的产业，例如公寓和店铺的租金、药店的销售盈利以及他最新投资的药品邮寄公司的收入。霍姆斯拙劣地模仿亚伦·蒙哥马利·沃德[①]在芝加哥市中心快速崛起的大企业，开始卖一些假药，言之凿凿地说这些药可以治愈酗酒和秃头的问题。

他一直关注新的赚钱机会，尤其是现在，因为他知道，不管自己多么巧妙地控制劳工成本，还是需要多少掏一部分腰包来改造他

[①] 亚伦·蒙哥马利·沃德，美国企业家，1872年创立蒙哥马利·沃德百货公司。

的房子。当米尔塔的叔公，来自伊利诺伊州大脚牧场的乔纳森·贝尔纳普来到威尔米特探亲时，这个难题忽然就自己解开了。贝尔纳普并非大富大贵，不过也算家境殷实。

霍姆斯开始更频繁地出现在威尔米特的家中。他为露西带去玩具，为米尔塔和岳母带去首饰。他让房子里充满了爱。

贝尔纳普从来没见过霍姆斯，不过对他和米尔塔糟糕的婚姻情况知道得一清二楚，对这位年轻的医生毫无喜欢的意思。第一次见面，他就觉得霍姆斯作为年轻人过于圆滑，也过于自信。但令他惊讶的是，只要霍姆斯一出现，米尔塔就会一脸痴迷，米尔塔的母亲——贝尔纳普的侄女——也会容光焕发。和霍姆斯见了几次面以后，贝尔纳普开始理解为什么米尔塔对这个男人如此死心塌地。他眉目清秀而干净，穿衣体面，说话得体，而且双眼湛蓝，眼神直率。在交谈中，他专注地倾听，几乎到了警觉的程度，似乎贝尔纳普是世界上最有魅力的人，而不只是从大脚牧场前来探亲的一位老伯。

贝尔纳普仍然不喜欢霍姆斯，但发现霍姆斯的真诚足以让他放下防备，以至于当霍姆斯请求他背书一张面值两千五百美元的票据，来帮他凑钱在威尔米特为自己和米尔塔买一栋新房子时，贝尔纳普同意了。霍姆斯对他感激不尽。买一栋新房子，从此不和父母住在一起，也许正是这对夫妇所需要的，可以缓和他们日渐疏离的关系。霍姆斯承诺只要自己生意好转，就会把钱还给贝尔纳普。

霍姆斯返回恩格尔伍德后，立刻仿造了贝尔纳普的签名，制造了第二张额度一样的票据，并打算用这笔钱来改造他的旅馆。

霍姆斯下一次去威尔米特的时候，便邀请贝尔纳普来恩格尔伍德参观他的房子,以及世界哥伦布博览会新确定的选址。

虽然贝尔纳普读到了许多关于世博会的消息,也确实想去看看未来举办世博会的场地,但他并不希望一整天都和霍姆斯待在一块。霍姆斯很有魅力,为人亲切,不过他身上有一种气息让贝尔纳普十分不安。他自己也说不清楚为什么。确实,接下来几十年中,精神病医生及他们的继任者会发现,他们也很难精准地描述是什么令霍姆斯这类人看起来和善、讨人喜欢,却不由自主地流露出一种微妙的感觉,仿佛身上缺失了某种重要的人性元素。一开始,精神病医生把这种症状称为"道德错乱",把展现了这种紊乱症状的人称为"道德低能者"。后来他们采用了一个词——"变态人格",该词最早于一八八五年出现在业余刊物——威廉·斯特德创办的《蓓尔美街报》上,其中一篇文章称其为一种"新型疾病",并称"除了自己及兴趣所在,没有任何事情对于精神变态者是神圣的"。半个世纪之后,赫维·克莱克利医生在开创性的著作《理智的面具》中描述道:典型的变态人格是"一架精巧的反射机器,可以完美地模仿人类个性……他重塑出一个完整的正常人,如此完美,任何人在临床环境下对其进行检查,都无法用科学或客观的术语指出为什么这种人格不是真实的,以及他是如何做到的"。那些最极致地展现这种紊乱的人在精神病学中将被称为"克莱克利型变态人格"。

贝尔纳普拒绝了霍姆斯的邀请,霍姆斯看起来备受打击,十分失望。这趟旅行非常必要,霍姆斯再三恳求道,哪怕只是为了他的面子。他想让贝尔纳普相信,他是一个有能力的人,贝尔纳普为他背书是一次安全的投资,和其他任何为他背书的人一样。米尔塔也对他的拒绝感到失望。

贝尔纳普最终还是妥协了。在乘坐火车去恩格尔伍德的路上，霍姆斯向贝尔纳普指点着各种地标：城里的摩天大楼、芝加哥河、牲口中心。贝尔纳普觉得空气里的臭味难以忍受，不过霍姆斯似乎觉察不到这股味道。两人在恩格尔伍德站下了车。

这个小镇充满了活力。每隔几分钟就有列车轰鸣而过。马拉的电车沿着六十三街南来北往，街上到处挤满了客运马车与货运马车。贝尔纳普目光所及之处都在兴建房屋。很快，建筑施工还会进一步升级，因为企业家们已经准备投入重金，迎接即将汹涌而来的游客。霍姆斯描述了自己的计划。他带着贝尔纳普参观自己的药店，柜台上铺设着大理石，玻璃货柜里装满了五颜六色的溶剂。随后霍姆斯带他去了楼上，向他介绍大楼的看门人帕特里克·昆兰。霍姆斯陪着贝尔纳普穿过房子里的多条走廊，边走边描述这个地方变成旅馆后会是什么样。贝尔纳普觉得房子里的气氛阴冷而古怪，许多走道都在一些意想不到的地方突然中断了。

霍姆斯问贝尔纳普是否愿意去楼顶看看，那里可以看到进行到一半的工程。贝尔纳普拒绝了，谎称自己年纪大了，没办法爬那么多层楼梯。

霍姆斯向他许诺说楼顶能看到恩格尔伍德令人激动的美景，面朝东边也许还能瞥见杰克逊公园，世博会的建筑很快就要在那边拔地而起。贝尔纳普再次拒绝，这一次语气更为强硬。

霍姆斯另辟蹊径。他邀请贝尔纳普晚上住在他的房子里。一开始贝尔纳普也表示拒绝，但他觉得自己拒绝上楼顶的行为可能过于无礼了，于是就没再坚持。

夜幕降临，霍姆斯把贝尔纳普带到了二楼的一个房间。煤气灯以不等的间距安装在走廊的墙壁上,投下小块的阴影,阴影的边界随着贝尔纳普和霍姆斯经过而晃动。房间里家具齐全,非常舒适,可以俯瞰街面,街道上到了晚上仍然异常繁忙。据贝尔纳普所知,目前只有他与霍姆斯住在这栋楼里。"睡觉的时候,"贝尔纳普说,"我小心翼翼地锁上了门。"

不多久,街上的声响开始逐渐减弱,只回荡着火车经过的隆隆声,以及偶尔的马蹄声。贝尔纳普难以入眠。他看到窗外街灯发出的光芒朦胧变幻,铺满了天花板,就这样过了好几个小时。"突然,"贝尔纳普说,"我听到有人推门,然后便听到了钥匙插进锁孔的声音。"

贝尔纳普大声询问是谁在门口。声音停止了。他屏住呼吸,竖起耳朵,听到有脚步声向大厅移去。他十分确定,一开始有两个人在他的门外,不过现在其中一个离开了。他再次大声问是谁,这一次有一个声音回答了他。贝尔纳普认出这是帕特里克·昆兰的声音,那个看门人。

昆兰想进来。

"我不同意开门。"贝尔纳普说,"他坚持了一阵,然后离开了。"

贝尔纳普整夜未眠。

很快他就发现了霍姆斯伪造他的签名的事。霍姆斯向他道歉,声称自己急需用钱,语气如此动人,显得十分可怜,连贝尔纳普都心软了。不过他对霍姆斯的厌恶并没有改变。很久以后,贝尔纳普才意识到为什么霍姆斯那么想带他上楼顶。"如果我去了,"贝尔纳普说,"伪造事件大概就不会被揭穿了,因为我可能永远没有机会揭穿它了。"

"不过我没去,"他说,"我恐高。"

木匠和粉刷匠正在大楼里施工，霍姆斯开始转移注意力，想在房子里建造一个重要的附属结构。他构思了很多种设计方案，可能是参考了过去对类似设备的观察，最后选择了一种看起来比较可行的：一个大型的长方形盒状结构，由防火砖砌成，八英尺长，三英尺高，三英尺宽，外面包裹着第二个同样材料做成的盒状结构，两个结构之间的空间通过烧燃油炉来进行加热，里面的那个结构将形成一个狭长的烧窑。虽然他以前从未建造过烧窑，但相信自己的设计能产生足够高的温度来焚烧掉里面的一切东西。烧窑也要能消除从内部结构散发出的一切臭味，这一点非常重要。

他计划在地下室建造这个烧窑，并雇用了一位名叫约瑟夫·E·伯克勒的砖匠来施工。他告诉伯克勒，他打算用这个烧窑来为他的华纳玻璃加工公司生产和加工玻璃板。按照霍姆斯的指导，伯克勒增加了一些铁制组件。他动作很快，不久烧窑就可以进行第一次测试了。

霍姆斯点燃了油炉。火苗蹿起来的声音令人相当满意。一股热浪从烧窑中袭出，蔓延到了地下室远处的墙上。空气中弥漫着燃烧不充分的汽油味。

不过测试的结果令人失望。烧窑没能产生霍姆斯期望的高温。他调整了油炉，再试了一次，却没得到什么改善。

他利用市里的电话簿找到了一家锅炉公司，请求和一位有经验的人见面。他自我介绍为华纳玻璃加工公司的创建者。如果锅炉公司的官员出于什么原因需要确认华纳玻璃加工公司的存在，只需要查一下一八九〇年恩格尔伍德的电话簿就能发现该公司的条目，并且会发现所有者的名字是霍姆斯。

锅炉公司的经理——他的名字从未公之于众——决定亲自跟进这桩生意，在霍姆斯的房子里和他碰面。他发现霍姆斯是一位面容英俊的年轻男人，长相几乎可以用精美来形容，散发着自信和成功的气息。他的蓝眼睛令人印象深刻。他的房子处于背阴面，营造水平比起六十三街的其他建筑略显低下，不过地理位置优越。这个区域显然正在飞速发展。对于一个如此年轻的男人而言，能拥有几乎整个街区本身就是一项成就了。

经理跟随霍姆斯来到了二楼的办公室，在从屋角窗子吹来的怡人的过堂风里钻研霍姆斯的烧窑设计图。霍姆斯解释道，他没有办法获得"足够的热度"。经理便要求看一看装置。

没有必要，霍姆斯说。他不希望麻烦经理，只是想寻求他的建议，他也会为此支付适当的费用。

锅炉公司的经理坚持道，在实地查看烧窑之前，他什么也做不了。

霍姆斯笑了。当然，如果经理不介意花费额外的时间，他很乐意带他去看看。

霍姆斯带客人下到一楼，然后从一楼走到另一个更为黑暗的楼道，进入了地下室。

这是一个巨大的长方形洞穴，贯穿了整个街区，中间只立着几根房梁和柱子。暗处放着各种大小的桶，还有成堆的黑色物质，也许是泥土。这里有一张窄长的桌子，铺着钢制的桌面，顶上挂着一排没有点亮的灯，桌旁放着两个用旧的皮箱。这个地下室看起来就像一个矿场，却有外科医生外套上的味道。

锅炉公司经理检查了烧窑。他发现里面还有一个砖砌的盒状结构，其建造方式阻止了火焰进入其中，他注意到里面那个盒状结构顶部巧妙地开了两个口子，可以让里面的煤气流到环绕在外的火焰中进行燃烧。这个设计很有趣，看起来也可行，虽然他觉得这个烧窑似乎并不适合用来加工玻璃。里面的盒状结构太狭小了，无法容纳市里现在流行的大型玻璃板。除此之外，他没有发现其他的异常，并且认为有办法对这个烧窑进行改进。

他带着一队工人返回了。这些工人建了一个火力更加强劲的油炉，一旦点燃，烧窑内的温度可以达到三千华氏度。霍姆斯看起来很高兴。

直到后来，锅炉公司的经理才意识到，这个烧窑独特的形状和极高的温度使它成了一种拥有别样用途的理想工具。"事实上，"他说，"这个炉子的总体规划很像焚烧死尸的焚烧炉。"并且因为有了之前描述的那些设计，炉子里也绝不会散发出异味。

同样，这也是后话了。

现在，霍姆斯又改为很久才去一次威尔米特，不过他还是会规律地上门，给米尔塔和女儿送去足够的钱，让她们过得舒服。他甚至为小女孩购买了人寿保险，毕竟小孩子的生命如此脆弱，一次心跳的时间就有可能离开人世。

他的生意不错。他的邮购公司获得了巨大的利润，他也再次试着找机会投资最新潮的药物：由伊利诺伊州德怀特一位名为基利的医师发明的治疗酗酒的药。街角的药店生意不错，利润丰厚，不过邻近的一位女士发现，他似乎很难留住那些雇来当店员的女性。她们非常年轻，通常都很漂亮。据她观察，这些店员都有一个不幸的习惯，会不打招呼就离开,有时候甚至连随身物品都还留在二楼她们的房间里。她认为这些行为是当代青年人越来越不求上进的表现,令人担忧。

将霍姆斯的房子改建为旅馆的工程进展缓慢,因为时不时会爆发一阵争执,然后工期就会延后。霍姆斯将寻找新工人的任务交给了三个帮手:昆兰、查普尔和皮特泽尔。每次重新开工时,他们似乎都能毫不费力地找到新的工人。成千上万名在别处失业的工人涌入芝加哥,希望找到建造世博会的工作,来了却发现太多人都有同样的想法,于是等待工作的人特别多,他们甚至不在乎工种和酬劳。

霍姆斯的注意力转移到了更为有趣的消遣上。残酷的命运将另外两位女性带进了他的生活,其中一位接近六英尺高,拥有傲人的身材,而另一位,她的小姑子,是一位年轻可爱的姑娘,有黑色的头发和精致的深色眼睛。

这位高个子女人还有丈夫和一个女儿,这让整件事情变得异常有趣。

令人遗憾的景观

一八九一年一月八日下午四时五十分,东部的建筑师们乘坐北海岸特快列车离开了新泽西,亨特预订了第五车的第六节车厢,以便大家可以坐在一起。奥姆斯特德前一天晚上从波士顿赶来了,和大家一起前往芝加哥。

这个场景十分迷人:一辆穿越冬季风景的豪华列车,载着五位史上最为卓越的建筑师。他们坐在同一节车厢里,谈天、玩乐、喝酒、抽烟。奥姆斯特德趁这个机会详细描述了杰克逊公园的情形,以及和世博会层层委员会打交道的艰难过程。这些委员会在当时看来权力非常大。他尊敬伯纳姆的坦诚直率,以及他身上流露出的领袖气质,毫无疑问,这些他也如实告诉了建筑师们。毋庸置疑,他也花了不少时间强调自己对于世博会景观设计的想法,尤其是伍迪德岛应该彻底避免明显的人造建筑这一观点。

列车还剩两小时抵达芝加哥。在一次短暂的停靠期间,麦金接到一封电报,上面说他的母亲莎拉·麦金突然在家里去世了,享年七十八岁。麦金和母亲十分亲密。于是他脱离了队伍,搭上了一辆返程的列车。

建筑师们在一月九日星期五深夜抵达了芝加哥,乘坐马车来到了惠灵顿酒店,伯纳姆已经为大家安排好了房间。万·布伦特从堪萨斯城赶来,与大家在酒店会合。第二天一早,大家就乘坐马车,前往南边的杰克逊公园。鲁特缺席了,他当天才从亚特兰大启程返回。

前往公园的车程大约一小时。"那时正值隆冬季节,"伯纳姆回忆道,"天空阴云密布,湖面上覆盖着泡沫。"

到了公园,建筑师们从马车里钻出来,呼出的空气在寒冷的天气中变成了白雾。风卷着沙砾,刮得脸颊生疼,他们不得不挡住眼睛。他们在冻结的土地上蹒跚前行,亨特由于痛风一直在抽搐、咒骂,感到难以置信;奥姆斯特德牙齿发炎,晚上彻夜难眠,并且因为多年前的马车事故而走路一瘸一拐。

湖水呈灰色,远处的颜色不断变深,最终成了一条黑色的地平线。近处唯一的色彩只有众人冻得通红的脸颊和伯纳姆及奥姆斯特德的蓝眼睛。

奥姆斯特德观察着建筑师们的反应。他时不时和伯纳姆交换一下眼神。

建筑师们呆若木鸡。"他们凝视着眼前的景象,"伯纳姆说,"几乎是一脸绝望。"

杰克逊公园就是一片方圆一英里的荒原,几乎没有树木,只有零星几棵形态不一的橡树——带毛刺的、针叶状的、黑色的、猩红的,周围簇拥着一丛丛老李树和柳树,疯长着缠绕成一团。最贫瘠的部分几乎全是沙子,上面是成簇的海草和牧草。一位作家称这个公园"又偏僻又令人反感",另一位形容它为"未经开发的荒原和遍地沙土的废地"。它太丑了,作为度假胜地是最差的选择。奥姆斯特德自己对杰克逊公园的评价是:"如果在芝加哥方圆几英里内搜寻最不像公园的场地,没有哪里比杰克逊公园更符合要求了。"

事实上,这个选址比看起来还要糟糕。许多橡树都死掉了。在这个季节,很难辨别活着的树和死掉的树。其余的树木根部都严重受损。试钻了一下发现,园内的土壤结构为顶层有一英尺厚的黑土,往下是两英尺厚的沙子,再往下是十一英尺浸满水分的沙子。伯纳姆写道,"……变得几乎像流沙一般,通常我们就称之为流沙"。芝加哥的建筑师很清楚这种土壤结构会带来什么样的挑战,而纽约的建筑师习惯了基岩,并不清楚这样的土壤意味着什么。

至少在奥姆斯特德看来,这个公园最大的瑕疵是它的湖面的高度每年都要产生剧烈变化,落差最大可达四英尺。奥姆斯特德认为,这样的波动会极大地增加在湖岸种植植物的难度。如果水面回落,博览会的游客们将会目睹吃水线以下裸土带的惨状。如果水面涨得太高,湖水将覆盖和淹死沿岸的植物。

建筑师们重新爬上马车。车子载着他们在公园凹凸不平的路上颠簸,前往湖畔。车子的步调就像是送葬的队列,气氛也是同样沉重。伯纳姆写道:"沮丧和绝望的心情混合在一起,这些建筑师这时才第一次意识到这个提议的工程量之巨大,也是第一次体会到这项工作的时间限制是多么无情……二十一个月后就是《国会法案》中定下的建筑物揭幕日期,而在短短的二十七个半月之内,或者说在一八九三年五月一日当天,所有的施工必须完成,景观要达到最好的效果,展品全部要布置妥当。"

到了湖畔，大家再次下车。来自波士顿的皮博迪爬上了一个码头。他转过身对伯纳姆说："你真的确定计划在一八九三年，在这儿，要开一场世博会？"

"没错。"伯纳姆说，"这就是我们的打算。"

皮博迪说："这不可能。"

伯纳姆看着他。"箭在弦上，不得不发。"他说。

可是，即使是伯纳姆也不知道，或者说无法知道摆在眼前的将是什么。

建筑师们在杰克逊公园查看时，鲁特返回了芝加哥。那天是他四十一岁的生日。他直接从火车站去了鲁克利大楼。"他回到办公室的时候心情很好，开着玩笑。"哈瑞特·门罗说，"就在当天，他接到了一个大型商业建筑的委托案。"

不过就在那天下午，绘图员保罗·施泰力在鲁克利大楼的某个电梯内遇到了鲁特，"他看起来身体很不好。"他的精神状态很差，再次抱怨说自己感到非常疲惫。

建筑师们返回市里，沮丧极了，而且感到非常后悔。他们再次在公司的图书室里聚集。鲁特这一次加入了他们，并且突然又精力充沛起来。他十分亲切，为人有趣又温暖。伯纳姆清楚，如果有人能动摇这些建筑师，点燃他们的激情，鲁特就是不二人选。鲁特邀请远道而来的客人在第二天，也就是星期日前往他位于亚斯特街的家中喝下午茶，然后才终于回家见到了他的孩子和妻子朵拉。据哈瑞特·门罗回忆，朵拉正卧病在床，由于最近的一次难产而"险些撒

107

手人寰"。

鲁特告诉朵拉，自己非常疲惫，并且提议夏天一起逃到某个地方度个长假。最近几个月他太累了，夜晚总是在工作，或者在旅途中。他已经精疲力竭。这次南下的旅途丝毫没有缓解他的压力。他很期待这个星期的最后一天，一月十五日，那时东部的建筑师们将结束会议，各自回家。

"十五号以后，"他告诉妻子，"我就没那么忙了。"

那天晚上，东部和芝加哥的建筑师们在大学俱乐部再次聚首，共同进餐，这次是由场地及建筑委员会做东，向他们致敬。鲁特太疲惫了，没有参加。很显然，这次晚餐是一个武器，芝加哥想借此点燃东部建筑师的热情，并且向他们证明，芝加哥人决意要兑现他们曾经夸下的海口，举办好世博会。接下来还有一系列丰盛到令人难以置信的宴席。这些宴席的菜单不禁让人好奇，芝加哥上流阶层的人们怎么可能还有健康的动脉。

建筑师们到达时被记者们拦下了。建筑师们都表现得很亲切，不过口风很紧。

他们将在一张T形的桌子旁就座，最上方的中心位置坐着莱曼·盖奇，他是世博会主席。盖奇的右边坐着亨特，左边坐着奥姆斯特德。一簇簇的康乃馨和粉红或大红的玫瑰把桌子装点得像一个个花圃。每一个餐盘旁都放着一朵襟花。人人都身着晚礼服，视线所及之处没有一名女性。

晚上八点整，盖奇挽着亨特和奥姆斯特德的胳膊，引着他们从俱乐部的接待室进入了宴会厅。

牡蛎

一杯或两杯蒙哈榭白葡萄酒

清炖甲鱼

阿蒙迪亚多白葡萄酒

特供烤西鲱

黄瓜、伯爵夫人土豆泥

罗西尼菲力牛排

拉菲红酒及雷纳特香槟酒

酿西洋蓟

伯瑞淡香槟

樱桃白兰地雪芭

香烟

丘鹬吐司

芦笋沙拉

冰镇广东姜酒

奶酪：彭莱维克奶酪、洛克福奶酪；咖啡；利口酒

马德拉酒，1815

雪茄

盖奇首先发言。他就世博会将如何精彩纷呈发表了一篇激情澎湃的演讲，然后呼吁宴会厅内的优秀人士一切以世博会为先，把自己放在最末，并强调只有将自己的利益抛在脑后，世博会才有可能取得成功。众人对他的发言报以真诚而热烈的掌声。

伯纳姆接下来发言。他描述了自己对于世博会的构想，同时强调了芝加哥将这个构想变成现实的决心。同时他还敦促大家齐心协力，进行自我牺牲。"先生们，"他说，"一八九三年将成为我们国家历史上第三个伟大的年份。另外两个伟大的年份，一七七六年和一八六一年，[①]所有真正的美国人都贡献了自己的力量，这一次我也请求大家再次贡献出自己的力量！"

这一次，全场沸腾了。"那一夜，在场的人离开宴会厅的时候，就像战场上的士兵一样。"伯纳姆说。

不过，所有的列队游行都是由芝加哥人完成的。第二天，在鲁特的家中，哈瑞特·门罗见到了东部的建筑师们，她离开的时候十分震惊。"和他们交谈时，我惊讶地发觉他们都倦怠而绝望。"她说，"他们说，如此庞大而造价低廉的建筑很难呈现漂亮的效果，芝加哥千篇一律的地面特征又使有效的组合搭配难以达成，留给准备与施工的时间也太短——这些不同方面的批评显示出他们普遍的轻蔑态度。"

下午茶结束的时候，鲁特送客人上车。天色已暗，寒风刺骨。凛冽的冷风像镰刀一样划过亚斯特街。现在回想起来，那天的鲁特穿着单薄的晚礼服，却一头扎进了这料峭的冬夜，都没有提前披上一件外套。似乎一切都已经注定。

[①] 1776 年美国独立，1861 年美国南北战争爆发。

消失点

一位名为伊西留斯·康纳的年轻珠宝商（他更喜欢人们叫他的昵称"内德"）在不同的城市流浪了许多年，工作也换了无数样，现在和妻子朱莉娅以及八岁的女儿珀尔搬到了芝加哥，并且很快发现芝加哥确实是一座机会之城。一八九一年初，内德不知不觉已经在城南，六十三街和华莱士街交汇处一家欣欣向荣的药店里管理着占据一整面墙的珠宝柜了。自打内德成年以来，这是他第一次看到未来的希望。

药店的老板尽管非常年轻，却十分富有，充满了活力，确实算是时势造英雄。他注定要获得更大的成功，因为世界哥伦布博览会即将在距离药店车程很短的地方举办，从药店往东到六十三街尽头就是。还有传闻说，一条新的高架铁轨即将向东沿着六十三街直接延伸到杰克逊公园，因为高架遮蔽了市里的巷道上空而被戏称为"L巷"。这样看来，将来去世博会的游客们在交通方面又多了一个选择。街上的车辆迅速增加，每天都有成百上千的市民驾着马车去公园参观世博会选址，虽然那里并没有什么可看的。内德和朱莉娅觉得杰克逊公园又丑又荒芜，只有沙丘和病怏怏的橡树，不过珀尔却很喜欢在公园内的浑浊的水池里捞蝌蚪。看起来，这片土地上不可能发生任何美妙的事情，不过内德和大多数刚来芝加哥的人一样，愿意相信这个城市和他以前待过的地方截然不同。如果说有哪个城市能实现至今仍在流传的关于世博会的大话，芝加哥一定当仁不让。内德的新雇主H.H.霍姆斯医生似乎就是大家所说的"芝加哥精神"的完美范例。他这么年轻就拥有了一栋占据整个街区的大楼，在内德的经验里，这在其他任何地方都不可能发生，但在这儿却似乎只是一项普通的成就。

康纳一家住在大楼二层的一间公寓里，离霍姆斯医生自己的套房不远。房间不算很明亮，也不是最令人感到愉悦的那种，不过很温馨，而且上班很方便。除此之外，霍姆斯还提出聘用朱莉娅在药店里帮忙，并且开始培训她管理账本。后来，当内德十八岁的妹妹格特鲁德搬到芝加哥后，霍姆斯把她也聘用了，让她管理自己新成立的药品邮购公司。有了三份收入，康纳一家也许很快就买得起他们自己的房子了，也许就在恩格尔伍德某条宽广的碎石路上。自然，他们也买得起自行车，可以骑车到街尾的蒂默曼歌剧院去看戏。

不过，有一件事确实让内德感到不安。霍姆斯似乎对格特鲁德和朱莉娅太照顾了。一方面，这很自然，内德也习惯了，因为这两个女人都外表出众，格特鲁德身材苗条，皮肤黝黑，朱莉娅身材高挑，比例匀称。内德很清楚，事实上从一开始他就知道，霍姆斯很喜欢女人，而女人们反过来也喜欢他。年轻可爱的姑娘们总是慕名而来。

当内德试着向她们提供服务时，她们会离得远远的，显得没有任何兴趣。可如果霍姆斯正巧进入药店，她们的态度会马上来个大转弯。

内德一直都是个长相平庸、性格无趣的人，这时似乎直接变成了背景的一部分，只能从一个旁观者的角度来审视自己的生活。只有他的女儿珀尔一如既往地关注他。内德警惕地观察着霍姆斯，他总是用微笑、各种礼物或甜言蜜语来称赞格特鲁德和朱莉娅（特别是格特鲁德），这两位女性也总是积极回应，同时脸上散发着红润的光泽。当霍姆斯离开她们后，她们就会变得垂头丧气，行为举止突然暴躁易怒起来。

更令人不安的是顾客们对内德的态度产生了转变。并不是他们说了什么，而是他们眼神里带的情绪有点像同情，甚至像是怜悯。

这期间的某个晚上，霍姆斯请内德帮一个忙。他领着内德来到宽敞的地下室，自己走了进去，然后吩咐内德关上门，辨认他在里面喊叫的声音。"我关上门，把耳朵贴在门缝上，"内德回忆道，"不过只能听到一点模糊的声响。"内德打开门，霍姆斯走了出来。这时霍姆斯问内德是否愿意走进去试着喊叫几声，这样霍姆斯就可以自己听听有多少声音透出来。内德照办了，不过他在霍姆斯打开门的一刹那就走了出来。"我不喜欢做这种事。"他说。

为什么会有人想造一间隔音的地下室？内德显然没有考虑过这个问题。

对于警察而言，有一些特别的线索值得注意——家长寄来的信件，还有家长雇用的侦探的造访。不过这些线索在混乱中都没有引起足够的重视。在芝加哥，失踪似乎成了经常发生的娱乐事件。这个城市的各个角落都有人消失不见，不可能都得到适当的调查，并且各方势力错综复杂，阻碍了对各种犯罪形式的侦察。大多数的巡警都不够称职，仅仅是因为选区政治名流的任命而入职的。警探极少，资源和技术急缺，阶级固化也模糊了他们的视野。普通的失踪案件——波兰籍姑娘、牲口中心的男孩、意大利劳工、黑人女性——不值得费力去侦查。只有富人失踪才会得到有力的回应，不过即使是在这些案子中，警探除了向其他城市发送电报，以及定期去停尸房查验每天收集到的身份未知的男性、女性和儿童尸体之外，也什么都做不了。某一时期，市里一半的警力都在调查失踪案件，以至于芝加哥警探中心的长官发话说要考虑建立一个单独的部门——"神秘失踪案件调查部"。

女性和男性失踪的比例相同。一位来自孟菲斯的年轻游客范妮·摩尔，没能返回她寄宿的家庭，从此消失得无影无踪。J.W.哈利曼某天下班后搭乘了一辆郊区列车，随后便失踪了。《芝加哥论坛报》写道："消失得这般彻底，就像被大地给吞没了一般。"女性失踪者会被推测遭遇了强奸，男性则被推测遭遇了抢劫，尸体被冲到了芝加哥河污浊的河水中，或者被扔到霍尔斯特德街或莱维区或克拉克街的混乱地段去了——那儿介于波尔克街与泰勒街之间，被资深的警官们称为"夏延①区"。找到的尸体会被运送到停尸房，如果没有人认领，则会接着被运送到拉什医学院或者库克郡医院的解剖教室，然后从那儿被送往关节实验室，进行精细作业，将骨头和头盖骨上的肉和

---

① 旧印第安部落。

结缔组织剔除,全部进行漂白,重新安装,接下来供医生及解剖博物馆使用,或者偶尔会被对科学类新奇事物感兴趣的私人收藏者收藏。他们的头发会被卖去做假发,身上的衣服会被捐给社会服务所。

就像联合牲口中心一样,芝加哥什么也不会浪费。

独自一人

一月十二日星期一早晨，东部及芝加哥的建筑师们在伯纳姆-鲁特公司位于鲁克利大楼顶层的图书室里再次聚首，鲁特缺席。威廉·R·米德从纽约赶来，代替回家奔丧的合伙人麦金。在等人到齐的过程中，访客们时不时地挪到图书室朝东的窗口，眺望辽阔的密歇根湖。伴随着湖水和结冰的湖岸反射的光芒，射入房间的光线超乎自然地强烈。

伯纳姆起身正式向诸位表示欢迎，不过他看起来并不放松。他察觉到东部建筑师们犹疑的态度，但还是不顾一切地想要争取他们，奉承话已经说到近乎虚情假意了——路易斯·沙利文知道这是伯纳姆有效的战略手段。"对他自己而言，奉承话没什么用，除非是动之以情，但他会很快发现把奉承话堆砌到大商人身上是非常有效的。"沙利文写道，"路易斯发现这一招十分奏效，一开始他很惊讶伯纳姆竟然如此厚颜无耻，结果看到被奉承者得意忘形的样子，感到更加惊讶了。这一招很粗俗，却十分有效。"

沙利文说："很快大家都注意到他越来越激动，居然开始向东部建筑师们道歉，理由是在场的西部同胞十分愚昧。这一行为是十分粗鲁的。"

亨特也注意到了这一点。"见鬼，"他厉声说，"我们可不是什么远征的传教士。开始做点正事吧。"

房间里响起赞同的嘟囔声。艾德勒感到精神振奋，沙利文在傻笑，奥姆斯特德面无表情地看着这一切，耳朵里的轰鸣声一直难以平息。亨特却一脸狰狞——从纽约匆匆赶来，又去了杰克逊公园，这使他的痛风加重了。

亨特如此突然地发话，让伯纳姆吃了一惊。他倏然间想起了自己曾在东部遭遇双重的冷落，被哈佛和耶鲁拒之门外的惨痛经历。不过亨特的话及其在房间内获得的积极响应让伯纳姆将注意力转移到了工作上。据沙利文观察，"伯纳姆从梦游般的状态中走了出来，加入了谈话。他敏感地察觉到'迪克大叔'（意指亨特）刚才的行为是雪中送炭"。

伯纳姆告诉在座的各位，今后他们将组成世博会的建筑师理事会。他邀请大家选举一位主席。他们选了亨特。"这位大师天生的领导才能得以再次展现，"万·布伦特写道，"我们又一次心甘情愿地变成了他幸福的学生。"

他们选了沙利文作为秘书，这位显然不是亨特幸福的学生。对他而言，亨特只是一个死守传统的人。伯纳姆也一样。以这两位为代表的人正是沙利文新兴艺术理念的拦路虎。沙利文认为建筑的功能应该在设计时就得以体现——不仅形式要服从功能，而且"功能创造或者组织形式"。

对于沙利文而言，亨特只是一个"老古董"而已，伯纳姆则要危险得多。在他身上，沙利文看到了与自己类似的执着精神。沙利文认为芝加哥建筑界由两个公司掌控着：伯纳姆－鲁特公司和艾德勒－沙利文公司。"每家公司都有那么一个人，他拥有自己不可改变的生活目标，可以为此折腰，甚至牺牲一切。"沙利文写道，"丹尼尔·伯纳姆执迷于封建观念里的权力，路易斯·沙利文则执迷于民主力量的行善观念。"沙利文欣赏鲁特和艾德勒，不过认为他们只能在较小的范围内发挥作用。"约翰·鲁特过于自我放纵，也许永远无法激发出自己潜藏的力量。艾德勒从根本上说是一个技师，一位工程师，一名有良知的管理者……毫无疑问，他缺乏足够的想象力。在某种程度上，约翰·鲁特也是一样——换句话说，缺乏梦想家的想象力。而伯纳姆的力量和路易斯的激情就藏在梦想家的想象力中。"

快到中午时，伯纳姆离开房间，接了一个来自朵拉·鲁特的电话。她告诉他鲁特患了重感冒，无法出席会议。过了几个小时，她又打来电话，说医生诊断他为肺炎。

鲁特精神还不错。他一边开玩笑一边画着素描。"我被病痛折磨了一生，现在也不会轻易脱身，"他对哈瑞特·门罗说，"当我大限已到，我会知道的。这将是一个难关。"

建筑师们继续开会，不过伯纳姆没有参与，他一直守在合伙人的床边，只是偶尔离开去图书室处理一些事情，或者去拜访亨特。亨特的痛风十分严重，只能待在惠灵顿酒店的房间里，鲁特仍旧乐观地和他的护士开着玩笑。场地及建筑委员会在周三的例会上通过了一项决议。他们诚挚地希望鲁特能早日康复。那天，伯纳姆给一位名为W. W.波茵顿的芝加哥建筑师写了一封信："鲁特先生精神不佳，恐怕难以快速康复，不过还有一线希望。"

星期四，鲁特似乎重新振作了起来。伯纳姆再次写信给波茵顿："今天早上总算能给你带去一点好消息了。他昨晚睡得不错，身体舒服些了。我们怀抱着希望，虽然危机还没解除。"

建筑师们热情高涨。由于亨特仍然无法出门，博斯特便暂时代理了主席一职。他和万·布伦特往返于亨特的房间和公司之间。建筑师们通过了伯纳姆、奥姆斯特德和鲁特最初用牛皮纸定下的草案，没有做什么修改。他们确定了主体建筑的大小，以及在场地上的布局。他们选择了一种统一的风格——新古典主义，这意味着建筑会带有柱子和山形墙，能让人想起古罗马时期的辉煌。这个选择对于沙利文而言简直就是诅咒，他憎恶根据旧有风格衍生的建筑，不过在会议上没有提出反对意见。建筑师们还做出了一个决定，他们为大中庭每一座宫殿的飞檐设定了统一的高度，六十英尺高。后来证实这是世博会最重要的决定之一。飞檐只是一种水平的装饰性凸出物。墙壁、屋顶、穹顶及拱门可以建得更高，但通过限定飞檐的高度，建筑师们得以保证博览会最为壮观的建筑群在本质上是和谐的。

星期四下午四点钟左右，科德曼和伯纳姆驾车去了鲁特家。然后，科德曼在马车里等候，伯纳姆进了屋。

伯纳姆发现鲁特呼吸困难。鲁特一整天都在做奇怪的梦，其中有一个梦他以前做过许多次：他梦到自己在天上飞。当鲁特见到伯纳姆时，他说："你不会再次离开我，对吧？"

伯纳姆说不会，不过他确实暂时离开了。他去隔壁房间探望了鲁特的妻子。当伯纳姆和她交谈的时候，一位亲戚走进了房间。她告诉他们，鲁特去世了。她说，在弥留之际，他的手指划过床沿，仿佛在弹奏钢琴。"你听到了吗？"他轻声说，"是不是很美妙？这就是我所说的音乐。"

整个房子陷入了一种人死后怪异的沉寂，只有煤气灯发出的嘶嘶声和时钟疲惫不堪的嘀嗒声。伯纳姆在楼下踱步。他并不知道有人在看着他。哈瑞特·门罗的姨母内蒂正坐在从鲁特的起居室通往二楼的楼梯转弯处最高一级的台阶上，灯光照不到那儿。这个女人默默倾听着伯纳姆踱步的声音。他身后的壁炉里正燃着熊熊火焰，在对面的墙上投下硕大的阴影。"我很努力。"伯纳姆说，"我一直在谋划，梦想着我们能成为世界上最伟大的建筑师——我让他看到了这一点，并且一直逼他为之努力。现在他却就这样死了！见鬼！见鬼！见鬼！"

鲁特的死震惊了伯纳姆，也震惊了芝加哥。伯纳姆和鲁特已经是十八年的合伙人与朋友了。两人都深谙彼此的想法，依赖彼此的技艺。现在鲁特走了。局外人猜测，鲁特的死亡是否意味着博览会的死亡。报纸上登满了相关的采访，芝加哥的上流阶层形容鲁特为博览会背后的引导力量，没有他，芝加哥就不可能实现这个梦。《芝加哥论坛报》认为鲁特"显然"是芝加哥"最杰出的建筑师，在全国也是数一数二"。场地及建筑委员会主席爱德华·杰弗里说："在建筑师的行当里，没有人有这样的天分和才干可以拾起鲁特先生留下的工作。"

伯纳姆缄默不言。他考虑过辞掉世博会的工作。有两股力量在他心里纠缠着：一股力量是悲恸，另一股力量是想要呐喊的冲动——他，伯纳姆，才是一直驱动着世博会设计工作的引擎；他才是那个驱使着伯纳姆-鲁特公司取得越来越令人瞩目的成就的合伙人。

一月十七日星期六，东部的建筑师们离开了芝加哥。星期日，伯纳姆参加了在亚斯特街的鲁特家中为他举办的追悼会，以及在雅园墓地举行的葬礼。雅园在环线北部几英里外，是一处考究而适宜的长眠之所。

星期一，伯纳姆回到了自己的工作中。他写了十二封信。隔壁鲁特的办公室悄无声息，挂着祭旗。温室花朵的香味弥漫了整个屋子。

眼前的挑战从未显得如此令人生畏。

星期二，堪萨斯城一家大型银行倒闭了。接下来的星期六，莱曼·盖奇宣布将会辞去世博会主席的职位，以专心打理自己的银行，该决定四月一日起生效。世博会理事长乔治·戴维斯一开始拒绝相信此事。"这太荒唐了，"他怒斥道，"盖奇必须和我们一起。我们不能没有他。"

劳工们也不安分起来。正如伯纳姆所担心的，工会领导人开始利用未来的世博会，替他们争取诸如最低薪资和八小时工作日等待遇。还有来自火灾、天气及疾病的威胁——已经有国外的报刊编辑在发问，鉴于芝加哥臭名昭著的污水问题，谁还敢来参观世博会？没有人忘记，一八八五年的污水是如何引发了霍乱和伤寒，导致十分之一的芝加哥人口丧生的。

在烟雾中，还有更黑暗的势力在集结。在城市中心的某处，一位年轻的爱尔兰移民陷入了更为严重的疯狂，这是一个先兆，之后发生的事情会震惊全国，并摧毁掉伯纳姆梦想中的人生最辉煌的那一刻。

近在咫尺之处，一个更为怪异的生物带着同样热烈的期盼抬起了头。"我一出生，体内就住着一个魔鬼。"他这样写道，"我不能不杀人，就像诗人一样，灵感一来就不得不吟唱。"

第二部
背水一战

芝加哥，1891-1893

集会

一八九一年二月二十四日星期二，伯纳姆、奥姆斯特德、亨特及其他建筑师在鲁克利大楼顶层的图书室汇集，将博览会主要建筑的设计图呈现给场地及建筑委员会。整个上午，建筑师们都在进行会谈，亨特作为主席参与了讨论。由于痛风，他不得不将一条腿放在桌上。奥姆斯特德看起来疲惫而沮丧，只有眼睛还在光秃秃的脑门下像大理石般闪闪发光。一位新成员加入了这个群体，奥古斯都·圣·戈登斯，他是美国最出名的雕刻家之一，受查尔斯·麦金邀请，前来协助评估设计方案。场地及建筑委员会的成员们于下午两点到达，一时之间，图书室里充满了雪茄和结冻的羊毛的味道。

太阳已经开始西沉，房间里的光线呈灰黄色。疾风重击着窗户。北面墙上的壁炉里燃着旺盛的炉火，噼啪作响，给房间带来一股干燥的热风，令人们冻僵的皮肤感到一阵刺痛。

亨特直率地催促建筑师们赶紧开始工作。

他们开始一个接一个地走到房间前面，展开他们的设计图，挂在墙上进行展示。建筑师之间仿佛出现了某种化学反应，并且愈加明显，似乎有一股新的力量进入了房间。伯纳姆说，他们的交谈"几乎是在耳语"。

每一栋建筑都比以前看到过的更为漂亮，更为精致，并且所有的建筑物都体型庞大，美轮美奂，这种规模是以前从未尝试过的。

亨特蹒跚着走到房间前面，展示他设计的行政大楼。按计划，这栋楼将成为世博会最重要的建筑，同时也是园区的入口，大多数游客将从这里入园。大楼中央是八角形的，穹顶高达两百七十五英尺，比美国国会大厦的穹顶还高。

建筑师们展示的下一栋建筑更加庞大。如果建设成功的话，乔治·B·博斯特设计的制造与工艺品展馆将成为史上最大的建筑，使用的钢材可以建造两座布鲁克林大桥。除此之外，所有的空间，不论楼内还是楼外都将使用电灯照明。十二部电梯将搭载游客前往大楼的高层。其中四部将经由中央塔，升至一座离地面二百二十英尺的内桥，游客可以从那儿走到外面的散步区，双脚颤抖着欣赏远处密歇根湖滨的美景。"如此广阔的全景，"正如一本旅游指南后来所写的，"是凡人以前从未见过的。"

博斯特建议给他这栋大楼加盖四百五十英尺高的穹顶，这将使这栋楼成为世界上最大也是最高的建筑。博斯特环顾全场，看到同辈们的眼里不仅有无比的欣羡，还有些其他的东西。大家开始交头接耳。在场的建筑师的默契达到了新的高度，这让博斯特马上意识到了问题所在。提出建这样的穹顶太过分了——并非因为它太高建不了，而是因为它相对于世博会展馆的整体结构而言太张狂。它会使得亨特的建筑黯然失色，如果真的这样建，会伤了亨特的面子，也破坏了大中庭其他建筑之间的和谐。没有等其他人敦促，博斯特自己就小声说："我认为不应该提议建这个穹顶，也许我应该做一些修改。"大家都没有出声，但显然一致同意。

沙利文已经按照伯纳姆的建议自行修改过设计了。一开始，伯纳姆希望艾德勒－沙利文公司设计博览会的音乐厅，不过，在某些方面，这两位合伙人一直认为伯纳姆没有公正地对待他们，因此他们拒绝了这个提案。伯纳姆后来提议由他们来设计交通大楼，他们接受了。离会议还有两周时，伯纳姆写信给沙利文，力劝他修改自己的设计，创造"一个朝东的大型入口，并将它打造得比你提议过的所有入口更加精致……我十分确信，如果这样做，效果会比在这一面造两个入口的老方法要好得多。这样一个位于中央的主入口，肯定比两个入口更加精致，并且效果更好"。沙利文采纳了这个建议，却从未承认这个建议源自何方，尽管这个唯一的巨大入口最终成了世博会期间大家谈论的热点话题。

所有的建筑师包括沙利文在内，似乎都被同一个魔咒给征服了，尽管沙利文后来对此予以否定。随着每一位建筑师展示自己的设计，"紧张的感觉几乎令人疼痛。"伯纳姆说。圣·戈登斯身材高瘦，蓄着山羊须，坐在一个角落里纹丝不动，仿若一尊蜡像。伯纳姆在每一张脸上都看到了一种"悄然的紧张"。现在他清楚，建筑师们终于理解了，芝加哥对世博会的精心计划是十分认真的。"一幅又一幅的设计图被逐渐展示出来。"伯纳姆说，"一天过去之后，显然在场的各位心里已经有了一幅画面——这幅画面比迄今为止用最丰富的想象力勾勒的图景还要宏伟得多、美妙得多。"

夜幕降临，建筑师们点燃了图书室内的煤气灯。煤气灯发出嘶嘶的声响，像是几只略为烦躁不安的猫在叫。从下面的街道往上看，鲁克利大楼的顶层似乎着火了一般，煤气灯的光线闪烁着，大壁炉里的火焰摇摆着。"房间里有死亡一般的寂静，"伯纳姆说，"除了偶尔有人低声评论设计以外，似乎有一块大磁铁把每个人都吸引住了。"

最后一幅设计图呈现完毕。之后的几分钟，全场仍然鸦雀无声。

莱曼·盖奇这时仍然是世博会主席，他是第一个有所动作的人。他是一位银行家，身材高大挺拔，举止和衣着都十分保守。但是他突然起身，走到窗户旁，因为情绪激动而浑身颤抖。"你们这是在做梦，先生们，做梦。"他轻声低喃，"我只是希望，这些构想中有一半能够实现。"

这时圣·戈登斯站了起来。他一整天都没怎么说话。他飞快地走到伯纳姆身边，将他的手握住。"我从未料到自己能见证这样一个时刻。"他说，"听我说，老朋友，你难道没有意识到，这是十五世纪以来最伟大的一次艺术家聚会吗？"

奥姆斯特德也感觉到了这次事件的不同凡响，但这个会议也令他担忧。首先，他越来越强烈的担心得到了证实：建筑师们忽视了他们打算建造的东西的本质。他们在设计稿中展现出的图景在他看来有个共同点，那就是过于冷静、过于肃穆。毕竟这是一场世界性的展会，而展会就应该轻松有趣。奥姆斯特德意识到建筑师们太强调建筑的规模，于是在会议开始前不久写信给伯纳姆，提了一些能让场地变得生动活泼的建议。他希望潟湖和水道中点缀着各类五彩斑斓的水禽，并且时刻要有小船在里面划动。不过，不是任何船都可以，要有与风景相得益彰的船。这个想法令他着迷。在他广博的视野里，在他创造的景观中，任何生长在此、飞翔在此、漂浮在此或者以任意方式进入此地的事物都是这个景观建筑的一部分。玫瑰制造出红色的点缀。小船让画面错综复杂，充满活力。但选择合适的小船非常重要。他不知道把这个决定告诉世博会许多委员会中的任意一个，会产生怎样的后果。他希望伯纳姆从一开始就清楚他的想法。

"我们应该尽力让博览会的游船显得既欢乐又生动。"他写道。他憎恶汽艇制造的噪音与烟雾，希望采用专为世博会设计的电动船，尤其强调优雅的造型与驱动时没有噪音的特点。最重要的是，这些船的动线应流畅优雅，而且操作起来要尽量保持安静，令游客们获得视觉上的消遣，也不会造成听觉上的压力。"我们需要做的是提供定期航行服务，就像城市街头的公共汽车。"他写道。同时，他设想成立一支大型桦树皮独木舟队，由身着鹿皮和羽毛的印第安人划艇，并且建议在世博会的港口停泊一些来自世界各国的船。"我指的是诸如马来西亚快速三角帆船和双体船、阿拉伯单桅三角帆船、中国舢板、日本领航船、土耳其轻帆船、爱斯基摩小艇、阿拉斯加战船、瑞士湖遮篷船这类的船。"

不过，鲁克利大楼这次会议造成的一个更为重要的结果是，奥姆斯特德意识到，建筑师们各种伟大的构想使他面临的改造杰克逊公园这个令人却步的挑战变得更加庞大而复杂。他和卡尔弗特·沃克斯一起设计纽约中央公园时，构思的视觉效果要经过几十年才能呈现出来。在这里，他仅有二十六个月，却要把这个荒漠一般的公园改造成威尼斯大草原，并在湖滨、岛屿、平台及人行道上栽种一切必要的植物，以创造出足够丰富的景观效果来实现他的构想。然而，建筑师的设计图让他意识到，留给他的时间远远少于二十六个月。

在他的工作中，至为重要的是在每座建筑周围栽种植物及修饰地面，这部分工作将决定性地影响参观者如何评价他的景观设计，却只能在主体建筑施工完成，并在建筑设备、临时轨道与道路及其他装饰性的累赘全部清除完毕后进行。可是鲁克利大楼会议中展示的那些场馆都如此庞大，如此精细，光是建造这些场馆就可能耗尽所有剩下的时间，留给他的时间几乎为零。

会议结束不久，奥姆斯特德便构思了一种改造杰克逊公园的策略。他写了长达十页的备忘录，包含了他所有景观设计艺术理念的精华，着重于构思景观设计该如何尽力制造出更卓越的效果，而不仅是花瓣和树叶的简单拼凑。

他把重心放到了博览会的中心潟湖上来，疏浚机将很快从杰克逊公园的湖岸开始开凿，在潟湖的中央留下一个岛，这个岛将被简单地称为"伍迪德岛"①。世博会的主要场馆将沿着潟湖的外缘建造。奥姆斯特德认为这片潟湖是整个博览会最具挑战性的部分。正如大中庭将成为世博会建筑的核心，中心潟湖与伍迪德岛将构成景观设计的核心。

他希望世博会的景观呈现一种"神秘而诗意的效果"，这是至关重要的。他不会像普通园丁一样使用花朵，而是带着一种鉴赏的眼光布置每一种花、灌木和树木，让它们用自己的方式激发人们的想象。奥姆斯特德写道，要实现这一点，就得将不同种类的植物错落有致地混合在一起，让灵动的树叶和强光下深浅不同的绿色根茎纵横交替，层层交叠，不用那么轮廓分明，而是有遮有显，有些地方可以

---

① 意为树木丰盛。——译注

由水面反射的光照亮。

他希望为观光者带来一场视觉盛宴——树叶的背阴面闪耀着反射的光,一丛丛茂盛的绿草在微风中摇摆,散发出耀眼的色彩。他写道,没有任何地方应该"刻意展示花朵来博取观者的目光。相反,要将花朵当成散发着明亮色彩的斑点,不规律地打破总体的绿色。要避免用艳俗的、炫耀的、华而不实的方式来展示花朵"。

伍迪德岛的岸边将种植莎草、蕨类植物与优雅的芦苇,制造出枝繁叶茂、错综复杂的效果,"来稍微阻隔但不至于掩盖可能显得过于突出的花类植物"。他还设想种植大块的香蒲,中间点缀上芦苇、鸢尾,周围种上开花植物,例如火红的红花半边莲及蔓生的黄色毛茛——如果有必要的话,可以种植在微微隆起的小山丘上,正好可以在视野前景中摇摆的绿色草尖中看到。

在对岸各场馆的平台下,他计划种植芳香植物,例如金银花和桤叶树,如此一来,当游客在平台上驻足远眺伍迪德岛和潟湖时,便可以闻到香气。

因此,他写道,整体的效果,"将在一定程度上呈现出戏剧的特点,并且在整个夏天占据世博会的舞台"。

在纸上描绘这一切是一回事,将其付诸实践又是另一回事。奥姆斯特德已年近七十,口腔一直上火,时常耳鸣,每天夜里都要经历漫长的失眠。即使没有世博会,他的工作表上也排满了一堆工作,听起来就令人咋舌。其中最急迫的是北卡罗来纳州范德比尔特家族的比尔特莫庄园。假如一切进展顺利——假如他的健康没有继续恶化,假如天气一直很好,假如伯纳姆准时完成了其他建筑的施工,假如罢工运动没有影响到博览会,假如奥姆斯特德称为"我们成百上千的主人军队"的众委员会和理事们学会不要干涉伯纳姆——那么奥姆斯特德也许能按时完成他的任务。

一位《工程》杂志的记者在鲁克利大楼的会议上问了一个从未有人提过的问题："这么大的工程量，远远超过了一八八九年的巴黎世博会，怎么可能在两年内准备就绪呢？"

鲁克利大楼的会议也向伯纳姆提了一个醒，剩下的时间真的很少了。似乎每件事花费的时间都比预期长，没有什么事进展顺利。杰克逊公园的第一项正式工程于二月十一日开工，由芝加哥麦克阿瑟兄弟公司雇用的五十名意大利劳工开挖一条排水沟。这只不过是一项常规工作，可是关于这项工作的消息传开后，五百名工会成员便涌到公园来将工人赶走了。两天后，也就是二月十三日星期五，六百人聚集在公园，抗议麦克阿瑟兄弟公司雇用所谓的"进口"劳工。隔天，公园里又来了两千人，许多还持有尖锐的棍棒，向麦克阿瑟兄弟公司的工人发动攻击，并且抓住其中两个毒打了一顿。直到警察来了人群才散开。麦克阿瑟兄弟向克里格市长申请保护，克里格便派来芝加哥的市政顾问，一位名为克莱伦斯·丹诺的年轻律师来料理此事。两晚过后，芝加哥工会代表与世博会的官员见面，要求将工作时长限制在八小时，支付工会规定的薪酬，并且优先雇用工会工人。经过两周的考虑，世博会的理事们接受了八小时工作制的条件，不过声称其他的条件要再考虑考虑。

世博会的官员内部也有矛盾。由政治家组成，并由世博会首席长官乔治·戴维斯牵头的国家委员会希望掌管财政。但由芝加哥的顶级商人们运营，并由世博会主席莱曼·盖奇牵头的世博会公司表示拒绝，认为资金是由世博会公司筹集的，以老天的名义，理应由世博会公司选择花钱的方式。

各委员会掌管了一切事务。对伯纳姆而言，他习惯于自己完全掌控建设摩天大楼的一切开支。而如今他做任何事情都要经由世博会公司的执行委员会批准，哪怕只是买一块绘图板。这一切令人非常沮丧。"我们必须推动一切前进，"伯纳姆说，"否则延误看起来会没完没了。"

不过他还是取得了一些进展。例如，他举办了一场竞赛，选出了一位女性建筑师来设计世博会的女性馆。来自波士顿的索菲亚·海登赢得了这一资格，她是一位二十一岁的建筑师，获得的酬劳就是竞赛的奖金：一千美元。而每位男性建筑师都能得到一万美元的酬劳。有人怀疑一个女人怎么有能力独立设计这么重要的建筑。"事实却表明，这位女性在设计的过程中没有借助任何形式的帮助，"伯纳姆写道，"完全是她自己在家独立完成。"

然而在三月的时候，所有的建筑师都承认，工程进度远远赶不上计划——如果他们按照原始计划用石头、钢筋和砖块建造场馆，在揭幕式之前是不可能完工的。于是他们投票决定用一种"特殊材料"来包裹建筑。那是一种由石膏和黄麻混合而成的弹性材料，可以塑造成柱状或制成雕像，覆盖在木制框架上，做出用石头建成的假象。"场地中将看不到一块砖。"伯纳姆称。

在这个过程中，随着工作量增加，伯纳姆意识到自己不能再拖延了，必须聘用一位设计师来取代他挚爱的约翰·鲁特。在他一心扑到世博会上的时候，需要有人来照管公司正在进行的项目。一位朋友推荐了纽约的查尔斯·B·阿特伍德。麦金摇头表示不赞成。与阿特伍德有关的谣言不少，而且他为人好像也不怎么可靠。不过，伯纳姆还是安排了和阿特伍德在纽约布伦瑞克酒店见面。

阿特伍德没有按时赴约。伯纳姆等了一个小时，然后就离开去赶火车了。当他过马路的时候，一位模样俊秀的男人走了过来，他戴着黑色圆顶礼帽，身着斗篷，有一双像枪口一般黑的眼睛。这个男人问他是不是伯纳姆先生。

"我就是。"伯纳姆说。

"我是查尔斯·阿特伍德。是您想见我吗？"

伯纳姆瞪着他说："我要回芝加哥了。我会仔细考虑，然后通知你。"他赶上火车回到了芝加哥，之后直接去了办公室。过了几个小时，阿特伍德走了进来。原来他从纽约一路跟着伯纳姆过来了。

伯纳姆给了他这份工作。

巧的是，阿特伍德有一个秘密，他是个吸鸦片的瘾君子。这也解释了为什么他有那样的眼睛，以及古怪的行为。不过伯纳姆认为他是一个天才。

伯纳姆在办公桌上贴了一张指示牌，上面只写着一个字：急。他想以此提醒自己和每一位造访他设在棚屋中的办公室的人。

时间太紧迫了，执行委员会开始规划展品，并命令世博会的委员们去执行。二月，委员会投票决定派遣一名年轻的陆军军官梅森·A·舒费尔特中尉前往非洲桑给巴尔岛，寻找一个前不久才由探险家亨利·斯坦利发现的侏儒族部落，要求他将"一个有十二口或十四口人的凶猛小矮人家庭"带回世博会。

委员会给了舒费尔特中尉两年半的时间来完成此次任务。

在世博会场地的新围栏外面，骚动和哀痛席卷了芝加哥。工会领导人威胁说要组织世界范围内的工会来抵制世博会。著名的芝加哥杂志《内陆建筑师》报道说："贸易工会这个反美国人的机构，已经将剥夺或废除个人的人身自由这一原则发展到了新的方向上，也就是要尽可能使世博会陷入瘫痪。"该杂志认为："这样的行为，在开化程度比我国稍低或更专制的国家将被视为叛国。"国家的经济状况日益恶化，芝加哥最新的摩天大楼里的办公室都空置着。距离鲁克利大楼几个街区之外，由伯纳姆－鲁特公司修建的基督教妇女禁酒联盟大楼高耸入云，却黑漆漆的，大部分房间都空着。两万五千名失业工人在芝加哥街头游荡。夜晚，他们在警察局或者市政厅的地下室里过夜。而工会的势力却越来越大。

旧世界正在崩塌。P.T. 巴纳姆[1]与世长辞，盗墓者却试图去偷他的尸体。威廉·特什拉·谢尔曼[2]也去世了，亚特兰大一片欢呼。国外的记者错误地断言开膛手杰克将重现江湖。就在咫尺之外，纽约一桩血淋淋的杀人案表明，他也许已经转移到了美国。

在芝加哥，位于乔利埃特的伊利诺伊州监狱的前典狱长R.W.麦克劳里少校开始在城里加强警力，来应对预计世博会将造成的犯罪激增，在大会堂设立了一个办公室来接收和派发被贝迪永犯罪识别系统登记在案的已知罪犯信息。这个系统由法国刑事学家阿方斯·贝

---

[1] 菲尼亚斯·泰勒·巴纳姆，美国政治家、表演艺术家、商人，因创办巴纳姆－贝利马戏团而闻名。
[2] 威廉·特什拉·谢尔曼，美国军人、商人、教育家。

迪永发明，要求警方对嫌疑人的身高体重及身体特征进行精准的测量。贝迪永认为每个人的这些数据都是独一无二的，因此可以用来识破罪犯在城市之间流窜时用的各种假名。在理论上，一名位于辛辛那提的警探可以通过电报向纽约的调查员发送特定的数据，期望如果匹配的对象出现，纽约方面能将其抓获。

一位记者问麦克劳里少校，世博会是否真的会吸引犯罪分子。他犹豫了一会儿，然后对记者说："我认为芝加哥当局非常有必要准备好面对并解决本国历史上最大的一次罪犯集会。"

通奸

六十三街与华莱士街街口的霍姆斯大楼现在被邻里称为"城堡"。住在这里的康纳一家乱成了一团。内德那可爱迷人、皮肤黝黑的妹妹格特鲁德有一天哭着来找内德,告诉他,自己一刻也不能在这所房子里多待了。她发誓要搭乘最近的一趟列车回爱荷华州的马斯卡廷。内德恳求她告诉自己发生了什么,但她拒绝了。

内德知道她和一名年轻男子最近刚开始交往,他相信她的眼泪一定是由于他说了什么或做了什么。也许这两个人做了什么"不慎重"的事情,不过他认为格特鲁德不会犯下这么大的道德失误。他越是逼她解释,她越是什么也不肯说。她希望自己当初根本没有来过芝加哥。这个枯萎的像地狱似的地方,充满了噪音、灰尘和烟雾。冰冷无情的高楼挡住了太阳,她讨厌这些高楼——尤其讨厌他们住的这栋阴沉的建筑,还有这里施工时永不停歇的喧闹声。

当霍姆斯经过的时候,她刻意不去看他。内德没有注意到她的脸红了。

内德雇了一家速运公司来接她的行李，把她送到车站。她仍然不愿意解释，泪眼婆娑地和内德告别。火车喷着蒸汽驶离了车站。

在爱荷华州安全而乏味的马斯卡廷，格特鲁德生病了，纯属意外，生的是致命的疾病。霍姆斯告诉内德，听到她过世的消息，自己非常难过，可是他的眼睛里只有一片平静的蓝色，就像一个风平浪静的八月早晨的湖面。

格特鲁德去世以后，内德和朱莉娅之间的关系愈发紧张，虽然他们的婚姻一直都不平静。在爱荷华的时候，他们已经快要分开了，现在关系更是危在旦夕。同时，他们的女儿珀尔也变得更加难控制，时而沉闷地不肯说话，时而愤怒不已。内德对这些都不能理解。"他个性随和天真，"一位记者后来观察到，"他什么事情都不会怀疑。"甚至连他的朋友和一些熟客能看出来的事情，他都发现不了。"一些朋友告诉我，霍姆斯和我妻子之间有些什么。"后来他说，"一开始我并不相信。"

尽管别人都警告他，内德自己的不安也不断加深，但他还是很钦佩霍姆斯。他自己只是别人商铺里一个小小的珠宝商，而霍姆斯却已掌控着一个小帝国，要知道他现在还不到三十岁。霍姆斯的精力和成功使内德觉得自己比当初认为的更加渺小，特别是现在，朱莉娅已经开始用一种异样的眼神看他，好像他刚从牲口中心的染色桶里爬出来似的。

因此，当霍姆斯提出一个可能提高他在朱莉娅心中地位的建议时，内德觉得十分感激。霍姆斯提议将整个药店卖给内德，开出的条件让内德——天真的内德——觉得他真是太慷慨了。霍姆斯提议将他的薪水从每周十二美元提高至十八美元，这样内德每周能还给霍姆斯六美元，抵销购买药店的款项。内德甚至不用交付这六美元——霍姆斯会从现在每周十八美元的薪水中自动扣除。他承诺会安排好所有的法律程序，并且去市局登记在案。内德会像往常一样每周获得十二美元，不过他将成为黄金地段一间生意红火的商铺的业主，一旦世博会开始，这里将变得更加富裕。

内德接受了，压根儿就没多想霍姆斯为什么愿意放弃前景这么好的生意。这个提议打消了他对霍姆斯和朱莉娅的关系的担忧。如果霍姆斯和她之间有什么不可告人的秘密，为什么还会把自己这个恩格尔伍德的小帝国交付给内德这个珠宝商呢？

令内德伤心的是，他很快就发现他的新身份对于缓解他和朱莉娅之间的紧张关系没有什么作用。他们之间的争吵越来越激烈，而剩下的时间，两人基本上都沉默不语，这种状态维持的时间越来越长。霍姆斯很是同情。他在一楼的餐馆为内德买了午餐，告诉内德，他认为他们的婚姻危机一定会解除。朱莉娅很有野心，毫无疑问也非常漂亮，不过她很快就会清醒过来。

霍姆斯的同情消除了内德的敌意。内德越来越觉得霍姆斯不可能是朱莉娅对自己不满的原因。霍姆斯甚至希望内德购买人寿保险，因为当他婚姻不和的状况解除后，他自然会想在万一遭遇不幸的情况下保护朱莉娅和珀尔，让她们免受贫困的折磨。他建议内德同样考虑给珀尔买一份人寿保险，并主动提出承担初期保费。他还带了一位名为C.W.阿诺德的保险业务员来和内德见面。

阿诺德解释，自己新成立了一个代理处，希望尽量多售出保单，以吸引最大型的保险公司的注意。获得一份保险，内德要做的仅仅是付一美元。就像阿诺德说的——仅仅一美元就可以永久地保障他的家庭。

但内德并不想买保险。阿诺德试图改变他的想法,内德却一再拒绝。最终内德告诉阿诺德,如果他真的需要一美元,会直接给他。

阿诺德和霍姆斯面面相觑,他们的眼神中没有流露出任何异样。

很快,债权人就开始出现在药店里,要求业主偿还用店里的家具、药膏和其他物品做抵押的欠款。内德对于这些欠款一无所知,以为这些债权人是想欺诈他——直到他们出示了由前任业主H.H.霍姆斯签署的文件,他才相信这些是真实的欠款。内德向他们承诺,只要自己有能力,就会尽快偿还。

对于这件事,霍姆斯同样表示同情,但他爱莫能助。任何利润丰厚的生意都会累积债务。他以为内德至少对这种基本的商业规律有所了解。无论如何,内德现在不得不习惯这种事情。他提醒内德,他们的这桩交易已经是板上钉钉的事了。

最近发生的这些事情让内德十分失望,让他重新审视霍姆斯和朱莉娅之间的关系。自己的朋友也许说得对,霍姆斯和朱莉娅之间确实有什么见不得人的事情。这也可以解释朱莉娅为什么变了,甚至能解释为什么霍姆斯要把药店卖给他:这是一场隐晦的交易——用药店来换朱莉娅。

关于他的怀疑,内德还没有正面质问过朱莉娅。他只是简单地告诉朱莉娅,如果她继续这样对他,如果她一直这样冷淡和充满敌意,他将不得不和她分开。

她厉声说道:"那就分开,我都等不及了!"

不过他们还是继续一起生活了一小段时间。之后两人的争吵越来越频繁。最终，内德嚷嚷着说他受够了，他们俩的婚姻到此结束。那一夜，他在公寓正下方一楼的理发店里待了一宿。他能听到她在房间里走来走去的声音。

第二天早晨，他告诉霍姆斯自己要走了，并且会放弃自己药店的股份。霍姆斯恳请他三思而行，内德却只是笑了笑。他搬了出去，在芝加哥市区的 H.珀迪珠宝行找了份差事。珀尔留下来和朱莉娅及霍姆斯一起生活。

后来，内德又做了一次尝试，想赢回妻子的心。"在搬走之后，我告诉她，如果她愿意回到我身边，不再和我吵架，我们可以再次生活在一起，不过她拒绝了。"

内德发誓有一天他会为了珀尔回来。没过多久他就离开芝加哥，搬到了伊利诺伊州的吉尔曼，在那儿他遇到了一个年轻女人，两人开始正式交往，这迫使他不得不再次造访霍姆斯的房子，提出离婚。他成功离婚了，却失去了珀尔的监护权。

内德离开了，离婚也办好了，霍姆斯对朱莉娅的兴趣开始减弱。他曾经再三答应她，一旦她和内德离婚就会娶她。不过现在，他一想到要和她结婚就心生排斥。珀尔性格阴沉，总是在苛责他，这让他尤为不快。

当夜晚来临，一楼的商铺打烊了，朱莉娅和珀尔及大楼里的其他租客都睡了之后，霍姆斯会不时下到地下室，小心地锁上身后的门，然后将烧窑点燃，独自对里面不可思议的高温赞叹不已。

焦虑

伯纳姆现在已经很少见到自己的家人了。一八九一年春,他已经完全住进了杰克逊公园的棚屋里,玛格丽特和帮着她照料五个孩子的仆人们一起住在埃文斯顿。伯纳姆只需要坐一段短程火车就能回家,可是世博会累积如山的工作让这一段小小的距离变得像巴拿马地峡一般难以跨越。伯纳姆可以发电报回家,但通过电报只能发送冰冷而简短的文字,并且没有隐私保障,所以他选择经常给家里写信。"你不要以为我这种繁忙的生活会一直持续下去,"他在某封信里写道,"我已经下定决心,在世博会完工之后就停止工作。"世博会变成了一场"飓风",他说:"我最大的心愿就是早一点告别这场风暴。"

每个黎明,他都离开自己的棚屋,前去检查场地。六台由蒸汽驱动的疏浚机像飘浮的谷仓一般庞大,正啃噬着湖岸,五千名工人正用铲子、独轮手推车和马拉推土机将场地铲平。许多工人戴着圆顶礼帽,身着西装外套,好像他们只是恰好经过这里,一时兴起才选择来干活。尽管有这么多工人，场地里还是听不到嘈杂声和喧闹声，这几乎有点让人气恼了。公园太大，人太分散，完全感觉不到施工正在进行。唯一明显的标志就是疏浚机冒出的阵阵黑烟，以及一直飘浮在空中的、工人焚烧砍伐下来的树木上的树叶的气味。建筑外围打下的那些耀眼的白木桩，看起来就像内战期间的坟场。伯纳姆确实在这样原始的景色中发现了美——"在伍迪德岛的树木中央，承包人营地长长的白帐篷在阳光下闪着微光，是暗褐色景观中一道柔软而洁白的记号，而远处湖水尽头纯蓝的地平线在粗糙而贫瘠的前景的映衬下，显得如此欢快。"可是他仍然觉得备受挫折。

世博会的两个管理组织——国家委员会和世博会公司之间的关系不断恶化，建筑师们没能按时将设计稿交到芝加哥，导致所有的图纸都没能按时上交。这些阻碍都使得工作进展缓慢。还有一件事让情况变得更加严重，那就是现在人们仍然没有想出能匹敌埃菲尔铁塔的方案。除此之外，博览会已经进入了每一项大型建筑工程早期通常都会遭遇的危险时期，在这个时期，出人意料的障碍往往会突然涌现。

伯纳姆知道该如何对付芝加哥臭名远扬的脆弱土壤，不过杰克逊公园还是令他感到震惊。

起初，正如一位工程师所言，世博会场地的承载能力"基本上无人了解"。一八九一年三月，伯纳姆下令测试杰克逊公园的土壤对那些大型场馆的支撑能力，虽然这些场馆都还在建筑师们的绘图桌上。需要特别注意的是，这些建筑将建在新挖的水道和潟湖附近。任何一个工程师都知道，当土壤遭遇压力，就会往附近被挖空的地方移动。博览会的工程师们第一次测试的位置在离潟湖十二英尺的地方，这里将用来修建电力大楼的东北角。他们设置了一个四英尺见方的平台，并且在上面每平方英尺放置两千七百五十磅重的铁块，总计二十二吨。放置十五天后，发现地面仅下沉了四分之一英寸。隔天，他们在离平台四英尺远的地方挖了一条深沟。两天后，平台又下沉了八分之一英寸，之后没有继续下沉。这是好消息，意味着伯纳姆可以运用鲁特的漂浮式格床来作为地基，不用担心发生灾难性的塌陷。

为了确保公园内各处的土壤性能一致，伯纳姆让自己的首席工程师亚伯拉罕·戈特利布对其他场馆的指定用地进行测试。一开始各个地方测试产生的结果都相似，直到戈特利布的手下测量到了乔治·博斯特设计的巨型的制造与工艺品馆的用地时，才发现事态严峻。预计将支撑该建筑北半部分的土壤显示，总下沉深度不到一英寸，和公园其他部分的数据一致。可是，该建筑南半部分的土壤却让工人们大跌眼镜，他们刚给平台加上铁块，土壤就立马下沉了八英寸。在接下来的四天内，地面总共下沉了三十多英寸，如果工程师们没有停止测试，还将持续下沉。

很显然，杰克逊公园几乎所有的土壤都有能力支撑漂浮式格床，除了这块被指定用来修建整个世博会最大也是最重的场馆的土地。伯纳姆意识到，承包商们不得不将桩至少打到硬土层，这是一项又昂贵又复杂的工程，还会造成额外的延误。

然而，这栋场馆面临的问题才刚刚开始。

一八九一年四月，芝加哥揭晓了最新的市长选举结果。在那些最奢华的俱乐部里，实业家们齐聚一堂，庆祝他们认为过于同情工会工人的卡特·亨利·哈里森输给了共和党人亨普斯特德·沃什伯恩。伯纳姆也允许自己庆祝了片刻。对于他而言,哈里森代表着旧芝加哥,代表着污秽、烟尘、罪恶,这些都是世博会需要抵制的东西。

不过,这些庆祝并不是很盛大,因为哈里森只是以微弱的劣势输掉了选举,相差的选票不到四千张。除此之外,他这次并没有寻求任何主要党派的支持,这样都几乎让他获胜了。民主党没有为他做后盾,他是以独立人的身份参选的。

在城市的另一个角落,帕特里克·普伦德加斯特正暗自神伤。哈里森是他的英雄,他的希望。不过,这次双方如此难分高下,他相信如果哈里森再次参选,一定会取得胜利。普伦德加斯特下定决心一定要加倍努力,帮助哈里森取得成功。

在杰克逊公园,伯纳姆的工作总是不断被打断,因为他事实上还担任着另一个角色:作为世博会面向外部世界的使者,伯纳姆身兼和外界建立友好关系,以及吸引未来游客的重要责任。他参与的那些宴会、会谈及差旅大部分都是浪费时间,令人心烦,比如在一八九一年六月,伯纳姆接到世博会首席长官戴维斯的命令,组织了一群国外来的高官游览杰克逊公园,这就花费了他两天的时间。之后的其他活动都是纯粹的娱乐享受。前几周,以"门洛帕克巫师"①之名广为人知的托马斯·爱迪生造访了伯纳姆的棚屋。伯纳姆带他四处参观。爱迪生建议世博会采用白炽灯而不是弧光灯,因为

---

① 1878年爱迪生发明了发条留声机后,一位记者给他取了这个绰号。

白炽灯发出的光更为柔软。他说,在不得不用弧光灯的地方,应该用白色的球体罩住它们。当然,爱迪生也力荐世博会采用通行标准的直流电。

讽刺的是,一边是文明的会面,而另一边,在杰克逊公园外,大家正为了博览会的照明提供权争得头破血流。其中一方是通用电气公司,由J.P.摩根收购爱迪生的公司后与其他几个公司合并而成,现在正提议设置一套直流电系统为世博会提供照明。另一方是威斯汀豪斯电气公司,提议为杰克逊公园设置一套交流电系统,使用其创立者乔治·威斯汀豪斯数年前从尼古拉·特斯拉处购买的专利。

通用电气公司报价一百八十万美元,并强调说他们做这笔生意没有赚一分钱。一些世博会的理事手里持有通用电气公司的股票,他们敦促威廉·贝克(莱曼·盖奇退休后新上任的世博会主席)接受这个报价。贝克拒绝了,称其为"敲诈勒索"。于是通用电气公司奇迹般地重新报价为五十五万四千美元。不过威斯汀豪斯电气公司的交流电系统本质上更便宜也更高效,报价三十九万九千美元。世博会选择了威斯汀豪斯电气公司,也在无意中改变了用电的历史。

伯纳姆最大的不安源自设计师们没有按时完成设计图的事实。

如果说他曾经对理查德·亨特及其他东部建筑师阿谀奉承,那他现在不会了。一八九一年六月二日,在写给亨特的一封信里,他写道:"我们正处在一个停滞瘫痪的状态,等着你们的比例图。就不能让我们按时按质地收到它们吗?"

四天后他再次催促亨特:"你们拖着不上交比例图,延误了我们的进度,令我非常为难。"

就在同一个月，一个无法避免却十分严重的干扰令景观部门乱成一团：奥姆斯特德生病了——病得非常严重。他认为自己生病是因为布鲁克林家中的墙纸使用了一种名为土耳其红的颜料，里面含有砷。不过，这也可能只是又一次严重抑郁症的发作。毕竟他已经断断续续被这种病困扰很多年了。

在养病期间，他订购了球茎和植物，在会场上两个大型苗圃中进行培育。他订购了雪叶莲、筋骨草、"加菲尔德总统"天芥菜、婆婆纳、薄荷、英国及阿尔及利亚常春藤、马鞭草、长春花，还有各品种的天竺葵，包括"黑王子""克里斯托弗·哥伦布""特纳夫人""水晶宫殿""快乐想法"，以及"圣女贞德"等。他派了一队采集员到卡吕梅湖畔，采集了二十七节火车车厢的鸢尾、莎草、芦苇及其他半水生的植物与草类。他们还采集了四千箱睡莲根，奥姆斯特德的手下迅速将它们种下，却只能眼睁睁地看着大部分睡莲死于起起伏伏的湖水中。

和苗圃中欣欣向荣的景象相反，整个公园里原有的植物被全部移除。为了使土壤更肥沃，工人们在土地上浇灌了从联合牲口中心运来的一千马车粪便，以及来自在杰克逊公园里工作的马匹的两千马车粪便。这么大一片裸露的土地，还有这么多粪便，很快就引起了一个大问题。"在天气炎热的时候，情况会非常糟糕，刮起南风时人和牲畜都睁不开眼睛。"奥姆斯特德手下的园区景观主管鲁道夫·乌尔里希写道，"不过在下雨天就更糟糕了，新填埋的场地还没有进行排水，所以里面都浸满了水。"

可以看到，那些马儿肚子以下的部分都陷在泥地里。

当最后一位建筑师的设计图上交时，已经是一八九一年仲夏了。每有一张图上交，伯纳姆便发布消息公开招标。考虑到建筑师们的延误已经造成整体工期滞后，他在施工合同里加入了一些条款，这让他变成了"沙皇"——《芝加哥论坛报》给他取了这个称号。他在每一份合同里都明确规定了完工日期，每超时一天都要罚款。第一次公开招标在五月十四日，招标项目为矿物馆。他希望在年底之前完工。这意味着只剩下最多七个月左右的施工时间（大约相当于二十一世纪的屋主建一座新车库需要的时间）。"他成了所有争论的仲裁者，做出的决定没有任何上诉的空间。"《芝加哥论坛报》如此报道，"在伯纳姆先生看来，如果施工方雇用的工人数量不足以令工程如期完成，伯纳姆公司有权自行雇用工人，并且向施工方收费。"矿物馆是世博会主要建筑中首先开始施工的，不过修建工作从一八九一年七月三日才开始，此时距离揭幕仪式只剩不到十六个月。

当建筑的施工最终进入正轨时，公园以外期待的声音也开始渐渐增加。威廉·科迪上校——"水牛比尔"——正为他的"蛮荒西部秀"争取展示的特许权，这场秀刚在欧洲进行巡演并大获成功。但世博会的筹款委员会以"不协调"为由拒绝了他的申请。科迪并不死心，设法取得了公园附近一大块土地的使用权。在旧金山，一位名为索尔·布鲁姆[①]的二十一岁企业家意识到芝加哥世博会是一个良机，他终于可以让两年前在巴黎购买的一项资产发挥作用了。在巴黎世博会上，他对阿尔及利亚村庄大为着迷，想尝试购买在未来的展会上展示这些村庄和居民的权利。筹款委员会同样拒绝了他。他

[①] 索尔·布鲁姆，美国政治家，他在1893年的芝加哥世博会上开发了一条长达一英里的大道乐园。

返回旧金山，计划尝试另一条更为迂回的道路，以取得特许权——这条路最终将为他带来比他在芝加哥讨价还价大得多的收益。与此同时，舒费尔特中尉也已抵达桑给巴尔岛。七月二十日，他给世博会主席威廉·贝克发去电报，说明自己有信心，想要多少侏儒族人都能在刚果找到，只要比利时国王能同意。"贝克主席想要这些侏儒族人，"《芝加哥论坛报》说，"总部的其他人也是一样。"

在绘图板上，世博会看起来确实很壮观。中央部分是大中庭，也就是大家一开始称为"荣耀中庭"的地方。这里有亨特、博斯特、皮博迪及其他建筑师设计的宏伟场馆，并且庭院本身也令人称奇。不过，此时全国几乎每个州都在为了一座建筑的设计绞尽脑汁，还有两百余个公司和外国政府也在做同样的努力。芝加哥承诺要在每一个层面超越巴黎世博会——几乎每一个层面都没问题，除了一个，而这个一直没有解决的问题令伯纳姆极为苦恼：博览会仍然没有拿得出手的设计可以媲美埃菲尔铁塔，更不用提超越它了。这座塔接近一千英尺，仍是世界上最高的建筑，它时刻提醒着美国巴黎世博会有多么成功，这简直让人难以忍受。"淘汰掉埃菲尔铁塔"已经成为理事们的一句战斗口号。

《芝加哥论坛报》举办了一次竞赛，却吸引来了一大批莫名其妙的方案。来自康涅狄格州布里奇波特的C.F.里奇尔建议修建一座基座高一百英尺，宽五百英尺的塔，并在其中嵌套上第二座塔，再在第二座塔中嵌套第三座塔。每隔一段时间，一个复杂的液压管道和水泵系统就将各座塔向上压缩，整个过程会花费几个小时，然后让它们缓慢落回原位。在塔顶将设置一间餐厅，不过也许设置一间妓院会更合适。

另一位发明家J.B.麦考伯代表芝加哥螺旋升降机与雪橇运输公司，建议修建一座高达八千九百四十七英尺的塔，大约是埃菲尔铁塔的九倍高，塔基的直径为一千英尺，会深入地下两千英尺。塔尖将修建高架铁轨，一路修到纽约、波士顿、巴尔的摩及其他城市。结束游览的观光客如果有胆量乘坐电梯到达塔顶，将可以一路乘坐平底雪橇滑行到家。"建塔及铺设轨道的成本是次要问题，"麦考伯强调，"在这里我不会提及，不过在申请的时候会将数字写明。"

第三个方案要求观光者有更大的勇气。这位发明家只告知了自己名字的首字母——R.T.E.，他的构想是建立一座四千英尺高的塔，并且提议在塔顶垂挂一条两千英尺长、用"最好的橡胶"制成的缆绳。在缆绳的尾端系着一个车厢，里面可以容纳两百个座位。车厢和乘客将从平台上被推下，没有任何约束地坠落到缆绳末端，这时车厢将猛地回弹，并且一直重复这个坠落和回弹的过程，直到最终停下。这个工程师提醒说一定要在地面铺设预防措施，"地面要覆盖八英尺厚的羽毛"。

每个人想的都是建一座塔，但伯纳姆并不认为建塔是最好的方案。埃菲尔是第一个这么做的，也是做得最好的。他建的塔不仅高，还散发着一种钢铁的优雅，代表着这个时代的精神，就像曾经的沙特尔大教堂那样。如果还是建塔，就意味着将跟随埃菲尔进入他已经为法国征服的领域。

一八九一年八月，埃菲尔本人向世博会理事们发来电报，询问是否可以由自己提交一座新塔的建造方案。这个举动令人吃惊，不过起初大家还是表示欢迎。世博会主席贝克马上给埃菲尔发去电报，表示理事们将非常乐意见到他的方案。贝克在一次访谈中说，如果世博会要建塔，"那么它将出自埃菲尔先生之手。如果他真的负责修建，那将不会只是一次试验。他也许能在巴黎埃菲尔铁塔的基础上改善他的设计，我有理由相信他造出的新塔不会在任何方面输给埃菲尔铁塔"。对于美国的工程师而言，这样欢迎埃菲尔无疑是在他们的脸上抽了一记耳光。接下来的一个半星期，电报在城市之间和工程师之间飞来飞去，事实在一定程度上遭到了扭曲。突然之间，芝加哥要建造一座新的埃菲尔铁塔似乎已经成为板上钉钉的事——埃菲尔本人将来"淘汰"埃菲尔铁塔。工程师们愤怒不已，他们往伯纳姆办公室寄了一封长长的抗议信，落款处有不少国内顶尖工程师的签名。

"接受这位了不起的先生的提议"，他们写道，将"等同于告诉国内大量的土木工程师，虽然他们在国内外各地修建的伟大工程已经证明了自身的技能，却没有能力解决这样一个问题，而这个行为将可能剥夺他们认证自己专业上的超凡技艺的权利"。

伯纳姆很赞同这封信的观点。他很高兴看到美国的土木工程师们最终表达了建设世博会的激情，即便理事们事实上并没有向埃菲尔做出任何承诺。埃菲尔的正式方案在一周后送达，设计的新塔在本质上只是埃菲尔铁塔的更高版本而已。理事们将他的方案外送翻译，然后进行了评估，最后礼貌地拒绝了它。如果要在世博会上建造一座塔，那将会是一座美国塔。

不过美国工程师们的绘图板上还是空空如也，这未免令人心碎。

索尔·布鲁姆回到了加利福尼亚州，带着他关于阿尔及利亚村庄特许权的申请找到了一位具有影响力的旧金山人——迈克尔·德杨，他是《旧金山纪事报》的出版人，也是世博会全国委员会的委员之一。布鲁姆告诉了他自己在巴黎购买的权利，以及芝加哥世博会拒绝他请愿的事。

德杨认识布鲁姆。当年，还是位青年的布鲁姆在德杨的阿尔卡萨剧院工作，一路往上做到财务总监，而且当时他只有十九岁。在空闲时间里，布鲁姆以更高效、更有凝聚力的方式组织着引座员、收银员及点心售卖员，增加了剧院的盈利，也提升了自己的薪水。接着，他在其他剧院推广自己的组织方式，并且从每间剧院定期收取佣金。在阿尔卡萨剧院，他往脚本里加入了流行的产品、酒吧、饭店名，其中包括"悬崖之屋"饭店，又为他带来了一连串新的收入。他还组建了一支专业鼓掌人队伍，被称为"捧场者"，任何表演者只要愿意付钱，都可以为其提供热烈的喝彩声、要求加演的呼喊及"好极了"的呐喊。大多数的表演者都会付钱，甚至包括当时著名的红伶——高音歌唱家阿德琳娜·帕蒂。有一天，布鲁姆在一本剧院刊物中读到了关于一支新型墨西哥乐队的文章，他认为美国人会为之倾倒，于是说服了乐队的经理让他带着乐队成员北上巡演。这让布鲁姆赚了四万美元，那会儿他才十八岁。

德杨告诉布鲁姆他会调查这件事。一周后，他把布鲁姆叫到了自己的办公室。

"你需要多久时间可以做好准备前往芝加哥？"他问。

布鲁姆有点惊讶，他说："我想，应该需要几天吧。"他以为德杨又安排了一次机会让他向世博会的筹款委员会请愿。他很犹豫地告诉德杨，如果世博会的理事们并不清楚他们自己想要怎样的展品来吸引游客，他认为再去一次也没有任何意义。

"上次我们交谈之后，情况有所改变。"德杨说，"我们现在需要的是一个负责人。"他递给布鲁姆一封来自世博会筹款委员会的电报，电报授权德杨聘用专员来为大道乐园挑选特许经营权的人选，并引导其进行施工和推广。"你入选了。"他说。

"我做不了。"布鲁姆说——他不想离开旧金山，"即使我愿意离开旧金山，这边也有太多要紧事要做，没办法考虑这件事。"

德杨看着他说道："明天以前，我不想再听到你说任何一个字。"

同时，德杨希望布鲁姆考虑一下自己期望拿到多少薪酬，才愿意接受他的邀请。"等你回来的时候，可以告诉我你理想中的薪水。"他说，"我要么接受，要么拒绝，不会有异议。这样可以吧？"

布鲁姆同意了，不过仅仅是因为德杨的请求给了他礼貌地拒绝这份工作的机会。他心想，自己需要做的，就是开出一个骇人听闻的数字，让德杨不可能接受，"当我走在街上的时候，就想好这个数字了。"

伯纳姆试图预料到所有世博会可能遭遇的威胁。他知道芝加哥因为犯罪和暴力而臭名远扬，于是坚持要求成立一支大型的警察队伍，命名为哥伦布警卫队，让艾德蒙·赖斯上校来指挥。这个英勇的男人曾经经历过葛底斯堡战役中的皮克特冲锋。不像传统的警察部门，这支警卫队收到的命令十分明确，就是强调预防犯罪这一新观念，而不仅仅是在犯罪发生后抓获违法之人。

伯纳姆清楚，疾病同样也会对世博会构成威胁。城里盛行的天花、霍乱，或者任意一种致命的传染病只要爆发，就会给世博会造成无法挽回的损失，博览会也将不可能获得足以盈利的入园人数。

由罗伯特·科赫①和路易斯·巴斯德②引领的新型科学细菌学已经令大多数公共卫生官员相信，遭到污染的饮用水将导致霍乱及其他细菌性疾病的传播。芝加哥的水源里充满了细菌，主要是由于芝加哥河遭到污染。一八七一年芝加哥的市政工程有一次伟大的壮举，逆转了芝加哥河的流向，使其不再注入密歇根湖，而是流入了德斯普兰斯河，最终汇入密西西比河。理论上，这两条河巨大的水量会将水里的污染物稀释到无害的程度——这个理念并没有被下游诸如乔利埃特的城镇全盘接受。令工程师们惊讶的是，持续的雨季总会造成芝加哥河水定期倒灌，并再次将死猫和各种排泄物带入湖中，这么多垃圾，会导致一层层黑水一路到达市区供水系统的蓄水池。

大多数芝加哥市民别无选择，只能饮用这种水。不过，伯纳姆从一开始就认为世博会的工人和访客需要更好、更安全的供水。在这方面，他也领先于时代。受他的指令，卫生工程师威廉·S·麦克哈格在园区建造了一座净水池，湖里抽上来的水会经过一座座的大型水槽，里面注有二氧化碳。除此之外，这些水还会被煮沸。麦克哈格的手下在公园各处设置了装有这种净化水的木桶，并且会每天更换。

伯纳姆计划在开幕日当天将净水池关闭，并为观光者们提供另外两种安全水源的选择：一是免费提供由巴斯德净化器净化过的湖水，二是从大家梦寐以求的威斯康星州沃基肖泉水铺设一百英里管道引导而来的自然纯净水，每杯卖一美分。一八九一年十一月，伯

---

①罗伯特·科赫，德国医生、微生物学家，现代细菌学三大奠基人之一。
②路易斯·巴斯德，法国生物学家，现代细菌学三大奠基人之一。

纳姆命令麦克哈格前去调查沃基肖的五眼泉水，评估它们的供水能力与纯净度，不过要求他"低调行事"。这意味着他明白在农村秀丽的风景中铺设管道可能会引起事端。当然，没有人能预料到在几个月后，麦克哈格为了获得沃基肖最好的水源所做出的努力，会导致威斯康星州在一个美好的夜里发生武装交火事件。

最让伯纳姆担忧的是火。格兰尼斯大厦那场大火让他和鲁特的公司曾经的总部化为灰烬，这至今仍然是鲜活而耻辱的记忆。如果杰克逊公园发生灾难性的火灾，世博会也将付之一炬。可是在公园里，火对于施工过程而言必不可少。泥水匠利用一种被称为"烤箱"的小型炉子来加速材料的干燥和固化，锡矿工和电工运用火罐来熔化、弯曲和熔合材料，连消防部门都离不开火——马拉消防车上的水泵是用蒸汽机进行驱动的。

伯纳姆所设置的防火装置从通行标准看来十分夸张，甚至多此一举。他专门成立了世博会消防队，下令安装上百个消防栓和电报报警箱。他委托建造了一艘消防船——"消防皇后号"，这艘船经过特别的设计，可以穿越公园的浅水水道，也能从许多矮桥下方通过。设计规格要求每一座建筑周围必须修一条连接水系的总管道，并且与建筑内部的立管相连。同时，他要求在园内全范围禁烟，但这个规定至少有两个例外：其一是某位承包商前来求情，说如果不让他的欧洲工匠抽雪茄，他们会罢工；其二是他自己棚屋里的大壁炉，每天晚上他和工程师、绘图师及造访的设计师们齐聚在这个壁炉旁，喝酒、聊天、抽雪茄。

随着冬天的到来，伯纳姆命令将所有的消防栓用马粪包裹起来，防止结冻。

在最冷的冬日，马粪却冒着热气，仿佛消防栓本身着火了似的。

当索尔·布鲁姆返回迈克尔·德杨的办公室时，他很有自信，德杨不可能接受他提出的薪酬，因为他决心提出和美国总统一样高的薪水：五万美元。"我越想这件事情，"布鲁姆回忆道，"就越是迫不及待地想告诉迈克尔·德杨，任何少于这个数目的薪酬都无法弥补我离开旧金山造成的损失。"

德杨请布鲁姆坐下。他的表情很认真，脸上充满了期待。

布鲁姆说："虽然我十分感激您对我的赞赏，但我还是认为自己最好留在旧金山。当我往前看，我可以看到自己……"

德杨打断了他，轻轻地说："现在，索尔，我想你应该告诉我期待的薪酬是多少了。"

"我不希望你认为，我并不感激……"

"你一分钟以前刚说过这话。"德杨说，"现在，告诉我你想要多少薪酬。"

事情的进展并不像布鲁姆想象的那样。布鲁姆用略带颤抖的声音向他提出了这个数字："每周一千美元。"

德杨笑了。"好吧，对于一个二十一岁的小伙子来说，这个薪酬算是很不错了。但我毫不怀疑你应该赚到这个钱。"

八月，伯纳姆的首席结构工程师亚伯拉罕·戈特利布透露了一个惊人的消息：他没有计算世博会主建筑的风荷载。伯纳姆命令他的主要承包商（包括正在修建制造与工艺品馆的阿格纽公司）立刻停工。这几个月，伯纳姆一直在和流言蜚语斗争。流言说，伯纳姆逼迫自己的员工以过快的速度工作，导致一些场馆存在安全隐患；在欧洲，媒体报道声称某些场馆已经"被官方确定为危险建筑"。现在，戈特利布又承认自己可能犯了一个灾难性的错误。

戈特利布为自己辩驳道，即使没有明确地计算风荷载，这些建筑也足够牢固。

"可是，我不能接受这种观点。"伯纳姆在给著名英国杂志《工程》的编辑詹姆斯·德雷奇的信里写道。他下令加强所有的设计，让建筑能够抵挡过去十年记录里最高速度的风力。"这样做也许太走极端了，"他告诉德雷奇，"不过对我而言，这样做是明智而谨慎的，因为要考虑到这里面涉及多大的利益。"

戈特利布辞职了。伯纳姆用爱德华·尚克兰代替了他，这是他自己公司的工程师，也是国内声望很高的桥梁设计师。

一八九一年十一月二十四日，伯纳姆写信给詹姆斯·德雷奇，说自己因为建筑完整性的问题再次受到抨击。"这一次的批评却说，"他写道，"这些建筑造得太牢固了，完全没有必要。"

布鲁姆抵达了芝加哥，并且很快就发现为何被官方称为 M 区的大道乐园到目前为止都没什么进展。因为直到现在，它一直由一位叫弗雷德里克·普特南的哈佛大学人种学教授掌管。这位教授是位杰出的人类学家，不过让他来负责大道乐园，布鲁姆在多年后说"就好比如今让阿尔伯特·爱因斯坦来经营林林兄弟与巴纳姆－贝利马戏团般不明智"。普特南自己也赞同这一观点。他告诉自己在哈佛的同事，他"急切地想摆脱掉这一整个印第安马戏团"。

布鲁姆带着自己的担忧去找了世博会主席贝克，贝克又把他引荐给了伯纳姆。

"对于我们托付给你的工作来说,你很年轻,确实非常年轻。"伯纳姆说。

不过,当年约翰·舍曼走进伯纳姆的办公室时,伯纳姆也很年轻,但他的人生轨迹却就此改变了。

"我希望你知道,我完全信任你。"他说,"大道乐园交给你全权负责。放开手去做吧,你只需要对我负责。我会下令确保这一点。祝你好运。"

到一八九一年十二月为止,进展最快的两栋楼分别是矿物馆和女性馆。矿物馆的施工进展非常顺利,这得益于老天仁慈,按照芝加哥的标准来看,那年的冬天非常温暖。而女性馆的施工却遭遇了重重考验,不仅折磨着伯纳姆,也折磨着负责女性馆的年轻设计师索菲亚·海登。这一切主要源于贝莎·奥诺尔·帕玛对场馆装饰提出的无礼要求。贝莎·奥诺尔·帕玛是世博会女性理事会的主席,这个理事会掌管着世博会一切与女性有关的事务。身为波特·帕玛的妻子,她拥有的巨大财富和压倒性的社会地位使她习惯了目中无人的做派。那一年早些时候,女性理事会的执行秘书领导了一次抗议活动,衣冠楚楚的优雅女性组成的理事会各派系之间公开发生了冲突。贝莎·奥诺尔·帕玛压制住了这场混战,这也体现了她的行事做派。在冲突最激烈的时期,一位受到惊吓的女性理事成员写信给帕玛太太:"我真切地希望国会不会对我们这种性别感到厌恶。"

海登到芝加哥完成最终的设计图后就回家了,留下伯纳姆执行施工事宜。工程于七月九日拉开序幕。十月,工人开始涂抹最后一层纤维灰浆。海登在十二月返回了芝加哥,开始指导这栋楼的外部装饰，她认为这是自己的责任所在。但她发现贝莎·帕玛和她的想法完全不同。

九月的时候，在海登不知情的情况下，帕玛号召各地女性为女性馆捐赠建筑装饰，大家纷纷回应。她收到的柱子、镶板、雕像、窗栅和门等装饰物的价值简直可以媲美一间博物馆。帕玛认为大家捐赠的装饰物都可以放在馆内，尤其是那些地位显赫的女性所赠的物品。而海登知道，这各种材料的大杂烩只会让场馆失去艺术上的魅力。当一位来自威斯康星州的名为弗洛拉·金蒂的女子送来一扇雕饰浮夸的木门时，海登拒绝收下。金蒂受到了伤害，感到怒不可遏。"每当想起自己为女性馆筹集这些装饰所付出的日日夜夜的辛苦，以及那些奔波的旅程，我的怒气就一点点上升。"帕玛太太当时人在欧洲，不过她的私人秘书劳拉·海耶斯是一个"收藏家"级别的长舌妇，将此事一字不漏地报告给了自己的雇主。海耶斯还向帕玛转达了几句自己向建筑师提出的建议："我认为，宁愿让场馆看起来像一张拼布床单，也好过拒绝这些女性理事费尽心思收集来的装饰品。"

拼布床单可不是海登心里想要的效果。尽管帕玛太太有各种各样的社交手段，海登还是不停地拒绝捐赠物。接下来，两人之间的斗争爆发了，斗争方式是货真价实的镀金时代[1]风格，充满各种指桑骂槐和口蜜腹剑。帕玛太太吹毛求疵、纠缠不休，用冰冷的微笑来攻击海登越来越严重的忧郁倾向。最终，帕玛将女性馆的装饰任务指派给了另一个人——一位名为坎迪斯·惠勒[2]的设计师。

---

[1] 源自作家马克·吐温 1873 年的小说《镀金时代》，用给金属镀薄金来暗讽掩盖社会问题的时代。
[2] 坎迪斯·惠勒，美国最早的女室内设计师之一，被誉为"室内设计之母"。

海登用她安静而固执的方式与这样的安排作斗争,但后来她实在坚持不下去了。她走进伯纳姆的办公室,开始向他诉说自己的故事,并且迅速地失去了理智:眼泪横飞,不停抽泣,痛哭哀号……"这是一次严重的崩溃,"一位相识的人如此形容说,"仿佛大脑遭受了高度紧张与兴奋的剧烈袭击。"

伯纳姆目瞪口呆,马上召来了一位博览会的外科医生。海登被小心翼翼地抬入一辆安装了消音橡胶轮胎的世博会新型英式救护车,从公园出发送到了一家疗养院,强制要求她休息一段时间。据说她陷入了"忧郁症",这只是抑郁症的一个委婉说法而已。

在杰克逊公园,事情很容易恶化,这简直成了一种地方病。伯纳姆发现,简单的事情通常会变成一场纠纷。连奥姆斯特德都变得令人烦躁。他是一个杰出而充满魅力的人,不过一旦执着于某件事,就会变得像一块乔利埃特产的石灰岩一样固执。一八九一年年末,他整天寻思着要为世博会的水道选择哪种船,仿佛"船"这一个因素就能决定他能否成功实现"神秘而诗意的效果"似的。

一八九一年十二月,伯纳姆收到了一份来自一位拖船制造商的提案,建议在世博会期间使用汽艇。奥姆斯特德从哈利·科德曼那儿听到了风声。科德曼除了作为奥姆斯特德在芝加哥的首席助理之外,还负责充当间谍,让奥姆斯特德随时掌握会对自己的设计构成威胁的事。科德曼给奥姆斯特德寄了一份提案的副本,并且自己加上注释,认为这位拖船制造商似乎得到了伯纳姆的信任。

十二月二十三日,奥姆斯特德给伯纳姆写信:"我怀疑是不是连科德曼都开始认为我太执迷于船只的问题,对此过分操心了,而这份心思本可以用在其他更为重要的事情上。我担心你会因此把我视为怪人。"

然而，他还是继续纠结这个问题。他抱怨道，这位拖船商的提案，将船的问题简单地局限在以最便宜、最快速的方式，将最多的乘客运送到世博会内的不同位置上。"你清楚地知道，世博会要实现的主要目标绝对不是这个。我不需要浪费口舌来向你解释这个目标。你和我一样关心这件事。你知道我们的目标是要创造一种诗意。你知道如果要让船在水道里航行，却又选了一种会破坏这种诗意的船型，这绝对是无稽之谈。"

单纯的运输功能绝对不是我们的目标，他愤怒地说。使用船只的全部意义在于提高景观效果。"如果在水道上使用不合时宜的船，那效果会彻底地令人生厌，摧毁掉本可以成为世博会最宝贵的原创风味的东西的价值。我是特意选了摧毁这个词。哪怕没有船都比这样好一千倍。"

尽管委员会不断地进行干涉，伯纳姆和理事长戴维斯之间的矛盾也在不断升级，还有一直存在的工人罢工的威胁，然而世博会的主要场馆总算逐渐建起来了。工人们按照鲁特的格床地基法则，将大型木材层层交叉相叠作为地基，然后使用蒸汽驱动的起重机将铁制及钢制的长杆吊起，以此打造每栋建筑的框架。他们用木制脚手架将框架包裹，并且在每座建筑的框架外覆盖了成百上千块木板，形成的墙壁能够承受厚厚的两层纤维灰浆。工人们在每栋建筑旁堆满了新的木材，附近还有堆积如山的锯屑和碎片。空气中都是被锯断的木头及圣诞节的味道。

十二月，世博会发生了第一起死亡事件，一位名叫穆勒的工人在矿物馆因头骨碎裂而死。此后很快又发生了另外三起死亡事件：

詹森，电力馆工人，头骨碎裂；

阿拉德，电力馆工人，头骨碎裂；

阿尔及尔，矿物馆工人，因一种新现象——电击——昏迷致死。

与此同时，还有五六起没这么严重的意外发生。在公众面前，伯纳姆总是摆出一副自信而乐观的样子。一八九一年十二月二十八日，在一封写给《芝加哥先驱报》编辑的信中，他写道："还有一些设计上的问题尚未决定，不过所有事情都已经准备就绪，我找不出什么理由不能按时完工来迎接一八九二年十月的揭幕仪式，以及一八九三年五月一日的开幕式。"

而事实上，世博会的工期严重滞后，幸亏那年冬天不算过于寒冷，才没有造成进一步的延误。十月的揭幕仪式将在制造与工艺品馆中举行，可是到了一月，这座大楼才刚刚打好地基。为了让世博会在举行揭幕式的时候能初具规模，一切都得进展得非常顺利。连天气都得配合施工。

与此同时，美国各地的银行和公司纷纷倒闭，罢工的威胁无处不在，霍乱开始在欧洲蔓延，大家越来越担心第一艘带来瘟疫的船很快就会到达纽约港。

仿佛嫌大家承受的压力还不够似的，《纽约时报》警告道："如果世博会失败，或者不能在绝对意义上取得成功，那么损坏的将是整个国家的名声，而不仅仅是芝加哥的。"

长日留痕

一八九一年十一月,朱莉娅·康纳告诉霍姆斯,自己怀孕了。她告诉他,他除了娶她别无选择。听到这个消息,霍姆斯的反应既平静又温暖。他搂住她,轻拍她的头发,眼睛湿润。他向她保证,她什么事情都不用担心,他当然会娶她,就像他一直以来承诺的那样。不过,有一个条件他必须提出来:要小孩是不可能的。只要她答应让他实施一个简单的堕胎手术,他就娶她。他是医生,以前做过这种手术。他会使用氯仿作为麻醉剂,她不会有任何感觉,醒来就可以迎接自己作为H.H.霍姆斯太太的新生活了。他们以后可以再要小孩,眼下要做的事情太多了。尤其考虑到世博会临近,要建好旅馆,还要装饰各个房间,很多工作都急需完成。

霍姆斯知道自己对朱莉娅有绝对的掌控力。首先,他天生就具备用自己虚假的坦率和温暖蛊惑别人的能力,不论男人还是女人;其次,他还可以在她身上施加社会压力。虽然通奸的现象屡见不鲜,但是只有在所有细节保密的情况下才能为社会容忍。比如屠宰加工厂的小开和应门女侍私奔，银行行长勾引打字员。有必要的话，他们的律师会安排情妇前往欧洲进行一场安静的独自旅行，去某位谨言慎行且医术高明的医生的手术室里。公开的未婚先孕会使女性蒙羞，陷入贫困。霍姆斯现在完全掌控着朱莉娅，仿佛她是一个战前的奴隶。他很享受这样的掌控力。他告诉朱莉娅，这次手术将在平安夜进行。

下雪了。唱颂歌的人沿着普莱利大道的宅子移动，时不时地在某幢豪宅前停下，进去索要一杯加了糖的热苹果汁或者可可。空气里充满燃烧的木头和烤鸭的味道。雅园墓地的北边，年轻的伴侣们在堆满积雪的坡上进行划雪橇竞赛，当他们经过这些芝加哥最富有、最有权的人的坟墓时，会将身上的毯子裹得格外紧。那些坟墓黑暗而阴沉，在夜里泛着蓝色的积雪映衬下，显得更加诡谲。

在恩格尔伍德六十三街七百零一号，朱莉娅·康纳把女儿哄上床，用尽全力保持着微笑，想让孩子沉浸在对圣诞节欢喜的期待中。是的，圣诞老人会来的，他会带来很棒的礼物。霍姆斯答应送给珀尔一大堆玩具和糖果，还答应送给朱莉娅一份大礼，这种礼物是贫穷又乏味的内德不可能送给她的。

屋外，积雪掩盖掉了过往的马蹄声。挂着冰凌的火车从华莱士街的街口轰鸣而过。

朱莉娅沿着走廊，走到了约翰·克罗夫妇住的公寓。朱莉娅和克罗太太交往甚密，此时在他们的公寓里帮着克罗太太装饰一棵圣诞树，希望珀尔第二天早上醒来能有圣诞节的惊喜。朱莉娅聊到了她和珀尔第二天的全部计划，并且告诉克罗太太过几天她将去爱荷华州的达文波特,参加一位姐姐的婚礼。用克罗太太的话说,这是"一个老处女",而她即将嫁给一位铁路工人。这倒是有点让人出乎意料。朱莉娅正在等铁路通行证,新郎已经给她寄过来了。

那天晚上很晚,朱莉娅才离开他们的公寓,当时看起来精神不错。克罗太太后来回忆道:"从她的话里完全听不出她打算当晚就要离开。"

霍姆斯开心地祝朱莉娅圣诞快乐,并且拥抱了她。随后,他牵着她的手,把她领到了二楼的一个房间,他已经准备好在这儿实施手术。一张桌子上铺着白色亚麻布。他的手术箱敞开着,闪闪发光,钢制手术设备被擦得发亮,呈向日葵状摆开。都是些令人害怕的东西:骨锯、腹部拉钩、套管针和环锯。当然,他其实用不到这么多工具,只是全部摆放在那里而已。朱莉娅没法忍住不看它们,她为它们散发的冷酷而饥渴的微光感到恶心。

他穿着一件白围裙,袖口已经卷好。或许他还戴了一顶帽子,一顶圆礼帽。他没有洗手,也没有戴口罩,因为他觉得没有必要。

她朝他伸出手。"不会痛的。"他安慰她。当她醒来的时候,会像现在一样健康,但是没有了腹中的累赘。他拔掉一个深琥珀色的瓶子的瓶塞,里面装有液体,他马上闻了闻瓶子里散发出的清凉气味。他往一团布上倒了点氯仿。她将他的手抓得更紧了,这让他感到异常的兴奋。他用那团布捂住了她的口鼻。她的双眼晃动了一会儿,然后就向上翻去。随后,她的肌肉开始不受控制地产生反射性颤动,仿佛是在梦中奔跑。她的手指展开,放开了他的手。她的双脚抖动,仿佛正在狂野地打着鼓点。他越来越兴奋了。她试图拉开他的手,不过他对于昏迷之前突然发生的肌肉刺激早有准备。他用力地捂住她的脸。她奋力敲打他的胳膊。慢慢地，她的力气消失了，她的手开始缓慢地划出弧形，令他舒心，也给了他快感。狂野的鼓点随之消失。现在换成了芭蕾舞，仿若田园牧歌般，她安静地离开了。

他用一只手捂着布团，另一只手滴下更多的氯仿液体，液体顺着他的手指滑入掌心的纹路，手指被氯仿包裹的感觉让他十分愉快。她的一只手腕垂到了桌子上，很快，另一只手也垂了下来。她的眼皮抽搐了两下，随后闭上了双眼。霍姆斯认为她不会聪明到假装昏迷，不过还是紧紧捂住了她的脸。过了一会儿，他摸着她的手腕，探了探脉搏，已经停了。她的生命气息就像一辆轰鸣的列车般不断远去了。

他脱掉围裙，放下衣袖。氯仿的味道和紧张而兴奋的情绪令他感到头晕。一如往常，这种兴奋的感觉令人愉悦，也让他陷入一种温暖的倦怠，那感觉就像在一座暖和的炉子前面坐了太长时间。他把氯仿的瓶盖塞好，找到一块干净的布，然后沿着走廊走到了珀尔的房间。

把这块布揉成一团并沾上氯仿只需花费片刻。随后，在走廊里，他看了看手表，发现已经是圣诞节了。

这个日子对霍姆斯而言没有任何意义。在他小的时候，圣诞节的早晨充满了过多的虔诚、祷文和静默，如同一张巨大的羊毛毯覆盖在家里的房子上。

圣诞节早晨，克罗一家等着朱莉娅和珀尔，十分期待小姑娘见到这棵可爱的圣诞树和树枝上挂的各种礼物时眼睛闪闪发光的样子。公寓里很暖和,空气里飘浮着肉桂和冷杉的味道。一个小时过去了。克罗一家尽可能耐心地等着她们,不过等到十点,他们就得出发去赶火车,前往芝加哥中部——他们计划去那儿拜访朋友。他们走的时候没有锁房门,还留下了一张便条,上面欢快地写着欢迎的话。

克罗一家在当晚十一点才回来,发现一切还是离开时的样子,没有朱莉娅和珀尔来过的痕迹。第二天早上他们去敲朱莉娅的房门,没人回应。他们向楼里楼外的邻居打听,问人们有没有见到朱莉娅或珀尔,不过没有人见到她们。

接下来霍姆斯出现了,克罗太太问他是否知道朱莉娅去哪儿了。他解释道,她和珀尔提前去达文波特了。

克罗夫人此后再也没有听到过朱莉娅的消息。她和邻居们都认为此事非常奇怪。他们都认为最后一次有人见到朱莉娅或珀尔是在平安夜。

这一点并不准确。确实有人在后来见过朱莉娅,不过到了那个时候,任何人,哪怕是她在爱荷华达文波特的亲人,都没法再认出她了。

圣诞节刚过,霍姆斯便叫他的一位伙伴查尔斯·查普尔来到了自己的房子里。霍姆斯得知查普尔是一名"接骨人",意思是他有一门手艺,可以将人类尸体的肉剔除,然后将骨头组装或者说拼接起来,组成完整的骨架,为医生办公室及实验室的展示所用。他在为库克郡医院的医学生们拼接尸体的时候掌握了必要的技艺。

在念医学院时,霍姆斯目睹了学校是多么渴求尸体,不论是刚死的还是只剩下骸骨的。当时的社会对严肃而系统的医学研究需求量很大，而对于科学家而言，人类的身体就像极地冰盖，需要进行研究和探索。医生办公室里悬挂的骨骼就是一本视觉上的百科全书。在供不应求的情况下，医生们形成了一种习惯，会优雅而谨慎地接受任何尸体。他们不赞同接受谋杀致死的尸体，另一方面也很少过问尸体的来源。盗墓成了一个产业，尽管这个产业规模不大，还需要足够冷血。在尸体严重匮乏的时期，医生们自己都会来帮忙挖掘新的尸体。

霍姆斯轻易地发现，即使是到了如今的十九世纪九十年代，对尸体的需求仍然很大。芝加哥的报纸报道了有些医生像食尸鬼般突袭墓地的传闻。一八九〇年二月二十四日，在印第安纳州新奥尔巴尼的一处墓地发生了一起盗墓失败的案件。随后，肯塔基医学院的院长W.H.沃森医生对《芝加哥论坛报》的记者说："这些先生的行为并不是为了肯塔基医学院，也不是为了他们自己，而是为了路易斯维尔的医学院，人体实验对象对这些学校的重要性如同呼吸之于生命。"就在三周过后，路易斯维尔的医生们又故技重施。他们试图盗窃肯塔基州安克雷奇州立精神病院的墓地，这一次是为了路易斯维尔大学。"是的，这群人是我们派去的。"学校一位资深官员说，"我们必须获得尸体，如果州政府不给我们，我们就只能自己偷了。冬季班人很多，用了太多的人体实验对象，没有留下任何材料给春季班。"他认为没有道歉的必要。"精神病院的墓地多年来一直被盗，"他说，"我怀疑里面是否还有尸体剩下。我告诉你，我们必须获得尸体。没有尸体我们就没法培养医生，公众必须理解我们。如果我们没有其他方式可以获得尸体，那么将会为学生配备温彻斯特连发步枪，并在袭击墓地时派他们去保护那些盗墓者。"

霍姆斯嗅到了商机，看到现在对尸体的需求这么大，他觉得机会正在向他招手。

他领着查尔斯·查普尔走到二楼的一个房间，里面有一张桌子，还有一些医学器材及装着各种溶剂的瓶瓶罐罐。虽然看到了这些，甚至看到了桌子上的尸体，查普尔仍然没有感到不安，因为他知道霍姆斯是一位医生。这具尸体虽然身高惊人，但显然属于一位女性。他没有发现任何可以表明她身份的线索。他说："这具尸体就像一只被剥了皮的长耳大野兔，从脸部的皮肤割开，再将所有的皮肤向下卷。在很多地方，连肉都被一起剥除了。"

霍姆斯解释道，他在做一些解剖，不过现在已经完成了研究。他跟查普尔商量，说会付给他三十六美元，让他清理这具尸体的骨头和头骨，然后返还给自己一具完整拼接的骨架。查普尔同意了。霍姆斯和查普尔将尸体放在了一个有衬里的箱子中，利用速运公司寄到了查普尔的住处。

没多久，查普尔就把骨架交给了霍姆斯。霍姆斯向他表示感谢，付了工钱，然后马上就把骨架卖给了哈内曼医学院（是芝加哥的一个学校，而不是与费城同名的那一所），卖的价钱是他付给查普尔的很多倍。

一八九二年一月的第二周，新的租客道尔一家搬到了霍姆斯的房子里，那是朱莉娅以前住的公寓。他们发现桌上还摆着餐具，珀尔的衣服还搭在椅子上，看起来好像以前的租客过几分钟就会回来似的。

道尔一家问霍姆斯这家人发生了什么事情。

霍姆斯为屋里乱七八糟的状况道歉，并用最冷静的声音解释道，朱莉娅的姐姐生了重病，她和女儿得知消息后就马上去了火车站。她们没有必要带行李，因为朱莉娅和珀尔的生活十分殷实，而且她们不会再回来了。

后来霍姆斯又提供了另一个版本的关于朱莉娅的故事："我最后一次见到她大概是一八九二年一月一日，她向我交了租金。这一次，她不仅告诉了我，也告诉了邻居和朋友自己要走的事情。"虽然她告诉所有人自己要去爱荷华，事实上，"她要去的是别的地方，以防自己的女儿被夺走，说自己要去爱荷华只是为了误导她的丈夫。"霍姆斯说。霍姆斯否认自己曾经和朱莉娅发生过肉体关系，也不承认她经历过"罪恶的手术"——这个词是当时对堕胎手术的委婉说法。"有人说她性格急躁，性情不是一直都好，这也许是真的，但我不认为她的朋友或者亲人相信她会做出不道德的事情，或者参与任何犯罪行为。"

迎接决斗

一进入一八九二年,天气就变得特别寒冷,地面覆盖着六英寸厚的雪,气温降到了零下十摄氏度。这当然不是芝加哥经历过的最寒冷的冬季,不过也足以冷到将市区供水系统的三个入口阀全部冻住,阻断了芝加哥的饮用水供应。尽管天气严寒,杰克逊公园的施工却仍在继续。工人们立起了可移动的供暖遮篷,这样一来,不论天气多么寒冷,也可以将纤维灰浆涂抹到矿物馆的外墙上。女性馆快建好了,脚手架已全部撤离。庞大的制造与工艺品馆也在地基之上拔地而起。园区内的工人数量已达四千人。这里面包括一位名叫伊利亚斯·迪士尼的木匠兼家具制造师,他在多年后会讲述建造这个湖畔的神奇王国时发生的许多故事。他的儿子华特·迪士尼[①]将提笔记录。

世博会八英尺高的围栏和两层带刺铁丝网外面的世界一片骚动。降薪和裁员引发了全国工人的动荡,工会的势力越来越强大;平克顿

[①] 华特·迪士尼,美国企业家、动画师,于1955年创办了迪士尼公园。

侦探所赚得盆满钵满；一位势力渐增的工会官员塞缪尔·冈珀斯造访了伯纳姆的办公室，想为世博会歧视工会工人的指控讨个说法。伯纳姆吩咐施工监督员迪翁·杰拉尔丁着手调查此事。劳工运动升级，经济也摇摇欲坠，总体的暴力犯罪不断增加。《芝加哥论坛报》在对一八九一年进行评估时，报道说美国有五千九百零六人被谋杀，比一八九〇年增加了近百分之四十，其中就包括马萨诸塞州福尔里弗的玻顿夫妇。

罢工的威胁不断升级，天气又变得如此恶劣，让伯纳姆的这个新年蒙上了一层阴影。不过，最让他担心的还是世博会公司不断缩水的财务状况。如此快速地推进工程，再加上施工规模又这样巨大，伯纳姆的部门花掉的钱远远超过任何人的预计。目前有传闻说理事会打算向国会申请一千万美元的拨款，不过当前最紧要的解决措施是削减开支。一月六日，伯纳姆命令他的部门主管们立即采取措施，在某些场合甚至可以采取严苛的措施，以削减开支。他命令正在鲁克利大楼阁楼中负责世博会工作的首席绘图员立刻解雇所有做事"不精准"或者"不麻利"的人，以及那些没有超额完成自己本职工作的人。他对奥姆斯特德的景观主管鲁道夫·乌尔里希说："我认为你现在可以将人手减半，同时解雇那些薪酬过高的人。"伯纳姆下令，从今以后，所有的木工活儿都只能由世博会承包商雇用的工人完成。他写信给迪翁·杰拉尔丁："请解雇你手下的所有木匠……"

在此之前，伯纳姆一直对工人们表现出很大的同情，这一点在当时很少见。连工人生病或负伤没有上工，他都会照付工资。他还建立了世博会医院，为工人们提供免费医疗。他在园区设立了营房，工人们每天可以吃到丰盛的三餐，睡在干净的床上，房间还供暖。

一位来自普林斯顿的政治经济学教授沃尔特·威科夫乔装打扮成一位技艺生疏的劳工，花了一年时间到处游荡，混迹于国内不断壮大的失业大军中，其中有一段时间，他就在杰克逊公园度过。"哨兵保护着我们，高墙隔断了与外面不必要的接触，我们这一大群健康强壮的男人在一个非凡的人造世界里生活、工作。"他写道，"没有凄惨的景象打扰我们，也看不到外部世界那些绝望的穷人为了找工作而徒劳无功……我们只用做好每天八小时的工作，平静而安全，并且一点也不担心收不到薪水。"

可现在即使是世博会也开始裁员，时机真是再糟糕不过了。随着冬季到来，传统的建筑季节已经到达尾声。市面上的工作机会少之又少，竞争非常激烈，来自全国各地的成千上万的失业人员汇集在芝加哥，希望为世博会工作。他们心不甘情不愿地背负着"无业游民"的标签，这个名字也许源自铁路工人"嚯，小子"的叫唤声。①伯纳姆知道，被解雇的人面临无家可归和贫困不堪的窘境，他们的家人真的可能会挨饿受冻。

不过一切必须以世博会为先。

直到现在，仍然没有人可以挑战埃菲尔，这一直困扰着伯纳姆，而且各种提案越来越离谱了。一位空想家提出，可以建造一座比埃菲尔铁塔还要高五百英尺的塔，塔身全部由木材搭建，塔顶设置一个小屋，人们可以在那里休憩和娱乐。这小屋还应该是一个小木屋。

伯纳姆清楚，如果还没有一个工程师带着足以胜过埃菲尔的提

---

① "嚯，小子"（ho，boy）与"无业游民"（hobo）的发音相似。——译注

案现身，那么剩下的时间将不足以用来建造任何配得上世博会的东西。他无论如何也要激发美国工程师的激情。不久，机会便来了。他收到了邀请，在"周六下午俱乐部"发表演讲。这个俱乐部由一群工程师发起，每个周六在市区的餐馆里聚会，讨论世博会施工中的各种挑战。

会上的餐食就是平常的标准，有很多道菜，还有酒、雪茄、咖啡和法国白兰地。其中一张桌子旁坐着一位三十三岁的工程师，他来自匹兹堡，经营着一家钢铁检验公司，在纽约和芝加哥都有分支办事处，并且已经取得了世博会的合约，负责检验世博会场馆使用的钢材。他的脸型棱角分明，头发乌黑，胡须也是黑的，还有一双深色的眼睛，这种相貌将很快受到托马斯·爱迪生即将构建的产业的觊觎。[1]"他很会与人打交道，并且幽默感十足，"他的合伙人写道，"在所有的聚会上，他都立刻会变成焦点。他语言能力很强，并且有层出不穷的趣事和经历与人分享。"

和"周六下午俱乐部"的其他成员一样，他期待听到伯纳姆谈论在如此短的时间内打造一整座城市所遇到的挑战。不过伯纳姆的发言令他大吃一惊。伯纳姆首先强调，"美国的建筑师们通过世博会的设计为自己带来了荣耀"，随后便谴责全国的土木工程师，认为他们的表现不如建筑师们优秀。伯纳姆指责土木工程师们"在构思新型建筑方面，或者在展示美国现代工程实践的可能性上，都极少或者说没有做出任何贡献"。

会场内响起了一片不悦的声音。

---

[1] 可能是指爱迪生构建了美国第一家电影制片厂。

"我们需要与众不同的事物,"伯纳姆接着说,"并且要在世博会上起到当年埃菲尔铁塔在巴黎世博会上的作用。"

不过,不能是一座塔。他说,塔不够新奇,而且埃菲尔已经建过一座塔了。"造得够大"也不够。"如果美国工程师要维护自己的声望和地位,必须设计和建造出一座新奇的、具有原创性、大胆并且独一无二的建筑"。

在场的一些工程师感到被冒犯了,其他人则认为伯纳姆说得有道理。来自匹兹堡的这位工程师觉得伯纳姆"话里的真相戳到了痛处"。

他坐在同辈中间,突然,一个念头"灵光一闪"进入了他的脑海。他说,这个念头并不是一种尚未完全成形的冲动,而是连细节都纤毫毕现。他看得见它,也摸得着它,还能听见它在空中移动的声音。

所剩的时间不多了,但如果他行动够快,画出草图,并设法说服世博会的筹款委员会,让他们相信这个想法具有可行性,他认为世博会绝对能够"淘汰"埃菲尔铁塔。而如果发生在埃菲尔身上的事情也在他身上发生,那么他将拥有享之不尽的财富。

对于伯纳姆而言,站在"周六下午俱乐部"的成员面前公开谴责他们的失败,一定是一件令他精神抖擞的事,因为他要处理与世博会相关的其他事务,大多数时候都变成了一种自我克制的练习,特别是在与世博会已经很多但还在不断增加的委员会打交道时。毕竟,一直假装优雅地跳着维多利亚式的小舞步非常耗时。他需要更大的权力——不是为了他自己,而是为了世博会。他知道,如果这些阻碍效率的事情在规模和数量上持续增加,除非加快决策的速度,不然世博会的工程进度将无法挽回地滞后。世博会公司的专款缩水,使得伯纳姆与全国委员会的关系恶化到极点，理事长戴维斯要求每一笔联邦拨款都必须由他的委员会控制。委员会似乎每天都能产生新的部门，每个部门都配有一位拿薪水的主管——戴维斯任命了一位管羊的主管，薪酬相当于今天的每年六万美元——每一位主管都掌握着某一项伯纳姆认为本应属于自己的权限。

很快，对控制权的斗争升级为伯纳姆与戴维斯的个人矛盾，而主要的争议就是谁应该对展品及室内装潢的艺术设计有决定权。伯纳姆认为这显然是他的领域，戴维斯的想法却和他相反。

一开始，伯纳姆采用了迂回战术。"我们现在组织了一批特别的室内装潢及建筑队伍来处理这个部分。"他写信告诉戴维斯，"在这些事情上，让我的部门为您服务是我的荣幸。未经允许就让我的人对您的艺术布置及展品的形式和装饰提供建议，这让我觉得有些微妙，所以现在满怀尊敬地希望能征求您的同意。"

不过戴维斯告诉一位记者："目前只有理事长和他的代理人能决定展品的事，我认为这一点大家都很清楚。"

矛盾还在持续升级。三月十四日，伯纳姆加入了戴维斯与世博会日本代表团在芝加哥俱乐部的晚宴。晚宴结束后，戴维斯和伯纳姆单独留在俱乐部里，争论到了第二天早上五点。"这个时间花得很值。"他写信告诉当时不在城里的玛格丽特，"我们各自的感觉都更好了，从今往后，路会顺得多。"

他的字里行间透露着一种不可名状的疲惫。他告诉玛格丽特，他计划那晚能早点结束工作回到埃文斯顿。"然后睡在你亲爱的床上，我的爱人，我会梦着你入睡。生命是多么仓促啊！韶光都去哪儿了？"

还是有惬意的时光的。伯纳姆总是很期待园里的夜晚，他的部下和来此造访的建筑师会聚集在棚屋里就餐，在巨大的壁炉前谈天说地，一直到深夜。伯纳姆很珍惜这份情谊，也很喜欢大家分享的故事。奥姆斯特德叙述着自己一次又一次抗争那些恶意修饰中央公园的企图的磨人经历；世博会的哥伦布警卫队队长艾德蒙·赖斯上校描绘了自己躲在葛底斯堡的林荫里，而皮克特指挥自己的军队扫过两军之间阵地时是什么感觉。

一八九二年三月下旬，伯纳姆让儿子们来自己的棚屋玩。每隔一阵子他就让他们来过夜。可是他们没有按计划的时间到达。一开始，大家都认为他们是被常见的火车延误给耽搁了。可是好几个小时过去了，他们还没有消息，这让伯纳姆开始焦急起来。他和别人一样清楚，火车事故在芝加哥几乎每天都会发生。

夜幕开始降临，最终男孩子们还是平安到达了。他们的火车被密尔沃基－圣保罗线路上的一座断桥给耽误了。伯纳姆写信告诉玛格丽特："他们到达棚屋的时候，正赶上赖斯上校讲述一些战争中的奇事，还有和侦察兵及印第安人一起在平原的生活。"

伯纳姆写这封信的时候，儿子们就在膝下。"他们很高兴能来这儿，现在正和杰拉尔丁先生一起观赏大相簿呢。"这个相簿里都是查尔斯·达德利·阿诺德拍摄的工地照片，这位摄影师来自纽约的布法罗，伯纳姆雇他来当世博会的官方摄影师。阿诺德本人也在场，不久他就给孩子们上了一堂速写课。

伯纳姆在信的结尾写道："我们都很好，也很满足，我们是多么幸运，可以做这么多不同种类的工作。"

然而，这样平静的间歇从来不会持久。

伯纳姆与戴维斯之间的矛盾再次激化。世博会公司的理事们决定向国会申请直接拨款，不过他们的请求导致国会对世博会的支出展开了调查。伯纳姆和贝克主席以为这只是一次笼统的检查，却发现自己要为了那些最琐碎的开支接受盘问。例如，当贝克列出马车租赁的总体支出时，小组委员会却要求他列出乘坐马车人员的名单。在芝加哥的一次会议上，委员会要求戴维斯估算世博会最终的总支出。戴维斯没有咨询伯纳姆就给出了一个数值，这比伯纳姆为贝克主席计算的支出要少百分之十。而那个时候，贝克已经把伯纳姆的结论写入自己的报告中，并交给了调查人员。戴维斯的证词带着没有明说的指控，在某种程度上证明是伯纳姆和贝克故意提高了世博会需要的开支。

伯纳姆暴跳如雷。小组委员会的主席命令他坐下，伯纳姆却站着没动。他很生气，很难使自己保持平静。"戴维斯先生事先没有来找我，也没有找我的助手，"他说，"他给出的数字是胡编乱造的。他对这件事一无所知。"

他的盛怒冒犯了小组委员会主席。"我反对在委员会面前向任何证人提到此类言论。"主席说，"我会要求伯纳姆先生撤回自己的言论。"

一开始，伯纳姆表示拒绝。随后，他勉强同意撤回关于戴维斯一无所知的那些话，但只有这一部分。总之，他并没有道歉。

委员会前往华盛顿研究证据，并就是否批准拨款提出报告。伯纳姆写道，国会议员发现，"这项事业的规模和范围都让人头晕目眩。我们给了他们每人一大堆数据来消化，我认为这份报告会十分滑稽，因为即使像我这么了解情况，没有几个月时间也没法写出这份报告"。

至少在图纸上，世博会的大道乐园开始成形了。普特南教授认为大道乐园的首要作用是提供关于异域文化的教育，索尔·布鲁姆却不认为这是大道乐园职责所在。大道乐园应该有趣，应该是一座充满欢乐的乐园，它会从杰克逊公园一路蔓延一英里多，直到华盛顿公园的边界。这里应该令人感到刺激和兴奋，如果进展顺利的话，甚至能让人感到震惊。他认为自己的长处在于"引人注目地宣传"。他在全世界的刊物上发表了公告，让世人都知道大道乐园将成为一片充满不同寻常的景色、声音和气味的奇异王国。这里会有从偏远之地搬来的原汁原味的村庄，里面住着原汁原味的村民——甚至会有侏儒族，如果舒费尔特中尉成功的话。布鲁姆同样意识到，作为大道乐园的"沙皇"，他不需要再担心阿尔及利亚村庄的特许权问题了。他自己就可以批准在这儿展出村庄。他拟了一份合约，寄到了巴黎。

布鲁姆做推广的本领得到了其他世博会官员的注意，于是找他帮忙提升世博会的整体形象。某一次，他被召来向记者们解释制造与工艺品馆究竟有多大。目前为止，世博会的宣传官员只给媒体列出了一堆惊人但枯燥的数据。"我能够判断，他们压根儿不关心场馆占地多少英亩，耗费了多少吨钢材，"布鲁姆写道，"于是我告诉他们，'这么说吧——这个场馆大到可以容纳俄罗斯整个现役部队。'"

布鲁姆连俄罗斯有没有现役部队都不清楚，更不用说部队里有多少人、可以占据多少面积。然而，这个数据被所有美国人奉为真理。兰德麦克纳利公司出版的世博会指导手册的读者最终发现，自己一想到上百万戴着裘皮帽的军人挤在三十二公顷的场馆里就兴奋不已。

所以，布鲁姆对自己的说法并不懊悔。

德怀特来的天使

一八九二年春天,霍姆斯的助手本杰明·皮特泽尔发现自己置身于伊利诺伊州的德怀特,这个地方位于芝加哥西南部七十五英里外,皮特泽尔是来此地接受著名的基利氏疗法①以治疗酗酒的。病人们住在三层楼的利文斯顿旅馆中,这是一幢红砖结构的房子,设计简单但具有吸引力,正面全是拱形窗户及阳台,在注射莱斯利·英若特·基利②的"黄金疗法"药剂的间歇,这里是一个良好的休憩之地。有一种昵称为"理发店旋转柱"的红白蓝三色溶剂,黄金是其中最有名的成分,基利疗养院的护工每天都会往病人胳膊上注射三次这种溶剂。他们使用的针管是十九世纪的那种大孔针管,每次注射都像将一条花园浇水软管插入肱二头肌里,会不可避免地在注射孔周围留下一圈黄色的沉淀。对一些人来说,这像是个徽章,而对其他人而言,这就是一个丑陋的污点。溶剂配方的其他成分对外保密,不

---
①用氯化金治疗酒精或鸦片中毒的秘密疗法。
②莱斯利·英若特·基利,美国医生,基利氏疗法的创始人。

过最好的医生和药剂师能够发现，这种溶剂包含了某种物质，会给人带来精神愉悦及平静的感觉，但是会导致健忘——芝加哥邮局认为这一效果会导致一些问题，因为邮局每年都会积攒上百封从德怀特寄来的信件，收件地址都缺少很多重要信息。寄信者仿佛不记得收件人的名字和具体住址等信息对成功投递信件至关重要。

皮特泽尔的酗酒问题一直很严重，不过这一次应该是严重到了损害健康的程度，因为把他送到基利疗养院的是霍姆斯，掏钱的也是霍姆斯。他向皮特泽尔解释说这么做是出于一片好意，是为了报答皮特泽尔的忠实。一如既往，他是怀有其他目的的。他发现皮特泽尔的酗酒问题让他变得没那么好用了，并可能影响到正在进行的计划。霍姆斯后来这样形容皮特泽尔："他太有价值了，即使考虑到他的种种缺点，我也无法将他抛弃。"也许霍姆斯还想让皮特泽尔尽量收集关于基利氏疗法及其商标的情报，以便他仿造相关产品，通过他自己的药品邮购公司售卖出去。确实，后来霍姆斯在恩格尔伍德那座大楼的二楼成立了自己的疗养浴场，并挂名为"银灰疗养中心"。基利氏疗法在当时极受欢迎。成千上万的人涌到德怀特，想摆脱自己放纵的生活方式。还有更多的人购买了基利医生的口服药，这些药被装在瓶子里上市销售，瓶子非常特殊，以至于基利医生敦促购买者们服完药后销毁瓶身，以防不法公司在里面灌注自己的溶剂。

每天，皮特泽尔都会和三十多位男性来"一个一个"地接受注射。女性会在自己的房间内接受注射，并和男性保持隔离，以保护她们的声誉。在芝加哥，如果客人接受过酗酒治疗，女主人总是会知道，因为当她们给这些客人倒酒时，他们一定会回答："不了，谢谢。我去过德怀特。"

四月,皮特泽尔回到了恩格尔伍德。也许是因为基利氏疗法在精神上的副作用,皮特泽尔给霍姆斯讲述了自己在基利疗养院遇到的一位拥有绝世美貌的年轻女子(用他的话来说,简直是人间尤物),她的名字叫艾米琳·西格兰德。她长着一头金发,二十四岁,自一八九一年起就在基利医生的办公室担任速记员。一定是皮特泽尔近乎幻觉的描述撩动了霍姆斯,因为之后他便写信给西格兰德,说要为她提供一份工作,想让她来当自己的私人秘书,开出的薪水是她为基利工作时的两倍。西格兰德家的一位亲属后来形容道:"这个提议非常让人兴奋。"

艾米琳不假思索地接受了。疗养院固然名声在外,不过德怀特的村庄毕竟比不上芝加哥。在芝加哥,她可以挣两倍的薪水,可以在这个充满传奇魅力和激情的城市里生活,再加上世博会即将在一年内开幕,这些都让她无法抗拒这个机会。五月,她带着自己八百美元的积蓄离开了基利。一到恩格尔伍德,她就在霍姆斯大楼附近的寄宿公寓租了个房间。

霍姆斯认为,皮特泽尔夸大了艾米琳的美貌,不过也相差不远。她确实很可爱,有一头闪耀的金发。霍姆斯立即用上了自己的引诱手段,包括他那抚慰人心的声音、不时的触摸,还有那双蓝眸子坦诚而坚毅的凝视。

他为她买鲜花,带她去街尾的蒂默曼歌剧院看歌剧。他送给她一辆自行车。在夜晚,他们一起在耶鲁路和哈佛路平坦的碎石路上骑车,看起来就像是一对俊美而富有的年轻伴侣。(《芝加哥论坛报》社会版曾观察道:"漂白灯芯布帽搭配黑色波纹缎带,旁边插上几根羽毛,这就是女性骑车时最新潮的打扮。")随着艾米琳越来越习惯自己的"轮子"(这个称谓大家仍在使用,尽管老旧过时的大轮自行车已经彻底写入历史),她和霍姆斯骑车的时间也越来越长,经常沿着柳树成荫的中道骑到杰克逊公园去观看世博会的施工,在那儿,他们往往发现还有成千上万的围观者,其中许多也是骑车来的。

有时赶上星期日,艾米琳和霍姆斯会骑到公园里去,他们发现施工还停留在早期阶段,这令他们感到惊讶,因为世博会最重要的两个日子——揭幕日和开幕式都已经近在眼前了。园区的大部分地方还是一片荒芜,而规模最大的制造与工艺品馆几乎才刚刚开始修建。有几栋建筑的进度快得多,看起来差不多完成了,特别是矿物馆和女性馆。那阵子,园区里总是有许多看上去气度不凡的人——政治家、王子、建筑师以及市里的工业大亨。社交名媛也来了,为的是参加女性理事会的会议。帕玛太太的豪华黑马车经常呼啸着穿过世博会的大门,同样经常出现的还有她在社交界的对头嘉丽·沃森,这位知名鸨母的马车有闪耀的白珐琅车身、金黄的车轮,配备身着深红丝绸的黑人车夫,十分引人注目。

艾米琳发现在倾盆大雨过后的那些日子里骑车是最惬意的事情。在其他时日,灰尘就像喀土穆漫天的沙子一样翻腾着,钻入她的头皮深处,哪怕精心梳理也无法清除。

一天下午,艾米琳正坐在霍姆斯办公室的打字机前,一位男士走进来找霍姆斯。他个子很高,下巴干净,蓄着浅浅的胡须,穿着廉价的西装,大约三十多岁。在某种程度上,他算得上眉清目秀,不过同时也显得谦虚持重,平平庸庸——虽然当时他看起来很生气。他自我介绍为内德·康纳,曾经在楼下药店经营珠宝柜台。他上门是为了和霍姆斯讨论抵押的事宜。

她知道这个名字——在哪里听到过，或者在霍姆斯的文件上见到过。她笑着告诉内德，霍姆斯此时出门了。她不知道他什么时候会回来，并问他有什么可以帮忙的。

内德的怒气消散了些。内德后来回忆，此后他便和艾米琳"开始谈论霍姆斯"。

内德看着她。她年轻又漂亮，活脱脱一位"金发美人"。她穿着仿男士衬衫和一条包裹住苗条身段的黑裙子，坐在窗边，头发在阳光下泛着白光。她面前摆着一架黑色雷明顿打字机，是崭新的，毫无疑问是赊账购得。依据他自己的悲惨经验，以及艾米琳谈论起霍姆斯时双眼中流露出的崇拜目光，内德猜测她和霍姆斯的关系应该大大超越了打字员和老板的关系。后来他回忆道："我告诉她，我认为他是个坏家伙，她最好和他划清界限，尽早离开他。"

至少在当时，她忽略了他的建议。

一八九二年五月一日，一位叫 M.B. 劳伦斯的医生和妻子搬到了霍姆斯大楼一处有五间房的公寓里，他们在楼里经常遇到艾米琳，不过艾米琳并没有住在这儿。她仍然在不远处的寄宿公寓租房子住。

"她是我见过的年轻女性中最漂亮、最讨人喜欢的那种。"劳伦斯医生说，"我和太太经常想起她。我们每天都能见到她，她也常过来和我太太聊天。"劳伦斯夫妇经常见到艾米琳和霍姆斯在一起。劳伦斯医生说："没多久我就意识到西格兰德小姐和霍姆斯先生的关系不仅仅是雇员和雇主，但我们认为她应该得到更多的同情，而非谴责。"

艾米琳为霍姆斯深深着迷。她爱他的温暖、他的抚摸、他泰然自若的冷静以及他的魅力。她从未遇见过像他这样的男人。他甚至还是一位英国贵族之子，这件事他让她严加保密，所以她绝不会告诉任何人，这样做会稍微减少点乐趣，不过增加了神秘感。当然，她的确把这个秘密分享给了朋友们，但同样要他们发誓绝对不会告诉别人。对于艾米琳而言，霍姆斯自称贵族之后是可信的。这种英国血统可以解释他身上超凡的魅力和圆滑的处事之道，这些品质在粗野而喧闹的芝加哥是如此难得一见。

艾米琳是一位热情而外向的女子。她经常给住在印第安纳州拉斐特的亲人以及她在德怀特交的朋友写信。她很容易交到朋友，还定期与她刚到芝加哥时住的第一间寄宿公寓的老板娘吃饭，将对方视为自己的密友。

十月，她的两位远房表亲B.J.西格兰德医生及太太前来造访。西格兰德医生是一位牙医，在芝加哥北部的北街和密尔沃基大道交汇处有一间自己的诊所。他联系艾米琳是因为他正在为西格兰德家族撰写一本史书，之前他们并没有见过彼此。"我被她惹人喜欢的举止和敏锐的机智给迷倒了。"西格兰德医生说，"她的外表光彩夺目，个子高，体态好，还有一头亚麻色的秀发。"西格兰德医生和他的太太在这次造访中并没有遇见霍姆斯，事实上他们从来就没有和他面对面接触过，不过他们听艾米琳热情洋溢地讲述了他多有魅力，多么大方，生意能力多么强。艾米琳带领两位表亲参观了霍姆斯的大楼，并告诉他们，他打算将这栋楼改造成一间旅馆来接待世博会的游客。她还解释了高架铁路将如何竖立在六十三街，会直接把游客载到杰克逊公园。没有人怀疑，等到一八九三年夏天，恩格尔伍德的街头将涌动着成群结队的游客。对于艾米琳而言，成功似乎志在必得。

艾米琳的热情是她魅力的一部分。她与这位年轻的医生匆匆坠入了爱河，于是爱着他的一切所作所为。她对这栋大楼及其前景赞不绝口，不过西格兰德医生并不赞同。在他看来，这栋楼十分阴沉，令人感到压抑，和它周围的建筑并不协调。在恩格尔伍德，所有别致的建筑似乎都充满期待的能量，不仅仅是期待着世博会，还期待着世博会结束以后的美好未来。在六十三街几个街区之外，就伫立着高大精美的房屋，颜色各异，质地不同，街尾还有蒂默曼歌剧院，及其邻近的新朱利安酒店，这些建筑的业主花了大价钱使用优质的材料，雇用了专业的匠人打造。与其相比，霍姆斯的建筑显得死气沉沉，就像房间角落里煤气灯照不到的地方。显然霍姆斯没有咨询过建筑师，至少没有咨询过一位称职的建筑师。他的大楼走廊十分昏暗，有太多的门。使用的木材低劣，木工活也很潦草。通道拐弯处的角度也很奇怪。

尽管如此，艾米琳似乎十分着迷。如果在当时打碎这份甜蜜而天真的仰慕，西格兰德医生确实会显得太过冷酷。毫无疑问，后来他会痛恨自己当时不够坦白，没有更仔细地倾听自己的心声，当时他的脑海中充满了对这栋楼的不对劲的怀疑，以及它的真实样貌和艾米琳眼中的模样的落差。但需要再次强调的是，她当时已经坠入了爱河，他不想伤害她。她年纪尚浅，陶醉在爱情里，这份喜悦具有感染性，尤其是对于西格兰德医生而言。毕竟这位牙医每天目睹的喜悦少之又少，连英勇的成年男士都会被他弄哭。

西格兰德夫妇造访后不久，霍姆斯便向艾米琳求了婚，她答应了。他答应带她去欧洲度蜜月，当然，其间他们会去探望他的贵族父亲。

揭幕日

奥姆斯特德感到牙疼，耳朵里一直有轰鸣声，而且还失眠。不过在一八九二年年初的几个月里，他的工作量对年纪只有他三分之一的男人而言都是一种折磨。他经常到芝加哥、阿什维尔、诺克斯维尔、路易斯维尔、罗切斯特出差，每次通宵不眠都会加重他的痛苦。在芝加哥，尽管他年轻的助理哈利·科德曼不眠不休地努力，工作进度还是严重滞后，每一天他们面临的任务都更加艰巨。第一个重要的截止日期，是定在一八九二年十月二十一日的揭幕日，看起来已经近到不可思议了——要不是世博会的官员将原定的十月十二日推迟，允许纽约来举办自己的哥伦布庆典，时间会更紧。考虑到当初纽约一股脑儿地塞给芝加哥的那些诽谤，这种延期的举止真是大方到令人惊讶。

园区其他地方施工的延误令奥姆斯特德感到伤透脑筋。承包商们落后了，他自己的工作也就耽搁了。他已经完成的工作也跟着遭殃。工人们践踏他种的植物，毁坏他建的道路。美国国会大厦就是一个很好的例子。"在其周围,"据景观主管鲁道夫·乌尔里希报告,"堆满了各式各样的材料,乱七八糟地散布着,只有向负责的官员持续地施压才能使工程在起步阶段有所进展,而即使进展顺利,也没人注意。前一天完成的工作又会在第二天被破坏殆尽。"

施工延误与造成的破坏让奥姆斯特德很生气,但其他的事情令他更加沮丧。令人难以置信的是,尽管奥姆斯特德一再警告,伯纳姆似乎仍然觉得蒸汽艇是世博会游船服务不错的选择。奥姆斯特德认为伍迪德岛上一定不能有任何建筑,却似乎没有人赞同他的观点,不断有人打这座岛的主意,这让奥姆斯特德想起了旧时的客户如何强制修改他设计的景观,也让他重新燃起了怒火。人人都想要这个岛上的空间。首先是西奥多·托马斯,他是芝加哥交响乐团的指挥,他认为这座岛是一个理想的地点,是唯一可以建造与世博会匹配的音乐厅的地方。奥姆斯特德不同意。接下来是西奥多·罗斯福,他当时是美国文官委员会的主席。这人就像一艘炮艇。他坚持认为,这座岛是他的布恩和克罗克特俱乐部[①]举办狩猎营区展的理想之地。不出所料,鉴于罗斯福在华盛顿的势力,世博会全国委员会的政客们都强烈支持他的计划。伯纳姆出于保持和平的目的,也敦促奥姆斯特德接受这个计划。"假如将其安置在岛的北端,被树木遮蔽,纯粹只做展示用,将它完全掩饰起来,只有在岛上的人偶尔能发现,在对岸完全看不到,这样你会反对吗?"

奥姆斯特德还是反对。他同意让罗斯福在一座小一点的岛上布置营地,但伍迪德岛上不允许存在任何建筑,除了"一些帐篷、若

---

① 美国非营利组织,倡导公平捕猎来保护动物栖息地。

干马匹、一些营地火堆，等等"。最终，他只允许了在岛上修建一座猎人小木屋。

接下来是美国政府想在岛上布置一个印第安展区。随后是普特南教授，世博会的首席人种学家，认为伍迪德岛是安置几个异域村庄的理想地点。就连日本政府也想要这座岛。"他们提议办一个日本庙宇户外展，并且几乎是自然而然地提出了想要伍迪德岛上的空间。"伯纳姆在一八九二年二月写道。伯纳姆认为，现在看来似乎这座岛被占用是无法避免的。这里的环境太吸引人了。伯纳姆力劝奥姆斯特德接受日本的提案。"毫无疑问，这个提案看起来非常适合这个地点，我看不出它有什么地方会在实质上减损你在意的那些特点。他们打算建造最精美的庙宇，并且计划等世博会结束后将这些建筑作为礼物献给芝加哥。"

奥姆斯特德担心事情会变得更糟，便同意了这个要求。

不过这些并没有让他的心情变好。当他奋力保护伍迪德岛的时候，他发现自己挚爱的中央公园遭到了另一次攻击。在一小群富有的纽约人的极力唆使下，州内的立法机构悄悄通过了一条法令，批准在公园西侧修建一条"高速公路"，富人们的马车可以在上面奔驰。这件事激怒了公众。奥姆斯特德写了一封信加入了战局，在信里，他将这条提案里的公路形容为"不合理、不公正以及不道德"。这让立法机构有些退缩了。

失眠症、身体的疼痛、做不完的工作以及日益增长的挫败感都撕扯着他的神经，到三月末的时候，他感觉自己的身体和精神都已经处于崩溃边缘。在整个成年时期间歇发作的抑郁症即将再次将他吞噬。"当奥姆斯特德陷入忧郁的时候，"一位朋友曾经写道，"他消沉的逻辑是可以摧毁人的，非常可怕。"

不过，奥姆斯特德认为自己只是需要好好休息一下。按照当时治疗的习惯，他决定去欧洲好好疗养一下，那边的风景或许会给他一个丰富自己视觉体验的机会。他计划参观一些公共花园与公园，还有巴黎世博会的旧场地。

他安排大儿子约翰负责布鲁克林办公室的事宜，让哈利·科德曼留在芝加哥指导世博会的工作。在出发前，他临时决定带上自己的两个孩子玛丽恩与里克，还有另一位年轻人，哈利的弟弟菲尔·科德曼。对于玛丽恩和这两个男孩而言，这是一场梦幻般的旅行；而对于奥姆斯特德来说，这场旅行却蒙上了一层阴影。

他们于一八九二年四月二日星期六起航，冒着冰雹与风雪抵达了利物浦。

在芝加哥，索尔·布鲁姆收到了一封来自法国的电报，电报的内容让他大吃一惊。他反复读了好几遍，才确认自己没有读错。阿尔及利亚的好几十个村民，携带着他们的动物和财产，已经起航前来美国参加世博会了——而这提早了一年。

"他们选对了月份，"布鲁姆说，"不过弄错了年份。"

奥姆斯特德发现英国的乡村十分迷人，不过天气阴冷而消沉。在奇斯尔赫斯特的亲戚家中短暂停留后，他和男孩们启程前往巴黎。女儿玛丽恩留在了乡下。

在巴黎，奥姆斯特德前去参观了旧世博会的场地。那儿的花园植被稀疏，因为冬天太长而显得萧条，建筑也保存得不太好，但尚存的景象足以让他对世博会曾经的模样有"大致的概念"。显然，这个地方现在还是很受欢迎。在一次周日的参观中，奥姆斯特德和男孩们发现有四支乐队在演奏，卖点心的摊子还开放着，有好几千人在小径上漫步，在埃菲尔铁塔的基座旁排着长队。

奥姆斯特德时刻记挂着芝加哥世博会，对每一处细节都看得很仔细。草地"很糟糕"，碎石路"既不中看也不好走"。巴黎世博会使用了很多十分规则的花坛，这一点他很不喜欢。"在我看来，"他在寄给身处布鲁克林的约翰的信中写道，"这些花坛虽然称不上野蛮，也没有损害世博会的面貌，但是破坏了这份尊贵，也影响了宽阔度、协调度与沉着稳定的气象，会让人极度不安，有些华而不实，同时还很幼稚。"他重申了自己坚持的看法，在芝加哥应该实行"简约和含蓄，要避免小气和艳俗"。

这次参观让他重新对世博会担心起来，因为一心想超越巴黎世博会，伯纳姆和他的建筑师们已经忘了一个世博会该有的样子。奥姆斯特德写道，巴黎这些建筑"颜色更为丰富，装饰也更为多彩，不过比我以为的少了很多模具制成的物件和雕塑。我认为，它们显示出了更多的目的性，看起来更像是为了这个场合专门设计的，而不像我们想要建一些庞大的永久性建筑。我怀疑在这方面，我们的建筑是不是有点问题，会不会过于强调建筑的庄严而显得自命不凡，为了凸显宏伟和华丽，加入了太多的雕塑和其他修饰"。

奥姆斯特德喜欢和年轻同伴一起旅行。他在寄给布鲁克林的太太的信里写道："我非常享受，希望这次旅行能让我健康起来。"没过多久，一行人返回了奇斯尔赫斯特，不过，奥姆斯特德的病情却恶化了，失眠再次破坏了他的夜晚。他写信告诉哈利·科德曼："我只能下这样的结论了,现在我更老了,损耗比我自以为的要严重得多。"而哈利自己也饱受一种奇怪的腹部疾病折磨。

一位名为亨利·雷纳的医生来到了奇斯尔赫斯特,礼节性地拜访了奥姆斯特德,他恰好是治疗神经紊乱方面的专家。奥姆斯特德的样子令他大吃一惊,他提出将奥姆斯特德接到自己位于伦敦郊外汉普斯特德希思的家中,私下为他调养身体。奥姆斯特德答应了。

尽管有雷纳的悉心照料,奥姆斯特德的情况却并没有好转。在汉普斯特德希思的日子变得十分乏味。"你要知道,我在这里简直就像蹲监狱,"一八九二年六月十六日,他写信告诉哈利·科德曼,"每一天我都期待身体有所好转,可是至今为止,都只有失望。"据奥姆斯特德描述,雷纳医生同样也感到困惑。"在对我全身各个部位进行反复检查后,他自信地告诉我,我的器官没有毛病。我有理由期望,如果各种情况顺利,我还可以继续工作几年。他认为我现在的毛病是我出国时的病症的衍化。"

大多数日子里,奥姆斯特德都乘坐着马车在乡间游走,"每天都或多或少地走一些不同的路"。他参观了花园、教堂庭院、私人花园以及自然景观。几乎每一个装饰性的花坛都令他不悦。他认为它们"幼稚、粗俗、招摇、唐突、不合时宜、极不协调"。然而,乡村风光本身却让他着迷:"英格兰的乡村到处充满田园风光,生动而别致,这种美景在美国根本找不到。每一次出门我都满心喜悦。在我写字的时候,眼前的景色蒙上了一层细雨,迷人极了。"他发现,最可爱的风景往往是本地植物以最简单、最自然的方式组合在一起。"最好的组合就是金雀花、野玫瑰、树莓、山楂和常春藤。即使不开花的时候,它们也充满魅力。而这些植物花少量的钱就可以大量获得。"

有时候，他看到的景致与他构想中的杰克逊公园相悖，有些时候又与之相符。"在我们见过的最美的装饰性庭院里，藤蔓与匍匐植物形成的自然景观都是能胜过园丁的。对我们来说，再多的藤蔓和野草幼苗都不够。"他知道，时间太紧，无法让大自然产生这样的效果。"让我们尽自己所能，在桥上栽培出匍匐植物和树枝吧，将那些树枝压下、固定，以获取树荫，让树叶的反光和水面的微澜相映成趣。"

最重要的是，这些旅程令他更加坚信，尽管伍迪德岛上会建日本庙宇，他们还是应该尽可能地让它充满野趣。"我比以前更加重视这座岛的价值了，"他写信告诉哈利·科德曼，"有一点非常重要，要使用所有可能的、自然的方式来形成一道无法渗透的屏障，在岸边栽种大量密集厚实的植物，让丰富而多变的微小细节完全服从整体效果……芦苇、荷包藤、马德拉藤、猫藤、铁线莲、树莓、豌豆花、曼陀罗、马利筋、小型西部向日葵，还有牵牛花，这些植物越多越好。"

但是他也意识到，自己想要追求的野趣必须以优秀的园艺维护作为基础。他担心芝加哥不能做到这一点。"我认为，从园艺维护这方面来说，任意一个英国的农民、驭马师或平凡的下等人都能超过芝加哥的王公贵族或艺术家。"他在给科德曼的信中如此写道，"如果不能超越我们的长官们认同的标准，将会十分丢脸。"

整体而言，奥姆斯特德仍然相信自己的世博会景观设计会取得成功。不过，也有新的问题要担心。"现在我唯一替世博会感到担心的是霍乱的问题，"他写信告诉布鲁克林办公室，"今天早晨从俄罗斯和巴黎传来的消息令人感到警惕。"

索尔·布鲁姆带回的阿尔及利亚村民越来越接近纽约港，大道乐园的工人们开始搭建临时的房屋让他们居住。布鲁姆亲自去纽约接船，并且预订了两节火车车厢，将村民和他们的行李带回芝加哥。

这些阿尔及利亚人一下船就开始四处乱跑。"我都可以想象到他们走丢，被撞倒，然后蹲进监狱的情形了。"布鲁姆说。似乎没有人管理他们，布鲁姆跟在他们后面跑，用法语和英语大声下着命令。一位身材高大皮肤黝黑的男子朝布鲁姆走来，用带着贵族腔调的英语对他说："我建议你文明些。不然我可能会失礼地把你扔进海里。"

这个男人自称为阿奇，当两人可以心平气和地对话后，他告诉布鲁姆，他在伦敦为一个富人当了十年的保镖。"现在，"他说，"我的职责是将我的伙伴们送到一个叫芝加哥的地方。我知道好像是内陆的某个地方。"

布鲁姆递给他一支雪茄，提议让阿奇当自己的保镖兼助手。

"你的提议，"阿奇说，"相当令人满意。"

两人燃起雪茄，将烟雾吐到了纽约港芬芳的暮色里。

伯纳姆奋力推进着工程进度，尤其是制造与工艺品馆的施工，它必须赶在揭幕仪式前完成。三月，距离揭幕仪式只剩半年时间了，他启动了工程合约里面的"沙皇"条款。他命令电力馆的承包商将人力加倍，并且让工人们在夜间使用电灯照明继续施工。他还威胁制造与工艺品馆的承包商，如果他们不加快施工的速度，将会遭遇同样的命运。

伯纳姆几乎已经放弃超越埃菲尔铁塔了。最近他又否决了一个古怪的想法，这个想法来自一位年轻而热心的匹兹堡工程师，伯纳姆在"周六下午俱乐部"发表演讲时他也在场。这位工程师是值得

193

信任的，他的公司持有合约，会检查世博会建筑中使用的所有钢材，不过他的提议似乎并没有可行性。"太脆弱了。"伯纳姆告诉他。他认为公众会对此感到害怕。

那一年的春天似乎充满了敌意，进一步阻碍了世博会的进展。一八九二年四月五日星期二，早上六点五十分，一场突来的暴风掀翻了世博会刚刚建好的泵房，并且摧毁了六十五英尺高的伊利诺伊州馆。三周后，另一场暴风推倒了制造与工艺品馆八百英尺高的南墙。《芝加哥论坛报》评论道："这些风暴似乎跟世博会的场地有仇。"

为了找到方法加快进度，伯纳姆召唤东部的建筑师们前来芝加哥。目前，急需解决的问题之一是该如何为主要场馆的外墙上色，特别是制造与工艺品馆那几面涂有纤维灰浆的陡墙。在会议上，大家想出一个方法，保证可以在短时间内有效地提高工作速度，并最终在世界人民的想象中确立芝加哥世博会超凡脱俗的美丽形象。

不管怎么样，外部装饰的职权属于威廉·普雷特曼，世博会的官方色彩主管。伯纳姆后来承认，他雇用普雷特曼来做这份工作"大部分是看在约翰·鲁特的面子上"。普雷特曼根本不适合这份工作。哈瑞特·门罗与普雷特曼夫妇相熟，她写道："他天资过人，但是性格高傲而倔强，不肯妥协或让步。因此，他的一生就是一场充满矛盾的悲剧。"

开会那天，普雷特曼人在东海岸。建筑师们在他没有到场的情况下开始了会议。"我催促着每一个人，我知道时间真的很紧。"伯纳姆说，"我们讨论了上色的问题，最终想到了这个主意，'不如全部涂成白色吧。'我不记得是谁提了这个建议。可能大家都想到一块儿去了。不管怎么样,我决定就这么做。"

由芝加哥建筑师梭伦·S·贝曼设计的矿物馆快要竣工了。于是这栋楼被拿来进行了试验。伯纳姆下令将其涂成乳白色。普雷特曼回来后,"对此感到怒不可遏",伯纳姆回忆道。

普雷特曼坚持认为所有关于色彩的决定都要由他来做。

"我不这么认为。"伯纳姆告诉他,"应该由我来决定。"

"那行,"普雷特曼说,"我要退出。"

普雷特曼离开后,伯纳姆并不想念他。"他是一个心思很重的人,脾气相当古怪。"伯纳姆说,"我让他走了,然后告诉查尔斯·麦金,我要一个真正能够负责的人,这一次我不会再看谁的面子了。"

麦金推荐了来自纽约的画家弗朗西斯·米勒,这位画家当时也在讨论色彩的会议上。伯纳姆聘用了他。

米勒很快就证明了自己的价值。做过几次试验之后,他选定了普通白铅和油漆作为纤维灰浆最好的涂料,然后发明了一种上漆的方法:不用刷子,而是用一根煤气管那么长的软管,在上面安装特殊喷嘴——这是喷漆第一次在历史上出现。伯纳姆将米勒和他的上漆团队戏称为"洗白帮"。

五月的第一周,一场强大的暴风雨给芝加哥带来了大量的降水,再一次造成芝加哥河水倒灌。污水又一次威胁到了市区的水供应。有人在某个蓄水池的附近发现了一具正在腐烂的马的尸体。

这一场风暴再度提醒伯纳姆,开幕日之前要完成的从沃基肖引入泉水供应世博会的计划已迫在眉睫。早一阵子,一八九一年七月,世博会将这项工程委托给了海吉亚矿泉水公司,这家公司的总裁是一位名为J.E.麦克尔罗伊的企业家。不过项目没有取得什么进展。三月,伯纳姆吩咐施工监督员迪翁·杰拉尔丁"用最大的力度盯紧这个项目,确保不会延期"。

海吉亚公司取得授权,开始从沃基肖的泉水房铺设管道,并且从村庄里穿过。不过他们没有料到,村民们因为担心管道会破坏村里的景观,而且会导致他们有名的泉水枯竭,极力反对铺设管道。海吉亚公司的麦克尔罗伊在伯纳姆施加的层层压力之下,开始铤而走险。

一八九二年五月七日星期六晚,麦克尔罗伊在一辆特殊列车上载满了管道、凿子、铁锹以及三百位工人,出发前往沃基肖,打算在夜色的掩护下悄悄铺设管道。

消息不胫而走,开往沃基肖的列车遭到了袭击。当列车驶入车站时,有人敲响了村里的消防钟,很快,一大批手持棍棒、手枪和霰弹枪的村民向列车聚拢。两辆消防车喷吐着蒸汽赶来,消防队员已经做好朝这些铺设管道的人喷水的准备。一位村里的领导告诉麦克尔罗伊,如果他还要继续推行他的计划,就不能活着离开。

很快,又有上千名镇民加入了火车站的这支小分队。一小群人从镇公所拉来了一座大炮,对准了海吉亚公司的装瓶厂。

短暂地对峙之后,麦克尔罗伊和工人们返回了芝加哥。

伯纳姆还是想要沃基肖的泉水。工人们也已经为杰克逊公园内的两百座泉水间铺设了管道。

麦克尔罗伊放弃了在沃基肖村内直接铺设管道的计划。他转而在沃基肖南边十二英里处的大本德镇购买了一处泉水,它刚好位于沃基肖郡的界线以内。从名义上来说,世博会的游客们还是能喝上沃基肖的泉水。

泉水来自沃基肖郡，却并非来自那座著名的村庄，对于这件微妙的事情，伯纳姆和麦克尔罗伊并没有深究。

在杰克逊公园，人人都忙着加快施工的进程。随着场馆逐渐成形，建筑师发现了他们设计中的一些瑕疵，然而也面临着排山倒海的工作量，所以可能会任由这些瑕疵留在石材里，或者至少留在纤维灰浆中。由于东部的建筑师长期不在芝加哥，弗兰克·米勒自告奋勇地提出要紧盯着这些场馆的施工，以防一些临时的决定对建筑的外观造成无法弥补的损害。一八九二年六月六日，他写信告诉农业馆的设计师查尔斯·麦金："您最好写一封信阐明您在想法上的改变，因为他们会在您不知情的情况下误解您的意思。今天，我就阻挠了他们在圆形大厅的地板上浇铸水泥，强调您要求的是砖块。要把一件事情做对需要花费无尽的时间，操无数的心，但是下达指令做一件错事却只需要一秒钟。我说的这些话都会严格保密，我写信给您，就是为了劝您在提出要求的时候尽量简明直接。"

在制造与工艺品馆，被承包商弗朗西斯·阿格纽雇来的工人正在做一件危险的工作——将巨大的钢制桁架竖立起来。这个桁架将支撑场馆的屋顶，并且创造出史上最广阔的无阻碍室内空间。

工人们沿着场馆内侧铺设了三组平行的铁轨。在铁轨上，在轨道车的车轮或者"推车"上，他们竖起了一座名为"旅行者"的大型起重机，起重机由三座高塔组成，高塔顶端横跨着一个平台。使用"旅行者"的工人们可以一次抬起并安装两个桁架。乔治·博斯特的设计需要安装二十二个桁架，每一个桁架重达两百吨。光是把零部件运送到园区来就动用了六百辆轨道车。

六月一日星期三，世博会摄影师查尔斯·阿诺德为制造与工艺品馆拍照，记录下了工程进度。每一位看到照片的人都会得出结论，距离揭幕仪式只有四个半月，这座楼在这段时间里绝不可能建完。桁架都已经就位，但是没有屋顶，墙壁也才刚刚开始建。当阿诺德拍下照片的时候，成百上千的工人正在这栋建筑上面施工，但是场馆的规模太大了，无法立即辨认出照片里面的施工人员。梯子从一层脚手架搭到另一层脚手架上，看起来就像火柴棍，让这栋楼看上去弱不禁风。在照片的前景处还有成堆的碎屑。

两周后，阿诺德又回来照了另一张照片，捕捉到了截然不同的画面——几乎可以用"毁灭性的灾难"来形容。

六月十三日晚，时间刚过九点，另一场突如其来的暴风雨袭击了世博会场地，这一次似乎同样瞄准了制造与工艺品馆。场馆的北墙塌了一大片，继而引起了环绕场馆内侧的高空走廊的倒塌。十万英尺高的木材砸到了地板上。阿诺德拍的那张照片里有一个看起来十分渺小的人，很可能是伯纳姆，他站在一堆高高的散开的木材和缠绕成团的钢材前面。

在所有的场馆中，偏偏选中了这一栋。

承包商弗朗西斯·阿格纽承认这堵墙的支撑力确实不足，但他把责任推卸给了伯纳姆，认为是他逼着工人施工太快所致。

现在，伯纳姆把大家逼得更紧了。他开始着力应对这次危机，增加了一倍数量的工人来建造这栋楼。他们日夜赶工，不论是雨天还是令人窒息的高温天气。光是八月，这个工地就有三人死亡。在园区的别处有四人死亡，还有几十人遭遇了各种形式的骨折、烫伤和割伤。据后人评估,在世博会工作比在煤矿工作还要危险。

伯纳姆也在抓紧争取更大的权力。世博会公司和国家委员会之间的长期矛盾变得几乎令人难以忍受。连国会调查员也意识到,双方管辖权的重叠是一切紊乱和不必要开支的来源。他们的报告建议将戴维斯的薪酬减半,这是一个明确的信号,权力的天平开始倾斜。世博会公司和国家委员会达成了休战协议。八月二十四日,执行委员会任命伯纳姆为工程总指挥,统筹一切事务。

很快,伯纳姆就向各部门的负责人发去了信函,包括奥姆斯特德。"我个人已经获得了世界哥伦布博览会场地内所有进行中的工作的掌控权。"他在信函内写道,"从今以后,除非有进一步的通知,你们将只向我一人汇报工作,并仅听命于我一人。"

在匹兹堡,那位年轻的钢铁工程师却越来越确信,他挑战埃菲尔铁塔的计划一定能够成功。他请检验公司的合伙人W.F.格罗诺计算出了将在建筑各组成部分之间发挥作用的新的力量强度数值。用工程术语来说,这个建筑几乎没有显示出"静负荷",意思是固定的大型材料如砖块、钢铁等静置的重量很小,几乎全是"活荷载",即重量一直在变化,就像列车通过一座桥时数据变化一样。"我找不到先例。"格罗诺说。不过,经过整整三周的精密运算后,他提交了详细的参数。即使是对于伯纳姆而言,这些数字也十分有说服力。六月,筹款委员会通过了这个建筑。他们给予了其特许权。

第二天,委员会就驳回了这个提案——他们做了整晚的噩梦,梦见刮起了古怪的强风,钢架发出巨响,两千条人命眨眼间消失,于是改变了主意。一位委员会的理事称其为"庞然怪物"。工程师们一致强调，这个东西绝对建不起来，至少没法保证它的安全性。

不过，这位年轻的设计师仍然不接受失败。他在制图和额外的参数上花了两万五千美元，并因此吸引了一批投资人，其中包括两位优秀的工程师罗伯特·亨特和安德鲁·安德东克。前者是一间芝加哥大公司的总裁，后者曾因协助建造加拿大太平洋铁路而名声大噪。

很快，他就察觉到了风向的变化。大道乐园的新负责人索尔·布鲁姆的出现就像一道闪电，他似乎能接受一切事物——越新奇，越出人意料越好。而伯纳姆则获得了几乎至高无上的权力，掌控着世博会的建设和运营。

工程师已经准备好进行第三次尝试了。

一八九二年九月的第一周，奥姆斯特德和他的年轻旅伴们离开英格兰启程回家，搭乘"纽约城市号"邮轮离开了利物浦。海上风浪很大，越洋旅程很辛苦。玛丽恩病倒了，里克也一直在呕吐。奥姆斯特德的健康也再次恶化，他又开始失眠了。他写道："当我返回的时候，会比来时更加行动不便。"不过，现在他没有时间等身体康复了。距离揭幕仪式只剩下一个月时间，而且哈利·科德曼也再次病倒了，同样还是因为夏季时折磨过他的肠胃毛病。在科德曼恢复期间，奥姆斯特德前往芝加哥接手监督工作。"我还备受神经痛和牙痛折磨，"奥姆斯特德写道，"我很疲惫，越来越感到担忧和焦虑。"

在芝加哥，他发现公园有了变化。矿物馆和渔业馆都竣工了。大部分的其他场馆也都进展顺利，还包括庞大的制造与工艺品馆，这简直令人难以置信。成百上千的工人挤在脚手架和屋顶上。光是这栋楼的地板就耗费了五节列车车厢的钉子。

不过，尽管这些工作有了进展，园区的景观却遭了殃。临时的轨道把园区画成了一道道格子，货车在小径、大道和本该是草地的位置上碾出了裂口。到处都堆放着垃圾。第一次来参观的人或许会怀疑奥姆斯特德的人究竟有没有干活。

当然，奥姆斯特德知道景观工程已经取得了很大的进展，不过都是在一些人们通常注意不到的地方。原先一片荒芜的地方修建出了潟湖。各个场馆得以建造的高地也是他的各级队伍创造出来的。在之前那个春天，他的部下几乎将世博会苗圃中栽种的植物全部种下了，还额外增加了二十万棵树，一些水生植物、蕨类植物，以及三万棵柳树插条，所有这些都是在他称职的首席园艺师 E. 德恩的指挥下完成的。

在揭幕仪式开始之前，伯纳姆希望奥姆斯特德的人集中精力清理园区，并且在其中用花卉与临时草皮来加以修饰。奥姆斯特德能理解这些行为，但这与他整个从业生涯中强调的"设计的景观效果要花几十年时间才能实现"的理念相违背。"当然，遭殃的是主要的工程。"他说。

不过，在他离开的这段时间，还是取得了一个绝对积极的进展。伯纳姆将船只的特许权授予了一家"电动汽艇与航行公司"，这家公司生产出了一种小巧可爱的电动船，正符合奥姆斯特德的期望。

在揭幕仪式当天，连媒体也足够礼貌地忽视了园区简陋的面貌和尚未完工的制造与工艺品馆。如果他们针对此事进行刁难，将是一种对芝加哥以及全国的不忠。

全国都在期盼着揭幕仪式的到来。《青年之友》一位名为弗朗西斯·J·贝拉米的编辑认为，如果当天全美国的小学生能够集体为祖国献上一件礼物，将会是件极好的事。他创作了一首誓词，由教育局邮寄给了几乎每一所学校，最初的版本开头是这样的："我宣誓忠于我的旗帜，忠于我的国家，它代表着……"

一场盛大的游行将伯纳姆和许多重要人物簇拥到了制造与工艺品馆，那儿站着一支由十四万名芝加哥市民组成的"现役部队"，填满了馆内三十二英亩的面积。一道道光束穿透人类呼吸形成的薄雾洒了下来。演讲台上铺着红地毯，放着五千把黄椅子，椅子上坐着身穿黑西服的商人、外国官员，以及身穿深红、紫色、绿色和金色衣服的神职人员。再次竞选第五届任期的前市长卡特·哈里森迈着大步，到处和人握手，他的黑色宽边软帽引起了人群中支持者的阵阵欢呼。在场馆的另一端，由五千人组成的合唱团唱着亨德尔的《哈利路亚大合唱》，由五百名音乐家进行伴奏。一位观众回忆道，在某一刻，"九万人突然起身站直，同时挥舞起九万条雪白的手帕；空气被分割成一个个充满尘埃的旋涡，震动着上升至钢铁搭建的巨大屋顶……让你产生了一种眩晕感，仿佛整个场馆都在摇晃"。

馆内空间如此巨大，以至于当演讲者结束发言，要唱一首新曲时，需要使用视觉信号来通知合唱团。当时还没有麦克风，所以只有一小部分观众能真切地听到演讲。其他的人由于尽力想听到声音，脸部都已经扭曲了，却只能看到演讲者在远处朝着面前那一堵由耳语、咳嗽及皮鞋的吱吱声构成的"消音屏障"比着夸张的手势。约翰·鲁特夫人的姐姐哈瑞特·门罗就在现场，目睹了国内两位最伟大的演讲家——来自肯塔基的亨利·沃特森上校和来自纽约的昌西·M·迪普——轮流站上演讲台。"两位演说者朝着一大群交头接耳、摩肩擦掌的听众慷慨激昂地进行演讲，听众却什么都听不见。"

对于门罗小姐而言，这一天是个十分重要的日子。她为这件盛事创作了一首长诗，命名为《哥伦布颂》，并且一再要求自己的权贵朋友们将这首诗塞入当天的节目单里。她满怀骄傲地看着一位女演员将这首诗念给了近处几千名能听见的观众。和大多数观众意见相左，门罗认为这首诗是一首杰作，所以她雇了一位印刷商油印了五千本打算卖给公众，结果却只卖出去寥寥数本。她将这次滑铁卢归因于美国人对诗歌热情的消减。

那年冬天，她把没有卖出去的诗作当成燃料烧了。

普伦德加斯特

一八九二年十一月二十八日,疯狂的爱尔兰移民、哈里森的狂热支持者帕特里克·尤金·约瑟夫·普伦德加斯特挑选了一张明信片。当时他二十四岁,尽管精神问题越来越严重,还是在《芝加哥洋际报》担任着派送承包商的工作。这张明信片和其他的明信片无异,都是宽四英寸长五英寸,一面是空白,另一面上印着邮政徽章和一枚一分钱的邮票。在当时,寄长信是家常便饭,稍微感性的人都会将明信片视为最不讲究的媒介之一,仅仅比电报好一点。不过对于普伦德加斯特来说,这一方小小的硬纸片是一个工具,可以将他的声音传递到市内的各个摩天大楼和大厦里。

他要将这封明信片寄给一位名为 A.S. 特鲁德的律师。他用大大的花体字写下了姓名的字母,仿佛打算赶快处理完撰写收件地址这种累赘的工作,好尽快开始写正文。

普伦德加斯特挑选特鲁德作为自己的收信人之一并不令人意外。他阅读广泛,对于市里报纸热衷报道的"抓地电车"失事事件、谋杀、市政厅的阴谋等了若指掌。他知道阿尔弗雷德·S·特鲁德是芝加哥最好的刑事辩护律师之一，时不时还会被州里聘去当检察官，特别是在重要案件中，这是惯常的做法。

从明信片的顶端到底端，左边至右边，普伦德加斯特都写满了字，并不关心句子排列是否整齐。他把笔握得非常紧，甚至在拇指和食指尖留下了印痕。"我亲爱的特鲁德先生，"他在开头写道，"您的伤严重吗？"据报道，特鲁德在一次意外中受了轻伤。"您卑微的仆人在此请求您，允许他向您表达最诚挚的关切与信任，即使他没有办法亲自探访您，也请您务必相信他是真心同情您的不幸——他祝愿您早日从不幸意外导致的伤病中康复。"

他的字里行间流露着一种熟人的语气，仿佛认定特鲁德会把他当作同辈似的。随着字句的推进，他的字也越缩越小，最后甚至像被挤出而非写出的。"我认为特鲁德先生您一定了解，法律的最高权威是耶稣基督，您也一定清楚，要全面地实现法律，依赖于大家遵守两个命令：'你最应当爱上帝'以及'像爱自己一样爱邻里'——如您赞同，这两句是最伟大的命令，先生。"

这封明信片的主题不断跳跃，就像一辆列车的轮子穿过一片货场一样。"您有没有看过那幅画，一个胖子在找他的狗，而他的狗就蹲在他的脚边，他却不够明智，看不清发生了什么——那您曾经观察过猫吗？"

他并没有写结尾，也没有署名。他只是跑出房间，把明信片寄了出去。

特鲁德读到了这张明信片，一开始以为是别人捉弄他，把它扔到了一旁。每一年这世上似乎都会多一些精神不正常的男人女人。

监狱里装满了这些人,以后会有一位典狱官证明这一点。一些人会变成绝对的危险分子,比如在华盛顿刺杀了加菲尔德总统的查尔斯·吉托。

虽然没有明确的原因,但特鲁德还是留下了这张明信片。

我马上就聘用你

十一月末，那位年轻的匹兹堡工程师再次向筹款委员会提交了自己力图"淘汰"埃菲尔铁塔的提案。这一次，除了草图和具体参数之外，他还一并奉上了投资者名单，这些杰出人物已经加入了他的队伍，证明他已经筹集到足够的资金来完成这个项目。一八九二年十二月十六日，委员会授予了他在大道乐园内修建他设计的建筑的特许权。这一次，计划没有流产。

他需要一位愿意前往芝加哥监督施工过程的帮手，并认为自己已经有了理想人选——圣路易斯联合仓库及隧道公司的助理工程师路德·V·莱斯。他在写给莱斯的信里写道："我手头有一个芝加哥世博会的伟大项目。我计划修建一座直径达二百五十英尺的直立式转轮。"

不过，他并没有在信里透露这个构想的真实规模：这个转轮将带动三十六个客舱，每个客舱的体积都相当于一个普尔曼车厢，可以容纳六十个人，并且配有便餐台。当客舱满载的时候，转轮将同时将两千一百六十人带到三百英尺的高空俯瞰杰克逊公园,这个高度比六年前建的自由女神像的皇冠还要高一点。

他告诉莱斯,"如果你能来,我马上就聘用你。"在信的末尾,他署上了姓名:乔治·华盛顿·盖尔·费里斯。

查普尔归来

一八九二年十二月第一周的某天,艾米琳·西格兰德出发前往霍姆斯在恩格尔伍德的大楼,身上带着一个包装精致的小包裹。一开始,她的心情十分愉快,因为包裹里是一件圣诞礼物,她打算送给朋友劳伦斯夫妇。不过当她走近六十三街和华莱士街街口时,她的情绪突然低落起来。以前,这栋建筑看起来几乎像一座宫殿一样——并不是说建筑本身有多么高贵,而是因为它象征着被许诺的美好未来——现在却显得既乏味又破旧。她走楼梯到二楼,直接去了劳伦斯家的公寓。公寓里十分温暖,劳伦斯夫妇很欢迎她,这让她心情又好了起来。她将包裹递给劳伦斯太太,劳伦斯太太立即打开了包裹,里面是一个锡盘,艾米琳在上面画了一座可爱的森林。

这份礼物让劳伦斯太太感到很高兴,却也有点儿困惑。她友善地问艾米琳,离圣诞节还有三周,为什么不干脆等到那时再送这块锡盘呢,到时候她也可以回礼。

艾米琳的脸红了,解释说她打算回印第安纳州的老家陪家人过圣诞节。

"想到可以陪家人过圣诞节,她看起来很高兴,"劳伦斯太太说,"她提到他们时,言语中饱含深情,看起来就像小孩子一般高兴。"不过,劳伦斯太太也察觉到艾米琳的话中有点临别赠言的味道,认为艾米琳这次回去可能别有目的。她问:"你不会要离开我们吧?"

"这个嘛。"艾米琳说,"我也不知道,也许吧。"

劳伦斯太太笑了。"为什么?霍姆斯先生没了你可活不下去。"

艾米琳的脸色变了。"如果我真走了,他也能过下去。"

听到这句话,劳伦斯夫妇心里明白了些什么。"有么一阵子,我觉得西格兰德小姐对霍姆斯的感情发生了变化。"劳伦斯医生说,"鉴于当时发生的事,我现在相信,她已经在某种程度上了解了霍姆斯真正的为人,并下定决心要离开他了。"

她也许开始相信从邻居那儿听来的事情:霍姆斯有赊账买东西却不还钱的不良嗜好——这些故事她一直有所耳闻,大家都在说,不过她起初以为大家是出于嫉妒心理嚼舌根罢了,所以嗤之以鼻。后来,有人猜测是艾米琳将自己的八百美元存款托付给霍姆斯,却发现这笔钱不翼而飞,霍姆斯只是不断地说以后会有丰厚的回报。内德·康纳的警告一直在她心头回荡。之后,她甚至开始谈起哪天可能就回德怀特重新为基利医生工作了。

艾米琳没有向劳伦斯夫妇告别,就这么凭空消失了。劳伦斯太太觉得以艾米琳的个性,是绝对不会不告而别的。她说不清楚自己是感到难过还是担忧,便询问霍姆斯是否知道艾米琳的下落。

通常,霍姆斯总是用一种直接而又冷峻的眼神看着劳伦斯太太,这种眼神向来令她不安。这一次,他却不敢和她对视。"噢,她离开了,她要结婚了。"霍姆斯说,似乎一点都不关心这件事。

这个消息让劳伦斯太太很吃惊。"我不明白她为什么从来没有和我提过她要结婚了。"

这是个秘密,霍姆斯解释道,艾米琳和她的未婚夫只把结婚的计划告诉了他一个人。

但对于劳伦斯太太而言,这个解释却引发了更多的疑问。为什么这一对情侣要如此保密?为什么艾米琳要瞒着劳伦斯太太?她们在一起的时候,明明分享过那么多秘密。

劳伦斯太太十分想念艾米琳,她是那么生机勃勃,美艳动人,还有向日葵般的头发,让霍姆斯大楼阴暗的走廊都明亮起来。几天后,她还是感到很困惑,便又去向霍姆斯打听艾米琳的事。

他从口袋里掏出了一个方形信封。"这封信会让您明白的。"他说。

信封里是一份结婚声明。这份声明没有按照风俗进行印刷,仅仅是打印了出来。这一点也令劳伦斯太太感到惊讶。艾米琳绝不会以这样平凡的方式来宣布这么重大的消息。

声明上写着:

罗伯特·E·菲尔普斯先生
艾米琳·G·西格兰德小姐
结为连理
十二月七日,星期三
一八九二年
芝加哥

霍姆斯告诉劳伦斯太太，他是亲自从艾米琳手上接到这份声明的。"在走了几天后，她回来了一次，想要取走自己的信件。"他在回忆录里解释道，"这时她递给了我一张婚礼卡片，还有两三张是给大楼里当时没在房里的其他租客的；而根据最近的调查，我得知在印第安纳的拉斐特及周边地区有至少五个人收到了这样的卡片，信封上的邮戳和笔迹都表明，她一定是从我这离职以后亲自寄过去的。"

艾米琳的家人和朋友的确收到了邮寄来的结婚声明，而且看起来确实像艾米琳亲自寄的。极有可能是霍姆斯伪造了这些信封，或者哄着艾米琳准备这些信封，骗她说这些信封将会用于正当用途，比如说用来装圣诞卡片之类的。

对于劳伦斯太太来说，这份声明无法解释任何事情。艾米琳从未提过一个叫罗伯特·菲尔普斯的人。而且，如果艾米琳真的带着结婚声明回来，她一定会当面交给自己。

第二天，劳伦斯太太再次拦下了霍姆斯，询问他知不知道关于菲尔普斯的事情。霍姆斯同样用不屑一顾的语气说："噢，他是西格兰德小姐在某个地方遇到的小伙子。我只知道他是一个到处漂泊的人，除此之外一无所知。"

艾米琳结婚的消息被老家的报纸刊登了，消息出现在一八九二年十二月八日一个小小的八卦专栏里。消息称艾米琳为一位"优雅的女士"，"性格坚强而纯良。她的许多朋友认为她眼光独到，挑了一个好丈夫，并衷心为她祝福"。消息中还写到了艾米琳过往的一些经历，比如艾米琳曾经在郡里的登记员办公室担任速记员。"从这里开始，"消息里接着写道，"她去了德怀特，然后又到了芝加哥，并在那儿与命运相逢。"

作者在这里用"命运"这个词,是在暗指婚姻。

接下来的几天,劳伦斯太太又缠着霍姆斯问了许多关于艾米琳的问题,不过他都用只言片语来回答她。她开始怀疑艾米琳并不是离开,而是消失了,并且回忆起在艾米琳最后一次来找他们后不久,霍姆斯的大楼里就发生了一件不合情理的事。

"西格兰德小姐消失的第二天,或者说我们最后见到她的第二天,霍姆斯办公室的门一直锁着,除了霍姆斯和帕特里克·昆兰,没人可以进去。"劳伦斯太太说,"大约晚上七点,霍姆斯从办公室里出来,问两个住在楼里的男人能否帮忙把一个箱子搬到楼下去。"这个箱子很新很大,大约有四英尺长。显然里面装着很重的东西,让这个箱子很难处理。霍姆斯反复向帮他的人强调要小心。后来便来了一辆速运货车把它拉走了。

劳伦斯太太后来声称,在这个时候,她已经确定霍姆斯杀死了艾米琳。不过她和丈夫并没有搬离这栋楼,也没有去报警。没有人报警。劳伦斯太太没有,彼得·西格兰德夫妇没有,内德·康纳没有,朱莉娅的父母安德鲁·斯迈思夫妇也没有。似乎没有人指望警察会对又一桩失踪案件感兴趣,或者,就算警方感兴趣,也没有足够的能力展开有效的调查。

不久,艾米琳的箱子就自己抵达了家乡附近的一个货运站,里面装满了她的物品,以及她在一八九一年离家去为基利工作时带走的那些衣物。她的父母一开始相信(或者说希望),她把箱子寄回家是因为她嫁了个有钱的男人,不再需要这些破旧的东西。之后,西格兰德一家再也没有收到过艾米琳的信件，连圣诞节也杳无音讯。艾米琳的远亲，芝加哥北部的牙医B.J.西格兰德医生说："这一点很不符合她每周给父母写两三封信的习惯。"

不过，艾米琳的父母仍然不愿相信他们的女儿被谋杀了。彼得·西格兰德说："最后我开始相信，她一定是死在欧洲了，她的丈夫要么不知道我们的地址，要么懒得通知我们。"

西格兰德一家和劳伦斯夫妇如果知道了以下事实，他们的忧虑一定会成倍增加：

菲尔普斯这个名字是霍姆斯的助手本杰明·皮特泽尔的化名，他在基利疗养院第一次遇见艾米琳时用的就是这个名字。

一八九三年一月二日，霍姆斯再次寻求接骨人查尔斯·查普尔的帮助，给他寄了一个箱子，里面有一具女人的尸体，上半身的肉几乎全被剔除了。

几周后，芝加哥的拉什医学院接收了一具接合良好的骨架。

还有，在霍姆斯大楼那个像房间一样大的保险库里，有一件古怪的事，三年后警察最终发现它时，却没法进行科学的解释。

不知怎的，一个足印刻在了保险库门内侧光滑的搪瓷表面上，大约离地面两英尺高。脚趾、脚指头以及脚后跟的轮廓都很清晰，毫无疑问这是一位女性留下的脚印。细节如此清晰，让警察感到困惑。同样使他们困惑的还有脚印的耐久性。他们试着用手擦拭它，然后用布沾上肥皂和水擦，不过脚印还是一如既往地清晰。

没有人可以给出确切的解释。最合理的推测是，霍姆斯引诱一位女性进入了保险库，这位女子始终光着脚，或许还一丝不挂。霍姆斯随后关上了密封的大门，将她锁在了里面。最后，她在绝望地尝试把门踢开时留下了脚印。为了解释为什么脚印擦不去，警探们从理论上进行假设，后来大家了解到霍姆斯对化学有狂热的兴趣，那么他可能事先在地板上倒了一层酸液，意在通过化学反应加速保险库内氧气的消耗。根据这个理论，艾米琳的双脚浸满了酸液，然后当脚踢到门上时，真的把脚印"刻"到了搪瓷上。

不过，还是要说这个真相姗姗来迟。在一八九三年年初，世博会举办的那年，并没有人注意到门上的这个脚印，包括霍姆斯本人。

残酷的事实

一八九三年一月初，天气转冷，并且一直持续低温，温度降到了零下二十摄氏度。清晨视察场地时，伯纳姆面临的是一个严寒苍白的世界。马粪冻成了一个个冰堆，打破了景色的协调性。伍迪德岛沿岸两英尺厚的冰将奥姆斯特德的芦苇和莎草压得变了形。伯纳姆发现奥姆斯特德的工作严重滞后了。而此刻，奥姆斯特德在芝加哥的助手哈利·科德曼却躺在医院里等待术后的康复，要知道一直以来，他是每个人依赖的对象。经过检查发现，他反复发作的病症原来是阑尾炎。经过乙醚麻醉后，手术进行得很顺利。科德曼正在恢复，不过恢复得很慢。现在，距离开幕式只剩下四个月了。

极端的严寒增加了火灾的危险。光是那些平时必须用火的地方，比如烤箱和锡锅就引发了十几处小型火灾，虽然很快被扑灭了，寒冷的天气也增加了发生更严重的火灾的可能性。水管和消防栓被冻住了，工人们迫于严寒也打破了伯纳姆的禁令，开始在园区抽烟和生火。哥伦布警卫队的队员们提高了警惕。他们是最饱受严寒摧残的人，夜以继日地在公园里大面积地巡逻，连个遮蔽的地方都没有。"那段时间在警卫队工作过的人，永远都不会忘记一八九二年到一八九三年的那个冬季。"他们的长官赖斯上校写道。队员们害怕被分配到农业馆以南，那是整个公园的最南端，无比荒凉，被他们称为"西伯利亚"。赖斯上校充分利用了他们的恐惧心理："任何被分配到南部边界的警员都会意识到，自己被分配到这里是因为曾经犯了一些小错，或者是他们的外貌令他们不适合出现在园区更公开的地方。"

乔治·费里斯用炸药来对付严寒，这是穿透目前覆盖着杰克逊公园的三英尺厚冻土的唯一有效的方法。土地被炸开后，仍然存在问题。冻土层下方是一层二十英尺厚的流沙土层，芝加哥的建筑从业者经常遇到这种土质，不过现在土冻得像冰块一样，令工人们备受折磨。工人们通过喷射蒸汽来融化冻土，这样还可以防止新倒入的水泥结冰。他们将木桩扎到地下三十二英尺处的硬土层上，在木桩上放置钢制格床，并往里面浇灌水泥。为了使挖开的洞穴尽可能保持干燥，他们二十四小时开着水泵。为了支撑费里斯转轮的巨大转轴，需要修建八根一百四十英尺高的塔柱。在修建每一根塔柱时，工人们都重复着同样的工序。

起初，费里斯最担心的是能否获得足够的钢材来建造转轮。但他意识到，要下一个新订单，他比任何人都更有优势。通过自己的钢铁检验公司，他认识了全国大多数的钢铁生产厂家，并且对他们的产品了如指掌。他能得到这些厂家的帮助，并在全国许多不同的公司下订单。"没有一家公司有能力独揽所有的工作，因此我们和十几家不同的公司签了合约，选择每一家都是因为它特别适合委托给他们的某部分工作。"费里斯公司称。费里斯还召集了一组检验员，所有零部件刚出厂就接受了严格检验。事实证明，这道工序至关重要，因为转轮是一个由十万个小部件构成的复杂体，部件的体积小至螺栓，大至巨型转轴——这个转轴由伯利恒钢铁公司承建，是当时世上最大的一体钢铸结构。"必须保证绝对的精准度，因为能接触地面的部件很少，所以大多数部件都不能提前组装，尺寸哪怕有一英寸的差错，也会是灭顶之灾。"

费里斯构想的这个大转轮，实际上由同一转轴上两个相距三十英尺的转轮构成。一开始让伯纳姆感到害怕的，是这个设计显然太脆弱了。每个转轮实质上就是一个巨型的脚踏车车轮。仅二点五英寸厚、八十英尺长的纤细铁杆将每个转轮的轮辋（俗称轮圈）与附加于轮轴的"蜘蛛"连接起来。两个转轮之间的支柱与对角杆可以加固这个组合体，让它像铁路桥一样扎实稳固。一条重达两万磅的链条将轮轴上的链轮和由两台一千马力的蒸汽机驱动的链轮相连。出于审美的考量，锅炉将被安置在大道乐园七百英尺以外，蒸汽将通过十英寸宽的地下管道输送到引擎。

至少在图纸上看起来是这样的。但事实证明，光是挖掘和铺设地基就比费里斯和莱斯想象中更艰难。他们明白前方还有远远超过这种难度的障碍在等着他们，其中最重要的挑战是要把巨型轮轴抬到位于八根塔柱顶端的底座上。加上各种配件，轮轴将重达十四万两千零三十一磅。在此之前，人们从未抬起过这么重的物体，更别提抬到这样的高度了。

身处布鲁克林的奥姆斯特德通过电报收到消息：哈利·科德曼病

逝了。科德曼是他视为己出的徒弟,当时才二十九岁。"你将听闻我们的不幸,"他在给朋友吉福德·平肖的信中说,"如今,我就像一个站在失事船只残骸上的人,不知何时能够重新起航。"

奥姆斯特德意识到现在必须直接监督世博会的工作,却感到前所未有的力不从心。二月初,他与哈利的弟弟菲尔一起抵达芝加哥,发现这座城市被封锁在了酷寒之中,气温低至零下八摄氏度。二月四日,他第一次在科德曼的办公桌前坐了下来,发现桌面被成堆的发票与备忘纸条淹没了。奥姆斯特德的脑子里交织着各种声音和疼痛。他的喉咙很疼,思维也沉浸在深深的悲恸中。要把科德曼堆积如山的资料整理清楚,并接手世博会的工作,对他来说似乎是不可能完成的任务。他询问以前的助手查尔斯·艾略特能否来帮忙,艾略特现在已经是波士顿最优秀的景观建筑师之一。经过一番犹豫,艾略特同意了。一抵达芝加哥,艾略特就发现奥姆斯特德的病情十分严重。一八九三年二月十七日晚,一场暴风雪袭击了芝加哥,奥姆斯特德当时正在医院接受医生的照料,无法行动。

当晚,奥姆斯特德给布鲁克林的约翰写了信,信里的每一行字都充满了疲惫与悲伤。"看来是时候了,以后的工作你不能把我考虑进来了。"他写道。芝加哥的工作看起来毫无希望。"显然,事情变成这样,我们已经没有能力尽到自己的职责了。"

三月初,奥姆斯特德与艾略特回到了布鲁克林,此时艾略特已经正式成为合伙人,公司已重新改名为奥姆斯特德—艾略特公司。世博会的工作仍然严重滞后,状况堪忧,但奥姆斯特德的身体状况和其他工作的重压使他不得不离开芝加哥。带着深深的忧虑,奥姆斯特德开始让他的景观主管鲁道夫·乌尔里希来主持工作,但他并不信任乌尔里希。三月十一日,奥姆斯特德给乌尔里希寄去了一封长信,里面全是各种指示。

"在我总体负责的众多工作中,从未将如此重要的工作交付给一位助手或合伙人。"奥姆斯特德写道,"如今科德曼先生病逝,我病情加重,其他工作的巨大压力随之而来,我比以往任何时候更倾向于执行这一原则,并进一步将其实现。不过我必须承认,我的心里充满担忧。"

他明确表明,这份忧虑就是源自乌尔里希本人,他"本质上倾向于"忽略大框架,让自己迷失在琐碎的任务中,而这些任务本该交给下属去办。奥姆斯特德担心乌尔里希这种特性会令他难以抵抗其他官员的要求,特别是伯纳姆。"永远不要忽略一个事实,那就是我们作为景观建筑师,要明白世博会宏观而综合的景色才是我们的责任所在。"奥姆斯特德写道(他在原文中强调了这两个词),"这项职责不是建一个花园,也不是去制造花园效果,而是把世博会的景观作为一个整体联系起来。最重要的是风景,宏观的、综合的风景……如果由于缺乏时间和手段,或者资金短缺,最后在细节装饰等方面存在不足,那么我们的失败是能被原谅的。如果没能在景观整体效果方面产生足够大的影响力,那么我们从根本上来说就没有完成任务。"

他继续向乌尔里希描述着世博会工作中最令他担心的事情,其中就包括布鲁姆和建筑师们选择的上色方案。"我要提醒你,世博会的整个场地已经被很多人称为'白城'……在清澈的蓝天与蓝色湖水的背景下,大批高耸的白色建筑被芝加哥夏日刺眼灼热的骄阳照耀着,再加上世博会场地内外都有水的反射,我担心整体的光感会太强烈。"鉴于这点,他写道,搭配上"茂密、广阔、丰盛的绿色植被"显得尤为重要。

奥姆斯特德显然认为世博会的工作有可能失败,这让他感到很苦恼。时间紧迫,天气糟糕。春天的栽植季节非常短。奥姆斯特德开始考虑备用方案。他警告乌尔里希:"除非你十分肯定有足够的时间和手段做到精益求精,否则不要在任何装饰性种植上花费精神。简单又整齐的草皮是最不容易出错的。不要害怕使用朴素、未经修饰的平整表面。"

奥姆斯特德教导他,装饰不足远比过度装饰好得多。"就让大家认为我们过于简单朴素,甚至空乏,也好过花哨、艳俗、廉价和庸俗。让我们展示出绅士的品位吧。"

大雪忽至,并且开始没日没夜地下着,直到杰克逊公园内的房子的屋顶堆积了成百上千吨雪。世博会将是一场温暖的盛会,计划在五月至十月开放。没人想到需要设计足以抵抗如此沉重的积雪的屋顶。

在制造与工艺品馆施工的工人们听到了钢铁断裂的尖锐声音,马上跑开寻求庇护——这栋建筑的屋顶,这个十九世纪末人类凭借自负创造的奇迹,曾因为能覆盖住史上最大的无障碍空间而扬名,此时却化作了由积雪和银色玻璃片组成的一大团混合物,坠向了下面的地板。

没过多久,一名旧金山的记者千里迢迢地来到了杰克逊公园。

他本来准备欣赏伯纳姆的工人队伍创造的辉煌成就,却因为眼前荒凉而冰冷的景色担忧起来。

"这看起来完全不像样。"他写道,"诚然,那些负责人声称一定会按时完工。可是残酷的事实就摆在眼前,从里到外只有女性馆稍微有点竣工的样子。"

然而,现在距离世博会开幕只剩下两个月时间了。

捕获米妮

对霍姆斯来说，尽管一八九三年最初的两个月极为寒冷，事情却从未如此顺利。艾米琳已经不在了，并且处理得很干净，他现在可以专心编织自己越来越大的事业网络。他满意于现在的规模：他拥有一家生产复印机器的合法公司的部分股权；通过邮购的方式贩卖药膏和万能药，并且顺应基利黄金疗法的潮流，开设了自己的酗酒治疗机构"银灰疗养中心"；另外他还从劳伦斯夫妇及其他租客那儿收取房租，并且拥有两栋房子，一栋在霍诺街，另一栋是位于威尔米特的新房，现在由他的妻子米尔塔和女儿露西居住。房子是他自己设计的，由多达七十五名工人协助建成，其中大部分工人都没有获得酬劳。而且他很快就会开始接待世博会的第一批游客。

他花了很多时间配置自己的旅馆。他从托比家具公司获得了高档家具，从法国波特陶器公司获得了水晶和陶器，全都没有花一分钱，尽管他明白这些公司很快就会带着他提供的期票找上门来。但他并不担心这个。他已经从经验中了解到，拖延和真诚的懊悔是强大的武器，他可以借此避开债权者数月、数年，甚至一辈子。不过，这样持久的对峙将没有必要了，因为他感到应该离开芝加哥了。劳伦斯太太的质问越来越尖锐，几乎快要变成指控。而且最近几名债权人开始显示出强硬的态度。一家名为麦钱特的公司曾经为他的焚烧炉和保险库提供铁材，甚至已经设法取得了财产归还令状，想要将铁材收回。不过，在一次针对大楼的检查中，公司的代理人却找不到任何确定属于麦钱特公司的产品。

更烦人的是那些失踪女性的父母寄来的信件，私家侦探们也开始登门造访。西格兰德和康纳家分别雇用了"眼线"来寻找自己失踪的女儿。虽然在一开始，这些调查让霍姆斯感到担心，但他很快发现这两个家庭都不认为他和失踪案件有关系。几位侦探都没有表示过对她们被谋杀了的怀疑。他们要的是信息——朋友的姓名、前往的地址以及接下来上哪儿寻找的线索。

当然他非常乐意配合。霍姆斯告诉这些访客，他无法提供任何新的线索来减轻这些父母的担忧，他对此感到十分痛心，真真切切的痛心。如果他得到任何关于她们的音讯，必定会第一时间通知侦探。在分别之际，他会和每一位侦探握手，告诉他们，如果以后有机会来恩格尔伍德办事，务必要过来坐坐。霍姆斯和侦探们亲热地告别，仿佛双方是多年的老朋友似的。

此时是一八九三年三月，霍姆斯面临的最大不便是缺少助手。他需要一位新的秘书。市面上不缺找工作的女性，因为世博会把一大批女性吸引到了芝加哥。例如在附近的师范学校，据说申请接受教师培训的女性比往年增加了好几倍。不过，关键在于选择在感情和气质上合拍的女性。候选者需要掌握一定程度的速记和打字技能，不过他最看重的，同时也最擅长捕捉的，是孤立、柔弱和渴求混合在一起的气质，这对他十分有诱惑性。开膛手杰克在白教堂区穷困的妓女身上找到了这种气质，霍姆斯则在转型期的女性身上找到了它。这些年轻女人纯洁、干净，在历史上第一次获得了自由，却不确定这份自由意味着什么，也意识不到其中蕴含的危险。他渴望的是占有，以及通过占有获得的那份力量；他热爱那种计划逐渐展开的过程——慢慢地获取爱，然后夺取生命，以及最后守住其中的秘密。而最终处理"材料"已经是无关紧要的事情，是一项消遣而已。至于他恰好找到了门路，可以既有效率又有利可图地处理"材料"，只不过是他力量的证明。

三月，命运带给了他完美的猎物。她的名字是米妮·R·威廉姆斯。几年前，他在波士顿某次停留期间遇见了她，那时候他就想过"捕获"她，不过距离太远了，时机很差。此时她已经搬到芝加哥。霍姆斯猜测他自己也许就是原因之一。

这会儿她二十五岁。和他之前挑选的猎物不同，她长相平庸，个子不高，体态丰满，体重介于一百四十磅至一百五十磅之间。她有着男性化的鼻子，眉毛又粗又黑，几乎没有脖子。而且她缺乏表情，面颊饱满。"一张婴儿脸，"一位见过的人描述，"看起来并没有什么知识。"

不过，在波士顿，霍姆斯发现她有另外的加分项。

米妮·威廉姆斯和她的妹妹安娜出生于密西西比州，年幼便失去了双亲，被送去和不同的叔伯们居住。安娜的新监护人是密西西比州杰克逊市的牧师W.C.布莱克博士，他是卫理公会教派《基督会报》的编辑。米妮被送到了得克萨斯州，作为她监护人的叔父是一名成功的商人。他对她很好，并在一八八六年让她进入波士顿语言学院就读。在她就读该学院的三年里，叔父去世，留给了她一份价值五万至十万美元（约合二十一世纪的一百五十万至三百万美元）的地产。

与此同时，安娜成了一位学校教师。她在得克萨斯州中洛锡安郡的中洛锡安学院教书。

霍姆斯与米妮相遇时，正使用亨利·戈登的化名出差，受邀参加波士顿一位显赫人士家里的聚会。通过多方打听，霍姆斯得知了米妮继承的遗产，并了解到这笔遗产主要包括得克萨斯州沃斯堡市中心地带的一块地产。

霍姆斯延长了在波士顿停留的时间。米妮称他为哈利。他带她去看戏、听音乐会，给她买花、买书、买糖果。追求她的过程容易得让人觉得可悲。每一次他告诉她自己要返回芝加哥，她看起来都像要崩溃了似的，不过十分惹人怜爱。一八八九年一整年，他都定期前往波士顿，带米妮去参加各种演出，一起享用晚餐，但他最期待的还是看到在他离开前夕米妮的样子，她对他的依恋就像干燥的森林中熊熊燃烧的火焰一样。

不过，很快他就厌倦了这场游戏。距离太远了，而且米妮太沉默寡言。他减少了去波士顿的次数，不过仍然用恋人的热情回复她的信件。

霍姆斯不再出现，这伤透了米妮的心。她已经爱上他了。他的到来令她激动，他的离开将她摧毁。她感到困惑——他曾经那样追求她，甚至力劝她放弃学业和他私奔到芝加哥，现在他却走得远远的，信也少得可怜。如果有婚姻的庇护，她是很愿意离开波士顿的，但不能因为他鲁莽的建议就做出决定。他一定能做一个优秀的丈夫。他身上带有她鲜少在男性身上看到的深情，并且在商场上游刃有余。她想念他的温暖和抚摸。

很快，霍姆斯就不再寄信给她。

从语言学院毕业后，米妮搬到了丹佛市，在那里试着创办了自己的戏剧公司，并在这个过程中损失了一万五千美元。她还是会梦到亨利·戈登。随着戏剧公司倒闭，她变得越来越想念他。她十分憧憬芝加哥，似乎人人都在谈论这个城市，并且人人都开始搬到那里居住。一边是哈利，另一边是即将开幕的世博会，这些都让她对这座城市感到难以抗拒。

一八九三年二月，她搬到了芝加哥，在一家律师事务所找了一份速记员的工作。她写信告诉他，自己已经来到了芝加哥。

哈利·戈登几乎马上就来找她了，见到她时，他双眼噙满泪水。他是如此温暖，深情款款，似乎他们从未分离过。他建议她过来替他工作，做他的私人速记员。这样他们就可以每天都见到彼此，不用担心米妮的女房东的干扰，她就像米妮的母亲般监视着他们。

一想到这样的未来，她就激动不已。他仍然对结婚的事只字不提，不过她能够判断他是爱她的。而且这里是芝加哥。人情世故在这边是不一样的，没有那么死板和拘谨。走到哪儿，她都能发现和她同龄的女性，没有人陪护，做着自己的工作，过着自己的生活。她接受了哈利的提议。他看起来很高兴。

不过他提出了一个古怪的要求。米妮要在公共场合称他为亨利·霍华德·霍姆斯。他解释道，这是他的化名，出于生意上的原因取了这个名字。她不能再叫他戈登了，也不能在别人称他为霍姆斯医生时显得一惊一乍。不过，任何时候她都可以叫他"哈利"。

她负责他的信件，掌管他的账本，而他则专心打理自己的大楼，为世博会做准备。他们在他的办公室里用餐，吃的是从楼下的饭店带上来的食物。米妮展示出了"非凡的工作能力"，霍姆斯在他的回忆录里写道："前几周，她住在有点远的地方，不过后来，大约从一八九三年三月一日起到五月十五日，她和我住在同一栋楼，房间紧邻着我的办公室。"

哈利触摸她、爱抚她，眼里充满了爱慕的泪水。最后，他向她求了婚。她觉得自己十分幸运。她的哈利如此英俊、充满活力，她知道一旦结婚，他们的生活将会多姿多彩，他们会到处旅行，并且产业丰厚。她将自己憧憬的生活写信告诉了安娜。

近几年，两姐妹克服了早年的疏远，变得十分亲近。她们经常给对方写信。米妮的信里全是关于他们急速升温的感情，并对这样一位英俊的男人选择自己作为太太感到惊奇。

安娜起了疑心。他们的关系进展太快了，并且伴随着某种程度的亲密行为，这打破了所有复杂的求偶规则。安娜知道，米妮这个姑娘很甜，不过绝对谈不上漂亮。

如果哈利·戈登真是英俊外表和成功事业的完美结合，为什么会选她？

三月中旬，霍姆斯收到了艾米琳的父亲彼得·西格兰德的信，再次请他帮忙寻找自己的女儿。信上的日期是三月十六日。霍姆斯很快便在三月十八日回了信，在这封打出来的信里，他告诉西格兰德，艾米琳在一八九二年十二月一日已经离职。这封信可能是米妮作为霍姆斯的私人秘书替他打的。

"我在十二月十日左右收到了她的婚礼卡片。"他写道。她在婚后来看过他两次,最后一次是在一八九三年一月一日。"那会儿她十分失望,因为她没有找到一封寄给她的信。在我的印象里,她提到在那之前给你写过信。十二月,在离开之前,她私下里告诉我,他们打算一起去英国,她丈夫在那儿有工作上的事要处理。但她最后一次来我这儿的时候,提到似乎放弃了去英国的打算。如果你有她的消息,请尽快告诉我,此外,请告诉我她叔叔在城里的地址,据我所知,她有经常拜访他的习惯。"

在信的结尾,他手写了附言:"你有没有写信给她在拉斐特的朋友,问问他们是否有她的消息?如果没有,我认为值得一试。不论有什么消息,请和我联系。"

霍姆斯承诺要带米妮去欧洲旅行,送她去上艺术课程,给她一个美好的家,当然还要和她生孩子——他喜欢小孩。不过首先需要关注两人共同的财政事务。霍姆斯向她保证,他想到了一个一定会盈利的计划,并说服她把沃斯堡地产的契据转让给了一个名叫亚历山大·邦德的人。她在一八九三年四月十八日照办了,由霍姆斯本人担任了公证人。接下来,邦德又将契约转给了另外一个叫本顿·T·莱曼的人。同样,这次转让也是由霍姆斯担任公证人。

米妮深爱着自己的未婚夫,并且相信他。但她不知道的是,亚历山大·邦德是霍姆斯本人的另一个化名,她也不知道本顿·莱曼事实上就是霍姆斯的助手本杰明·皮特泽尔——仅仅挥了几下笔杆,她挚爱的哈利就将叔父留给她的财产蚕食了大半。她也不知道,在法律上哈利仍然和另外两个女人保持着夫妻关系,克拉拉·洛夫林和米尔塔·贝尔纳普,并且在每段婚姻中都有一个孩子。

随着米妮爱慕的加深,霍姆斯执行了第二项财政操作。他成立了坎贝尔-叶慈制造公司,宣传这是一家购买与销售一切商品的公司。当他填写公司成立文件时,列出了五位职员:H.H.霍姆斯、M.R.威廉姆斯、A.S.叶慈、海勒姆·坎贝尔以及亨利·S·欧文斯。欧文斯是霍姆斯雇用的搬运工。海勒姆·坎贝尔是霍姆斯在恩格尔伍德的大楼的虚拟业主。叶慈本该是一名住在纽约市的商人,不过在现实里,他和坎贝尔一样是虚拟人物。而M.R.威廉姆斯就是米妮。这个公司什么也不生产,什么也不售卖,它的存在是为了持有资产,并且在别人怀疑霍姆斯开出的期票时提供证明。

后来,当有人质疑公司文件的准确性时,霍姆斯说服搬运工亨利·欧文斯签下了宣誓书,声明他不仅是公司的秘书,还见过叶慈和坎贝尔,而且叶慈本人将代表着他所持公司股份的证书交给了他。欧文斯后来谈到霍姆斯时说:"他诱导我做出了这些声明,承诺条件是偿还拖欠我的工资,再加上他催眠的手段。坦白说,我相信他对我有某种程度的影响力。当我和他在一起的时候,我总是受他掌控。"

他补充道:"我一直没有收到被拖欠的工资。"

霍姆斯(哈利)希望尽快举办婚礼,并且保持低调,就他、米妮和牧师三人。他安排好了一切。在米妮看来,这个小小的仪式看起来具有法律效应,这种低调的方式也很浪漫。不过事实上,在伊利诺伊州库克郡的婚姻登记处,并没有他们结合的任何记录。

姑娘们做了可怕的事

一八九三年春天,芝加哥的街头挤满了外地来的失业人员,但除此之外,这座城市似乎没有受到全国范围的财政危机影响。世博会的准备工作让它的经济蓬勃发展,至少表面上看起来是这样。"L巷"延伸至杰克逊公园的这段区域的建设仍然为成百上千的工人提供了工作。在芝加哥南部普尔曼公司所在的镇子,工人们为了完成积压的订单夜以继日地赶工,需要制造更多的车厢将游客载往世博会园区。不过新订单的数量开始急剧下降。联合牲口中心委托伯纳姆的公司在牲口中心入口处建造一座新的车站,以接纳那些在逛完白城之后想寻求一段"血腥之旅"的世博会访客。在市中心,蒙哥马利·沃德百货公司设置了新的顾客休息室,悠闲的世博会访客可以在休息室柔软的沙发上消磨时光,浏览公司五百页的商品目录。一夜之间,仿佛到处都建起了新旅馆。一位名为查尔斯·凯勒的企业家相信,一旦自己的旅馆开业,"钱会堆成小山,流入我们的金库"。

在杰克逊公园,每天都有新的展品抵达,数量越来越多。到处都是烟尘、喧哗、烂泥和混乱，仿佛一支军队正在聚集力量袭击芝加哥。富国公司的大篷车与亚当斯快递公司的货运马车由高大的马拉着缓缓穿越公园。整夜都有货运列车喷着蒸汽驶入公园。转换车头推着各个车厢沿着临时的轨道到达目的地。湖面的货轮倾吐出白色的板条箱，上面印着用外语字母写的短语。乔治·费里斯的钢材抵达了园区，一共装了五辆列车，每辆车由三十节车厢组成。英曼航运公司运来了整整一海轮的货物。伯利恒钢铁公司运来了巨型铸块以及军用装甲的大型钢板，包括一块厚达十七英寸的曲形钢板，将用在"印第安纳号"战舰的巨型炮塔上。英国运来了火车头与船只模型，其中包括一座长达三十英尺的英国最新战舰"维多利亚号"的精巧复制品，纤毫毕现，连栏杆上的连接链条都是按照比例制作的。

从巴尔的摩开来了一辆长长的黑色列车，当人们目睹它穿过大草原时，顿时感到寒意丛生，却让无数目瞪口呆的小孩快乐极了，他们高兴地朝铁轨跑去，观看这一独特的"风景"。列车上运送的是德国军火巨头弗里茨·克虏伯在埃森生产的武器，包括一门有史以来最庞大的巨炮，这门巨炮能够发射单枚重达一吨的炮弹，力量足以穿透一块三英尺厚的熟铁板。炮筒必须用特制的车厢运送，让一个钢铁托架横跨在两辆加长的平板车上。一节普通车厢有八个车轮，而这种特制车厢有三十二个车轮。为了确保宾夕法尼亚铁路的桥梁能够支撑这门重达二十五万磅的巨炮，克虏伯公司的两位工程师在前一年七月就来到了美国检查整个路线。这枚大炮很快就获得了"克虏伯的宝贝"这一昵称，不过一位作家更愿意将其称为"克虏伯的宠物怪兽"。

另一辆列车也向芝加哥驶来，不过上面装载的货物让人感到轻松一些，这辆列车是由"水牛比尔"租来运送他的蛮荒西部秀的相关人员和物资的。列车上载着一支"小型军队"：一百位前美国骑兵部队士兵，九十七名夏延族、基奥瓦族、波尼族及苏族[①]印第安人，还有五十名哥萨克人[②]和轻骑兵[③]，一百八十匹马，十八头水牛，十只麋鹿，十头骡子，还有几十只其他动物。列车还载着来自俄亥俄州蒂芬的菲比·安妮·摩西，这是一位年轻女子，爱好枪械，空间距离感绝佳。比尔称她为安妮，媒体称她为奥克利小姐。

夜间，印第安人和士兵们玩着扑克牌。

来自世界各国的船开始在美国的港口汇集，船上载着最具异域风情的世博会展品。狮身人面像、木乃伊、咖啡树、鸵鸟。不过，目前来说最有异域风情的展品是人类，比如来自达荷美王国[④]的传说中的食人族、来自拉普兰[⑤]的拉普人、来自叙利亚的骑士。三月九日，一艘名为"市政厅号"的轮船从埃及的亚历山大港起航开往纽约，船上载着一百七十五位货真价实的埃及开罗居民，是由一位名为乔治·潘加洛斯的企业家把他们雇来的，他将他们安排进了他在大道乐园中的开罗街。在"市政厅号"上，他还载来了二十头驴、七头骆驼，还有各种猴子和致命的毒蛇。他的乘客名单中还包含一名埃及最出色的肚皮舞舞者，年轻而媚态丛生的法里达·马扎尔，这位舞者注定要在美国创造一段传奇。潘加洛斯已经在大道乐园中间的位置选好了场地，就靠近费里斯摩天轮，在一个穆斯林聚居区域中，里面还

[①]以上均为北美洲的原住民部落。
[②]主要分布在俄罗斯南部和乌克兰东南部。
[③]起源于15世纪和16世纪的东欧和中欧，最初由匈牙利人组成。
[④]大约存在于1600年至1894年间的非洲王国。
[⑤]芬兰北部最大的地区。

包含一个波斯人特许经营场所、一座摩尔人的宫殿以及索尔·布鲁姆的阿尔及利亚村庄。在那儿，布鲁姆已经将提前到来的阿尔及利亚村民变成了一笔意外之财。

布鲁姆早在一八九二年八月就开始展示他的村庄了，那时距离揭幕仪式还有一段时间。他在一个月内就收回了成本，开始获取丰厚的利润。事实证明，阿尔及利亚版的肚皮舞有一种强大的吸引力，使人们意识到了"肚皮舞"真正的含意。传言说这种舞是半裸女人随意摇摆的舞蹈，而事实上这种舞是优雅的、意象化的，十分纯洁。"游客不断涌来，"布鲁姆说，"我仿佛找到了一个金矿。"

凭借自己一贯的即兴灵感的发挥，布鲁姆还为扭曲美国人对中东地区的印象做了些贡献。芝加哥的新闻俱乐部邀请他来为俱乐部成员进行一场肚皮舞预演，从来不肯放弃免费宣传机会的布鲁姆立刻接受了邀请，并且带着十几位舞者来到了俱乐部。不过，一到表演场地，他就发现俱乐部只能提供一名钢琴师进行伴奏，而且这位钢琴师对哪种曲子能配合这样异域风情的舞蹈一无所知。

布鲁姆思索片刻，哼出了一支曲调，然后在键盘上一个音一个音地敲了出来：

在接下来的一整个世纪，这支曲调和它的各种变调将会出现在一系列庸俗不堪的电影中，通常在眼镜蛇从篮子里探头探脑时响起。有时它还会配上一句校园歌谣——"法国南部的人们不穿裤子"。

布鲁姆很后悔没有为这首曲子申请版权，不然收到的版税都该有好几百万了。

然而，从桑给巴尔岛却传来了不幸的消息：世博会上不会有侏儒人了。因为舒费尔特中尉去世了，而且死因不明。

有许多人对世博会提出了建议，当然大多数来自纽约。最不招人待见的建议来自沃德·麦卡利斯特，这个人是纽约社交皇后威廉·阿斯特夫人的家务总管及马屁精。芝加哥世博会盛大的揭幕仪式令他大吃一惊，因为他发现有如此之多的社会精英和乌合之众混在一起，不合礼节地相互亲近。麦卡利斯特先生在《纽约世界报》的某个专栏中建议道："来这儿的社会人士需要的是质量而非数量，将所有阶层都包含进来的热情好客并不可取。"

他力劝芝加哥的女主人们雇用一些法国主厨来提高烹饪水准。"在如今的摩登时代，社会没有了法国主厨就无法运转。"他写道，"吃惯了上好的牛里脊肉、肥美鹅肝酱、松露火鸡这类食物的人们，是不会愿意坐到煮羊腿肉配芜菁的晚餐前的。"问题是，麦卡利斯特先生对这个建议是认真的。

除此之外，他还说道："我还建议他们不要把酒冰过头。要把酒放到桶里，小心不能让瓶颈碰到冰。因为在瓶颈部位的酒很少，冰会先对这个部位的酒起作用。把酒瓶放到冰桶里二十五分钟后，是立即享用的绝佳时机。我说的绝佳时机，是指当酒从瓶里倒出来时，应该含有一些细薄的冰片。这才是真正的冰镇饮料。"

《芝加哥日报》回应道："市长不会让酒冰得太过。他会把酒冰得刚刚好，让客人能将杯顶的泡沫吹走，而不用粗俗地展示肺部和嘴唇的蛮力。他的火腿三明治、土豆饺，以及在布里奇波特本地方言中称作'猪脚'的爱尔兰鹌鹑，都可谓是烹饪艺术的上乘之作。"芝加哥的一份报纸将麦卡利斯特称作"粉饰自己的老鼠"。

芝加哥对如此机智的回答十分满意（在大部分情况下）。但麦卡利斯特的言论在某种程度上刺到了芝加哥人的痛处。麦卡利斯特自然是狂妄自大的，不过大家都清楚，他的言论得到了纽约贵族的认可。芝加哥的上流社会一直有一种深深的恐惧，害怕被视为二等阶层。在商业动力和敏锐程度上，没有城市比得过芝加哥，不过芝加哥的上层阶级还是隐隐含着一层焦虑，那就是这座城市在发展商业的道路上可能确实忽略了对市民更好品质的培养。他们害怕这次世博会将成为在阿斯特夫人面前挥舞的一面巨大的白色旗帜。优秀的古典建筑被包装成了一件件艺术品，再加上干净的饮用水和电灯，以及人力充沛的警察部门，这次世博会就是芝加哥的良心所在，也代表着芝加哥想要的城市样貌。

这种不安全感在伯纳姆的身上体现得尤为明显。没能进入哈佛大学和耶鲁大学仿佛是个"正确"的起步，使他变成了一位有自省能力的鉴赏美好事物的行家。他在自己家里和办公室里举办朗诵会，加入最高端的俱乐部，收集最顶尖的美酒，现在还是一场全国历史上最伟大的非军事运动的领军人物。即便如此，当他与夫人观看歌剧时，社会专栏的记者们还是不会写文章评论他夫人的着装——像他们描绘帕玛夫人、普尔曼夫人及阿莫尔夫人的夜间服饰那样。这次博览会将是伯纳姆的救赎，也是芝加哥的救赎。"外面的人们已经承认了我们在物质上取得的伟大成就，认可了我们在制造业和商业方面近乎至高无上的地位，"他写道，"不过，他们也声称我们在文明和教养方面并没有达到相同的高度。我们这个机构从一开始，就是要用所有的办法去除这种印象。"

还有人用一本书为世博会提供了自己的建议。一位名为阿德莱德·霍林斯沃思的作家在年初出版了一本名为《哥伦布食谱》的书，选择在此书中用超过七百页的篇幅来歌颂世博会。虽然这本书确实包含一些引人瞩目的食谱，比如教大家做玉米肉饼、牛脸颊肉、烤小牛头，也涵盖了一些为烹饪浣熊、负鼠、鹬鸟、鸼以及黑鸟（为了做黑鸟派）做准备的小窍门，还提到了"如何烤、煨、炖或者炸一只松鼠"，它的意义已经超过了一本书。霍林斯沃思宣传道，这本书是帮助摩登的年轻主妇创造一个和平、乐观及卫生的家庭环境的全面指南。妻子要定下每天的基调。"早餐桌不应该成为治疗噩梦和抑郁症的公告栏，而应该成为定下一整天的明亮基调的地方。"在某些地方，霍林斯沃思的建议反映出了某种维多利亚时期的犀利。在关于如何最恰当地清洗丝质内衣的部分，她建议，"如果衣服是黑色的，应该往水中加一点氨，而不要加酸。"

那个时代最难解决的问题之一就是"恶臭之脚"，原因是当时人们普遍习惯一周只洗一次脚。要解决这个问题，霍林斯沃思写道，"要以一比十的比例往水中加盐酸，每夜在睡前用这种混合液体擦拭脚部。"她还指出，要祛除口中洋葱的异味，需要喝一点浓咖啡；牡蛎是最好的灭鼠饵剂；要更好地搅打奶油，只需添加一点盐；要使牛奶甜味持久，添加一点辣根就好了。

霍林斯沃思提供了睿智的医疗建议，"不要坐在发烧的病人和火炉之间"，并且提供了各种处理医疗紧急事件的技巧，比如误服中毒之类。在有效催吐的方法列表中，有一项尤其引人注目——"用烟斗柄往肛门里塞入烟草"。

带着更为严肃的建议，纽约记者雅各布·里斯来到了芝加哥，致力于揭露美国贫困人群恶劣的住房条件。三月，他在赫尔馆发表了一次演讲。赫尔馆是人称"圣女珍妮"的珍妮·亚当斯创办的一个具有改革性质的安置所，这儿变成了激进思想的坚固堡垒，一些意志坚强的年轻女性住在这儿，正如一位访客所言，"里面偶尔也有面孔真诚、甘愿服从、举止温和的男性，会带着歉意从一个房间溜到另一个房间。"克莱伦斯·丹诺会定期从不远处鲁克利大楼中的办公室来到赫尔馆，在这里，表面上他会因为过人的才智和对社会问题的感同身受受到爱戴，私底下却会因为邋遢的着装和不良的卫生习惯遭到取笑。

在里斯发表演讲的那阵子，他和亚当斯可以算是全美国著名的人物了。里斯已经去过芝加哥最脏乱的区域，宣称这里的状况比他在纽约看到过的任何地方都要糟糕。在演讲中，他提到了日益临近的世博会，并且提醒在场各位："打个比方，你们应该开始打扫自己的房屋，并且让你们的巷子和街道变得更干净。在纽约，即使是最糟糕的季节，也不会有这么多脏东西。"

事实上，芝加哥已经花费了不少时间让自己变干净，并且发现这是一个巨大的挑战。这座城市决心加大力度铲除垃圾，并开始重新铺设巷弄和街道的地面。政府部署了烟尘检查员，开始执行一项新的防烟尘条例。各家报社发起了一场圣战，讨伐污染严重的巷道和过量的烟尘，白纸黑字地登出了那些最恶劣的违反者——其中就有伯纳姆公司新建好的共济会大楼，它被《芝加哥论坛报》比作维苏威火山。

芝加哥最重要的老鸨嘉丽·沃森决定将自己的经营场所小小地收拾一下。当然，这里已经非常奢华了，还配备了一个保龄球馆，这儿的保龄球瓶都是冰镇的香槟酒瓶。但现在她决定要增加卧室的数量，并将员工加倍。她和其他的妓院老板都预计需求会暴增。当然，她们不会失望的，而且她们的客人也不会失望。后来，一位名为芝加哥·梅的老鸨哆嗦着回忆起了世博会这喧闹的一年："有一些姑娘做了多么可怕的事啊！不论什么时候，哪怕只是想一想这些事情，我都感到恶心。仅仅提到一些'马戏团'的细节都让人觉得不堪入目。我想罗马在最淫乱的时候也比不上芝加哥那段荒唐的日子。"

让芝加哥对嘉丽·沃森、芝加哥·梅，还有米奇·费恩和绰号"澡堂"的约翰·科格林[①]，以及此外几千位沙龙和赌场经营者如此友好的人，是卡特·亨利·哈里森。在担任市长的四届任期里，他对于把芝加哥建成一个包容人性弱点的地区起了很大作用，尽管这里也滋养了他不断增长的野心。在一八九一年竞选失败后，哈里森买下了一家报社——《芝加哥时报》，并且自己当起了编辑。但到了一八九二年年末，他就明确表示，自己十分乐意成为"世博会市长"，引领芝加哥走向最辉煌的岁月。不过他坚持道，除非大众有强烈的呼声，否则绝不会竞选。当然，他得到了大家的强烈支持。卡特·亨利·哈里森联盟会在全市各处如雨后春笋般冒了出来，而如今，在

[①] 约翰·科格林，美国政治家，自1892年起担任芝加哥市议会的议员。

一八九三年年初，卡特已经成了民主党的两名候选人之一，另一位候选人是华盛顿·赫辛，他是德国具有影响力的报纸《国家报》的编辑。

除了他自己的《芝加哥时报》之外，城里其他报社都反对哈里森参选，伯纳姆以及大多数芝加哥名流也很反对。对于伯纳姆和其他人而言，正在杰克逊公园崛起的白城象征着一个崭新的芝加哥，它需要新的领导人——显然不是哈里森。

市里庞大的工人队伍不同意。他们总是把哈里森当作自己人，称他为"我们的卡特"，尽管哈里森本人是种植园出身的肯塔基人，曾就读于耶鲁大学，能说一口流利的法语和德语，能背诵莎士比亚戏剧的长篇章节。他已经当过四届市长了，在举办世博会的这年让他再次当选似乎十分合适，一阵"乡愁"的浪潮席卷了这座城市的各个选区。

就连他的竞争对手们都意识到哈里森尽管出身显赫，却对芝加哥的下层人士有很强大的吸引力。他有能力，也乐于与任何人谈论任何事情，并且有本事让自己成为任何交谈的中心人物。"他的朋友们都意识到了这点。"约瑟夫·孟德尔[①]说。他曾是哈里森的盟友，后来却成了哈里森最激烈的反对者，"他们会嘲笑这一点，或者一笑置之，并且称其为'卡特·哈里森病'。"即便已经六十八岁了，哈里森仍然散发着坚忍与活力，女性们普遍认为他比五十多岁的时候更加英俊了。他经历了两次丧偶，有传言说他现在正和一个比他年轻许多的女人交往。他有一双深邃的蓝眼睛，瞳孔很大，脸上没有什么皱纹。他把自己的年轻活力归因于每天早上喝浓咖啡的习惯。几项

---

①约瑟夫·孟德尔，美国出版商、编辑，《芝加哥论坛报》共同所有人，并在1871年芝加哥大火后担任市长。

怪癖使他显得格外亲民。他热爱西瓜，在西瓜当季时甚至三餐都要吃；他热爱鞋子，一周中每天都会换不同的鞋；他还热爱丝质内衣。几乎所有人都见过哈里森在街上骑着自己的白色肯塔基马，戴着黑色宽边软帽，喷吐出一阵雪茄烟雾。在竞选演讲中，他总是对着一只作为道具随身携带的填充老鹰讲话。孟德尔谴责他助长了这座城市最低劣的本能，不过同样称他为"我们的城市培养出的最杰出的人"。

令芝加哥上流社会惊讶的是，在民主党代表大会的第一轮选举中，六百八十一名代表里有百分之七十八的人都给哈里森投了票。民主党的精英恳求共和党提供一位他们同样可以支持的候选人，只要能阻挡哈里森重返这个职位就行。共和党人选择了塞缪尔·W·阿勒顿，他是来自普莱利大道的一位富有的罐头商。几家最大也最有影响力的报社形成了明确的联盟，决定支持阿勒顿，反对哈里森。

这位前市长选择用幽默来对抗他们的攻击。在一次演讲中，哈里森在大会堂里面对着大批的支持者说，阿勒顿是"非常值得欣赏的屠夫。我承认这一点，我不会因为他'屠宰'了标准英语而谴责他，他忍不住"。

之后，支持哈里森的呼声越来越高。

年轻而疯狂的爱尔兰移民帕特里克·普伦德加斯特为哈里森重新获得民众的支持而感到自豪，并且坚信自己为推动这位前任市长重新获选而做出的努力，和竞选运动最新的蓬勃势头密切相关。普伦德加斯特产生了一个念头。究竟这个念头是什么时候钻进他脑子里的，他说不上来，不过它就在那儿，并且让他感到满足。他广泛阅读了法律和政治类书刊，并且理解了政治机器的运转依赖一条基本的权利原则：如果你为推动这台机器实现利益做出了贡献，机器就会偿还给你。所以哈里森也应对自己有所回报。

这个念头一开始出现在普伦德加斯特脑海中时，就像一道微光，正如每天清晨洒向共济会大楼的第一缕阳光一样。不过，现在他每天都会无数次地产生这个念头。这就是他的财富，能让他挺起胸膛，抬起下巴。他知道，当哈里森当选后，一切都会改变。而且哈里森一定会当选。各选区不断高涨的热情似乎保证了哈里森的胜利。普伦德加斯特相信，一旦哈里森当选，一定会派给他一官半职。他必须这么做。这是机器运转的原则，就像推动着芝加哥特快列车穿越大草原的动力系统一般不可改变。普伦德加斯特想做市政顾问。他受够了整天和那些不知天高地厚的送报小子打交道，受够了走在铺路石之间冒着气泡的黄色混合物中，受够了不得不闻到那些备受屈辱的马留在街上的恶臭。当哈里森就职后，帕特里克·普伦德加斯特就将获得拯救。

这个念头让普伦德加斯特产生了一阵阵的狂喜。他买来了更多的明信片，在上面写上热情洋溢的话语，寄给那些他认为即将成为同事，或者以后会光顾同一家俱乐部的人——法官、律师，以及芝加哥的商业巨贾。当然，他也寄了一张明信片给好朋友阿尔弗雷德·S·特鲁德，那位刑事辩护律师。

"我亲爱的特鲁德先生。"他在开头写道。他想写"哈利路亚"，却忘了怎么拼写。不过他还是怀抱着一腔热血，迎难而上。

"阿留路亚！"他写道，"《先驱报》那帮人试图阻挠民心的目的，现在已暴露无遗——卡特·H·哈里森将会成为我们的下任市长，这是民心所向。报纸的信誉遭到了不光彩的践踏。华盛顿·赫辛那个可怜的家伙,至于他的竞选资格——我压根儿不同情他,希望现在遭遇的麻烦不会把他击垮——以及,神圣的报纸信誉啊!荣耀归于圣父圣子以及圣灵!"他继续胡乱写了几行字,然后写上结尾,"毕竟友谊是品性的最佳试金石,您诚挚的P.E.J.普伦德加斯特敬上。"

这张明信片上的某种东西再一次引起了特鲁德的注意。其他收到普伦德加斯特明信片的人也注意到了,尽管他们都会收到真正认识的同辈寄来的成堆的信件,在那个年代,每一位识字的人都会写信,并且信都写得很长。在奔腾向二十世纪的文字冰河里,普伦德加斯特的明信片就像一片单一的云母碎片,闪烁着癫狂的光辉,渴望着被拾起并收藏。

特鲁德再一次保留了这封信。

一八九三年四月,芝加哥市民选举卡特·亨利·哈里森成为新一届市长,这也是卡特的第五个任期。为了给世博会做准备,他预定了两百桶威士忌放在办公室里,准备用来招待名流显贵。

他丝毫没有想到自己会和帕特里克·尤金·约瑟夫·普伦德加斯特扯上什么关系。

邀请

霍姆斯暂时延缓了对米妮的财产所采取的任何动作。米妮已经告诉妹妹安娜,沃斯堡的地被转让了,现在霍姆斯察觉到安娜对他的真实动机起了疑心。不过,这并没有让他感到烦恼。解决的方式非常简单。

在一个明亮又充满芳香的春日,仿佛是因为春分到来一时起了疯狂的兴致,霍姆斯建议米妮邀请妹妹来芝加哥参观世博会,由他来掏钱。

米妮十分高兴,便把这个好消息告诉了安娜,安娜立刻就答应了。霍姆斯知道她会答应,她怎么可能拒绝呢?有机会见到米妮已经十分吸引人了,更不必说还可以看看芝加哥和伟大的世博会。这个组合太诱人了,任何人都无法抗拒,不管安娜如何怀疑他们之间的关系,她还是会接受邀请。

米妮几乎已经等不及学年结束了,要到那时,她妹妹才能最终从中洛锡安学院的工作中脱身。米妮计划着向安娜展示芝加哥的所有奇迹——摩天大楼、马歇尔·菲尔德百货公司、大会堂,当然还有世博会。不过她最期待的是向安娜介绍自己遇到的这个奇迹,亨利·戈登先生——她的哈利。

当安娜亲眼看到时,她就可以放下自己的怀疑了。

最终的准备

一八九三年四月的前两周天气极佳，不过却发生了其他的悲惨事件。有四名世博会工人丧生，其中两名死于颅骨碎裂，两名被电死。如此一来，今年的死亡人数便增加至七人。世博会隶属工会的木匠们清楚自己在完工阶段的重要性，开始抓住时机罢工，要求发放工会规定的最低薪资，以及其他几项斗争了许久的权利。费里斯摩天轮的八根塔座只有一根就位，而工人们还没有完成制造与工艺品馆的修复工作。每天早晨，会有上百名工人爬上屋顶；每天夜里，他们再小心翼翼地从屋顶退下来，排起密集的长队，从远处看就像一排蚂蚁。弗兰克·米勒的"洗白帮"奋力工作着，为荣耀中庭的建筑物粉刷外墙。在一些地方，涂抹的纤维灰浆已经开始开裂剥落。修补队员在场地上来回巡视。公园里弥漫着"一边焦虑一边努力工作"的氛围，这让被雇来装饰女性馆的建筑师坎迪斯·惠勒想到了"一个没有做好准备的家庭为迎接客人而忙活的样子"。

尽管木匠罢工，而且还有很多工作没有完成，但是伯纳姆感到很乐观，心情也因为良好的天气变好了。寒冷漫长的冬季已经过去，现在空气里都是初开的花以及解冻的土地的香气。而且，他能感觉到大家对他的关爱。三月末，他受到邀请，参加主要由查尔斯·麦金举办的盛大宴会，地点安排在纽约麦迪逊广场花园——"老地方"花园，这是一处由麦金的合伙人斯坦福·怀特设计的精美的摩尔式建筑。麦金委托弗兰克·米勒，让国内最优秀的画家们务必出席，这些画家的位置会安排在最卓越的作家和建筑师旁边，或者是挨着他们的赞助者，比如马歇尔·菲尔德、亨利·维拉德等。众人会在这天晚上一齐为伯纳姆喝彩，庆祝他达成了不可能的成就，虽然这看起来有点为时过早了。当然，他们也享受了饕餮盛宴。

菜单如下：

阿拉斯加小牡蛎
苏特恩白葡萄甜酒
浓汤
蔬菜清汤、芹菜奶油汤
阿蒙迪亚多雪利酒
开胃菜
香菜烤牛排、盐渍杏仁、橄榄等
鱼
条纹鲈鱼、荷兰酸酱、巴黎苹果
尼尔施泰因白葡萄酒、酩悦香槟、巴黎之花香槟、特干葡萄酒
前菜
牛肉蘑菇、青豆、公爵夫人土豆

主菜

小牛排骨、青豌豆

果汁冰糕

罗马幻想、香烟

烤肉

红头鸭、生菜沙拉

宝得根酒

甜点

花式贻贝、什锦蛋糕、糖果、小点心

什锦水果

奶酪

洛克福羊乳干酪与卡门培尔奶酪

咖啡

阿波利纳里斯起泡矿泉水

科尼亚克白兰地、甘露酒、雪茄

据报纸报道，奥姆斯特德也在现场，不过他其实正在北卡罗来纳州的阿什维尔继续跟进比尔特莫庄园的工作。他的缺席引起了人们的猜测，大家觉得他是因为未被邀请为演讲嘉宾而愠怒，并且因为邀请函上仅将绘画、建筑及雕塑视为主要的艺术形式，并未提到景观设计而更加生气。虽然奥姆斯特德在整个艺术生涯中确实一直致力于提高景观设计的地位，让人们将其视为一门独立的美术分支，但是因为感情受到伤害而拒不出席晚宴并不符合奥姆斯特德的个性。最简单的解释似乎也最合理：奥姆斯特德身体抱恙，他各处的工作都在滞后，而且他不喜欢参加典礼，最重要的是他痛恨坐长途列车，特别是在季节交替的那几个月，像普尔曼车厢那般豪华的列车都可能过热或者过冷。假如他在场，一定会听到伯纳姆对来宾们说："在场的每一位都知道他的名字和艺术才华，他是美国艺术家心中最优秀的人，我们对此倍感自豪。他设计了在座很多人的私人花园，以及许多城市公园。他是我们最好的顾问，是我们永恒的导师。从最高意义上来说，弗雷德里克·洛·奥姆斯特德，他是世博会的规划师……一位艺术家，他用湖泊和栽满树木的斜坡作画，用草地、河堤与郁郁葱葱的山头作画，用山腰与海景作画。他应该站在我此刻站的位置……"

这并不意味着伯纳姆打算坐下。他享受着众人的目光，欣赏着镌刻着花纹的银制"爱之杯"，桌边的每一位客人都举着这种杯子，里面装满了葡萄酒——尽管宴席外面的城市正肆虐着伤寒、白喉、肺结核和肺炎。他知道，现在这样赞颂还太早了，不过这场晚宴预示着世博会闭幕时必将带来更大的荣耀，当然前提是世博会满足了全世界人民的各种期待。

毫无疑问，他们目前已经取得了巨大的进展。世博会六幢最宏伟的建筑高耸在中庭周围，效果比他之前想象的更加壮观而引人瞩目。水池中立着丹尼尔·切斯特·法兰西①的"共和国雕像"（昵称为"大玛丽"），已经完工，整个表面都镀了金，看起来闪闪发光。包括底座，共和国雕像总共高达一百一十一英尺。由各州、各公司及外国政府所建的超过两百座场馆点缀着周围的空间。白星航运公

---

① 丹尼尔·切斯特·法兰西，美国雕塑家，最著名的作品是位于华盛顿的亚伯拉罕·林肯雕像。

司在伍迪德岛对面的潟湖西北岸建了一座小而精致的庙宇，从这里可以拾级而下到达水边。克虏伯公司的大型枪炮也在荣耀中庭南部湖畔的展示馆内就位了。

"随着工程的推进，整个园区的规模越来越大。"麦金写信告诉理查德·亨特。有点太大了，他警觉地强调说，至少制造与工艺品馆是如此。他自己的农业馆，他写道，"一定会和对面这个庞大的'邻居'形成强烈对比，这位'邻居'有二百一十五英尺高，偏离了主轴线，一定会让我们这些周围的建筑黯然失色。"亨特刚刚和伯纳姆共处了两天，在棚屋歇了两晚。"在巨大的压力下，他能跟上工作节奏，看起来气色不错。一直以来，他都认真关注和聆听着我们最小的愿望，我们都欠他一大笔人情。"

就连木匠的罢工都没有让伯纳姆心烦。似乎有大量不属于工会的失业木匠随时可以替换掉那些罢工者。"有了这个保障，我什么也不怕。"四月六日，他这样写信告诉玛格丽特。天气很冷，"不过天空清澈，明亮而美好，是生活和工作的好天气。"工人们正在进行"润色"工作，他写道："昨天许多鸭子被放到了潟湖里，今天早晨，它们在湖里满足地游来游去，看起来生机勃勃。"奥姆斯特德订购了八百多只鸭和鹅，七千只鸽子，为了增加情调还添加了一些奇异的鸟类，包括四只雪鹭、四只白鹳、两只褐鹈鹕以及两只火烈鸟。目前只有最平常的白鸭被放到了水中。"两天或三天内，"伯纳姆写道，"所有的鸟都会被放到水中，这里已经开始变得比去年漂亮多了。"好天气一直持续着，舒爽、清澈而干燥。四月十日星期一，他告诉玛格丽特："我对此感到十分开心。"

接下来几天，他的心情却突然改变了。有传言说其他的工会可能会加入木匠的罢工，导致杰克逊公园所有的工作中断。突然间，世博会显得远远没有准备好，而且危在旦夕。要知道，园区南部用于展示牲畜的棚屋还没开始动工。伯纳姆的目光所及之处，看到的都是铁轨、临时道路、空空如也的货车车厢以及包装箱。滚草一般的细刨花遍布场地。他对园区残缺不全的样貌十分失望，还开始生妻子的气。

"你为什么不每天写信给我？"在一个星期四，他这样问她，"我好像怎么都等不来你的信。"

他在办公室里摆着一张玛格丽特的照片，每回经过时都会把它拿起来，带着憧憬凝视着。他告诉她，到那天为止，他已经看了这张照片十次了。他本来指望五月一号之后可以歇几天，不过现在意识到这种高强度的工作会持续到很久以后。"大众会认为施工全部完成了，对我来说，我希望这是事实。我认为每一个奔跑的人在往终点跑的过程中都有因为绝望想半途而废的时刻，但他们一定不能屈服。"

玛格丽特送给了他一片四叶草。

世博会园区内杂乱无章，不过毗邻的这块面积十五英亩的场地的情况却截然不同。"水牛比尔"租下了这片区域作为自己的秀场，现在挂起了正式招牌——"水牛比尔的荒蛮西部及世界级驯马师大会"。他的秀场在四月三日成功开张，吸引来的观众立即填满了场地内的一万八千个座位。观众们进大门后会发现左边是哥伦布，上面挂着"大海的拓荒者，第一位先锋"的横幅，右边是"水牛比尔"，上面挂着"草原的拓荒者，最后一位先锋"的横幅。

他的表演营地占地十五英亩。有上百名印第安人、士兵、工人睡在帐篷里。安妮·奥克利总是把自己的帐篷布置得像家一样舒适，外面还有一个小花园，种着报春花、天竺葵和蜀葵。在帐篷里面，她安置了沙发、美洲狮皮、一条阿克明斯特地毯、摇椅以及各式各样家庭生活用的手工艺品。当然，还有她收藏的各式各样的枪支。

"水牛比尔"总是用他的牛仔乐队演奏《星条旗》作为开场。接下来是一场"大阅兵"，由来自美国、英国、法国、德国以及俄罗斯的士兵们骑在马背上环绕场地进行游行。然后是安妮·奥克利出场，朝着一连串看似根本不可能击中的目标射击。她总是能全部击中。另外一个主打节目是印第安人袭击一辆破旧的驿站马车——朽木邮车——然后"水牛比尔"会带着他的人前来解救。（早前的伦敦表演中，印第安人就袭击了奔驰在温莎城堡庭院内的马车，该车由"水牛比尔"驾驶，载着四位国王以及威尔士王子。）后来的表演中，科迪会亲自展示一些花哨的枪法，比如骑在马背上冲过场地，用温切斯特连发步枪射击助手扔到空中的玻璃球等。整场表演的高潮是"袭击殖民者的小屋"，在这个节目里，曾经杀死士兵和百姓的印第安人来了一场对住满白人殖民者的小屋的袭击，最后却再次被"水牛比尔"以及一众放着空枪的牛仔击败。随着表演中季节的推进，科迪用更加激烈的"小巨角河战役"取而代之，"精准地展现了卡斯特最后一役的场景"。[①]

世博会对于科迪上校的婚姻是一场严酷的考验。为了表演，他总是远离内布拉斯加州北普拉特的家，但他不在家并非最主要的问

---

① 指1876年拉科塔、北夏延和阿拉帕霍部落的联合部队与美国第七骑兵团之间的武装交战。

题。比尔喜欢女人，女人们也喜欢比尔。有一天，他的妻子路易莎——"露露"——来到了芝加哥想给比尔一个惊喜，却发现比尔的"太太"已经到了。在旅馆前台，职员竟告诉她会有人送她到"科迪先生及太太的套房"。

因为担心更大范围的罢工会影响世博会，甚至毁掉它，伯纳姆开始和木匠以及钢铁工人进行协商，最终同意了设立最低工资，并在加班时间支付一点五倍的工资，在周日或者重要的节日支付两倍的工资。重要的节日包括意义深远的劳动节。工会的工人则签下合同，保证会一直工作到世博会结束。伯纳姆显然松了口气，这似乎意味着他早些时候的虚张声势只是作秀而已。"你可以想象，我虽然筋疲力尽，但是上床时很开心。"他写信告诉妻子。我们可以从他信中扭曲的文法来衡量他的疲惫程度，通常他都在努力压制，现在又重新出现了。"我们从下午很早的时候一直坐到晚上九点。我相信直到世博会结束，这样的惨事都不会再次发生，从桌上看去，你的照片显得格外可爱。"

伯纳姆声称这次协议对世博会而言是一场胜利，而事实上世博会做出的妥协是有组织的劳工的一次重大突破，这次签下的合约成了其他工会争相效仿的模本。世博会施工方的妥协，往美国（以及芝加哥）已经沸腾的劳工运动中注入了新的"蒸汽"。

奥姆斯特德返回了芝加哥，还是有三种老毛病在身。他最新的发现是园区通电了，伯纳姆总是会出现在园区的各个地方。四月十三日星期四，奥姆斯特德写信给儿子约翰："这里的每一个人都非常匆忙,至少表面看来,目前园区处于你能想到的最混乱的样子。"狂风吹过园区贫瘠的地面,卷起漫天的灰尘。一列又一列的火车驶入园区,载来了早该就位的展品。延迟的安装工作意味着临时的轨道和道路都必须原地保留。两天后,奥姆斯特德写道:"我们要为所有人的拖沓买单,他们在各处的工作都挡了我们的路。在最好的情况下,我们所有工作中最重要的部分也得等到开幕式结束后再在夜间进行。我找不到任何方法结束这场混乱,不过,现在有上千名工人在不同主管的指导下工作,我想,通过众人的齐心协力,一切都会有所好转。"

他认为景观工作没有到位,自己也得负部分责任,因为在哈利·科德曼死后,自己没在芝加哥安排一位值得信赖的监督人。一八九三年四月十五日,他写信给约翰:"恐怕我们不应该将如此重任托付给乌尔里希和菲尔。我希望乌尔里希不是故意这么不诚实,但是他已经一意孤行到了欺瞒和误导我们的程度,我们不能再依靠他了。他的精力大多耗费在了一些他不应该关心的事情上……时间一天天过去,我变得越来越不能相信他。"

他对乌尔里希越来越懊恼,不信任的程度不断加深。之后,在给约翰的另一封信里,他说:"乌尔里希在不知不觉中背叛了我们。问题在于他对荣誉的野心已经越界了。他更关心如何显得异常活跃、努力、热情,以及让事物在总体上看起来有效果,而忽略了景观设计中的良好效果。"奥姆斯特德尤其不满乌尔里希对伯纳姆奴才般的言听计从。"他在园区中几乎无处不在,紧盯着所有种类的工作,而伯纳姆先生和所有部门主管总是吆喝着'乌尔里希!',和伯纳姆巡视工作的过程中,我发现他不停地对自己的秘书重复'叫乌尔里希去处理'这句话，不是让他处理这个就是处理那个。我表示抗议，不过收效甚微。我在工作中永远找不到他，除非特别预约，而找到他时，他总是急不可耐地要走开。"

奥姆斯特德真正担心的是伯纳姆把对自己的忠诚转移到了乌尔里希身上。"我想我们的时代就要过去了——我们的合约到期了，我担心伯纳姆打算让我们走人，全部依赖乌尔里希，伯纳姆没法看到乌尔里希能力的不足，以及深思熟虑的重要性。我得小心，尽量不去烦扰伯纳姆，他的工作量显然已经超标了。"

其他的困难也很快冒了出来。从加州运来的一船重要植物没能按时到达，使得植物本来就十分紧缺的情况变得更加严重。连四月中上旬一直持续的好天气也造成了一些问题。园区的供水系统尚未完工，还缺少降水，这意味着奥姆斯特德没法在园区裸露的地面种植植物。被风卷起的灰尘也十分可怕。"可怕的灰尘，"他说，"就像沙漠里的沙尘暴。"——它们一直在飞舞，刺痛了他的眼睛，把沙砾塞进他已经发炎的嘴里。"我正设法表明为什么我的工作看起来几乎没什么进展……"他写道，"我认为大众将在一段时间内对我们的工作严重失望，这几周必须要有一个强硬的人来阻止乌尔里希将精力投入错误的方向。"

四月二十一日，奥姆斯特德再次因病卧床，"喉咙发炎、牙齿溃烂、疼痛难眠"。

尽管身体状况很差，他的精神却开始慢慢恢复。忽略目前的延误和乌尔里希的口是心非，他看到了不一样的进展。伍迪德岛的堤岸开始爆发出生机，长出茂盛的新叶和花朵。而岛上的日本寺庙凤凰堂是在日本国内精心打造，由日本工匠组装而成的，对岛上的森林景观没有丝毫影响。电动船也到了,看起来十分可爱,正是奥姆斯特德期待的那一种,而潟湖上的水禽闪耀着迷人的活力,和荣耀中庭一大片宏伟的白色建筑相得益彰。奥姆斯特德意识到,伯纳姆的人手不可能在五月一日之前完成修补和上色的工作,这会导致他自己工作的完成更加遥遥无期。不过他也看到了明显的进展。"园里雇用了更多的人手,"他写道,"每一天的工作都能呈现出显著的差别。"

然而,这样的乐观也只是一闪而过,因为有一道强大的气象锋正穿过大草原向芝加哥移动。

在这段时间内,具体哪一天并不清楚,一位名为约瑟夫·麦卡锡的牛奶小贩在芝加哥的洪堡公园附近停下了马车。当时是上午,大概十一点钟。公园里有个人引起了他的注意。他发现自己认识这个人,他是帕特里克·普伦德加斯特,《芝加哥洋际报》雇用的报纸派发员。

奇怪的是,普伦德加斯特正在原地绕圈子。更奇怪的是,他走路的时候头往后仰,帽子拉得很低,以至于遮住了他的眼睛。

就在麦卡锡看着他的时候,普伦德加斯特迎面撞上了一棵树。

开始下雨了。一开始伯纳姆并不担心。这场雨可以压制住园区尚未覆盖植被的地方的尘土——他很遗憾地发现,这样的地方太多了——而且此时所有的屋顶都已完工,甚至包括制造与工艺品馆的屋顶。

"下雨了,"四月十八日星期二,伯纳姆写信告诉玛格丽特,"随它下吧,这是我第一次这样想。我的屋顶终于全部改好了,一点都不担心漏水的问题。"

可是这雨不仅下个不停,并且越下越大。夜间,帘幕般的雨水冲刷着园区的电灯,厚重得几乎成了不透明体。雨水将尘土化为泥泞,令马匹踟蹰、货车停运。场馆开始漏水。周三晚间,一场滂沱大雨重击了杰克逊公园,很快,一道两百英尺的瀑布开始从制造与工艺品馆的玻璃屋顶泄下,浇灌在下面的展品上。于是,伯纳姆带着一队工人和守卫汇集在场馆里彻夜与漏水作战。

"昨夜的暴风雨是我们在杰克逊公园遭遇过的最严重的一次,"伯纳姆在周四写信告诉玛格丽特,"除了制造与工艺品馆东侧屋顶漏水之外,园区内没有建筑受损,为了遮盖展品,我们在那里待到午夜时分。有一家媒体称戴维斯理事长也在场照料各种事情,并且等到所有事都安排好后才离开。当然,戴先生其实和当晚发生的所有事情都没有关系。"

这场雨似乎将大家的注意力集中到了究竟还剩多少工作没完成上。同一周的周四,伯纳姆写了另一封信给玛格丽特:"这里的天气很糟糕,从上周二开始就一直如此。尽管最艰巨的任务还摆在面前,我还是保持前行……上个月的劳动强度确实太大了,你简直都无法想象。我都为自己经历这一切时的平静心态感到惊讶。"不过这个挑战也测试了他的手下。他说:"他们肩负的压力显示出了谁比较坚韧、谁比较软弱。我可以告诉你,在这种条件下能够达标的没有几个,但还是有几个可靠的人。其他人则需要每小时敲打一下,就是这些人令我疲惫不堪。"

和往常一样,他十分思念玛格丽特。她现在不在芝加哥,不过在开幕式时会回来。"我会在人群中找寻你,我亲爱的姑娘,"他写道,

"等你回来时,一定要准备好投入我的怀抱。"

对伯纳姆来说,在这样情感不外露的年纪,这封肉麻的信简直滚烫到可以让信封炸开。

日复一日,园区内重复着相同的事情:蒙上雾气的窗户;因周围环境过于潮湿而卷起的纸张,雨滴打在屋顶上,发出像恶魔掌声般的声音;到处弥漫着汗水和受潮的羊毛的臭味,特别是在工人涌动的午餐时分;雨水灌进了电导管,导致电路短路;在费里斯摩天轮上,用来给塔柱地基洞穴抽水的水泵二十四小时不停运转都没法将水抽干;雨水渗透了女性馆的屋顶,使得展品的布置不得不叫停;在大道乐园里,埃及人、阿尔及利亚人与半裸着的达荷美人饱受折磨,只有哈特夫人的爱尔兰村庄里的爱尔兰人似乎还泰然自若。

对奥姆斯特德来说,这场雨令人分外沮丧。雨水降到了本来就饱含水分的地面上,导致每一条路上的每一个坑洼都积满了水。水坑变成了湖泊。拉着重物的马车车轮深深地陷入了泥土里,在地上撕开一道道豁口。修补列表中,亟待填补、抹平和铺设草地的地方越来越多。

尽管雨下个不停,工作的速度还是有所加快。光是在园区工作的工人数量就令奥姆斯特德感到敬畏。四月二十七日,开幕式的前三天,他给自己的公司做了报告,"我曾写信告诉你们,园区雇用了两千名工人——看来是我犯傻了。直接由伯纳姆雇用的人员就多达两千人。这周园区内的工人数量是这个数字的两倍不止,还不包括承包商手下的工人数。算上承包商和特许经营商的人,目前在园区工作的有一万人。如果把某些特定阶级算上，人数还会更多。因为雇不到足够的工作组，我们的工作严重落后了。"（他的估值还是偏低了：在最后的冲刺阶段，园区工人的总数量接近两万。）他还严重缺少各种植被，他抱怨道："获取这些植物的渠道都失效了，因此将导致严重的紧缺。"

也有好消息，至少他溃烂的牙齿有所改善，他不用卧床了。"我的溃疡好转了，"他写道，"我还是只能吃面包、喝牛奶，但今天已经能在雨中走动，感觉好多了。"

不过就在同一天，他私下里给约翰写了一封信，这封信要悲观得多。"我们的运气糟透了。今天又是大雨。"伯纳姆一直在劝说他走各种捷径让荣耀中庭看起来更像样，比如让他的人把花盆填上杜鹃花以及用棕榈植物来装饰平台，这正是奥姆斯特德抵制的那种华而不实的权宜之计。"我一点都不喜欢这么做。"他写道。他憎恶"不得不使用各种临时的权宜之计，只是为了在开幕式上做一场秀"。他深知一等到开幕式结束，所有这类工作都得重做。病痛、挫败感和不断增加的工作强度让他的精神不堪重负，令他感到自己比实际年龄老了许多。"三餐都在临时餐桌上吃，还有各种喧闹声，人们急急忙忙地跑来跑去，地上都是水坑和雨水，让我这个千疮百孔的老人家很不舒服，我的喉咙和嘴巴状况都不好，只能一直吃流食。"

不过，他没有放弃。尽管一直下雨，他还是蹒跚着四处走动，指挥植物种植和草皮铺设的工作，并且在每天的黎明时分参加伯纳姆对关键人员的强制点名。身心的劳累再加上恶劣的天气，让他本来好转的健康状况又恶化了。"我感冒了，骨头疼得整夜睡不着，只能靠着吃吐司及喝茶维生。"他在四月二十八日星期五的信中写道，

"连日的大雨几乎不停,似乎是在伤心地检查我们的工作。"不过,为了周一开幕式而做的疯狂的准备工作并没有消停。"看到油漆匠们冒着大雨在梯子和脚手架上工作,感觉很奇怪。"奥姆斯特德写道,"许多工人浑身都湿透了,我觉得他们的油漆一定刷得不均匀。"他注意到,位于中央洼地西端的巨型哥伦布喷泉尚未完工,尽管它是开幕仪式上的一个重头戏。接下来的那天是周六,计划给它安排一次试运行。"从任何角度来看,它都没有准备好,"奥姆斯特德写道,"不过大家却期望它下周一在总统面前一展身手。"

至于自己部门的工作,奥姆斯特德更是感到十分失望。按照他之前的期待,目前的工作远未完成计划。他也知道,其他人和他一样感到失望。"我收到了一堆无理的批评,批评我的人中甚至有像伯纳姆么聪明的人物,他们仅凭工作没有完成或者组合不够完整就妄加评论。"他写道。他知道园区中确实有许多地方看起来植被稀疏又凌乱,而且还剩下很多工作要做——地上的裂痕明眼人都看得到。不过从他人口中听到这种批评,特别是从一位他十分欣赏而尊敬的人口中听到,格外令人沮丧。

最后期限是不可更改的。事先安排好的工作太多了,任何人都不敢想延期的事。开幕仪式计划——或者说一定要——在星期一早晨进行,将在新任总统格罗弗·克利夫兰领导的从环线到杰克逊公园的一场游行中拉开序幕。此时,一辆又一辆的列车驶入芝加哥,从世界各地载来政客、王公贵族及企业巨头。克利夫兰总统在副总统及随行的内阁官员、参议员、军事领导以及他们的妻子、儿女及亲友的陪同下抵达。雨水从黑色机车头上渐渐蒸发。搬运工从行李车厢往外拖着沉重的箱子。一辆辆大篷车停在市区火车站外面的路上，黑色车厢被雨水冲刷得十分光滑，它们红色的等待灯在雨中发散出一圈光晕。时间就这样一分一秒地过去了。

四月三十日晚，开幕日前夜，一位名为 F. 赫伯特·斯特德的英国记者造访了园区。斯特德这个姓氏在美国广为人知的原因，是赫伯特有一个更加出名的哥哥——威廉，他曾经是伦敦《蓓尔美街报》的编辑，最近还创办了《评论综述》刊物。赫伯特是被派来报道开幕仪式的，他决定提前来探查场地，以便对世博会的地形有一个详细的认知。

当他走出马车，进入杰克逊公园时，发现雨下得很大，像披巾般笼罩着整个世界，四处都有电灯闪耀。奥姆斯特德设计的那些优雅的小道已经化成池塘，在亿万滴水珠的袭击下颤动着。上百辆空空如也的运货车厢在逆光处变成了黑压压的一片。木材、空的板条箱以及工人午餐的垃圾散落在各个地方。

整个场面令人难过，同时也令人费解：世博会的开幕仪式第二天早晨就要举办了，而场地上四处都是成堆的垃圾和碎片——整个状况都"粗糙而不完善"，斯特德写道。

这场雨下了一整晚。

周日那天更晚的时候，雨点敲击着窗台，芝加哥各家晨报的编辑为周一这期的报纸头条准备了大胆而夸张的标题，将在明早逐一刊登，这一刻十分具有历史意义。自从一八七一年芝加哥火灾以来，还没有哪次单独的事件能令市里各家报社如此激动。不过，还有更多的日常工作需要完成。年轻一点的排字工将报纸内页的分类广告、个人启事及其他广告一一安排好。他们要登出一则小小的告示,宣告一家新旅馆即将开张——显然又是一家为了迎接慕世博会之名而来的游客匆匆修建的旅馆。至少这家旅馆看起来位置不错,它位于恩格尔伍德六十三街与华莱士街街口,从世博会六十三街的入口处搭乘新建的"L巷"可以很快就到。

业主为其取名为"世界博览会旅馆"。

第三部

白城之下

1893.5 — 1893.10

开幕日

二十三辆闪闪发光的黑色马车停在了莱克星顿旅馆门前的密歇根大道黄色的泥地上。克利夫兰总统坐上了第七辆马车，这是一辆四轮马车。伯纳姆和戴维斯一起上了第六辆。两位都规规矩矩，尽管他们之间的不信任并未消除，两人对世博会最高掌控权的争夺也尚未结束。哥伦布的一位直系后代——维拉瓜公爵坐在第十四辆马车里；公爵夫人与贝莎·帕玛夫人坐在第十五辆马车里，后者戴的钻石散发着几乎可以触摸的热量；哈里森市长坐在最后一辆马车里，并获得了最热烈的欢呼声；其他的显贵人士坐在剩余的马车上。车队轰隆隆地南行，前往杰克逊公园，后面跟着二十万名浩浩荡荡的芝加哥市民，他们有的步行，有的骑马，有的驾着四轮敞篷轻便马车、维多利亚马车或者单座轻便马车，还有的挤在公共汽车或者"抓地电车"里。数以千计的其他人乘坐火车，挤在亮黄色的车厢里。这种车厢被戏称为"牛群车厢"，由伊利诺伊中央铁路公司建造，目的是把尽可能多的人拉到世博会。每一个拥有白手绢的人都挥舞着它，每一根街灯柱上都挂着白旗。建筑的正面飞扬着潮湿的旗布。一千五百名哥伦布警卫队的队员身穿崭新的浅蓝色粗麻布制服，戴着白手套，披着镶金边的黑色斗篷迎接人群，诚挚地将众人引向行政大楼，这栋楼的标志就是它高耸的金色圆顶。

人群穿过了大道乐园，开始从西侧接近世博会园区。正当总统的马车转入有十三个街区长、横跨大道乐园的国际大道时，太阳露脸了，照亮了沿着大道排开的四十处特许经营场所，其中一些的规模大到接近小型城镇。人群中爆发出了一阵赞叹声。马车队依次经过了"坐牛"酋长的小屋、拉普兰村落、传闻会吃人肉的达荷美族的建筑群，其正对面的加州鸵鸟农场散发着黄油和禽蛋的香味。这个农场提供由鸵鸟蛋制成的煎蛋卷，但事实上用的不过是家养鸡的蛋。之后，人群经过了奥地利村庄和卡布提沃气球公园，这个公园里有一个拴在地面的氢气球可以将游人载到空中。在大道乐园中央，众人环绕着不幸未能完工的费里斯摩天轮，想要一探究竟，伯纳姆却并不高兴。这是一个半圆形的钢制结构，此时只是被巨型的木制临时支架围绕着。

当克利夫兰总统的马车来到索尔·布鲁姆位于大道乐园穆斯林区中心地带的阿尔及利亚村庄时，布鲁姆点了点头，女性村民随之放下了她们的面纱。布鲁姆发誓这是她们文化中表示尊敬的习俗，当然，布鲁姆说的话没人敢保证是真的。马车队绕过开罗街（还没开业，这是另一个遗憾），然后经过了土耳其村庄和爪哇午餐室。在时下最风靡的移动动物园"哈根巴克动物秀"外，驯兽师们戳着四头受过训练的狮子，让它们发出最大的叫声。右侧，在烟雾缭绕的远处，总统望见"水牛比尔"蛮荒西部秀的旗帜在科迪上校于六十二街修建的秀场上空飘扬着。

马车队终于进入了杰克逊公园。

世博会有许多奇迹发生——巧克力做的"断臂维纳斯"没有融化，威斯康星馆里重达两万两千磅的奶酪也不会发霉，不过最大的奇迹还要算克利夫兰到达前夕那个潮湿的长夜里发生的重大转变。当赫伯特·斯特德第二天上午再次来到杰克逊公园时，园区的不少地方还覆盖着大片的积水，风拂过水面会掀起阵阵涟漪。不过空荡的货车车厢及各种包装垃圾都消失了。一万名工人彻夜加班，补好了墙漆和纤维灰浆，种下了三色堇，铺好了草皮，一千名女清洁工将这些雄伟建筑的地板进行了清洗、上蜡和打磨。早晨到来，太阳升起。被雨水清洗过的新鲜空气里，景观中尚未被淹没的部分看起来十分令人愉快，是那样清新整洁。"当世博会开幕时，"伯纳姆的一位助手保罗·施泰力说，"奥姆斯特德的草坪是给大家的第一个惊喜。"

十一点，克利夫兰总统沿着台阶向上走到设于行政大楼东端外的演讲台就座，这是仪式正式开始的信号。人群向前涌去。二十位女性昏倒了。幸而处于前排的记者们拯救了一位年迈的女子，将她从栏杆上方拉了过去，让她在媒体记者的桌上躺平。警卫队队员们拔出了佩剑介入。骚乱一直持续到戴维斯理事长示意管弦乐队开始演奏作为序曲的《哥伦布进行曲》才停止。

由于十月举行的冗长拖拉的揭幕仪式饱受诟病，世博会的官员们让开幕式的流程尽量简短，并且许诺不计任何代价也要遵守流程表。首先是祈福祷告，由一位盲人牧师主持，观众由于人多和距离远什么也没听清。接下来是献给哥伦布的诗歌朗诵，"然后在'平塔号'

的前桅楼上传来一声怒号,一首小号曲,'光啊!光啊!光!'"这诗歌长到令人难以忍受,正如这位海军上将经历的航程一样。所有的节目都是这一类的。

理事长戴维斯接下来发言,他的发言听起来鲜亮光彩,实际上扭曲了事实:他赞扬全国委员会与世博会公司及女性理事会团结合作、齐心协力,打造了如此卓越的世博会。那些知悉这些机构内部及彼此间冲突的人仔细观察了伯纳姆,却发现他面不改色。之后,戴维斯把演讲台交给了总统。

克利夫兰穿着黑礼服的庞大身躯停顿了半响,冷静地检视着面前的人群。他的近旁是一张桌子,桌面铺着美国国旗,国旗上放着一张红蓝相间的天鹅绒垫子,垫子支撑着一个黄金制的发报电键。

荣耀中庭的平台、草地,甚至栏杆上都站满了人,男人们穿着黑色或灰色的衣服,女人们有不少穿着色彩艳丽的礼服,比如紫色、深红、祖母绿,戴着配有缎带、小树枝及羽毛的帽子。一位高大的男人戴着一顶巨大的白帽,身着饰有银边的白色鹿皮外套,站在那儿比周围的人都高了一头,那就是"水牛比尔"。女人们都注视着他。一簇簇云朵迅速地撕裂开来,阳光从间隙中洒下,照在人群中星星点点的白巴拿马草帽上。从总统居高临下的位置望去,整个场面喜庆而洁净,不过实际上地面全是水和泥,每挪动一下位置,脚上都会带出黏糊糊的东西。在场唯一没被打湿的"人类形状"的脚属于丹尼尔·切斯特·法兰西的共和国雕像——"大玛丽",它目前还藏在帆布后没有露面。

克利夫兰的演讲极为简短。他走到铺着国旗的桌旁进行了总结性的发言。"正如我轻轻一触,照亮整个宽广的世博会园区的机械就会开始运转一样,"他说,"但愿我们的希冀和渴望,也能唤醒那些将在未来所有的时间里影响人类的福祉、尊严和自由的力量。"

十二点零八分,他准时按下了金按键。一层层的人群得知发报电键被按下,欢呼声顿时向外蔓延开去。屋顶的工人立即向驻扎园区各处的同事和停在湖中的"密歇根号"战舰上的水手发出了信号。按键接通了电路,激活了与机械馆内三千马力的巨型阿里斯蒸汽机相连的自动引擎启动机。启动机上的银锣被敲响,链轮开始运作,打开了一个阀门,引擎开始活动,做工精良的推杆和轴承也开始飞速运动。顷刻间,馆内的另外三十台引擎也轰鸣起来。园区供水系统中的三台巨型沃辛顿水泵开始伸展它们的轴杆和活塞,就像螳螂想抖落掉寒意一般。上百万加仑的水随之涌入世博会的总管道。蒸汽输往了每一处引擎,整个园区都开始震动起来。一面主帆那么大的美国国旗在荣耀中庭最高的旗杆顶端展开,两侧的旗杆上,两面同样大小的旗帜也立即飞扬起来,一面代表着西班牙,另一面代表着哥伦布。通过沃辛顿水泵增压的水从麦马尼喷泉中喷薄而出,往空中飞出一百英尺,在阳光下形成了一道彩虹,游人纷纷举起了雨伞来抵挡喷洒的水。各种各样的旗帜突然从飞檐里冒了出来,一条巨型的红色横幅横跨了整个机械馆,帆布从"大玛丽"镶着金叶的双肩处滑落。她的皮肤反射着阳光,十分刺眼,男人女人们都纷纷挡住了双眼。两百只白鸽向天空飞去。"密歇根号"上的枪炮响了。汽笛发出震耳欲聋的啸声。与此同时,人群开始齐唱"我的祖国,这就是你",虽然当时没有官方规定的国歌,然而许多人已经将这首歌视为国歌了。随着人群发出巨大的声响,一位瘦削苍白、弯着脖子的女士旁边出现了一个神色轻松的男人。下一秒钟,珍妮·亚当斯就发现她的钱包不见了。

伟大的世博会就这样开始了。

尽管伯纳姆心里清楚前方还有很多工作要做——奥姆斯特德必须再加倍努力，费里斯也需要完成他那该死的轮子——然而世博会的成功似乎已成定局。表示祝贺的电报和信件不断发来。一位朋友告诉伯纳姆，"整个园区给我的印象犹如绽开的玫瑰般美丽。"根据世博会的官方历史数据估计，开幕日当天有二十五万人进入了杰克逊公园。另外还有两个不同的数据，一个估计的数值为五十万人，另一个为六十二万人。那天结束时，每一项数据都表明芝加哥世博会将成为全球历史上参与人数最多的娱乐项目。

这种乐观的推测只维持了二十四小时。

五月二日星期二，入园的人数只有一万人，这样的入园率如果持续下去，将使世博会成为史上最大的一场滑铁卢。黄色的牛群车厢几乎是空的，沿着六十三街运行的"L巷"情况也相似。所有认为这只是一时的异常现象的希望在第三天破灭了，之前一直打击着国民经济的力量全面爆发，华尔街弥漫着恐慌的气氛，股票价格大跌。接下来的一周，新闻越来越令人不安。

五月五日星期四晚，美国绳索公司的官员宣布公司进入了破产程序。这家托拉斯控制了美国百分之八十的绳索生产。接下来，芝加哥的国家化工银行停止了营业，这个消息对于世博会官员来说格外不祥，因为化工银行是唯一获得国会批准在世博会园区内开设分行的银行，位置就在园区的中心地带，重要程度不亚于行政大楼。三天后，芝加哥另一家大型银行也倒闭了，紧接着又倒了第三家，是伯纳姆家乡镇上的埃文斯顿国家银行。全国各地也有许多其他的企业倒闭。在佐治亚州的布伦瑞克，两家国家银行的董事长进行了会谈。其中一位董事长平静地表示抱歉，说要离开一下，然后就走进自己的私人办公室，用子弹射穿了脑部。这两家银行都倒闭了。在内布拉斯加州的林肯市，内布拉斯加储蓄银行曾是小学生的最爱。林肯市的老师们都扮演着银行代理人的角色，每星期都从孩子们那里收钱，然后存到每个小孩的存折账户上。银行即将倒闭的消息传出后，门前的街上挤满了想把钱取回去的小孩。直到其他银行向内布拉斯加储蓄银行伸出援手，这场"儿童挤兑"风波才得以平息。

本来可能前往芝加哥参观世博会的人现在留在了家里，令人心慌的经济状况形成了很大的阻碍；关于世博会尚未完成的报道的破坏性也不容小觑。如果人们只有一次参观世博会的机会，他们想等到所有展品都到位、所有景点都开放之后再来，特别是费里斯的摩天轮，据说它是工程史上的奇迹，令埃菲尔铁塔看起来就像是小孩子的雕塑——当然，前提是它有朝一日真的能够运行，并且不会一遇上凛冽的疾风就倒塌。

伯纳姆承认，世博会中还剩太多的项目没有完成。他和他的建筑师、绘图员、工程师及承包商团队在几乎无法想象的短时间内完成了这么多工作，可是显然还不足以克服迅速恶化的经济带来的负面效应。制造与工艺品馆中的电梯被吹捧为世博会的一大奇迹，却到现在都还没有开始运行。费里斯摩天轮看起来只完成了一半。奥姆斯特德还待在克虏伯兵器馆、皮革馆及冷藏馆外的场地进行平坡和种植作业，他还没有开始建世博会火车站的砖头路面，也没有在纽约中央铁路展区、宾夕法尼亚铁路展区、合唱厅，以及被众多芝加哥人视为世博会最重要建筑的伊利诺伊州馆的周围铺设草皮。电力馆中展品和公司展位的布置进度远远落后，威斯汀豪斯电气公司直到五月二日星期二才开始建自己的展位。

伯纳姆向奥姆斯特德、费里斯及所有在岗的承包商下达了严厉的指令。奥姆斯特德感到压力极为巨大，却一直被延误的展品布置和每天来来回回的运货马车及车厢造成的破坏所拖累。光是威斯汀豪斯电气公司就有十五车厢的展品材料还堆积在场地上。为开幕仪式做的准备已经浪费了奥姆斯特德部门的宝贵时间，同样浪费时间的还有每天为修复游人在园区各地造成的破坏而进行的种植和平坡工作。园区内五十七英里长的道路还有许多路段要么淹在水里，要么满是泥泞，其他的路段则由于在浸湿状态下被车辆碾过而划出了大量的沟壑。奥姆斯特德的道路承包商部署了八百人力及一百组马力开始压平道路，并铺设新的碎石。"我的身体尚好，"奥姆斯特德在五月十五日写信告诉儿子，"不过每天都特别劳累，事情很难办好。我的身体严重超负荷了，我想要达到的效果总是无法实现。"

伯纳姆知道，首要大事是世博会必须建完，同时也必须增强世博会的吸引力，鼓励人们克服对经济危机的恐慌，到芝加哥来。他新设了一个运营主管的职位，并安排弗朗西斯·米勒来担任这个职位，给予了他很大的自由度，来极尽所能地增加入园人数。米勒精心安排了烟火秀及园区游行。他留出了特别的日期，向各个州及国家致敬，并且向各个团体的工人表示祝贺，包括鞋匠、磨工、甜品师及速记员等。皮西厄斯骑士有自己的节日，美国的天主教骑士也有自己的节日。米勒将八月二十五日定为有色人种节，将十月九日定为芝加哥节。入园人数开始增加，但是增幅不大。到了五月底，平均每天的付费游人数量只有三万三千人，仍然远远低于伯纳姆和所有人的预期，更直接地说，是远远低于世博会能盈利而必须达到的入园人数。更糟糕的是，国会和全国委员会迫于严守安息日运动的压力，命令世博会在所有星期日闭园，这就导致好几百万工薪阶层的人民无法前往世博会，因为星期日是他们唯一的休息日。

伯纳姆希望国家的金融危机早日结束，不过经济形势却每况愈下。更多的银行倒闭了，裁员增加，工业生产下降，罢工越来越严重。六月五日，焦急的储户们在芝加哥的八家银行引发了挤兑事件。伯纳姆也只能眼睁睁地看着自己的公司不再有新的委托案。

世界博览会旅馆

第一批旅客开始到达霍姆斯的世界博览会旅馆，不过规模并不如他及其他南区的旅馆老板预期的那样大。来到霍姆斯旅馆的旅客主要是被这儿的地理位置所吸引，因为往东搭乘一段"L巷"就能抵达杰克逊公园。尽管旅馆二楼和三楼的房间大多空着，但是当男性旅客前来问询时，霍姆斯总是带着真诚的歉意告诉他们房间全都满了，并好心地介绍他们去近处的其他旅馆。于是，他的客房开始住满女性，这些女性大多十分年轻，并且显然不习惯独居。她们令霍姆斯感到十分兴奋。

米妮·威廉姆斯一直都在旁边，这让情况变得越来越尴尬。每当有水灵灵的新客上门时，她的嫉妒心就开始显露，也越来越黏人。她的嫉妒并未让他感到特别心烦，仅仅是给他造成了一些不便。米妮现在就是一份资产，是被存入仓库的一份收获，等需要时再拿出来使用就可以，就像被储藏起来的猎物一般。

霍姆斯开始在报纸广告栏中搜索出租公寓，要离他的旅馆足够远,使米妮不可能突击造访。他在北区的莱特伍德大道一二二〇号找到了一处住所,从林肯公园往西走十几个街区就是,靠近霍尔斯特德。这一带风景优美,绿树成荫,不过对于霍姆斯来说,风景优美只是他考量的因素之一。公寓占据了一栋庞大的私人建筑的顶层,业主名为约翰·奥克,由他的女儿打理租赁事宜。他们第一次刊登出租广告是在一八九三年四月。

霍姆斯独自前往查看公寓,和约翰·奥克碰了面。他自称亨利·戈登,并告诉奥克自己是做房地产生意的。

奥克对这位未来的租户印象深刻。他十分整洁——也许用"讲究"这个词更好——而且着装和举止都透露着经济的殷实。亨利·戈登说决定租下这间公寓时,奥克十分高兴。戈登付给他四十美元现金作为订金,他更高兴了。戈登告诉奥克,他和妻子过几周就搬过来。

霍姆斯向米妮解释,也许他们早就该搬家了。既然已经结婚,那就需要一个比现在居住的"城堡"更大、更好的住所。很快这栋楼里就会挤满前来参观世博会的旅客。即使没有这些旅客,这里也不适合作为家用住房。

一间有阳光的宽敞公寓确实十分吸引米妮。事实上,目前他们住的"城堡"可能太阴沉了,虽然一直都是如此。而且米妮希望当安娜到访时,一切都尽可能地完美。不过,她有一丝疑惑,为什么哈利要选一个位于北区,又离得那么远的地方,而恩格尔伍德明明就有这么多可爱的房子。她心想,也许他不想付过高的房租,毕竟在世博会期间,恩格尔伍德的房屋租价正在飙升。

一八九三年六月一日,霍姆斯和米妮搬到了新的公寓里。房东的女儿洛拉·奥克说戈登"看起来对妻子十分体贴"。这夫妇俩经常出门骑车，一度还雇了一个女佣。"我只能说，他住在我们这儿的那段时间里，没有任何的不良行为。"奥克小姐说，"他介绍米妮·威廉姆斯为他的妻子，我们总是称她'戈登太太'。她称他为'亨利'。"

现在米妮住在了莱特伍德大道上，霍姆斯便可以安心独享在世博会旅馆的时光了。

他的房客们大部分时间都待在杰克逊公园或大道乐园里，经常午夜之后才回来。在旅馆时，她们也总是待在自己的房间里，因为霍姆斯没有提供任何公共区域，比如阅读室、游戏室、写作室等，不像诸如黎塞留、大都市及附近的新朱利安等大型旅馆，它们会将这些视为标准配置。他也不像最靠近杰克逊公园的那些旅馆一样开始安装暗房设施，以供越来越多的业余摄影师使用。这些所谓的"柯达迷"都带着最新款的便携式相机。

女性们觉得这个旅馆相当沉闷，特别是在晚上，不过一位英俊并显然十分富有的老板有助于消除一些荒凉感。不像她们在明尼阿波利斯、得梅因或者苏福尔斯认识的那些男人，霍姆斯温暖而富有魅力，并且十分健谈，会带着一种亲切感触摸她们，这种行为在老家也许会被视为一种冒犯，不过在芝加哥这个新世界里似乎无伤大雅——仅仅是这些女性开启的探险之旅的另一个方面罢了。如果探险之旅没有让你感到一丝危险，那又有什么意义？

每个人都发现，这位老板为人十分宽厚。时不时有旅客没付房费就不告而别时，他似乎一点也不介意。他身上总是有一股淡淡的化学试剂的味道，事实上整栋房子都一直飘着药品的味道，这没有引起任何人的怀疑。毕竟他是一名医生，而这栋楼的一楼就有一家药店。

普伦德加斯特

帕特里克·普伦德加斯特相信自己马上就会被任命为市政顾问。他希望到时候自己已经准备妥当,于是开始计划如何雇用下属。一八九三年五月九日,他拿出另一张明信片,将它寄给了《国家报》大楼内一位名叫 W.F. 库林的人。普伦德加斯特向库林说教道,耶稣是终极的法律权威,然后告诉了他这个好消息——

"我是市政顾问的候选人,"他写道,"如果我当选,你将成为我的助理。"

夜晚是魔术师

尽管展品尚未完备，道路上还有车辙，而且大片的场地还没有植被，世博会还是向头几批的游人展示了一座城市可以是什么模样，并且应该是什么模样。北部的那座黑城充满了烟尘和垃圾，而在世博会这座白城内，游人们会发现这儿有干净的公共厕所、纯净水、救护车服务、电力街灯，以及为农民生产出大量肥料的污水处理系统。游客的小孩能得到日托服务，而有意思的是，当你把小孩留在儿童馆时，你会收到一张领取凭证。芝加哥为数不多的直言不讳的审查官员担心，穷困的家长会把儿童馆变成遗弃儿童的收容所。但只有一个叫查理·约翰逊的可怜男孩是这样被抛弃的。尽管每天闭园时都有不少令人焦虑的情况发生，但是没有一个小孩丢失。

在世博会的各个场馆里，访客们接触到了他们自己甚至全世界都前所未见的发明和理念。他们听到了纽约交响乐团的现场演奏，音乐能通过长途电话线传输到世博会上来。他们在爱迪生的活动电影放映机上看到了最早的电影，目瞪口呆地看着电光从尼古拉·特斯拉身上发射出来。他们看到了更加荒唐的东西——最早的拉链；看到了史上第一间全电动厨房，里面包括一个自动洗碗机；还有一个号称包含了厨师制作薄煎饼所需的全部食材的盒子，品牌的名称是"杰迈玛阿姨"。他们尝到了一种名为"黄箭"的新型口香糖，味道十分古怪，还有一种裹了焦糖的"好家伙玉米花"。一种被称为"麦丝卷"的新型麦片似乎不可能成功，有些人称之为"切碎了的门垫"。不过一种新型啤酒却十分受欢迎，赢得了世博会的最高啤酒奖。自此，它的酿造者便称其为"帕布斯特蓝带啤酒"。访客们也见到了由杜威十进制系统①的发明者梅尔维尔·杜威最新创造出来的直立式档案柜，这可能是本世纪最重要的组织结构类发明。展品中到处都是各种各样新奇的物品：一个由卷轴蚕丝做成的火车头，一座由柯克牌肥皂做成的吊桥，一幅由腌黄瓜拼成的巨型美国地图，一个梅干制造商送来的由梅干组成的等比例的马上骑士。而路易斯安那州的艾弗里盐矿展示了一座在一大块盐上雕刻出来的自由女神像，被游客戏称为"命运之妻"。

最引人注目又令人不寒而栗的展厅是克虏伯兵器馆，馆里展出了一系列的重型枪炮，弗里兹·克虏伯的"宠物怪兽"就矗立在中央。一本广受欢迎的世博会指导手册《省时指南》将每一个展厅从一到三进行了评分，一分意味着"有一点趣味"，三分意味着"极其有趣"，克虏伯兵器馆就被评为三分。不过，对于许多访客而言，这些兵器看起来十分令人不安。D.C.泰勒太太是一位频繁造访世博会的访客，她将克虏伯最大的枪炮称为"可怕而丑陋的东西，呼吸着血腥和杀戮，

---

①一个专有的图书馆分类系统。

是蜷伏在世界文明成就中的野蛮成就"。

泰勒太太钟爱荣耀中庭,并被人们走在荣耀中庭场馆之间时那种冷静得出奇的神情而打动。"我们每一个人都脚步轻缓、和声细语。没有人看起来匆忙或不耐烦,我们都中了魔咒,这个魔咒从世博会开幕一直到结束都控制着我们。"

她发现大道乐园有完全不同的气氛。在这儿,泰勒太太在终于开放的开罗街中冒险,观看了人生中第一场肚皮舞。她仔细地观察着舞者。"她轻巧地往一旁跳了几步,暂停,敲击响板,然后以同样的舞步向另一边跳;往前几步,暂停,她的腹部随着音乐的节奏上下抖动,却没有带动身体其他部位的任何一处肌肉,腹部抖动速度极快,与此同时,头部和脚部纹丝不动。"

当泰勒太太和随从离开开罗街时,她小声对自己唱道,"我的祖国,这就是你。"就像一个受惊的小孩疾步跑过墓地一般。

世博会园区过于庞大,太难掌控了,哥伦布警卫队发现他们每天都被各种问题围绕着。这是一种疾病,是修辞上的天花,每一位访客都或多或少地染上了一些。警卫队员一遍又一遍地回答着相同的问题,而且问题总是来得很急,经常是带着责备的怨气。有一些问题非常古怪。

每天为世博会撰写专栏的作家特蕾莎·迪恩无意间听到一位女士问:"教皇在哪个场馆里?"

"教皇不在这里,夫人。"警卫回答道。

"那他在哪里?"

"在意大利,在欧洲,夫人。"

女士皱了皱眉。"那里怎么走?"

279

警卫认为这位女士在开玩笑,他开心地打趣道:"从潟湖往下走三个街区。"

她又说:"那我该怎么去?"

另一位寻找蜡像展览的访客问警卫:"您能告诉我人造人的场馆在哪儿吗?"

他开始告诉她自己并不清楚,这时另一位访客插嘴了。"我听说过,"他说,"他们在那边的女性馆里。你去问问那位女经理吧。"

一位男访客由于失去了双足,只能借助义肢和拐杖在园内走动,他一定是看起来十分博学,因为另一名访客一直追着他问问题。最后这位残疾人终于抱怨道,回答这么多问题让他感到十分疲惫。

"我最后再问一个问题,"提问者说,"然后我绝不会再打扰你了。"

"好吧,什么问题?"

"我想知道你是怎么失去双腿的。"

这位残疾人说,除非确定这绝对是最后一个问题,不然他不会回答。他不允许再有其他问题。他问提问者是否同意这个要求。

追问者同意了。

这位残疾人非常清楚他的回答一定会马上引发另一个问题,他说:"它们被咬掉了。"

"被咬掉了。怎么——"

说话算话,这是最后一个问题,于是残疾人窃笑着蹒跚而去。

世博会还在努力增加入园人数,"水牛比尔"的蛮荒西部秀却吸引了数以万计的观众。如果科迪当时在申请世博会的特许经营权时得到批准,那么这些观众就得先掏钱买票进入杰克逊公园,这将会在很大程度上增加世博会的游客人数和收益。科迪还可以在星期天的时候进行表演，而且因为不在世博会园区，所以也不用向世博会公司上缴一半的收益。在世博会举办的六个月期间，科迪举办了三百一十八场表演，平均每场都有一万两千名观众，总观看人数达到了近四百万。

科迪抢了世博会的风头。他表演场地的主入口和世博会最繁忙的一个大门之间离得非常近，有一些访客甚至以为他的表演就是世博会，据说看完后就开心地回家了。六月，一群牛仔组织了一场从内布拉斯加的沙德伦到芝加哥的千里赛马比赛来向世博会致敬，并计划将终点设在杰克逊公园。奖金很丰厚，足足有一千美元。科迪贡献了五百美元，还有一块豪华的马鞍，提出的条件是比赛的终点要设在他的表演场地里。组织方同意了。

一八九三年六月十四日早晨，十位选手从沙德伦的巴林旅馆出发，其中包括"响尾蛇"皮特以及一位据推测已改过自新的名为多克·米德尔顿的内布拉斯加强盗。比赛规则允许每位骑手携带两匹马，要求在沿途不同的检查站停下接受检查。最重要的规定是要求骑手在跨过终点线时骑的一定是出发时的两匹马之一。

这次比赛十分激烈，有诸多选手破坏规则，也有不少动物受伤。米德尔顿在到达伊利诺伊州后很快就退赛了，还有四名选手同样没能坚持下来。第一位跨越终点线的选手是叫约翰·贝里的铁路工人，他骑着名为"毒药"的马在六月二十七日上午九点三十分疾驰着奔入蛮荒西部秀的场地。"水牛比尔"穿着艳光四射、饰有银边的白色鹿皮衣，站在终点迎接他，同时迎接他的还有蛮荒西部秀公司其余的员工以及上万名芝加哥居民。不过，约翰·贝里只能获得马鞍作为奖品，因为后来的调查表明，比赛开始没多久，他就把马送上了向东行驶的列车，自己也爬上去，舒舒服服地经过了最开始的一百英里。

七月，科迪再次抢了世博会的风头。那时市长卡特·哈里森请求世博会抽出一天来照顾芝加哥的贫困儿童，让他们免费进入园区参观，而世博会官员拒绝了这个请求。鉴于世博会还在努力增加付费入园的人数，理事们都认为这个请求太过分了。每一张票，甚至包括儿童的半价票都很重要。之后，"水牛比尔"马上宣布在蛮荒西部秀中设立"流浪儿日"，这一天，他会为芝加哥的任何一个小孩提供一张来现场的免费火车票，并让他们免费观看表演，免费进入蛮荒西部秀的整个营地，除此之外，还有不限量的糖果和冰淇淋可以享用。

结果，那一天来了一万五千人。

"水牛比尔"的蛮荒西部秀也许确实和世博会"不协调"，正如当初他申请杰克逊公园的特许经营权遭到否决时理事们声称的那样。不过芝加哥的市民却非常喜爱它。

天空转晴了，并且一直都是晴天。路面干了，空中弥漫着鲜花的香味。参展者们逐渐完成了展品的布置，电工们也将连接了近二十万个白炽灯泡的巨型电路中的故障全部清除。在伯纳姆的指令下，整个园区的清理工作不断加强。一八九三年六月一日，工人们将电力和矿物馆正南面潟湖边草地上那些影响美观的临时铁轨拆除了。六月二日，据《芝加哥论坛报》报道："园区的整体情况发生了重大而显著的改变，制造馆、农业馆、机械馆及其他大型场馆的外庭中堆积如山的箱子不见了。"一周前制造与工艺品馆内还乱七八糟地堆放着各种没有打开的板条箱和垃圾，特别是在俄罗斯、挪威、丹麦及加拿大等国的展区中，现在也被全数清除了。这些地方呈现出了"焕然一新的、有显著提升的外观"。

尽管室内的展品令人赞叹不已，最早几批来到杰克逊公园的访客还是发现世博会最令人震撼的是这些建筑本身呈现出的独特的庄严氛围。荣耀中庭产生的雄伟而壮丽的效果，甚至大大超越了大家当初在鲁克利大楼的图书室中勾勒出的梦幻图景。有些访客被荣耀中庭深深打动，刚进入园区就开始哭泣。

没有哪种单一的元素可以制造出这种氛围。每一栋单独的场馆都十分庞大，可是所有的建筑都设计成了新古典主义风格，所有的飞檐都规划在统一的高度上，所有的外壁都漆刷成了一样的柔白色，所有的一切都直击人心、美轮美奂。绝大多数访客在自己落后破败的家乡从未见过这般场景，于是这种雄伟壮观的印象也就随之放大了。"在我看来，没有任何人造景观像荣耀中庭这样完美。"一位名为詹姆斯·富拉尔顿·穆尔黑德的作家兼旅行指南编辑如此写道。在他的笔下，荣耀中庭"无懈可击，观看者的美学感受得到了毫无保留的全面满足，仿佛在欣赏一件绘画或雕刻的杰作，与此同时，在任何单一艺术品都无法引起的广阔感和庄严感中得到了抚慰与升华"。一位芝加哥的律师兼诗坛新秀埃德加·李·马斯特斯将荣耀中庭称作"永不枯竭的美梦"。

随着太阳的移动，建筑统一的颜色，或者更准确地说，建筑统一的白色产生了一系列特别迷人的效果。每天清晨，当伯纳姆例行检查时，建筑物呈淡蓝色，仿佛在地面那一片虚无缥缈的雾气中浮动。每到黄昏，夕阳就会将建筑涂成赭色，照亮清风拂起的尘埃，直到空气本身化作一层柔软的橙色薄纱。

在某个这样的黄昏，伯纳姆带领一批客人乘坐电动船游览了世博会，这些客人包括约翰·鲁特的遗孀朵拉，还有几位外国使者。伯纳姆喜欢陪伴朋友和贵客游览园区，但每次都力图精心设计游览路线，这样朋友们就会按照他认为合适的方式见到世博会的全貌，从某些特定的角度按照特别的顺序欣赏建筑，仿佛他还在那间图书室里一张张地呈现草图，而不是真实的建筑。在设计的第一年，他就试图将自己的美学理念强加在所有世博会访客的身上，坚持认为杰克逊公园的入口应该尽量减少，以确保游人入园时首先穿过荣耀中庭，他们要么从位于公园西侧火车站的大门处进来，要么从园区东部的世博会码头入园。他一心想要制造深刻的第一印象，这是一种吸引眼球的良好技巧，不过同时也暴露了他内心的那个艺术暴君。他的计划没有实现。理事们坚持要开设多个大门，铁路公司也拒绝只靠唯一一个车站来疏导世博会的交通。伯纳姆一直都没有彻底妥协。在整个世博会期间，他一直强调，"要让我们的客人首先进入荣耀中庭，他们的意见弥足珍贵。"

电动船载着伯纳姆、朵拉·鲁特以及外国贵客在潟湖中安静地滑行，湖面中白城的倒影由此散开。下沉的夕阳给东岸的台阶镀上了一层金色，却令西岸笼罩在了深蓝色的阴影里。穿着深红和海蓝色裙子的女人们沿着路堤缓缓踱步。湖对面传来了说话声，时不时地伴随着笑声，听起来就像水晶杯碰撞时发出的声响。

第二天，在注定难眠的一夜后，朵拉·鲁特写信向伯纳姆道谢，感谢他安排这次游览，并尝试着表达自己复杂的感情。

"昨天傍晚我们在潟湖上度过的时间，真是这迷人的一天中最好的时光。"她写道，"若不是我们的外国朋友准备了更为丰富的娱乐活动，我真的担心咱们会一直在湖面徘徊下去。我想我愿意永远飘在那个梦幻的地方。"那些景象还引起了矛盾的情绪。"我觉得一切都极其哀伤，"她写道，"不过同时又如此令人心驰神往，我经常想马上飞到树林里去，或者飞到山里。这是一种智慧，在那儿人们总是可以找到平静。关于你这两年付出的心血——完美地实现了约翰美丽的构想——我想说的有很多，但认为自己无法悉数表达。这对我来说意义太重大了，我想，或者说我希望你会理解。这么多年，他的希望和志向就是我的希望和志向，并且不论我多么努力，旧时的希冀仍在心里。写下这些，让我松了口气。我相信你不会介意。"

如果说世博会在黄昏时分十分迷人，那么夜间就只能用引人入胜来形容了。每一幢建筑和走道的边缘都装饰了电灯，展示出有史以来最华丽的电灯照明效果，这也是人类首次大规模的交流电测试。仅仅世博会就消耗了整个芝加哥城三倍的电力。这些都是工程史上重要的里程碑。不过游人深爱的仅仅是见到如此多的电灯在同一地点、同一时间被点亮的美丽景观。每一栋场馆，包括制造与工艺品馆的外轮廓都装饰了白色灯泡。制造馆上安装的大型探照灯（史上最大，并且据说在六十英里外都能看见），扫视着园区和周围的场地。硕大的彩灯照射在麦马尼喷泉喷到百尺高空的水柱上。

对于许多访客而言，看到这些夜晚的灯光是他们首次接触到电。希尔达·萨特是一个刚刚从波兰来的女孩，和父亲一起游览世博会。"随着暮色降临，无数的灯光突然在同一时间亮起来。"她多年后回忆道，"对于一个除了煤油灯外没有见过其他照明方式的人来说，这简直像突然见到了天堂。"

她的父亲告诉她，这些电灯是通过电动开关启动的。

"不需要火柴吗？"她问。

有了电灯和如蓝色幽灵般无处不在的哥伦布警卫队员，世博会创造了另一座里程碑：芝加哥人第一次可以在夜间安全地散步了。光这一点就开始吸引越来越多的访客，特别是那些被维多利亚时期的求爱规矩弄得束手束脚，急需安静又黑暗的地方的年轻恋人。

在夜间，灯光和填充其中的黑暗掩饰了世博会的许多缺陷，《四海》杂志的约翰·英格尔斯写道，缺陷之一就是"无数人的午餐留下的无法形容的垃圾"。这几个小时创造出了丹尼尔·伯纳姆梦中的完美城市。

"夜晚，"英格尔斯写道，"是世博会的魔术师。"

头几批访客回到家中，告诉朋友和亲人，世博会虽然没有全部完工，却比预期的要豪华得多，非常震撼人心。伯纳姆同时期的顶尖建筑评论家蒙哥马利·斯凯勒写道："第一次游览世博会的人通常会给出这样的评价——在他们所有读到的书和看过的照片中，没有任何东西可以让他们想象到世博会的样子，或者让他们为即将见到的场景做好准备。"从偏远城市来的记者通过电报将同样的报告发给了编辑，有关世博会如何令人愉快、令人赞叹不已的报道开始渗入最为偏远的城镇。在田野、幽谷和山谷中，每天被报纸上每况愈下的国家经济新闻吓到不行的家庭如今开始向往芝加哥了。这一趟旅程会很贵，不过他们越来越觉得去一趟是值得的，甚至是必要的。

只要费里斯先生能抓紧时间，尽快完成那个大轮子，那一切就完美了。

作案方法

一切就这么开始了。一位女服务员从霍姆斯的饭店里消失了，这个饭店专为他的住客提供餐饮服务。前一天她还在工作，后一天就不见了，没有为突然告别留下任何解释。霍姆斯看起来和其他人一样困惑。还有，一位名为詹妮·汤普森的速记员消失了，一位名为伊芙琳·斯图亚特的女人也消失了——她要么是替霍姆斯工作的，要么仅仅只是作为旅客住在他的旅馆里。一位男医师曾经在这栋房子里租了一段时间办公室，和霍姆斯交好，人们经常看到他们在一起，现在他也不见了，并且没有和任何人打招呼。

在旅馆里，化学品的味道像大气潮一样时涨时落。有一些日子，走廊里成天弥漫着一股腐蚀性的味道，好像清洁剂使用过头了，而另一些日子则飘着含银药物的味道，仿佛大楼某处有一位牙医在工作，正在对病患进行深度麻醉。大楼的煤气管道似乎也有问题，因为时不时会有没燃尽的煤油味飘在走廊里。

总是有家人和朋友上门询问。霍姆斯总是充满同情，乐于提供帮助。警方仍未介入，显然他们有太多的事情要做，现在越来越多富裕的访客和国外显贵来参观世博会了，而扒手、恶棍和骗子们也随之蜂拥而至。

霍姆斯不像开膛手杰克那样会面对面地杀人，贪婪地享受人的体温和内脏，但是他确实喜欢近距离杀人。他喜欢近到足以听见死亡来临的声音，那时他可以感觉到受害者越来越深的恐慌。这个时候，他对于占有的追求进入了最令人陶醉的阶段。保险库隔断了大部分的叫喊声和重击声，但不是全部。当旅馆里住满了旅客时，他只好寻求更为安静的杀人方式。他给房间里灌满煤气，让女客人在睡眠中死去，或者利用总钥匙溜进客人的房间，用沾了氯仿的碎布捂住她的脸。选择权在他，这是他权力的体现。

不论用何种方式杀人，他总能占有一具新鲜的材料，随心所欲地进行探索。

接下来，他极具天赋的朋友查普尔会进行接骨工作，这成了他彻底占有受害者的最后阶段，也是胜利的阶段。不过他并非经常使用查普尔的服务。他会用自己的烧窑或者在坑里填满生石灰来处理剩余的材料。他不敢将查普尔处理好的骨骼保留太久。在早期他就已经定下规矩，绝不保留战利品。他渴求的占有稍纵即逝，就像刚切开的风信子的味道一样。一旦消失，就只有另一次占有才能使之复原。

成功运行

一八九三年六月的第一周，费里斯的手下开始撬下脚手架最后的木材和板条。这个脚手架在摩天轮安装期间曾起到包围和支撑作用。摩天轮的边缘在空中划出了一道高达两百六十四英尺的弧形，和伯纳姆的共济会大楼顶层一样高。这是市区最高的一栋摩天大楼。三十六个客舱都还没有挂上去——它们放在地面就像脱轨列车的车厢一般——不过摩天轮已经准备好迎接第一次旋转了。它孤零零地耸立在那儿，没有任何支撑，看起来脆弱而危险。"没有机械知识的人是无法理解这样一个'巨人'是如何保持直立不倒的状态的。"纳撒尼尔的儿子朱利安·霍桑写道，"所见之处没有看起来足以支撑它的物体。辐条看起来就像蜘蛛网，它们是仿照最新款的自行车辐条设计出来的。"

六月八日星期四，路德·莱斯示意守在巨型蒸汽锅炉旁的工人开始生成蒸汽，让蒸汽灌满直径达十英寸的地下总管道。这个巨型锅炉离摩天轮有七百英尺远，位于大道乐园外面的莱克星顿大道。当锅炉达到合适的压力时，莱斯向位于摩天轮下方检修坑中的工程师点点头，于是蒸汽飞速进入了它那两台上千马力引擎的活塞。传动链轮平滑而安静地运转起来。莱斯叫引擎停下。接下来，工人将重达十吨的链条安装到了齿轮上，另一边和摩天轮上的接收齿轮相连。莱斯向位于匹兹堡汉密尔顿大楼办公室里的费里斯发去电报："引擎已经注入蒸汽，运转十分顺利。齿轮和链条已经连接上，可以让摩天轮转起来了。"

费里斯自己无法前往芝加哥，但是派了合伙人 W.F. 格罗诺前来监督摩天轮的第一次运行。六月九日星期五清晨，当格罗诺的火车穿越南区时，他看见雄伟的摩天轮使附近的一切建筑都相形见绌，正如埃菲尔的作品在巴黎产生的效果一般。同一列火车上的其他乘客发出声声惊叹，赞叹其体积之大，又认为它显然十分脆弱。这令他的心里涌起了复杂的情绪，既感到骄傲又觉得焦虑。费里斯自己受够了工程的拖延和来自伯纳姆的纠缠，他告诉格罗诺，要么让轮子转起来，要么就把它从塔基上拆掉。

最后的调整和检查占用了周五几乎一整天的时间，不过就在日落前，莱斯告诉格罗诺，似乎一切已经准备就绪了。

"我觉得自己可能讲不出话来，"格罗诺说，"所以仅仅以点头示意开始。"他焦急地想看看摩天轮是否能运转起来，不过同时又"很乐意将这次测验延后"。

一切准备都已就绪，只需要注入蒸汽，然后静观其变就行。在此之前，从未有人建造过这么大的转轮。它能顺利启动而不压垮轴承，并且能真正平稳地旋转起来，目前只是工程学上的希冀，支撑这个希冀的也只有对已知铁料和钢材的质量进行的计算。此前没有一个建筑曾承受过即将开始的这种重压,一旦运转起来,这一重压就将转化到摩天轮内部。

费里斯漂亮的太太玛格丽特站在近处,脸都因为兴奋而发红了。格罗诺相信她内心此刻的压力也和他一样大。

"突然,一阵吓人的巨响把我从沉思中唤醒。"他说。一声轰鸣响彻天际,引得附近的每一个人——布鲁姆的阿尔及利亚村民、埃及人、波斯人以及一百码以内的所有游人——都停步驻足,凝视着大转轮。

"抬起头,"格罗诺说,"我看见巨轮开始缓慢地移动。这是怎么回事!这一声巨响是什么!"

格罗诺朝莱斯跑去,莱斯正站在引擎所在的检修坑里监视蒸汽压力以及轴杆和转轨的运行状况。格罗诺以为会看到莱斯急匆匆地关掉引擎,却只是看到他一脸若无其事。

莱斯解释道,他不过是测试了一下摩天轮的制动系统,这个系统由包裹在轮轴外的一条钢带组成。光是这个测试就使得摩天轮运行了八分之一的圆周。莱斯说,这声巨响只是钢带表面的锈被磨掉的声音而已。检修坑里的工程师松开制动器,让齿轮运转起来。链轮开始运行,链条向前移动。

此时,许多阿尔及利亚人、埃及人、波斯人,也许甚至还有一些肚皮舞舞者已经聚集到摩天轮的载客平台上了。这个平台被设计成了阶梯状,如此一来,一旦摩天轮对外开放,六个客舱就可以同时上下客。此时,大家都一声不吭。

随着摩天轮开始运转,松掉的螺母螺栓以及好几把扳手像下雨一样从轮毂及辐条上落下来。组装摩天轮耗费了两万八千四百一十六磅螺栓，难免会有人把一些东西忘在上面。

村民们不顾天上掉下来的这些钢铁，开始欢呼，在平台上跳起了舞。还有一些人奏起了乐器。那些冒着生命危险建造摩天轮的人此刻再次冒险爬上正在移动的轴杆。"还没有一个客舱安装到位。"格罗诺说，"可这并不能阻止工人们，他们在辐条间爬来爬去，坐上整个转轮的顶端，就像我现在坐在这把椅子上一般安逸。"

摩天轮转一圈需要二十分钟。直到它转完第一圈后，格罗诺才意识到这次测验成功了，他说："我真想痛快地叫出来！"

费里斯太太和他握了手。人群在欢呼。莱斯给费里斯发去电报。费里斯一整天都在等待测试的结果，每过一个小时，他的焦急就增加一点。西联汇款公司的匹兹堡办公室于晚上九点十分收到了电报，一位身穿蓝套装的信使飞奔着穿越料峭的春夜向费里斯报喜。莱斯这样写道："最后的连接与调试工作完成，蒸汽于今晚六点开启，大转轮完整地转了一圈，一切都十分顺利，转一圈花了二十分钟——祝贺你大获成功。此时，人们正在大道乐园共襄盛举。"

第二天，六月十日星期六，费里斯给莱斯发了电报："你的电报称昨晚六点转轮转了第一圈，其他也一切顺利，这为这边整个营地带来了极大的喜悦。我想就这件事在各方面向你道贺，并请你抓紧安装客舱——若夜间安装不便，就给客舱轴承浇灌巴氏合金以保持进度。"说到"巴氏合金"，毫无疑问，他的意思是莱斯应该给轴承安装金属的外壳。

转轮运转顺利，但费里斯、格罗诺及莱斯都清楚前面还有更重要的测验。从这个周六起，工人就会开始安装客舱，转轮将开始承受第一批重压。三十六个客舱每一个都重达十三吨，总重将近一百万磅。

这还不包括当客舱都坐满乘客时额外增加的二十万磅重量。

周六,在收到费里斯的祝贺电报后,莱斯很快回电说,其实,第一个客舱已经被吊起来了。

在杰克逊公园外,费里斯摩天轮的第一次运转出人意料地并未引起注意。整个城市,特别是上流社会都在关注杰克逊公园里正在上演的另一起事件——西班牙的官方使节首次造访世博会。这位官方使节是尤拉莉亚公主,她是西班牙已故国王阿方索十二世最小的妹妹,也是流亡在外的伊莎贝尔二世皇后的女儿。

这次参观并不顺利。

公主今年二十九岁,用一位国务院官员的话来说,她"十分俊俏、优雅而聪慧"。她两天前就已从纽约乘坐火车抵达芝加哥,并被立即载到了帕玛旅馆,住在最豪华的套间里。芝加哥的支持者们将她此次造访视为第一次真正的机会,可以展示这座城市真正的教养,并且向全世界,至少是向纽约证明,芝加哥在接待皇室成员方面十分在行,并不亚于其将猪鬃制成漆刷的能力。关于此事并不能如计划般顺利的警报,应该早在纽约发来的一封通讯社报道中拉响了,这篇报道向全国揭露了一个丑闻:这位年轻的女士有抽烟的行为。

抵达芝加哥的第一天下午,六月六日星期二,这位公主就乔装打扮溜出了旅馆,陪同的有她的侍女和克利夫兰总统指派的副官。她很享受在街头游逛的感觉。没有芝加哥市民认出她,这让她十分愉悦。"事实上,穿梭在人群中,看到人们都在报纸上读关于我的报道,以及报纸上那张和我依稀有点相像的照片,没有什么比这更有趣了。"她写道。

六月八日星期四，费里斯的摩天轮开始转动的那天，她首次参观了杰克逊公园，由哈里森市长陪同。当她走过时，一群群陌生人朝她鼓掌，唯一的原因就是她出身皇室。报纸称她为"世博会皇后"，在头版刊登她造访的消息。不过对她来说，这一切都十分无聊。她嫉妒芝加哥女性身上展现出来的自由。"我痛苦地意识到，"她写信告诉自己的母亲，"如果这种进步有朝一日在西班牙发生，那么对于我来说应该已经太晚了，我将无福享受。"

到了第二天上午，星期五，她感到已经完成了官方的职责，准备要享受一下了。比如，她拒绝了典礼委员会发出的邀请，一时兴起跑到德国村去吃了午餐。

然而，芝加哥的社交圈刚刚才热身完毕。公主出身皇室，那么以上帝的名义，她应该得到皇室的待遇。那天晚上，公主按照计划要参加由贝莎·帕玛在湖滨大道帕玛大宅中举办的接风晚宴。在筹备晚宴时，帕玛夫人特意定制了一个王座，放在高一级的平台上。

公主对自己住的旅馆名和邀请自己赴宴的女主人的名字如此相似感到疑惑，于是进行了一番询问。当发现贝莎·帕玛就是自己住的旅馆老板的夫人后，她的行为导致了一次社交上的失败，让芝加哥人永远不会忘记或者原谅。她声称，在任何情况下，自己都不会接受一位"客栈老板的太太"来招待她。

不过，外交礼节还是置于首位，于是她同意参加晚宴，只是心情变得更糟了。暮色降临，白天的热浪被夜间的大雨代替。当公主到达帕玛夫人宅子的前门时，她的白色缎面凉鞋已经浸湿了，她参加典礼的耐心也随之被浇灭。她在晚宴上待了一个小时，然后就溜回去了。

第二天，她缺席了在行政大楼举办的午宴，再一次未经宣布就跑去德国村吃午餐。那天晚上，她出席在世博会节庆大厅专门为她举办的音乐会时迟到了一个小时。大厅内坐满了芝加哥上流社会的家庭，她却只待了五分钟。

之后，关于她此次访问的消息开始充满各种怨愤。六月十日星期六，《芝加哥论坛报》轻蔑地写道："公主殿下……总有办法弃安排好的计划于不顾，随心所欲。"市里的各家报纸反复提到她有按照"自己甜蜜的意愿"行事的作风。

事实上，这位公主开始喜欢芝加哥了。她喜爱在世博会度过的时光，并且似乎特别喜欢卡特·哈里森。她送给他一个黄金香烟盒，上面镶了钻石。她预定于六月十四日星期三离开，在即将离开之际，她写信给母亲说："我要带着真切的遗憾离开芝加哥了。"

芝加哥对她的离去一点都不感到遗憾。如果那个周三的早晨她恰好捡起一份《芝加哥论坛报》，便会读到一篇满腹牢骚的社论，其中一段这样写道："对于共和主义者而言，皇室成员至多就是麻烦的客人，而西班牙的皇室成员是最麻烦的那种……他们的习惯就是来得晚、走得早，同时令人们感到遗憾——为什么他们没有再晚点来、再早点走，或者完全不来，这样也许更好。"

毫无疑问，这样的文章流露出了一丝受伤的感情。芝加哥用最好的桌布和水晶饰品来布置餐桌，这并不是出于对皇室的尊敬，而是为了向世界证明它能布置多么好的台面，而最终贵客却避开盛宴，跑去吃香肠、泡菜和啤酒当午餐。

娜妮

一八九三年六月中旬，安娜·威廉姆斯（昵称"娜妮"）从得克萨斯州中洛锡安市出发抵达芝加哥。得克萨斯这时天气炎热、灰尘漫布，而芝加哥则十分凉爽、烟雾缭绕，到处都停着火车，充满喧嚣。两姐妹见面后相拥而泣，互相夸赞彼此看起来气色有多好，然后米妮介绍了她的丈夫亨利·戈登，也就是哈利。比起安娜从米妮的信中估计的身高，他本人要矮一点儿，也没有那么帅气，但是他身上有一种特点，即使是米妮充满爱意的信件也没有提起过。他身上散发着温暖与魅力，讲话很温柔。他碰触她的方式使得她向米妮投去歉疚的一瞥。哈利专心致志地聆听她从得克萨斯州到芝加哥一路上的故事，这让她觉得，自己仿佛正和他单独待在车厢里。这个过程中，安娜一直在注视他的眼睛。

他的温暖、微笑以及对米妮明显而又深沉的爱很快就打消了安娜的怀疑。他看起来确实爱着米妮。他一直诚恳而不知疲倦地取悦她，也很努力地讨安娜的欢心。他买来珠宝作为礼物，还送给了米妮一块金表，表链是楼下药店里的珠宝商特意定制的。安娜想都没想就开始称呼他为"兄弟哈利"。

首先，米妮和哈利带着她参观了芝加哥。这座城市里的摩天大楼和豪华住宅令她感到震撼，但是这里弥漫的烟尘和黑暗以及一直消散不去的腐烂的垃圾味儿让她十分反感。霍姆斯带着两姐妹去了联合牲口中心，然后一位导游领他们参观了屠宰场的中心地带。导游提醒他们注意脚下，以防在血水中滑倒。他们看到一头接一头的猪被倒吊在缆绳上，尖叫着被运送到下面的屠宰室里去，那儿的屠夫手持结了血块的刀子熟稔地将它们的喉咙割断。这些猪有些还没死透，接下来会被浸到装满沸水的大桶里，然后人们会将猪鬃刮干净——猪鬃刮下来后会被存在桌子下面的箱子中。每一头冒着热气的猪在岗位之间传递着，浑身是血的剔骨工会轮流在它们身上以同样的方式切割几下，随着猪的前进，一块块湿漉漉的肉被砰砰地扔在桌子上。霍姆斯不为所动，米妮和安娜十分害怕，却又为这种屠杀的高效感到一丝古怪的兴奋。牲口中心展现了安娜之前听到过的所有关于芝加哥的说法，以及它对财富和权力的无法抗拒的野蛮驱动力。

接下来是游览世博会。他们乘坐沿着六十三街修建的"L巷"。列车驶入世博会园区之前经过了"水牛比尔"的蛮荒西部秀场地。他们从高架桥上看到了泥土铺成的表演场地，以及像罗马竞技场一样围成一圈而建的座位。他们看到了他的马、水牛以及一辆真正的驿站马车。列车穿过世博会的围墙，然后一路直达位于交通馆尾部的终点站。"兄弟哈利"支付了每人五十美分的门票钱。面对世博会的十字转门，即使是霍姆斯也不得不掏钱。

很自然地，他们首先游览了交通馆。他们参观了普尔曼公司的"完美工业"展览，这里有普尔曼公司小镇的详细模型，公司将其吹捧为工人的天堂。在交通馆的附属楼中停满了各种列车和火车头，他们完整地参观了由普尔曼生产的纽约至芝加哥特快列车的等比例复制品，上面有豪华的椅子、地毯、水晶器皿以及打磨光洁的木制车壁。在英曼航运公司的展示厅中，一艘全尺寸的海轮截面构件耸立在他们面前。他们穿过"金色大门"离开了交通馆，这个拱门横跨于场馆淡红色的正面，仿佛一道镀金的彩虹。

现在，安娜第一次对世博会的宏伟规模有了真切的感受。她的面前是一条宽广的林荫大道，大道左边是潟湖和伍迪德岛，右边是矿物馆和电力馆高大的正面。在远处，她望见一辆列车轰鸣着飞速驶过沿着园区边缘修建的全电力高架铁轨。近在眼前的还有悄无声息地在潟湖水面滑行的电动船。向林荫大道尽头望去，制造与工艺品馆像落基山脉中的绝壁一般隐隐可见，许多白鸥从它的正面飞过。这栋大楼大到令人难以置信。霍姆斯和米妮接下来就带着安娜去了那里。一走进这栋楼，她发现它比在外面看起来还要大。

由人类呼出的气体和灰尘构成的蓝色薄雾模糊了支撑着高达两百四十六英尺的天花板的精致支柱。在距离屋顶一半高度的位置有五盏巨型枝形吊灯，它们是史上最大的电力枝形吊灯，每一盏的直径都长达七十五英尺，能达到八十二万八千支蜡烛的亮度。这五盏枝形吊灯下面是一座室内城市，一本由兰德麦克纳利公司出版的广受欢迎的《世界哥伦布博览会手册》赞叹它有"镀金的圆顶，还有闪闪发光的尖塔、清真寺、宫殿、凉亭和华丽的展厅"。在场馆的中央竖立着一座钟塔，高达一百二十英尺，是所有室内结构中最高的。

塔上的钟可以自动上发条，上面显示着日期、小时数、分钟数和秒数，表盘的直径有七英尺长。尽管这座塔如此之高，距离天花板却还有一百二十六英尺的距离。

安娜环视着整座室内之城，仰望着它的钢筋穹顶，米妮则是一脸的春风得意。世博会里无疑有数以千计的展览，想将其中一部分参观完都难以做到。他们在法国展厅中看到了哥白林挂毯，在美国青铜公司的展区中看到了亚伯拉罕·林肯的脸部塑像。其他的美国公司展示了玩具、武器、手杖、旅行箱，以及任何你能想象到的工业制品。除此之外，还有一个巨大的丧葬用品展示区，包括大理石和石质的墓碑、陵墓、壁炉架、骨灰盒、棺材以及各种殡仪行业的工具和装饰物。

米妮和安娜很快就逛累了。他们离开了制造与工艺品馆，松了一口气，然后穿过北水道上方的平台，走到了荣耀中庭。在这里，安娜再一次觉得几乎沉醉其中不可自拔了。时间已到正午，太阳直射头顶。共和国雕像"大玛丽"就像一根燃烧的火炬一般伫立着。雕像的基座所在的水池里闪耀着钻石般的波光。另一边的远处耸立着十三根高大的白柱，这是列柱廊，透过这些柱子可以看到蔚蓝的湖面。洒在中庭的阳光充足而强烈，刺痛了他们的眼睛。周围有许多人都戴上了有蓝镜片的眼镜。

他们去吃午餐，顺便歇了一会儿。选择有很多。大多数的主要场馆里都有午餐柜台。制造与工艺品馆里就有十个午餐柜台，外加两间大型餐厅，一间是德国餐厅，另一间是法国餐厅。交通馆里的咖啡厅位于"金色大门"上方的平台，总是人满为患，那里有俯瞰潟湖区域的绝佳视角。他们已经逛了一整天，霍姆斯在园区到处都是的根汁汽水摊上给他们买了巧克力、柠檬水还有根汁汽水。

他们几乎每天都会去世博会，因为人们普遍认为需要至少两周才能将世博会完整地参观完。鉴于那个时代的特质，最吸引眼球的场馆之一是电力馆。在电力馆里的"剧院会堂"，他们聆听了在纽约同步演奏的管弦乐，观看了用爱迪生的活动电影放映机播放的电影。爱迪生还展示了一个可以储存声音的奇怪金属圆筒。"一位在欧洲的男人把对身在美国的太太说的话存在一个装满话语的圆筒里，然后通过快运系统寄出去。"兰德麦克纳利公司的指导手册这样描述，"一位陷入爱情的人对着圆筒讲了一个小时的话，在她的爱人听来，千里的距离仿佛咫尺一般。"

他们还看到了第一座电椅。

他们特别留了一天给大道乐园。安娜从未在密西西比及得克萨斯体验过类似的经历。肚皮舞，骆驼，一个充满氢气的气球将游人载到千尺的高空。"说客"们从抬高的平台上呼唤着她，想要诱惑她走进摩尔人的宫殿，里面有镜室、各种视觉幻象，还有一间光怪陆离的蜡像博物馆，游人可以在里面看到包罗万象的蜡像，从小红帽到即将被送上断头台的玛丽·安托瓦内特，应有尽有。到处都呈现出五彩缤纷的景象。开罗街散发出柔和的黄色、粉红和紫色。连特许经营场馆的门票都是彩色的——土耳其剧院的门票是亮蓝色，拉普兰村庄的门票是粉红色，威尼斯贡多拉船的船票是淡紫色。

遗憾的是，费里斯摩天轮还没有完全准备好。

他们离开大道乐园，慢慢朝南踱回了六十三街和"L巷"。他们筋疲力尽、眉飞色舞又心满意足，不过哈利答应再带她们来一次——七月四日会有一场烟花表演。大家都十分期待，认为这是芝加哥有史以来最盛大的一场烟花表演。

"兄弟哈利"似乎很喜欢安娜,并且挽留她在这儿住到夏天结束。安娜觉得受宠若惊,于是写信回家,请家人把她的大行李箱寄到莱特伍德的房子里来。

显然她早就料到可能会发生这样的事情,因为她在出发前就把行李箱收拾好了。

霍姆斯的助手本杰明·皮特泽尔也去参观了世博会。他给自己的儿子霍华德买了件纪念品——一个放在旋转陀螺上的锡人。很快,这个锡人就成了男孩最钟爱的玩具。

眩晕

费里斯的手下渐渐熟悉了巨型客舱的处理方法，将它们安装到摩天轮上的进度加快了。到六月十一日星期天晚上，已经有六个客舱安装到位——自从摩天轮试转以来，平均一天安装两个。现在，应该安排乘客试乘了。天气很好，阳光金灿灿的，东边的天空一片暗蓝。

不管格罗诺如何劝阻，费里斯太太都坚持要参加第一次试乘。格罗诺再次检查了摩天轮，确保客舱的摆动不会受阻。检修坑里的工程师开启引擎，转动摩天轮，让接受测试的客舱转到载客平台。"我走进客舱的时候，心里可一点都不轻松，"格罗诺说，"我紧张得都快吐了，但我没有办法不去，于是装作很勇敢地走进了客舱。"

路德·莱斯也加入了他们，除此之外，还有两位绘图员以及芝加哥市的前桥梁工程师 W.C. 休斯。休斯的太太和女儿也登上了客舱。

当乘客在客舱里面就座时，客舱会轻微地摆动。巨大的窗户上还没安装玻璃，罩住玻璃的铁丝网也没有安装。当最后一名乘客走入客舱后,莱斯朝工程师随意地点点头,摩天轮便开始启动了。出于本能,客舱里的每个人都抓紧了栏杆和窗台,让自己坐稳。

当摩天轮移动时,客舱也会随着耳轴摆动。耳轴将客舱与轴杆相连,并且让客舱保持在水平状态。"由于这是客舱第一次运转,"格罗诺说,"耳轴在轴承里有点卡,发出嘎吱嘎吱的声音,我们当时神经十分紧张,毕竟听到这样的声音让人很不舒服。"

客舱再往上运行了一点,就出人意料地停了下来。有一个问题浮上大家的心头,如果没有办法再次启动摩天轮,客舱里的人该怎么下来?莱斯和格罗诺走到了没有安装玻璃的窗边检查情况。他们越过窗台往下望,发现了问题所在:越来越多的围观者看到乘客登上第一个客舱以后壮了胆子,不顾工作人员的大声呵斥,纷纷跳到了下一个客舱里。工程师担心有人受伤或丧命,于是停下了摩天轮,让这些人登上客舱。

格罗诺估计现在有一百号人乘上了下一个客舱。没有人试图把他们赶下去。摩天轮再次启动了。

费里斯创造的摩天轮可不仅仅是一项工程上的新奇事物。正如电梯的发明者一样,他创造了一次全新的物理方面的轰动效应。格罗诺的第一反应是失望,不过很快就有了改观。他曾以为乘坐摩天轮的感觉就像乘坐快速电梯,不过在摩天轮上他发现,如果自己直视前方,其实什么感觉都没有。

格罗诺占着客舱尽头的位置,这样可以更好地观察客舱的情况与摩天轮的运转。他透过客舱侧面看到了外面不断移动的辐条网,可以发现客舱很明显在快速上升,"似乎所有物体都在离我们远去,而客舱却保持静止。站在客舱的侧面,看着下面铁杆组成的网络,这种奇怪的感觉越发明显……"他建议胃不够好的人不要照做。

当客舱到达顶点时,距离地面会有两百六十四英尺,费里斯太太爬到了一张座椅上,欢呼起来,也引发了下面那个客舱里的人和地上的人跟着一起呼喊。

不过乘客们很快就安静下来。新奇的感受消退之后,这次经历的真实力道才显现出来。

"在客舱下降时看到的景色是最美的,因为整个世博会的园区都在面前展开来。"格罗诺说,"这个场面是如此壮观,以至于我都忘了自己的胆怯,也忘了要关注客舱的运行。"太阳开始下山了,给湖岸蒙上了一层橘黄色的光。"港口里停泊着各种类型的船,从我们这么高的位置望去,就像是小小的斑点似的,而夕阳美丽的反光照亮了周围的景观,使整个画面显得十分好看。"整个公园收入眼底,就像一幅错综复杂、色彩缤纷、质地丰富的运动景观图。潟湖如同琉璃一般,电动小船拖曳着钻石般的薄纱,深红色的花卉在芦苇和菖蒲丛里闪现。"这景色太令人激动了,所有人都停止了交谈,陶醉在壮美的景致里。我这辈子从未见过可以与之媲美的景观,我觉得以后也不会再见到了。"

更多的螺栓和螺帽从上面掉到客舱的顶部,打破了这如梦似幻的场景。

围观群众还在试图突破警卫防线,爬上下面的吊舱,但此时格罗诺和莱斯已经不予理会了。检修坑里的工程师让摩天轮一直运转,直到天色黑到继续运行会存在危险才停止。这时候仍然有寻求刺激的人嚷嚷着要试一试。最终,莱斯对那些想方设法爬到客舱里的人说,如果他们不下去,他会让客舱运行到摩天轮的顶端,然后让他们在那儿待一整夜。格罗诺说:"这一招起到了预想中的效果。"

费里斯太太一离开客舱就给丈夫发去电报,详细地描述了这次成功的运行。他回电说:"上帝保佑你,亲爱的。"

第二天是六月十二日星期一,莱斯给费里斯发去电报:"今天又安装了六个客舱。人们疯了似的想乘坐摩天轮,甚至需要额外的警卫来驱赶他们。"到了星期二,安装好的客舱总计达二十一个,只剩下十五个有待安装了。

伯纳姆一如既往地沉迷于细节,想决定摩天轮围栏的风格和位置。他想要个开放式的带孔的围栏,而费里斯想要个封闭式的围栏。

费里斯受够了来自伯纳姆的压力以及审美上的干涉,他给路德·莱斯发去电报:"……除非是从艺术的角度出发,不论是伯纳姆还是谁都没有权力命令我们造一个封闭式还是开放式的围栏。"

费里斯胜利了。最终的围栏是封闭式的。

终于,所有的客舱都安装完毕,摩天轮已经做好迎接第一批付费游客的准备了。莱斯希望在六月十八日星期天开始对乘客开放,这比计划开放的日期提早了两天。不过,鉴于摩天轮即将经历一场最大的测试,即将满载付费的游客,其中还有不少是全家出动的——费里斯的董事会竭力劝他再往后拖延一天。他们给费里斯发去电报:"在预定的开张日之前就冒着准备不充分和发生意外的风险贸然开放摩天轮,是不明智的选择。"

费里斯很不情愿地接受了他们的指示。在动身前往芝加哥前不久，他给莱斯发去了电报："如果董事会决定直到周三才开放摩天轮，那就如他们所愿。"

董事会的决定很有可能受了上周三六月十四日在大道乐园冰轨道发生的事故的影响。这是一个倾斜的椭圆冰轨道，上面的两个拖挂式大雪橇载满乘客时可以达到每小时四十英里的速度。冰轨道的业主才刚刚将这个景点建好，进行第一次测试时，乘客都是工作人员，但这时围观群众挤到了雪橇上，第一个雪橇上坐了八个人，第二个雪橇上坐了四个人。其中包括三个布鲁姆的阿尔及利亚人，有一个人解释道，他们之所以跑来试乘是因为"从来没见过冰"，这个故事十分可疑，因为这个阿尔及利亚人才刚刚经历了芝加哥最冷的冬天。

下午六点四十五分左右，操作人员松开了雪橇，这两个雪橇很快以最快的速度沿着冰轨道飞驰起来。"当我听到雪橇拐弯的声音时，正是日落时分。"一位目睹这次试运行的哥伦布警卫队员说，"它们似乎要飞起来了。第一个雪橇经过了拐弯处。它撞到了道路西侧尽头的角，不过还能继续向前运行。第二个雪橇也撞到了同一个位置，不过它跃出了轨道。雪橇上的人们紧紧抓住座位，雪橇的顶部撞开栏杆，摔落在地面上。与此同时，雪橇翻转过来，将乘客压在了下面。"

雪橇从十五英尺的高空摔落到地面。一位乘客死亡，另一位女乘客的下颚和两只手腕骨折。还有四名男乘客受了挫伤，其中包括两名阿尔及利亚人。

这起事故是个悲剧，也让世博会蒙上了污点，但每个人都清楚费里斯的摩天轮有三十六个客舱，可以承载超过两千名乘客，具备酝酿一场无法想象的大祸的潜力。

诚招异教徒

尽管内心充满忧虑,奥姆斯特德还是将世博会景观的收尾工作交给了乌尔里希。他给自己排满了工作和差旅计划,几乎到了自我惩罚的地步,会让他在十六个州之间奔波。到了六月中旬,他回到了北卡罗来纳州的比尔特莫庄园。在路上,不论是在火车车厢、火车站还是旅馆里,他都会询问陌生人对世博会的看法,但是不会透露自己的身份。世博会的参观人数并未达到预期,让他感到担忧,也觉得不解。他问旅者们是否造访过世博会,如果去过,那么认为世博会怎么样。他更感兴趣的是那些没去过的人的想法——他们是怎么听说世博会的,是否打算前往,是什么阻止了他们前往?

"在每个地方,大家对世博会的兴趣都越来越大。"他在六月二十日从比尔特莫庄园寄出的信里告诉伯纳姆,"在每个地方,我都发现人们有计划前往的迹象。"听到去过世博会的人带来的第一手讲述后,人们的兴致越来越高昂。见识过世博会的牧师在自己的布道与演讲中宣传着世博会。他很高兴地发现,游人们最喜欢的部分并不是那些展品，而是园中的建筑、水道以及风景，而且世博会给他们带来了很大的惊喜。"大多数去过世博会的人都发现经历的比报纸上的新闻让他们预期的更丰富。"他总结道，"全国各地正在掀起一股世博会的热潮。"

不过他发现，其他的因素也正起到相反的作用。奥姆斯特德写道，虽然去过世博会的人都对它赞不绝口，"但几乎都会提到世博会尚未完工，这让人们形成了一种想法，认为世博会还有许多工作没有完成，晚一些去会比较精彩"。农民们计划等到收成之后再去。许多人延迟了旅程，指望国家越来越恶劣的经济危机和来自国会的压力迫使铁路公司降低前往芝加哥的票价。天气也是一个原因。人们深信芝加哥在七月和八月过于炎热，将旅程延到了秋天。

奥姆斯特德发现，最为严重的因素之一是一种广为传播的担心，认为胆敢前往芝加哥的人会遭到"无情的痛宰"，特别是在世博会的众多餐厅里，价格简直就是"敲诈"。"这种抱怨十分普遍，而且我确定，比你身在芝加哥能意识到的更加强烈。"他告诉伯纳姆，"不论是富人还是穷人都在抱怨……我自己前几天在博览会吃的午餐的价格是在田纳西州诺克斯维尔同等质量的一餐的十倍。尚未来过世博会的农民比较节省，他们对此一定有强烈的感受。"

奥姆斯特德如此担忧昂贵的餐费还有另外一个原因。他写道，"这会导致越来越多的人带着食物进入园区，如此一来，扔在园内的纸屑和垃圾就会越来越多。"

奥姆斯特德认为，当务之急是集中力量让人们带回家乡的故事增添光彩。"目前最重要的任务是发展这种类型的广告，它们要富有感染力，热情洋溢，产生自真实的经验——问题不是人们是否获得了满足,而是他们在多大程度上陶醉于此,并且能因为自己出乎意料的超凡享受而感染其他人。"

他写道,为了达到这个目的,一些明显的缺陷要立即弥补。比如世博会园区的碎石路。"整个世博会园区都没有一条平整的令人满意的沙砾小路,就连能让人顺利通过的都少见。"他写道,"在我看来,也许不论是承包商,还是负责监督承包商履行职责的工作人员,都从来没有见过一条像样的沙砾小路,或者他们压根儿就不知道一条像样的沙砾小路应该是什么样子。你的人行道有什么缺陷?""你的"人行道,他在这里是这样说的,而不是"我的"或者"我们的",尽管人行道是他的景观部门的职责所在。"一些地方有鹅卵石或者小圆石从表面凸起,女士走在上面,只要穿着夏天的鞋子,就会感到疼痛。在其他地方,湿气会使铺设路面的材料粘在一起,变得泥泞不堪,走在上面很不舒服。同样,如果不加倍小心,这种泥泞的路面会弄脏鞋子和裙子,让女士们的舒适程度大打折扣。"他的欧洲之旅也向他展示了,一条真正好的沙砾小路"应该像起居室的地面一般平整而干净"。

正如他所担心的,整个园区场地的清洁程度也落后于欧洲标准。到处都是垃圾,被分配来打扫的人员太少了。他说,世博会需要两倍的清洁人员,而且他们的工作需要更加仔细。"我看到了很多纸屑,显然是从平台上扫到了平台和潟湖之间的灌木上,"奥姆斯特德写道,"那些被雇来保持平台干净的清洁人员玩这种偷懒的把戏,简直就是刑事犯罪。"

此外,他还为那几艘蒸汽机船发出的噪音而烦恼。那几艘船是伯纳姆不顾他的一再反对批准的,将和电动船一起在世博会的水道中航行。"这几艘船廉价、粗俗又笨拙,和世博会被众人称为'荣耀中庭'的地方是如此不搭调,就像花园中闯进了一头奶牛。"

然而,奥姆斯特德最大的担忧,还是杰克逊公园作为世博会的主要部分,显得非常无趣。"我看到了很多为了执行观光任务而显得不耐烦的疲惫的脸,仿佛有一套在回家前必须走完的流程似的。在这方面,游人们显示出了忧伤的一面,我们一定要努力采取措施解决这个问题。"

正如奥姆斯特德一直致力于在景观设计中制造出一种神秘感一样,在世博会上,他也尽力设置了一些看似偶然的充满魅力的时刻。演奏会和游行是不错的选择,但是性质过于"固定而程序化了"。奥姆斯特德想设计的是一些"偶然的插曲……看起来不像是提前设计的,不要太正式,而像是自发而偶然的"。他设想在伍迪德岛上安排法国号角手,让他们的号角声飘荡在水面上。他还想在船和桥梁上悬挂中国灯笼。"为什么不能安排一些戴着假面的人敲着手鼓跳跃、舞动,就像我们在意大利看到的那样?让卖柠檬水的小贩穿着别致的服装穿梭于人群中也会产生不错的效果。或者为什么不让糕点师打扮成厨师的样子,戴着鸭舌帽,穿着从头到脚一身白的衣服呢?"在杰克逊公园举行盛大活动,将游人从大道乐园吸引过来的那些夜晚,"为什么不能以便宜的价格雇一些'异教徒',黑人、白人、黄种人都可以,让他们穿着全套本土服饰,低调地和大中庭的人群混在一起呢?"

伯纳姆阅读奥姆斯特德的信时,他一定认为奥姆斯特德疯了。伯纳姆倾注了两年的心血,创造出了不朽的美丽印象,而此时奥姆斯特德却想让游人们发笑。伯纳姆想让游人被震撼到心中充满敬畏。不能有跳跃和舞蹈，不能有异教徒。

世博会是梦幻之城，不过它是伯纳姆的梦。它到处都可以反映出伯纳姆个性中专制的部分，从过量的警卫人员到严禁摘花的规定都能看出。最能体现出这一点的就是世博会未经许可禁止拍照。

伯纳姆向唯一一位摄影师查尔斯·达德利·阿诺德授予了世博会官方照片的销售垄断权，这样的安排也让伯纳姆控制了流传至全国范围的影像类型，也足以解释为什么每张照片里出现的都是光鲜亮丽、穿着考究的上流人群。另一位承包商获得了专属权，可以将柯达相机租给世博会的访客。柯达相机是一款新型的便携式相机，让使用者免去了更换镜头的麻烦，也不需要调整快门。为了向世博会致敬，柯达公司将它的流行款式——四号箱式照相机的折叠版命名为"哥伦布"。这些新型相机拍摄的照片很快就有了"快照"的名称，这个词语最初是英国猎人用来形容快速射击的。任何想把柯达相机带入世博会的人都必须支付两美元的许可费，这笔钱大多数访客都付不起。大道乐园的开罗街要收取额外的一美元门票。携带一台传统大型相机和必要的三脚架的业余摄影师需要支付十美元，这个价钱大约相当于外地来的访客参观世博会一天所需的费用，包括住宿、三餐和门票。

尽管伯纳姆执迷于各种细节，也习惯了掌控一切，他却没有注意到在世博会上发生的一起事件。六月十七日，冷藏馆里发生了一起小型火灾。冷藏馆是园区西南角一幢像城堡的建筑，由赫拉克勒斯钢铁厂修建。冷藏馆的功能是生产冰，储藏参展商和餐厅的易腐坏货物，并且运营了一家溜冰场，面向那些想体验在七月滑冰的新奇感受的游人开放。这栋楼属于私人资产，除了批准设计之外，伯纳姆和这栋楼的修建没有任何关系。奇怪的是，设计这栋楼的建筑师名为弗兰克·P·伯纳姆，但是确实和伯纳姆没有亲属关系。

火灾的源头是中央塔顶的化铁炉，不过很快就得到了控制，只造成了一百美元的损失。即便如此，这场火灾还是让保险承保人对这栋楼展开了仔细的检查，检查的结果让他们吓了一跳。设计中的一个关键部分根本就没有修建。这使得七家保险公司取消了他们的保单。消防处长兼世博会消防部门的代理负责人爱德华·W·墨菲告诉保险承保人委员会，"这栋楼带给我们的麻烦比园区其他建筑都要多。这是一栋质量低劣、极易失火的建筑，很快就会化为乌有。"

没有人向伯纳姆报告这场火灾，没有人告诉他保单被取消的事情，也没有人告诉他墨菲的预测。

最终

一八九三年六月二十一日星期三下午三点三十分，推迟了五十一天之后，乔治·华盛顿·盖尔·费里斯终于在自己的摩天轮底下的演讲台上就坐了。由四十人组成的爱荷华州立军乐队已经登上了一个客舱，演奏《我的祖国，这就是你》。和费里斯一起坐在演讲台上的还有哈里森市长、贝莎·帕玛、整个芝加哥市议会以及世博会上上下下的官员。伯纳姆显然没有出席。

客舱全部安装了玻璃，被金属网格覆盖，正如一位记者所言，"没有任何怪人有机会在摩天轮上自杀，也不会有歇斯底里的女人从窗口跳下去"。受过训练的指挥员会穿着笔挺的制服站在每个客舱的门口，安抚那些怕高的乘客。

乐队停止演奏，摩天轮也停了下来。接下来开始发表讲话。费里斯是最后一个发言的，他高兴地向观众们保证，那个因为"脑子里有摩天轮"而受到责难的男人已经将摩天轮从脑子里取了出来，放置在大道乐园的核心地带。他将这个项目归功于自己的太太玛格丽特，她此刻正站在他的身后。他说，自己将摩天轮献给所有的美国工程师。

费里斯太太递给他一个金口哨，然后夫妇俩及其他的贵宾们走进了第一个客舱。哈里森戴着自己的黑色宽边软帽。

当费里斯吹响口哨后，爱荷华州立军乐队便开始演奏《美国》，摩天轮再次开始转动。这些人随着摩天轮转了好几圈，啜饮着香槟，抽着雪茄，然后在摩天轮基座旁挤满的人群的欢呼声中走了下来。之后，第一批付费的乘客登上了摩天轮。

摩天轮继续运转着，除了上客与下客之外没有任何停顿，一直运转到了晚上十一点钟。即便每一个客舱都坐满了乘客，摩天轮也纹丝不动，轴承从未发出嘎吱声。

费里斯公司在宣扬其建立者的这项成就时毫不害臊。在一本名为"费里斯摩天轮纪念册"的插图小册子里，该公司写道："我们闯过了一个又一个难关，这项成就反映了发明者巨大的功劳，假若费里斯先生出身于君主王国，而非一个伟大的共和国，那么他那正直的心脏上方应该已挂满荣耀勋章了。"费里斯忍不住讥讽世博会公司没能一开始就批准他的特许经营权。"没能发现摩天轮的重要性，"纪念册里写道，"导致世博会公司损失了好几千美元。"

这个数字过于保守了。如果世博会公司坚持在一八九二年六月最初的决定，而不是等到近六个月后才授予费里斯特许经营权，那么在世博会五月一日的开幕日上，摩天轮就应该准备就绪了。世博会不仅失去了这五十一天中摩天轮能带来的百分之五十的收入，而且错失了世博会开放之初摩天轮可能带来的入园人数激增，这是伯纳姆热切期盼的。相反，因为耽误了一个多月时间，摩天轮成了世博会没有完工的最生动例子。

对安全的担心仍然存在,费里斯在尽力消除这些担忧。纪念册里提到,即使满载着乘客,给摩天轮的运行和速度造成的影响也不多于载满同等数量的苍蝇(一个古怪而粗俗的比喻)。册子还补充道:"在这座巨大的摩天轮建造之时,所有可能的危险就已经计算进去了,并且提前有了对策。"

不过,费里斯和格罗诺的工作做得太好了。摩天轮的设计是如此优雅,如此擅于利用纤细钢管的力量,尽管看起来像是无法承受施加于其上的重压。也许摩天轮并非不安全,但是它看起来是不安全的。

"事实上,它看起来太轻了。"一位记者评价道,"人们担心这些纤细的轴杆太弱小,没有办法支撑全部的重量。人们忍不住会想,要是一阵强风穿越大草原,从正面袭击了这个结构体,会发生什么后果?这些纤细的轴杆是否足以支撑整个摩天轮的重量?除此之外,若是加上身处客舱的两千名乘客的重量,还要再加上风的压力,又会怎样呢?"

在三周后,这个问题将得到解答。

纷至沓来

人们就这样突然开始涌向世博会。奥姆斯特德在旅程中发现，人们的热情虽然还远不能形成高潮，但看起来终于开始驱使游人前往杰克逊公园了。到了六月末，虽然铁路公司仍未降低票价，但世博会的付费游人数翻了一番不止，日平均入园人数从五月惨淡的三万七千五百零一人增加到了六月的八万九千一百七十人。这个数字仍然远低于世博会设计者最初梦想的每天二十万的游人数，但是这个趋势令人欣慰。从恩格尔伍德到环线地区，各家旅馆终于开始爆满。女性馆的屋顶花园咖啡馆现在每天要接待两千名旅客，是开幕日那天游客数量的十倍。由此带来的大量垃圾压垮了咖啡馆的垃圾处理系统，这个系统的运作主要靠清洁工将装满恶臭垃圾的桶子搬下三段和顾客共用的楼梯。清洁工没法使用电梯，因为伯纳姆规定在天黑之后关闭电梯，以节省电量供世博会的夜间照明使用。随着垃圾和恶臭不断累积，咖啡馆的经理在屋顶建了一个滑道，威胁要将垃圾直接投到奥姆斯特德宝贵的草地上。

伯纳姆收回了命令。

世博会变得如此富有吸引力，一位来自得克萨斯州加尔维斯顿的露希尔·罗德尼太太沿着铁轨步行了一千三百英里前来参观。"不要再称它为湖畔白城了。"英国历史学家和小说家沃尔特·贝赞特在《四海》杂志里写道，"它是一座梦幻之城。"

现在，就连奥姆斯特德也感到十分满意了，尽管他还是提出了一些批评意见。他在一开始也希望以首先通过中央入口的方式给游客们留下极佳的第一印象。他在为《内陆建筑师》写的一篇正式评论中写道，这个想法未能实现，"减损"了世博会的价值。但他着急地补充道，他试图让自己的评论"完全不带抱怨"，而是作为一种专业的指导，为其他可能遭遇相同问题的人提供帮助。他仍然希望保留伍迪德岛的自然形态，并且谴责了盲目增加特许经营建筑的行为，认为这些建筑"阻拦了视野，扰乱了那些旨在将人们的眼睛从对世博会建筑的持续关注中解脱出来的空间"。他写道，这样做"效果很差"。

不过，在整体上他还是感到很满意，特别是从整个修建的过程来说。"真的，"他写道，"我认为这是一次令人满意并振奋人心的经历，居然有这么多受过技术教育的有才之士被招聘来，并且能这样快地以合适的方式组织起来，在这么短的时间内配合得这么好。我认为值得一提的是，在这项工程的进展中，他们之间的摩擦非常少，展示出来的猜忌、嫉妒和争斗也非常少。"

他将这种现象归功于伯纳姆："我们的这位大师在实现这一成就的过程中展示出的勤勉、高超技能和机智，让人对他有多高的评价都不为过。"

访客们穿着自己最好的衣服，仿佛是去教堂一般。出人意料的是，他们看起来都那么循规蹈矩。在世博会开放的六个月内，哥伦布警卫队总共逮捕了两千九百二十九人，平均每天约十六人，主要是由于扰乱社会治安、偷窃和扒窃行为被捕，而扒手们最喜欢的是人满为患的世博会水族馆。警卫队发现了一百三十五名前科犯，并将他们逐出了园区；向未缴纳许可费就携带柯达相机进入园区的人开出了三十张罚单，向未经许可就拍照的人开出了三十七张罚单。他们还展开了一系列调查，包括在园区发现三名婴儿的事件，一位平克顿侦探所的侦探在蒂芙尼展厅"袭击游客"的事件，以及"一名祖鲁人行为不当"的事件。警卫队的指挥官莱斯上校在给伯纳姆的官方报告中写道："面对着成千上万的员工和数以百万计的访客，必须承认，我们取得了极大的成功。"

有许多人挤在蒸汽引擎、巨型摩天轮、马拉的消防车以及疾驰的大雪橇之间。由一位名为简泰斯的医生监管的救护车队一直忙着将受伤的、流血的和过热的游客送到世博会医院。在整个世博会期间，医院接纳了一万一千六百零二名病患，平均每天六十四人，从这些病患所受的伤和病痛来看，在不同的时代，人们经受的日常病痛并没有多大的改变。列表如下：

　　八百二十位腹泻；
　　一百五十四位便秘；
　　二十一位患痔疮；
　　四百三十四位消化不良；

三百六十五位眼睛进入异物；

三百六十四位严重头痛；

五百九十四位有间歇性眩晕、晕厥及精疲力竭；

一位患肠胃气胀；

以及一百六十九位患重度牙痛。

参观世博会的一件乐事是，你永远不知道欣赏巧克力做的"断臂维纳斯"时，或者观看灵车展览时，或者置身于克虏伯兵器馆的"宠物怪兽"下方时，谁会出现在你身旁；当你在大树餐厅、费城咖啡馆或出自狄更斯《匹克威克外传》的复制品大白马酒馆里就餐时，不知道谁会坐在你的邻桌；当你登上费里斯摩天轮，客舱开始启动的时候，不知道谁会突然抓紧你的胳膊。被一名随从形容为"一半乡下佬，一半守财奴"的弗朗西斯·斐迪南大公"隐姓埋名"地在园区闲逛，不过他更喜欢芝加哥犯罪频发的区域。曾经使用斧头将白种人的头骨剥皮的印第安人从"水牛比尔"的场地游荡过来，除了他们之外还有安妮·奥克利、各种哥萨克人、轻骑兵、枪骑兵，以及暂时休假，在科迪上校的蛮荒西部秀中表演的美国第六骑兵队。"站熊"酋长[①]戴着仪式用的全套头饰来乘坐费里斯摩天轮，头上的两百根羽毛纹丝不动。其他的印第安人则骑上了大道乐园旋转木马上的那些搪瓷马。

还有帕代雷夫斯基[②]、胡迪尼[③]、特斯拉、爱迪生、乔普林[④]、丹诺、

[①] 美国旧印第安人部落彭加人的酋长。
[②] 帕代雷夫斯基，波兰钢琴家、作曲家、政治家。
[③] 哈利·胡迪尼，匈牙利裔美国魔术师。
[④] 斯科特·乔普林，非裔美国钢琴家。

一位名为伍德罗·威尔逊①的普林斯顿大学教授以及一位身穿黑色夏令绸,身上别着蓝色勿忘我花的亲切老太太,她的名字是苏珊·B·安东尼。伯纳姆和泰德·罗斯福一起吃了一次午餐。在世博会结束后很多年,伯纳姆还在用"妙!"作为感叹词。戴蒙德·吉姆·布雷迪②和莉莉安·罗素③一起吃晚餐,纵情地享用了甜玉米。

没有人见到马克·吐温。他来到芝加哥参观世博会,却生病了,在旅馆房间里躺了十一天,然后就离开了,没有看白城一眼。

一夜之间,好像全部的人都来了。

偶然的相遇经常会让奇迹发生。

弗兰克·哈文·霍尔是伊利诺伊州盲人教育学院的负责人,他公布了一种新型设备,可以制作印刷布莱叶盲文的金属板。在此之前,霍尔就发明了一种能打出布莱叶盲文的机器,被称为"霍尔-布莱叶打字机",他从未申请专利,因为他认为服务盲人的事业不能因为利润蒙上污点。他站在最新的设备旁,一位盲人姑娘和她的随从朝他走来。得知霍尔就是她经常使用的打字机的发明者时,姑娘伸出手臂围住他的脖子,给了他一个大大的拥抱,并且亲吻了他。

此后,每当霍尔讲起自己遇见海伦·凯勒的故事时,双眼就会噙满泪水。

一天,当女性理事会就是否支持在礼拜天开放世博会进行辩论

---

① 伍德罗·威尔逊,美国第28任总统。
② 戴蒙德·吉姆·布雷迪,美国商人、金融家、慈善家。
③ 莉莉安·罗素,美国演员、歌手。

时，一位严守周日为安息日的男人怒气冲冲地在女性馆大厅里拦下了苏珊·B·安东尼，质问她对世博会在周日开放的看法（安东尼并不是世博会的理事，尽管她在全国都很有声望，却并不能参加女性理事会的会议）。这位牧师打了一个他认为最震撼人心的比方，他问安东尼，她是否宁愿自己的儿子去观看"水牛比尔"的表演，而不上教堂。

是的，她回答道，他会学到更多……

对于这位虔诚的牧师而言，这段对话证实了安东尼倡导的妇女参政运动从根本上就是邪恶的。科迪得知这件事情时，却被逗得哈哈大笑。他立即给安东尼寄了一封感谢信，并邀请她来观看他的表演。他说不论她选择观看什么表演，都会给她提供一个包厢。

表演开始，科迪骑着马进入了场地，他的灰色长发从白帽子下面飘了起来，白夹克的银色饰边在阳光下闪闪发光。他踢了几下马，让它疾驰起来，朝安东尼的包厢狂奔而去。观众们立刻安静下来。

之后，他猛然勒住马，扬起了漫天的灰尘，然后取下他的帽子，手臂挥舞出一个巨大的弧形，朝安东尼鞠了一躬，他的头几乎碰到了马鞍上的角。

安东尼站起来回了礼，据一位朋友描述，然后，她"像个年幼女孩般充满热情地"朝科迪挥舞自己的手帕。

大家都明白这个时刻有多么重要。在这里，美国过去最伟大的英雄之一在向美国未来最伟大的英雄之一敬礼。见到这样的场景，现场的每一位观众都站了起来，报以雷鸣般的掌声和欢呼。

正如弗雷德里克·杰克逊·特纳[1]在世博会上的那次历史性发言中

---

[1] 弗雷德里克·杰克逊·特纳，美国历史学家。

所说的那样，拓荒时代或许真的已经结束，不过在这一刻，它在阳光下闪闪发光，就像一道风干的泪痕。

一场悲剧发生了。英国人在他们精致的皇家海军舰艇维多利亚号的模型上蒙了一块黑布。一八九三年六月二十二日，在的黎波里近海的一次演习中，这艘代表着海军科技奇迹的战舰被皇家海军战舰坎伯当号撞毁。维多利亚号的指挥官下令让舰艇全速朝海岸前进，打算按照舰队规定的指令让船在那儿搁浅，以便日后打捞沉船更为方便。十分钟后，这艘巡洋舰的引擎还开足马力，船体却开始侧倾，并最终沉没了，当时还有许多船员困在船舱内。其他有幸跳到水里逃生的人要么被螺旋桨弄伤，要么在锅炉爆炸的时候被烧死了。"到处都是尖叫和嘶吼，在白色的泡沫中出现了红色的胳膊和腿，以及扭伤或撕裂的人体。"一位记者说，"失去头颅的躯干被冲出了旋涡，在水面漂浮了一会儿，随后就沉到水里没了踪影。"

这场事故造成了四百人死亡。

费里斯摩天轮很快变成了世博会中最受欢迎的景点，每天的乘客达到了上千人。从七月三日那周开始，费里斯卖出了六万一千三百九十五张票，获得了三万零六百九十七点五美元的总收入。世博会公司收取了其中一半，留给费里斯这一周的运营盈利为一万三千九百四十八美元（相当于现在的四十万美元）。

仍然有人在质疑摩天轮的安全性，没有事实根据的谣言主要围绕着自杀和事故，其中有一个故事声称，一只吓坏的哈巴狗从客舱的窗口一跃而下，坠落而亡。这与事实不符，费里斯公司回应道，这个故事是一位"缺少新闻又擅长编造"的记者捏造的。但若不是因为摩天轮的窗户和铁丝网，这个故事的真实情况也许会不一样。有一次，潜伏的恐高症突然压垮了一位本来很平静的男士，他的名字叫惠里特。他本来好好的，随着客舱上升，他开始觉得难受，并且差点晕倒。可是他没有办法向下面的工程师示意让摩天轮停下。

惠里特惊慌地从客舱的一头踉跄到另一头，据一则报道描述，他"像一头受惊的羊一般"驱赶着面前的乘客。他开始往客舱的舱壁上撞，力量之大，让部分防护铁网都变了形。指挥员和几位男乘客试图将他制服，却被他摆脱，他径直朝门奔过去。指挥员在摩天轮开始转动时就按照运行程序锁上了舱门。惠里特用力摇门，连玻璃都撞碎了，却仍然没法打开它。

当客舱开始下降时，惠里特变得平静了一些，开始笑起来，并且释然地啜泣起来——直到他意识到摩天轮并不会停下，因为它总是完整地转两圈才停止。惠里特再次变得疯狂，指挥员和帮手们再次制服了他，不过他们开始感到疲惫。他们担心惠里特逃脱之后的后果。从结构上说客舱是结实的，不过它的舱壁、窗户以及舱门的设计仅仅旨在防止自杀行为，并不能抵抗这样一个人大力撞击。惠里特已经打碎了玻璃，还把铁网弄得变形了。

一位女士走上前来，解开了自己的裙子。让所有人大跌眼镜的是，她脱下裙子，将它盖到了惠里特的头上，她一边温柔地向他喃喃地说安慰的话，一边帮他把"面罩"弄正。效果十分显著。惠里特变得"像鸵鸟一样安静了"。

一位在公共场合脱衣的女士，一位头上蒙着裙子的男士——世博会上令人惊奇的事物似乎说也说不完。

世博会是芝加哥的骄傲。多亏了丹尼尔·伯纳姆,这座城市证明了自己有能力实现一些了不起的成就,尽管遭遇的种种困难不论以哪种标准来看都足以使建造者望而却步。这里到处充满主人翁的心态,而不仅限于成千上万名购买了世博会股票的市民。希尔达·萨特在父亲带他参观世博会时产生的改变中察觉了这一点。"他似乎对世博会有一种个人的自豪感,仿佛他在设计中出了力似的。"她说,"当我回想那些天的时候会发现,在芝加哥的大多数人都有这种感受。那时,芝加哥是世界的东道主,我们都是其中的一分子。"

不过,世博会不仅仅是激发了自豪感。它带给了芝加哥光明,以此来对抗经济危机产生的越来越浓重的阴霾。伊利铁路公司发生了动荡,随后倒闭了。接着北太平洋公司也倒闭了。在丹佛市,三家国家银行在一天内接连倒闭,连带着压垮了一系列的其他企业。因为担心发生缺粮骚动,市政部门召集了一批民兵。在芝加哥,《内陆建筑师》杂志的编辑们试图让大家宽心:"现在的情况只不过是意外。资金只是被隐匿了。企业是吓坏了,但并没有被打倒。"然而,编辑们错了。

六月,两位商人于同一天在芝加哥的同一家旅馆——大都市酒店自杀了。其中一位在上午十点半用剃须刀割破了自己的喉咙。另一位从酒店的理发师那儿听说了这个消息。当晚,在自己的房间里,他把晚间便服的丝绸腰带的一端绕在了脖子上,然后在床上躺直,将另一端系到床架上,就这样滚下床去了。

"每个人都陷入了极度恐慌之中。"亨利·亚当斯写道,"每一个人都认为自己的损失比邻居更为惨重。"

离世博会闭幕还有很久,人们却开始为它不可避免的消逝而哀叹。玛丽·哈特韦尔·卡瑟伍德写道:"当这个仙境关闭的时候,我们该怎么办?当它消失于世,当魔力不再持续,我们要如何面对?"一位来自北卡罗来纳州的女经理萨利·科顿是六个孩子的母亲,她在芝加哥度过了这个夏天,并在日记里写下了一种普遍的担忧:在参观完世博会以后,"所有的事物都显得渺小而不重要了"。

世博会是如此完美,它的优雅和美丽就像一颗定心丸:只要它还在持续,就不会有真正的坏事发生在任何人身上,或是发生在任何地方。

独立日

一八九三年七月四日早晨，天色阴沉，狂风大作。这种天气对弗兰克·米勒精心策划的进一步吸引游客的烟花表演产生了威胁。尽管现在每周的参观人数都有稳定的增长，但仍然落后于大家的期待。太阳最终还是在上午出来了，不过狂风仍在杰克逊公园肆虐了一整天。下午晚些时候，荣耀中庭沐浴在了金色的夕阳中，北方的天空堆积了一大片风暴云。但风暴云没有继续靠近。人群很快聚集起来。霍姆斯、米妮和安娜发现自己困在了由一群湿漉漉的男人和女人组成的人墙中。许多人带着餐布和食品篮，但很快发现根本没有地方可以进行野餐。来参观的小孩很少。似乎整支哥伦布警卫队都出动了，他们淡蓝色的制服在人群中就像黑土地上的番红花一般显眼。渐渐地，金色的夕阳褪成了淡紫色，所有人都朝湖畔走去。据《芝加哥论坛报》报道，"人们在美丽的湖畔聚集成了一道绵延半英里的百人厚的人墙"。这样一片"黑色人海"极为躁动不安。"他们坐着等了好几个小时，空气中弥漫着古怪而令人不安的骚动"。一个男人开始唱《更近我主》，好几千人马上就跟着唱了起来。

夜幕降临，每个人都注视着天空，等待第一轮的烟花表演。树上和栏杆上挂着成千上万个中国灯笼。费里斯摩天轮的每一个客舱里都发出红色的光。湖面停泊着上百条甚至更多的小船、游艇和汽艇，船头、吊杆和绳索上都挂着彩灯。

人群已经准备好为任何事情欢呼了。当世博会的管弦乐队奏起《我甜蜜的家》时，人群爆发出了欢呼声。这首歌总是能让成年男女热泪盈眶，尤其是那些新来这座城市的人。当荣耀中庭的灯光亮起，所有的场馆都镶上了金色的边框，人群中也爆发出欢呼声。制造与工艺品馆上的巨型探照灯开始扫过人群，被《芝加哥论坛报》称为"孔雀羽毛"的彩色水柱从麦马尼喷泉中喷射而出，人群中再次爆发出了欢呼。

不过，到了九点，人群突然安静下来。一个微小却明亮的光源升上天空，往北边飞去，似乎正沿着湖岸划向码头。一枚探照灯照向它，大家才发现那是一个巨大的载人气球，在它的篮子下方有光在闪耀。下一秒钟，天空中爆发出红色、白色和蓝色的火花，在黑色的天幕上形成了一面巨大的美国国旗。气球和国旗在头顶的天空划过。探照灯跟随着它们，它的光线在尾随着气球的硫磺色云雾中被勾勒出来。过了几秒钟，烟花开始在湖畔上空划出道道弧线。举着火把的男人沿着湖畔奔跑，点燃了烟花炮，其他在驳船上的男人点燃了大型的旋转烟火，并往湖中扔了炮弹。炮弹在水里爆炸，制造出红、白、蓝三色的华丽喷泉。接着，不断有炮弹被扔进水里，有烟花炮飞上天空，直到烟花表演的高潮来临，竖立在湖畔节庆大厅里的精心制作的铁丝网上突然闪耀起烟火，勾勒出一幅巨型的乔治·华盛顿肖像。

人群中再次爆发出欢呼声。

所有人都同时开始移动，很快，一道黑色的人浪涌向了世博会的出口、"L巷"的车站及伊利诺伊州的中央铁路车站。霍姆斯和威廉姆斯姐妹等了几个小时才登上一辆北去的列车，但这么长时间的等待并没有浇灭他们的激情。那一夜，奥克一家听到莱特伍德大道一二二〇号楼上的公寓里传来阵阵戏谑声和欢笑声。

家里这种欢声笑语是有原因的。霍姆斯向米妮和安娜提出了一个慷慨得出奇的邀请，让这一晚变得更加甜蜜了。

睡觉前，安娜给得克萨斯州的姑妈写信，告诉了她这个绝佳的消息。

"姐姐、'兄弟哈利'和我明天将前往密尔沃基，接着经由圣劳伦斯河前往缅因州的旧奥查德比奇。我们会在缅因州待两周，然后继续前往纽约。'兄弟哈利'认为我很有天赋，他希望我能在各处考察一下艺术院校的情况。然后我们会乘船去德国，途经伦敦和巴黎。如果我喜欢，将留下来学习艺术。'兄弟哈利'说，你再也不用为我操心了，不论是财务上还是其他方面，他和姐姐都会照顾我。"

"请马上回信。"她补充道，"然后寄到芝加哥，信会被转交给我。"

她没有提到自己的箱子，这个箱子此时仍在中洛锡安等着被寄到芝加哥。目前她只好不带它上路了。箱子到了之后，她也可以通过电报安排转寄，也许会转寄到缅因州或者纽约，这样她就可以带着自己所有的东西去欧洲了。

那一夜，安娜在入睡时，心脏仍因为参观世博会之旅的激动和霍姆斯给她的惊喜跳个不停。后来，得克萨斯卡普坎迪事务所的律师威廉·卡普说："安娜并没有自己的产业，她在信里描述的这样一个转变对她而言意味着一切。"

第二天早晨同样令人愉悦，因为霍姆斯之前就说他会带安娜——只有安娜一人——去恩格尔伍德短暂地参观一下他的世界博览会旅馆。在动身前往密尔沃基之前，他还需要花几分钟最后处理一下生意上的事。与此同时，米妮也可以整理一下莱特伍德的公寓，好让下一位房客接手。

霍姆斯太有魅力了。安娜见到他本人之后，真的觉得他非常英俊。当他那双非凡的蓝眼睛与她的视线相遇时，她的整个身躯似乎都变得温暖。米妮确实很明智。

担忧

当天夜里,在世博会园区,票务人员计算销售额之后发现,仅仅在七月四号一天,付费人数就达到了二十八万三千两百七十三人,远远超过了第一周的总和。这是第一次出现明显的证据,证明芝加哥或许最终创造了某个非凡的事物。这也重新点燃了伯纳姆的希望,他认为世博会最终也许能实现他期盼的参观人数。

不过到了第二天,却只有七万九千零三十四位付费游客前来参观世博会。又过了三天,人数跌到了四万四千五百三十七人。那些贷款给世博会的银行家开始焦急起来。世博会的审计员已经发现,伯纳姆的部门建造世博会共花去了超过两千两百万美元(约为二十一世纪的六亿六千万美元),这比最初预估的两倍都多。银行家们给世博会的理事们施加压力,要求增设一个节省委员会,并授予其权力,除了想方设法来节省世博会的开支之外,还可以执行任何认为必要的节省措施,包括裁员以及解散部门及委员会。

伯纳姆清楚,如果将世博会的未来交到银行家手中,就绝对意味着失败。唯一可以舒缓压力的方法是大幅增加付费入园游客的总数。据估计，要避免财务失败（这对那些骄傲地自诩为美元之王的芝加哥领军人物而言绝对是一种羞辱），世博会在接下来的开放期间必须保证每天至少卖出十万张门票。

如果要让这个目标实现，铁路公司必须降低票价，而弗兰克·米勒也必须倾尽全力把人们从全国各个角落吸引过来。

国家的经济危机越来越严重，银行在倒闭，自杀人数不断增长，这个目标看起来似乎毫无可能达成了。

幽闭恐惧症

霍姆斯知道,即使不是全部,至少大多数他旅馆的客人都去参观世博会了。他带着安娜参观了药店、餐馆以及理发店,并带着她来到屋顶,向她更加清晰地展示恩格尔伍德的景色,以及房子周围绿树成荫的美丽环境。他最后带着她来到了自己的办公室,请安娜坐下,有些抱歉地告诉她得处理一下别的事情。他拿起一捆文件,开始读了起来。

他有些心烦意乱地问安娜是否介意去隔壁房间一趟,去步入式保险库帮他取一份遗落在那里的文件。

她十分高兴地答应了。

霍姆斯悄悄地尾随其后。

一开始,门好像是偶然被关上的。室内突然一片漆黑。安娜敲打着门呼唤哈利。她侧耳倾听了一阵,然后又开始敲打起来。她并不害怕,只是觉得有点窘迫。她不喜欢这种黑暗,这比她至今为止经历的一切黑暗都更加彻底——当然，比她在得克萨斯州经历的任何一个没有月亮的夜晚更黑暗。她用指节敲击着门，然后再一次倾听。

空气变得浑浊起来。

霍姆斯也在倾听。他安静地坐在将办公室和保险库隔开的墙边。时间一分一秒过去。真的非常安静。一股温柔的微风穿过房间，这间角落里的办公室的好处之一就是空气能对流。微风里仍然有一丝凉意，带着草原和湿润土壤的味道。

安娜脱掉鞋子，用鞋跟敲着门。房间里的温度越来越高了，汗水打湿了她的脸颊和胳膊。她猜想哈利并没有意识到她的窘境，可能去了大楼的其他地方。这就可以解释为什么她一直在敲门，他却没有来开门。也许他去楼下的店铺检查东西去了。想到这些，她开始有一点慌了。房间里越来越热，越来越难呼吸到新鲜的空气。而且她开始想上厕所了。

之后，他一定会非常抱歉。她不能让他看出她这样害怕。她试图转移自己的注意力，想着当天下午他们就会开始的旅程。她，一位来自得克萨斯州的女教师，很快将行走在伦敦和巴黎的街头。直到此刻，这看起来仍然像一件不可能的事，可哈利已经做出了承诺，并且安排好了一切。几小时后，她就会登上一辆火车，经过一段短暂的旅途到达密尔沃基，在那之后，她、米妮和哈利很快就会出发前往纽约和加拿大之间那个可爱而凉爽的圣劳伦斯河谷。她想象着自己坐在河岸某家高档旅馆宽阔的门廊里，一边啜饮着茶，一边看着日落。

她再次用力捶门，然后还捶起了哈利充满微风的办公室和这个保险库之间的那堵墙。

恐慌开始了，一如往常。霍姆斯想象着安妮蜷缩在角落里的样子。如果他想的话，可以冲到门旁，将门打开，将她搂在怀里，为她差点遭遇悲剧而陪她一起哭泣。在最后一分钟，最后几秒钟，他都可以这么做。他本可以这么做的。

或者，他也可以打开门，探视一下安娜，给她一个大大的微笑——仅仅让她知道这并不是一场意外——然后再次用力地关上门，回到自己的椅子上，看看接下来会发生什么。或者，他还可以现在就让保险库里充满煤气。煤气喷口的嘶嘶声与令人排斥的气味将会微笑着清楚地告诉她，不同寻常的事情正在发生。

这些都任由他选择。

他必须集中精力倾听保险库里传来的啜泣声。密封的装饰、铁铸的墙以及矿物棉隔音材料可以消减大部分声音，但他通过经验发现，如果在煤气管道处聆听，可以听得清楚得多。

这是他最渴望的时刻。这可以为他带来似乎长达几小时的性释放，即便在事实上，里面的尖叫和恳求声很快就消逝了。

为防万一，他让保险库里充满了煤气。

霍姆斯返回莱特伍德的公寓，吩咐米妮做好准备——安娜正在旅馆里等他们。他抱住米妮，亲吻了她，并告诉她自己是多么幸运，以及他多么喜欢她的妹妹。

在去恩格尔伍德的列车上，他看起来气色很好，心平气和，仿佛刚刚骑了一英里又一英里的自行车。

两天后,七月七日,奥克一家收到了亨利·戈登寄来的信,信上说他不再需要楼上的公寓了。奥克一家觉得十分惊讶,他们以为戈登和那两姐妹仍然住在公寓里。洛拉·奥克上楼查看情况。她敲了敲门,没有人回应,于是就进了房间。

"我不知道他们是怎么离开的,"她说,"不过看起来走得很匆忙,房间四处都散落着书和一些零星的物品。如果书里面有书写的内容,痕迹也都被清理掉了,因为书的扉页都被撕下来了。"

同样也在七月七日,中洛锡安的富国公司代理人将一个大箱子搬上了一辆去往北方的列车的行李车厢。这是安娜的箱子——地址上写着"娜妮·威廉姆斯小姐,由H.戈登转交,莱特伍德大道一二〇号,芝加哥"。

几天后,箱子到达芝加哥,一位富国公司的车夫将它运送到了莱特伍德的这个地址,却找不到名叫威廉姆斯或者戈登的收件人。他将箱子运回了富国公司的办公室,不过没有人前来认领。

霍姆斯拜访了一位名叫西法斯·汉弗莱的恩格尔伍德居民,他拥有自己的人手和马车,靠搬运家具、板条箱,以及其他的大件物品谋生。霍姆斯请他来运一个箱子和一个行李箱。"我希望你天黑之后再来取东西,"霍姆斯说,"因为我不想让邻居看到这些东西被运走。"

汉弗莱按照霍姆斯的请求在天黑后到达了。霍姆斯领着他走进旅馆,来到楼上一个没有窗户的房间,这个房间有一扇很厚的门。

"这地方看起来很可怕。"汉弗莱说,"一扇窗子都没有,只有一扇厚重的门。走进这个地方之后,我浑身起了鸡皮疙瘩。我觉得这儿有点问题,但是霍姆斯先生并没有给我太多时间去思考这个问题。"

那是个很长的矩形木箱,大约一口棺材大小。汉弗莱首先把它搬下了楼。到了外面的人行道上,他将箱子立了起来。霍姆斯在楼上看到了,用力敲打着窗户,朝下面喊道:"不要那么放。将它放平。"

汉弗莱照做了,然后返回楼上取了旅行箱。这个箱子很重,不过他搬得动。

霍姆斯指挥他将那个长木箱送到联合车站,并且告诉他应该放到月台上的什么地方。显然,霍姆斯已经提前做好了安排,知道会有快运公司的人来取箱子,并用火车运走。他没有透露箱子要运到哪里。

至于行李箱,汉弗莱不记得把它运到什么地方了,不过后来有证据显示,他把箱子运到了查尔斯·查普尔的家里,就靠近库克郡医院。

没过多久,霍姆斯就带着一份让人意外但是颇受欢迎的礼物来到了他的助手本杰明·皮特泽尔家里。他送给皮特泽尔的太太嘉莉一批裙子、好几双鞋以及一些帽子,都曾经属于他的表亲,一位叫米妮·威廉姆斯的小姐。他说她结婚了,搬去了东部,不需要这些旧物了。他建议嘉莉将这些裙子拆了,用布料给她的三个女儿做衣服。嘉莉对此十分感激。

霍姆斯同样给了他的看门人帕特里克·昆兰一份惊喜的礼物:两口结实的箱子,两个箱子上都刻着米妮名字的首字母。

暴风雨和火灾

伯纳姆的工作没有停止,他办公室里各项事务的步伐也没有放缓。世博会的场馆全部完工,所有展品也已经就位,但正如银器都会失去光泽一样,世博会也不可避免地会受到各种不同的因素影响,遭遇破坏和衰败——甚至会发生想不到的悲剧。

七月九日星期天,天气炎热,空气仿佛已经凝滞,费里斯摩天轮成了最受欢迎的景点之一,大道乐园的卡布提沃气球也是一样。这个名为"芝加哥"的气球里填灌了十万立方英尺的氢气,由一根连接到曲柄的拴绳所控制着。到那天下午三点为止,它已经经历了三十五次升空,到达过一千英尺的高度。对于这项特许经营项目的高空特技演员而言,这天对升空而言再合适不过了,他估计,如果从吊篮里放下一根铅垂线,一定会触到正下方的曲柄。

然而,在三点的时候,这个项目的经理G.F.摩根检查了工具,发现气压有明显下降,这证明一场暴风雨正在形成。他暂时停止了卖票,并命令他的手下将气球拉回来。他发现,费里斯摩天轮的操作人员没有采取相应的预防措施。摩天轮仍在继续旋转。

云层不断聚集，天空变成了紫色，西北边刮来了一阵微风。世博会上方的天空突然下沉，一朵小小的漏斗云出现了，并且开始摇摇晃晃地沿着湖畔往南，朝世博会的方向移动。

费里斯摩天轮上坐满了乘客，他们眼睁睁地看着漏斗云兀自跳着肚皮舞跨过杰克逊公园，直接朝着大道乐园奔来。大家越来越担心了。

在卡布提沃气球的基地，摩根经理命令手下们拉住缆绳，并牢牢抓稳它。

在杰克逊公园里，天空突然从阳光四射转变为乌云密布，引得伯纳姆走出了室外，想要一探究竟。强劲的风从四面八方涌来。午餐垃圾飞到了空中，像鸽子一般旋转着。天空低到似乎已经触碰到了世博会园区。人们能听到某处的玻璃被打碎了，不是那种被石头砸碎的温柔的咣当声，而是大片玻璃板摔在地面上的声音，很像受伤的狗在吠叫。

在农业馆里，一块大型玻璃从屋顶掉下来，砸到了下面的桌子上。几秒钟前，还有一位年轻女士在这儿卖糖果。制造与工艺品馆的屋顶有六片玻璃被刮了下来。参展者们飞奔过去用厚帆布盖住了他们的展品。

这阵风将机械馆的圆顶撕开了一道四十平方英尺的口子，还掀掉了世博会匈牙利咖啡馆的屋顶。奥姆斯特德的一艘电动汽艇上的员工急着靠岸疏散所有乘客，正当他们开始往遮棚驶去时，一阵疾风刮到了船的遮阳棚上，将这艘重达五吨的船掀翻了。领航员和指挥员只能游泳逃生。

大片的羽毛在世博会园区内飞舞。大道乐园鸵鸟农场里的二十八头鸵鸟用一贯的镇定自若迎接暴风带来的损失。

在摩天轮上,乘客们互相鼓励着,不过还是有一位女士晕倒了。一位乘客后来给《工程新闻》写信说:"我们合两人之力才将舱门关紧。风太大了,以至于雨水似乎都在横向飞舞,而不是纵向落下。"然而,摩天轮还在继续转着,仿佛此刻并没有刮风。乘客们只感到微弱的震动。这位写信的乘客显然是一位工程师,他估计这阵风只让摩天轮倾斜了一点五英寸。

乘客们看到这阵风抓住了临近的卡布提沃气球,从拽住它的人手里往上扯,还把摩根经理短暂地拉到了半空中。风击打着气球,仿佛它是一个倒立的沙包,然后将它撕扯成了碎片,并将那九千码的丝绸碎片抛到了半英里外的远处。

摩根平静地面对着这场灾难。"在观看这场暴风雨袭击的过程中,我找到了一些乐趣。"他说,"目睹气球被撕成碎片是一辈子难得一见的场景,不过对拥有公司股票的人来说,这一次观光的代价太昂贵了。"

这场暴风雨和在第二天——七月十号星期一发生的事件有没有关系,没有人知道,不过这个时机十分可疑。

星期一,下午一点刚过,伯纳姆正在监督修缮工作,工作人员也正在清理场地中的暴风雨的残留物,这时,开始有烟从冷藏馆塔顶的化铁炉冒出来,这正是六月十七日发生火灾的地方。

这座木制塔楼里装有一个大型烟囱，是为下方主建筑中的三座锅炉排烟用的。制冷需要热量，这仿佛是一件自相矛盾的事。这个大烟囱的高度比塔顶矮三十英寸，在这里必须额外安装一个名为套管的铁制装置，这样烟囱才能完全高出屋顶。这个套管是建筑师弗兰克·伯纳姆的设计中极为重要的一环，目的是避免周围的木墙接触烟囱里排放的过热气体。不过，由于某种原因，承包商并没有安装这个套管，使得这个烟囱的出口没有高出屋顶，而是位于阁楼里的一个房子中。

第一次警报于下午一点三十二分到达消防部门。消防车轰鸣着开向这栋楼。二十位消防员在詹姆斯·菲茨帕特里克队长的带领下进入主建筑，爬到了屋顶上。他们攀上塔楼，然后又经过七十英尺的楼梯到达了塔楼的外阳台。他们用绳子将一条水管和一架二十五英尺长的梯子拉了上去，将水管牢牢地固定在了塔楼上。

詹姆斯·菲茨帕特里克和他的队员并不知道，塔顶的火情已经形成了一个死亡陷阱。燃烧产生的残骸碎片掉落到了铁制烟囱和塔楼的内壁之间，塔楼的内壁是由光滑的白松木制成的。这些碎片引发了火势，在这样狭小的空间里，氧气很快就耗尽了，火苗也随之熄灭，留下过热的等离子，只需要一丝新鲜的氧气就会引发爆炸。

当位于塔楼阳台的消防员们集中精神扑灭头顶的火焰时，从他们的脚下冒出了一股小小的白烟。

消防部门于下午一点四十一分拉响了第二次警报，并且激活了位于世博会机械馆中的大型警报器。成千上万名游客朝冒出浓烟的地方围拢而来，挤在冷藏馆周围的草地和小径上。有一些还带着午餐。

伯纳姆赶来了，戴维斯也是。哥伦布警卫队大规模出动，为增援的消防车和云梯车清道。费里斯摩天轮上的乘客接下来目睹了最清晰、最可怕的画面。

"从来没有，"消防部门的报告里写道，"这么可怕的悲剧被这么多人同时目睹，他们的脸上都充满了痛苦的表情。"

突然，火焰从菲茨帕特里克和消防员们脚下约五十英尺的塔楼处喷薄而出。新鲜的空气涌进了塔楼，接着就发生了爆炸。消防部门的官方报告里写道，对于消防员们来说，这看起来"好像是烟囱外围通风井中的气体烧起来了，整个塔楼内部立刻变成了一个沸腾炉"。

消防员约翰·戴维斯当时正和菲茨帕特里克队长以及其他的消防队员站在阳台上。"我发现只有一线生机，于是决心抓住。"戴维斯说，"我朝水管的方向纵身一跃，运气不错，我抓住了它。但别的男孩们似乎吓呆了，没办法动弹。"

戴维斯和另一位消防员沿着水管滑到了地面上。仍在阳台上的消防员们知道自己已经身处绝境，开始互相道别。目击者看到他们拥抱在一起，互相握手。菲茨帕特里克队长拽住一根绳子，从火焰中荡了过去，落到了下面的主屋顶上，结果一条腿骨折了，并且受了多处内伤。他躺在那里，一半的胡子都烧没了。其他的人跳下去摔死了，还有好几个跌穿了主屋顶。

消防处长墨菲和地面上另外两名消防员架了个梯子去营救菲茨帕特里克。他们用绳子将他放下，在下面等着的同事们接住了他。他还活着，但已经奄奄一息。

这场火灾总计夺去了十二位消防员及三位工人的性命。菲茨帕特里克最终于当天夜里九点死亡了。

第二天，入园人数超过了十万。毕竟，冷藏馆仍在冒烟的废墟具有无法抵挡的吸引力。

验尸官立即展开了审讯，在审讯中，陪审团听取了来自丹尼尔·伯纳姆、弗兰克·伯纳姆、赫拉克勒斯钢铁厂的官员及各位消防员的证词。丹尼尔·伯纳姆作证说，自己对前一次火灾以及套管没有安装一事毫不知情，并且声称由于这栋建筑是私营的特许项目，除了批准其设计之外，自己没有权限管理建筑事宜。七月十八日星期二，陪审团以过失罪的罪名对伯纳姆、消防处长墨菲及两名赫拉克勒斯钢铁厂的官员提出控告，并将这次控告交由大陪审团裁决。

伯纳姆十分震惊，但决定保持沉默。"从任何角度来说，让你对这些逝去的生命负责或者对你提出谴责都是暴行。"他的世博会施工监督员迪翁·杰拉尔丁写信告诉他，"做出这项判决的人一定十分愚蠢，或者说是被可悲地误导了。"

根据常规流程，伯纳姆以及另外几人应该被关押起来等候保释，不过这一次似乎连验尸所都大吃一惊。警长没有下令逮捕工程负责人。第二天早晨，伯纳姆缴纳了保释金。

空气中还弥漫着浓浓的烧焦的木炭味，伯纳姆将交通馆及制造与工艺品馆的屋顶走道、行政大楼的阳台以及高层画廊都关闭了，以防这些场馆或者内部的展品爆发火灾，引起恐慌，导致更严重的悲剧。每天都有成百上千的人挤在制造与工艺品馆的屋顶走道里，而搭乘电梯是他们下楼的唯一方式。伯纳姆想象着惊慌失措的男人、女人以及小孩试图从屋顶的玻璃侧翼上滑下,将它跌穿,然后坠到两百英尺下方的展厅地面的场景。

情况似乎不能更糟糕了,就在七月十八日,验尸所的陪审团下令逮捕伯纳姆的当天,世博会的理事们向银行的压力低下头颅,投票决定成立节省委员会,并赋予了它近乎无限的权力来削减世博会各方面的开支,还任命了三个不近人情的人来组织人马。世博会公司的理事们接着通过了一项决议,决定从八月一日起"除非上述委员会批准,任何有关施工、维护以及世博会经营的开支都不允许发生"。很显然,从一开始,这个委员会针对的首要目标就是伯纳姆的工程部门。

至少对伯纳姆而言,他很清楚,世博会目前最不需要的,就是在他和米勒为了提升付费入园人数而努力的时候(这项活动本身就会产生难以预计的开支),突然出现三个冷眼旁观的吝啬鬼,对一切新的开支指手画脚。米勒有些绝妙的想法,打算在八月举办一些活动,包括一场盛大的大道乐园舞会,在舞会上,世博会的官员包括伯纳姆将与达荷美女人,以及阿尔及利亚肚皮舞者共舞。几乎可以肯定,委员会将认为这次舞会以及米勒在其他活动上的开销是一种浪费。不过伯纳姆清楚,这些活动开销,以及在警力、垃圾清除以及道路和小径维护方面的持续支出是至关重要的。

他担心节省委员会将从此摧毁世博会。

爱

一批圣路易斯市的学校老师在一位年轻记者的陪同下来到了世博会，此时，冷藏馆火灾的废墟还没有被清理掉。这二十四位教师赢得了由《圣路易斯共和报》举办的比赛，奖品是由报社出资免费参观世博会。与他们同行的还有各种亲友，总共四十位旅客。他们挤进了一节名为"贝拿勒斯号"的豪华卧铺车厢，由芝加哥－奥尔顿铁路公司运营。他们于七月十七日早上八点抵达芝加哥联合车站，随即就乘坐马车到达了下榻的旅馆——大学旅馆。旅馆距离世博会很近，教师们从二楼的阳台就能望见费里斯摩天轮、制造与工艺品馆的屋顶以及"大玛丽"镀金的脑袋。

这位记者名叫西奥多·德莱塞，他非常年轻，举手投足间流露着自信，吸引着年轻女性的注意。他会和所有的女性调情，不过最吸引他的显然是一位看起来对他最不感兴趣的女士，她娇小、美丽、含蓄，名字叫萨拉·奥斯本·怀特，曾被一位爱慕者取名叫"水壶"，因为她总是喜欢穿棕色的衣服。她并不算是德莱塞喜欢的类型：这时他已经有了丰富的性经验，正与他的女房东处于一段纯粹的肉体关系之中。对他来说，萨拉·怀特"在极致的纯情和少女般的含蓄背后隐藏着一股强大的气场"。

德莱塞陪伴诸位教师乘坐了费里斯摩天轮，一起观看了"水牛比尔"的表演，科迪上校亲自迎接了这些女教师，并和每一位握了手。德莱塞跟着女士们参观了制造与工艺品馆，他说，人们在这里"可以从一处逛到另一处，一整年都不会累"。在大道乐园，德莱塞说服了詹姆斯·J·科比特来和大家见面。科比特是一位拳击手，曾经在一八九二年九月一场精彩绝伦的比赛上击败约翰·L·沙利文[①]，这场比赛的报道曾经占据了第二天《芝加哥论坛报》的整个头版。科比特也和每一位女士握了手，不过一位姓氏同为沙利文的女教师拒绝了这个机会。

只要一有机会，德莱塞就想方设法地将萨拉·怀特和同行人员隔离开来——德莱塞称他们为"四十怪人"，但萨拉此行也带着自己的妹妹罗斯，这让情况变得比较复杂。德莱塞不止一次想要亲吻萨拉，她却叫他不要"感情用事"。

他引诱萨拉失败，自己倒是被成功引诱了——世博会吸引了他的目光。它将他彻底征服了，他说："这让我陷入了一场梦幻之旅，好几个月都没有恢复。"夜晚是最迷人的时光。"此时所有长长的影子都汇成一体，在湖水和白城场馆的穹顶之上，星星开始闪耀。"

他和"四十怪人"离开世博会以后，一直对萨拉·怀特念念不忘。回到圣路易斯后，他便给她写信，向她表达爱意，与此同时，

[①] 约翰·L·沙利文，19世纪80年代美国赫赫有名的世界重量级拳王。

345

他下定决心要成为一名作家。他离开了圣路易斯，在密歇根州的一家乡村报社当起了编辑，却发现作为一名小镇编辑无法实现他的梦想。兜兜转转之后，他来到了匹兹堡。他一直在给萨拉·怀特写信，并且每次回到圣路易斯都去看她。有一次他让她坐在自己的腿上，她拒绝了。

不过，她还是接受了他的求婚。德莱塞向在《圣路易斯全球民主报》工作的朋友约翰·麦斯威尔展示了她的照片。在德莱塞眼里充满神秘感的迷人女子，在麦斯威尔看来却不过是一位举止乏味的女教师。他试着警告德莱塞："如果你现在就结婚，对象是一个传统又狭隘的女人，年纪还比你大，那你肯定完了。"

对于像德莱塞这样的男人而言，这是一个很好的忠告。不过德莱塞并未理睬。

费里斯摩天轮成了爱的媒介。许多情侣请求准许他们在摩天轮的最顶端举办婚礼。路德·莱斯从未答应过，不过有两次，恋人们已经寄出了请柬，他只好允许他们在自己的办公室里举办婚礼。

尽管摩天轮拥有与生俱来的浪漫潜质，晚上乘客却并不多。傍晚五点到六点之间是乘客们到来的黄金时间。

霍姆斯恢复了单身，他现在坐拥几处地产，并且带着一个新的女人来到了世博会。她的名字是乔治安娜·约克，是他那年早些时候在施莱辛格－迈耶百货商场认识的，她在那儿担任售货员。她在印第安纳州的富兰克林长大，和父母一起生活到一八九一年，为了追寻更丰富、更精彩的生活而来到了芝加哥。她遇见霍姆斯的时候是二十三岁,但娇小的身材与阳光般的金色头发让她看起来更为年轻,除了她轮廓鲜明的面容和蓝色大眼睛中流露出的智慧之外,她看起来几乎像个小孩子。

她从未遇见过像他这样的人。他英俊潇洒,能说会道,并且显然家底殷实。他甚至在欧洲都拥有产业。不过,她有点替他感到悲哀。他太孤单了——除了一位在非洲生活的姑妈之外,所有的家庭成员都不在了。她了解到,他的最后一位叔伯刚刚去世,留给了他一大笔遗产,包括在南方某处和得克萨斯州沃斯堡的地产。

霍姆斯送给了她许多礼物,其中包括一本《圣经》,一些钻石耳环以及一个盒式项链坠。"它的形状是一个小小的心形,"她曾描述道,"上面镶着珍珠。"

在世博会上,他带着她乘坐了费里斯摩天轮,租了一条贡多拉船,陪她在伍迪德岛充满花香的幽暗小径上散步,小径两旁的中国灯笼闪着柔光。

他请她做他的妻子。她答应了。

不过,他提醒她,为了结婚,他必须使用另一个名字——亨利·曼斯菲尔德·霍华德。他说,这是他去世的叔伯的名字。叔伯对自己的血统很骄傲,将财产遗赠给霍姆斯的条件是他首先要采用叔伯的全名。出于对叔伯的纪念,霍姆斯答应了。

哈里森市长也觉得自己恋爱了,对方是来自新奥尔良的一位名叫安妮·霍华德的女人。他已经六十八岁了,还当过两次鳏夫。她才二十多岁,没人知道具体是二十几,不过据估计,她大约处于二十一岁到二十七岁之间。有些传闻说她"非常丰满",另一些传闻则说她"充满活力"。她为了世博会来到芝加哥,在市长家附近租了一栋宅子。白天,她就在世博会上购买艺术品。

哈里森和霍华德小姐有个消息要向全市人民宣布,但市长打算等到十月二十八日再透露,这一天,世博会将举办美国城市日。再过两天,世博会就要正式闭幕了,所以哈里森认为这一天是真正属于他的日子,他会站在来自全国各地的好几千位市长的面前,诉说自己作为芝加哥的市长而产生的骄傲之情,因为这座城市打造了有史以来最伟大的世博会。

怪物

一八九三年七月三十一日，经过两次调查听证后，节省委员会向世博会的理事会提交了报告。报告称，世博会的财务管理"只能用铺张浪费到了令人羞耻的地步来形容"。大幅度地削减开支和裁员十分必要，并且刻不容缓。"至于施工部门，我们不知道该说什么，"报告里继续写道，"我们没有时间进行更细致的调查，不过已经有了一个明确的印象，那就是世博会从以往到现在的运营都有个一贯的原则，即认为钱不是问题。"

节省委员会明确声明，至少对于委员会的三位成员而言，让世博会的财务状况良好和其显然已经取得的艺术成就同样重要。对于芝加哥那些以不动感情地追求最大收益为傲的领军人物而言（有些人可能会认为十分无情），他们的荣誉危在旦夕。报告结尾写道："作为商人，如果我们不想在公众面前丢失脸面，就必须机敏而坚定地遵守这一件事。"

在附加说明中，节省委员会力劝理事们将它设为常设机构，并授予他们批准或否决世博会大大小小一切开销的权力。

即便是对于那些有经验的世博会理事而言,这样的做法也太过分了。希金博特姆主席说,他宁愿辞职也不会将这种权力割让给任何人,其他的理事们也持同样的想法。遭到如此拒绝后,节省委员会的三位成员辞职了。其中一位对记者说:"如果理事会认为像最初计划的那样赋予委员会权力并继续开展工作是合适的,那么园区掉下的人头将足以填满大中庭的水池……"

节省委员会的报告过于严厉了,几乎变成了谴责,而这时整个芝加哥却沉浸在持续的狂喜之中,因为世博会园区终于建好了,并且比任何人想象的还要漂亮。连纽约都道歉了——好吧,至少有一位来自纽约的编辑这么做了。查尔斯·T·鲁特是《纽约纺织品记者报》的编辑,他和伯纳姆过世的合伙人[1]也没有亲戚关系。他在一八九三年八月十日星期四发表了一篇社论,在文中引用了自从芝加哥赢得世博会举办权后,纽约的编辑们发表过的那些充满讥讽和恶意的言论。"几百家报社,其中包括东部的几十家影响力最大的日报,都高兴地统一了战线,认为这个粗糙的、暴发户般的、以猪肉加工为生的城市要着手举办一次真正的世博会,简直是一个'精致'的笑话……"他写道,这些吹毛求疵的言论已经销声匿迹了,不过发出这些言论的人还鲜少有"正式谢罪"的,而这个道歉显然是芝加哥应得的。为了进一步加强他的"异端邪说",他补充道,即使纽约赢得了世博会的举办权,它也不会做得如芝加哥这般好。"目前,就我观察而言,纽约从未像芝加哥支持世博会的举办一般支持过任何事业,而没有这样绝佳的凝

---

[1] 指约翰·鲁特。

聚力、威望和强大的财力,以及一切事物的支持,是无法走得很远,打造出与白城媲美的项目的。"他说,是时候承认事实了:"芝加哥令她的敌人失望了,却震惊了世界。"

然而,没有一位世博会的理事或官员有时间想这么多。付费入园的游人数量虽然稳定上升,却还需要进一步增加,并且要抓紧时间。距离十月三十日的闭幕仪式只剩三个月时间了。(原计划闭幕仪式于十月底,也就是十月三十一日举办,但某些姓名不详的联邦立法人员错误地以为十月只有三十天,所以定在了十月三十日。)

理事们向铁路公司施压,要求降低票价。《芝加哥论坛报》发起了"降价圣战",公开讨伐铁路公司。"他们缺乏爱国之心,这可是属于全国的世博会,而不仅仅是芝加哥的事情。"一八九三年八月十一日的一篇社论如此控诉道,"他们表现出了极度而彻底的自私。"次日,这家报纸又把纽约中央铁路公司的总裁昌西·迪普单独挑出来进行了刻薄的挖苦:"迪普先生一直装作是世博会特别的好友,并曾慷慨地宣称他的铁路会为世博会服务,让数以万计的游客选择来芝加哥而不是去尼亚加拉大瀑布……"而迪普却没有兑现承诺,《芝加哥论坛报》说:

"该轮到昌西·M·迪普交出辞呈了,他没有资格做芝加哥的'养子',芝加哥也不会再依靠他了。"

与此同时,运营主管弗兰克·米勒也在加大力度推广世博会,安排了一个比一个更富有异域情调的活动。他在荣耀中庭的水池里组织了划船比赛,让大道乐园村庄里的居民们互相对抗。每周二傍晚,他们会乘坐着自己家乡的船进行比赛。"我们想给潟湖和水池增添一点生机,"米勒告诉一位采访者,"人们开始厌倦电动船了。如果我们让土耳其人、南太平洋岛民、辛加人①、爱斯基摩人以及美国印第安人划着自己家乡的小舟在大水池里飘荡，一定会为这幅场景增添一些新颖之处和吸引力。"

米勒还组织了游泳比赛，这是被众多媒体称为大道乐园"典型项目"的比赛。他将游泳比赛安排在了周五。第一次比赛于八月十一日在潟湖中拉开序幕，由祖鲁人对抗南太平洋岛民。达荷美人和土耳其人也参加了比赛。"有一些人身上的毛多得像大猩猩似的。"《芝加哥论坛报》带着那个时代常见的"放弃人类学的态度"评论道，"比赛出名的地方是参赛者穿得很少，而且他们以十分严肃的态度来对待赢取五美元金币的任务。"

米勒的重头戏是大道乐园的盛大舞会，在八月十六日星期三晚上举办。《芝加哥论坛报》称其为"大道乐园怪胎舞会"，并且发表了一则社论，试图激起全国人民的好奇心。这篇社论首先提出，女性理事会对大道乐园肚皮舞者的抱怨与日俱增。"这些优秀女士的担心……是因为觉得这一行为违反了道德，还是预计那些舞者如果一直扭动腹部将导致腹膜炎发生，这一点我们并不清楚。不过她们的立场是，那些在尼罗河沿岸地区和叙利亚的露天市场中被视为出格的行为，放在杰克逊公园和华盛顿公园之前的大道乐园也绝对不合适。"

《芝加哥论坛报》写道，不过现在，肚皮舞者和大道乐园里每一位半裸着抖动身体的堕落女性都被邀请来参加盛大舞会了，在这里，她们会和世博会的高级官员们共舞，包括伯纳姆和戴维斯。"因此，

---

①斯里兰卡的一个族群。

大家可以看到，这个场景充满各种可怕的可能性。"《芝加哥论坛报》写道，"当那些裹着紧身胸衣的女理事想到以下场景时，一定会吓得打战——理事长戴维斯可能领着某位迷人的叫法蒂玛的女子走在华丽队伍的最前面，而这位舞娘在跳舞过程中就可能患上了腹膜炎；或者（波特）帕玛作为埃及卢克索神庙朝拜者的护花使者，结果却发现她有相同的疾病；或者属于各族人民的哈里森市长要和所有人跳舞。官员们是会通过抗议或武力禁止他们的舞伴扭摆，还是会追随当下国内的潮流，也尝试一下这种来自东方的扭摆舞步？假设希金博特姆主席发现他面对着一个全身涂满油、光着背的斐济美人，或者是一位身材高大的达荷美族人，正埋头跳着食人生番部落的古怪舞步，那么他是会加入一起跳，模仿她的动作，还是会冒着生命危险制止她？"

让世博会锦上添花的是乔治·弗朗西斯·崔恩（他被人们称为"公民崔恩"）光临了杰克逊公园。他穿着白西服，系着红腰带，头戴红色土耳其毡帽，是受米勒邀请前来主持舞会、参加游泳比赛，以及参与米勒想象得到的其余活动的。崔恩是当时最有名的人之一，虽然没人知道为什么。有人说他是《八十天环游世界》中环游世界的斐利亚·福克的原型。崔恩声称受邀的真正原因是要用自己的超自然力量拯救世博会，增加入园人数。这种超自然力量以电能的形式储藏在他体内。他在世博会园区四处走动，摩拳擦掌，尽量节省地使用着自己的力量，并且拒绝和任何人握手，以防力量流失。"芝加哥建造了世博会，"他说，"其他的人都想要打垮它。芝加哥建了它，而我来这儿拯救它，如果我做不到，就会被绞死。"

舞会在世博会的游泳馆举行。这是一栋很大的场馆，位于大道乐园中，人们可以在里面游泳、沐浴。这个场馆还配备了一个舞厅及好几个宴会厅。天花板上挂着黄色和红色的锦旗。舞厅上方的画廊配了像歌剧院一样的包厢，供世博会官员和社会上的显贵家庭使用。伯纳姆有一个包厢，戴维斯、希金博特姆，当然还有帕玛都有自己的包厢。画廊里还有座位和站位，供其他的付费客人使用。包厢前面的栏杆上挂着三角形的丝巾，上面绣着金色的蔓藤花纹，在附近的白炽灯照射下闪闪发光。整个效果华丽得无法形容。节省委员会是绝不可能批准这样的活动的。

当晚九点十五分，"公民崔恩"一如既往地穿着白西装，却不知为什么抱着满怀的麝香豌豆花，领着奇人异士组成的队伍迈下游泳馆的阶梯，走到了下面的舞厅里。队伍里许多人都光着脚。他拉着一位十岁的墨西哥芭蕾舞者的手，身后跟着几十位男女，都穿着各自的传统服饰。索尔·布鲁姆负责维持舞池的秩序。

官方的节目是向特别的官员和来宾献舞。戴维斯理事长要领导一支四对方舞，伯纳姆是一支柏林舞，哈里森市长是波尔卡舞。当舞蹈完毕后，人群将齐唱《我甜蜜的家》。

游泳馆里气温很高。苏族的"雨脸"酋长[①]脸上的绿色涂料都化掉了，他曾杀死卡斯特的兄弟，现在占据着大道乐园中"坐牛"酋长的小屋。一位拉普兰人穿着毛皮衣，爱斯基摩族的女性们穿着海象皮制的衬衫。来自印度的卡普塔拉大君那个星期正好来芝加哥访问，他坐在舞台临时搭建的王位上，旁边有三位仆人替他扇风。

舞厅里充斥着各种色彩，显得活力十足：日本人穿着红色的丝衣，

---

① "雨脸"酋长是小巨角河战役的领导者之一，击败了卡斯特率领的美国第七骑兵团。

贝多因人①穿着红色和黑色的服饰，罗马尼亚人穿着红色、蓝色和黄色的衣服。那些平常不怎么穿衣服的女性——比如来自亚马孙地区的阿希兹族、来自达荷美的扎托比族——则穿着由小型的美国国旗拼成的短裙。《芝加哥论坛报》无意识地延续了平时描述上流社会着装的文风写道，南太平洋岛民洛拉穿着她的"传统服饰，裹了半身树皮制的衣服，紧身马甲属于低胸剪裁，无袖设计"。随着夜色转浓，杯酒下肚，向洛拉邀舞的队伍越来越长。令人遗憾的是，肚皮舞者们出场时都穿着袍子，蒙着头巾。穿着黑色长礼服的男人们围着舞池绕圈，"摇摆的亚马孙黑人有浓密的头发，戴着牙齿组成的项链"。芝加哥——或许全世界——都没有过这样的画面。《芝加哥论坛报》将这场舞会形容为"自从巴别塔毁灭以来世上最奇异的聚会"。

当然，少不了各种各样的食物。官方菜单如下：

开胃菜

煮土豆，来自爱尔兰乡间

国际肉丁马铃薯，来自大道乐园

冷菜

教会式烤肉，来自非洲西海岸达荷美

风干牛肉薄片，来自印第安村庄

酿鸵鸟肉，来自鸵鸟农场

煮驼峰，来自开罗街

---

① 阿拉伯的游牧民族，居住在北非、阿拉伯半岛、伊拉克和黎凡特的沙漠地区。

炖猴肉，来自哈根贝克

主菜
炖驯鹿肉块，来自拉普兰
油炸雪球，来自"冰铁轨"
水晶果汁刨冰，来自利比玻璃展

点心
卷绕甜甜圈，来自卡布提沃气球
皮具展特别准备的各式三明治

至于甜点，节目单上写道，"占收入总额的百分之二十五"。

舞会在第二天凌晨四点半结束。各位异域人士拖着缓慢的步伐走回了大道乐园。来宾们爬进自己的马车后倒头就睡，或者轻轻地哼起了流行歌曲《舞会之后》，车夫们驾着马车将他们拉回家，途经空荡的街道时，马蹄踩在花岗岩上回响起有节奏的嗒嗒声。

这场盛大的舞会和米勒的其他活动给世博会增添了一种更为野性而欢乐的气氛。在白天，世博会也许穿着圣洁的白色纤维灰浆长袍，而到了晚上，它就开始光脚跳舞、狂饮香槟。

游客人数增加了。八月平均每天的付费游客数量是十一万三千四百零三人——终于打破了至关重要的十万大关，但盈利仍然十分微薄，而整个国家的经济危机正在持续恶化，劳工的情况也更不稳定了。

八月三日，芝加哥一家大型银行——拉扎勒斯·西尔弗曼银行倒闭了。伯纳姆的公司一直是这家银行的客户。八月十日晚，在这场经济危机中最早一批破产的雷丁铁路公司前高管查尔斯·J·艾迪径自走入大道乐园以北的华盛顿公园，开枪了结了自己。当然，他一直住在大都市酒店。这已经是该酒店在那个夏天自杀的第三位房客了。哈里森市长警告道，失业的人数已经膨胀到危险的程度。"如果国会不拨款，我们将面临暴动，国家的根基也会动摇。"他说。两周后，劳工们在市政厅外与警察扭打了起来。这只是一场小型冲突，却被《芝加哥论坛报》称为暴动。又过了几天，两万五千名失业工人聚集在市区的湖畔，聆听塞缪尔·冈珀斯①站在五号演讲马车上发出质问："为什么这个国家的财富要储藏在银行里？失业的工人们无家可归，在街头流浪，而那些囤积黄金只为了挥霍度日的人却整天游手好闲，乘坐着豪华马车四处晃荡，从车里看到一些和平的集会，就称之为暴动？"

这座城市的实业家和富商们从周日的早报中得知了冈珀斯的演讲，对于他们来说，这个问题非常令人不安，因为这似乎体现了一种远超过简单工作的需求。冈珀斯是在呼吁，工人和监督者之间的关系应发生重大的转变。

这是危险的言论，一定要不惜一切代价镇压下去。

---

① 塞缪尔·冈珀斯，美国前工会领袖，美国劳工史上的关键人物。

普伦德加斯特

一想到能成为市里最重要的官员之一，普伦德加斯特就觉得兴奋。他终于可以远离寒冷的清晨、充满恶臭的街道和不听话还要愤怒地嘲弄他的报童了。不过，他的耐心正在减少——任命他为市政顾问的消息应该到了才对。

十月第一周的一个下午，普伦德加斯特乘坐一辆"抓地电车"去了市政厅，想查看他未来的办公室。他找到了一位职员，并做了自我介绍。

令人难以置信的是，这位职员并不知道他的名字。当普伦德加斯特解释说哈里森市长计划任命他为芝加哥新的市政顾问时，这位职员笑了。

普伦德加斯特坚持要见现任的市政顾问，他的名字叫克劳斯。克劳斯一定知道他的名字。

那位职员去叫来了市政顾问。

克劳斯从自己的办公室走出来，并且伸出了手。他向手下的职员介绍普伦德加斯特,说他是自己的"继任者"。突然,每个人都笑了。

一开始,普伦德加斯特以为大家笑是在承认他很快就会入职,但现在他发现,情况并不是自己想的那样。

克劳斯接着问他是否立即就要上任。

"不,"普伦德加斯特说,"我不急。"

这并不是真的,但是这个问题难倒了普伦德加斯特。他不喜欢克劳斯提问的方式,一点也不喜欢。

走向胜利

一八九三年十月九日星期一被弗兰克·米勒定为芝加哥日。上午十点，世博会六十四街入口的票务人员做了一次不完全统计，截至十点，这一个入口记录的付费入园人数就达到了六万人。根据经验，票务人员知道通常情况下，这个入口的门票销售量大约占全部入园人数的五分之一，于是推测出此时已经有约三十万名付费游客进入了杰克逊公园——这个数字比之前任何一天的总人数都多，并且已接近由巴黎世博会保持的三十九万七千人次的世界最高纪录。而这一天才刚刚开始。票务人员察觉到异常的情况正在发生。入园的人数似乎随着时间在成倍增加。在某些售票亭，门票卖得又多又快，银币开始堆积在地板上，甚至没过了票务人员的鞋子。

米勒和其他的世博会官员已经预见到了这天会有很高的入园人数。芝加哥以世博会为傲，而人人都知道，只剩三个星期，世博会就要永久关闭了。为了确保最高的入园人数，哈里森市长签署了官方宣言，呼吁各行各业在这天都暂停运营。法庭休庭，商业局也休息了。天气也有所助益，这天的气温十分舒爽，最高温度不超过六十二华氏度，天空一片蔚蓝。所有的旅馆都爆满了，甚至超过了客容量，一些旅馆经理不得不在大厅和走廊里加设简易床位。惠灵顿餐饮公司在杰克逊公园内经营着八家餐厅和四十个午餐柜台，为了迎接这一天，他们运来了两节火车车厢的土豆、四千桶半桶装的啤酒、一万五千加仑的冰淇淋以及四万磅的肉。这家公司的厨子做了二十万个火腿三明治，煮了四十万杯咖啡。

然而，还是没有人准确预计真正到来的人数。到中午时，票务主管霍勒斯·塔克向世博会总部发去了电报："巴黎世博会的纪录已被打破，人群还在持续涌来。"L.E.德克尔是"水牛比尔"的外甥，为他的蛮荒西部秀卖了八年的票，光他一人在轮班时就卖出了一万七千八百四十三张票，在所有票务员中排第一，霍勒斯·塔克为此奖励了他一盒雪茄。走失的小孩把哥伦布警卫队总部的所有座位都坐满了，其中有十九个在那里过了夜，第二天才被父母领走。五人在世博会园区内或者附近死亡，其中一名工人在准备晚上的烟花表演时遭遇不测，一位游客从一辆"抓地电车"上摔下，掉到了另一辆电车的轨道上。还有一位女士被汹涌的人群挤下了火车站的月台，失去了双脚。那天，乔治·费里斯坐在自己的摩天轮上俯瞰下面的人群，不禁倒吸了一口凉气，"下面一定有一百万人"。

烟花表演在晚上八点准时开始。米勒精心安排了一系列的经典片段：烟花附着在大型的金属框架上，勾勒出各种各样的人物肖像和事件群像。第一组片段描述的是芝加哥一八七一年的大火，其中还有奥利里夫人的奶牛踢翻灯笼的场景。那个夜晚，轰鸣声和嘶嘶声此起彼伏。作为终曲，世博会的烟花技师们将五千枚烟花炮一齐点燃，在湖面上方的夜空绽开。

然而,真正的高潮发生在闭园之后。整个园区一片寂静,空气中还弥漫着烟火燃爆的味道,票务人员在武装警卫的保卫下前往每一间售票亭收集积攒的银币,总共重达三吨。在重重警力的包围下,他们进行了清算。在次日凌晨的一点四十五分,最终结果出来了。

费里斯几乎猜对了。在那一天,有七十一万三千六百四十六人购票进入了杰克逊公园(其中只有三万一千零五十九名——即百分之四是儿童)。另外还有三万七千三百八十位游客使用通行证进入园区,这将当天入园总人数提高到了七十五万一千零二十六人,超过了史上任何一次和平事件的当天参与人数。《芝加哥论坛报》认为,唯一一次更大规模的人群聚集活动是公元前五世纪波斯王薛西斯的五百万大军。巴黎世博会三十九万七千人的纪录确实被远远超过了。

消息传到了伯纳姆的棚屋里,大家在欢呼、香槟和故事分享中度过了这个夜晚。但最好的消息到了第二天才传来,曾经因为"夸下海口"到处受到嘲弄的世界哥伦布博览会公司官员,向伊利诺伊州信托及储蓄公司提交了一张面额为一百五十万美元的支票,从而还清了博览会的最后一笔欠款。

风城胜利了。

现在,伯纳姆和米勒开始为伯纳姆自己的大日子——十月三十日的盛大闭幕式——做起了最后的准备。这场仪式将彻底宣告,伯纳姆真的做到了,他的工作真正完成了——这一次,再也没有待办事项了。伯纳姆相信,这时候,没有任何事情能否认世博会所取得的胜利了,他在建筑史上的地位也已固若金汤。

离别

弗兰克·米勒希望闭幕仪式能吸引比芝加哥日更多的游客。当米勒制订计划时,许多协助伯纳姆建设世博会的人已经开始回归平时的生活。

查尔斯·麦金十分不愿意放手。对他来说,世博会就像一道明亮的光,一度驱散了笼罩在他生活之上的阴霾。十月二十三日早晨,他突然离开了杰克逊公园,那天稍晚时候,他写信给伯纳姆:"你知道我是不喜欢说再见的,应该也做好了我会不告而别的心理准备。离开你们让我很难过,而这么说只能表达我一半的感受。"

"你让我拥有了一段美好的回忆,在世博会的最后这段时光会永远留在我心间,最初的那段时间也一样,我非常认同你做出的各种决定。此生剩余的时光,当我们回忆往事,一遍一遍又一遍地聊起这段过往,一定会是一件乐事,而且以后不论发生任何事情,如果你需要我的帮助,就一定可以依赖我,这一点无须多言。"

第二天,麦金写信给一位巴黎的朋友,谈到他自己、伯纳姆和大多数芝加哥人都越来越赞成不该在十月三十日的官方闭幕日后就任其荒废,因为世博会园区实在是太美妙了,而此时距官方的闭幕日期也只剩六天了,"确实,所有相关人员都有同样的雄心,那就是让它以和出现时一样神奇的方式尽快消失。出于经济考量,以及其他显而易见的原因,有人提议最辉煌的方式是用炸药将一切炸毁。另一个想法是将其付之一炬。后者是最容易的方式,场面也最壮观,不过如果湖面的风向改变,会带来火势蔓延的危险。"

不论是麦金还是伯纳姆都不是真的认为世博会应该付之一炬。事实上,在设计之初,他们就已经将所有建筑组成部分的残余价值最大化了。这种付之一炬的言论只不过是安抚人们眼看着这场美梦走到尽头的绝望心情的一种方式。没有人忍心让白城荒废掉。《四海》杂志的一位记者写道:"与其让它逐渐坍塌,年久失修,不如让它在一场光荣的火中突然殒亡。就像一个宴会大厅,到了第二天早晨,宴席已散,客人离场,灯光熄灭,没有什么比这场景更加凄凉了。"

后来,这些关于火的冥思听起来竟像是预言似的。

奥姆斯特德也离开了。到了夏末,繁忙的行程和令人窒息的炎热导致他的健康再一次出了问题,失眠症复发了。他手头上还有好几项工作,其中最主要的是比尔特莫庄园。不过他觉得自己已经走到了事业的尽头。他已经七十一岁了。一八九三年九月六日,他写信给一位名为弗雷德·金斯伯里的朋友说:"我没有办法去找你,我常常幻想骑着马经过我们的老地方,见见你和其他的朋友,但我几乎已经向命运投降了,必须挣扎着走完最后这段路。"不过,奥姆斯特德罕见地表达了自己的满足。"我热爱我的孩子们,"他告诉金斯伯里,"他们是我人生的重心之一,而另一个重心就是做好景观设计,并让人们能够喜欢它们。我尽管疾病缠身,却并不是一位不快乐的老人。"

路易斯·沙利文因为他设计的交通馆(特别是"金色大门")收获了数之不尽的表扬和奖励,他再次和丹克马·艾德勒合作,但是现在的情况已经改变。由于经济危机的不断恶化,再加上两位合伙人的一些决策失误,公司已经没什么生意可做了。整个一八九三年,他们才完成了两栋建筑。沙利文对待同行从不宽容,当他发现公司一位资历尚浅的建筑师一直在利用空闲时间为自己的客户设计房子时,他大发雷霆,将此人开除了。

这位资历尚浅的建筑师就是弗兰克·劳埃德·赖特[①]。

上万名施工人员同样也从世博会园区离开,回到了没有工作的世界中,而那里已经挤满了失业的工人。一旦世博会关闭,还有另外好几千人会加入他们,走上芝加哥街头。一场暴动就像秋天不断加深的凉意一样一触即发。哈里森市长十分同情这些工人,也尽其所能地帮助他们。他雇用了数以千计的工人打扫街道,并且命令警察局在夜间向那些寻找地方睡觉的人开放。据芝加哥的《商业财经纪事报》报道:"此前从未有过哪次商业活动的中断如此突然而引人注目。"生铁的产量下降了一半,新铁路的修建也几乎已经停滞。由于需要车厢将游客载往世博会,普尔曼公司逃过一劫,不过等到世博会快结束时,乔治·普尔曼也开始降薪和裁员了。但他并没有降低

[①] 弗兰克·劳埃德·赖特,美国著名建筑家、室内设计师,1991年被美国建筑师协会评为"美国历史上最伟大的建筑师"。

他的公司所在小镇的房子的房租。

白城曾将人们吸引到这里来，并保护他们；现在黑城在欢迎他们回去，在冬季来临前夕，到处充斥着脏污、饥饿和暴力。

霍姆斯也察觉到应该离开芝加哥了。来自债权人和受害者家庭的压力与日俱增。

首先，他在自己旅馆的顶层放了一把火。这场火几乎没有造成什么损失，但是他以自己的化名海勒姆·S·坎贝尔申请了六千美元的保险理赔金。某一家保险公司的调查员F.G.考伊开始起疑，并展开了深入调查。虽然考伊没有掌握确凿的放火证据，但他认为是霍姆斯或者某个同伙放的火。他建议保险公司如约进行赔偿，但只支付给海勒姆·S·坎贝尔，并且必须由坎贝尔本人前来领取。霍姆斯没办法自己去领理赔金，因为考伊已经认识他了。按照惯例，他只需雇个人假扮坎贝尔前去领钱就好，不过近来他开始变得越来越谨慎。米妮·威廉姆斯的监护人已经派遣了一位叫威廉·卡普的律师来寻找她，并且开始保护她的财产。安娜的监护人——牧师布莱克博士也聘用了一位私家侦探，这位侦探已经来到了霍姆斯的大楼。西格兰德、斯迈思及其他人的父母还在不断地寄信过来。目前，还没有任何人控告霍姆斯谋杀，不过比起以前的任何一次经历，此番调查的浪潮都更加剧烈，并委婉地带有控诉之意。当然，海勒姆·S·坎贝尔没有前去领钱。

不过霍姆斯发现考伊的调查有另一层更具破坏性的作用。在不断搜集有关霍姆斯的信息的过程中，他成功地煽动了霍姆斯的债权人，包括霍姆斯在过去五年里欺骗过的家具商、制铁商、自行车制造商以及承包商，并将他们联合起来。债权人现在雇用了一位名叫乔治·B·张伯伦的律师。这位律师是芝加哥拉斐特收账代理公司的法律顾问,自从霍姆斯没能将炉具公司改善烧窑的费用付清以来就一直在纠缠他。后来,张伯伦宣称自己是芝加哥头一个怀疑霍姆斯是罪犯的人。

一八九三年秋天,张伯伦联系了霍姆斯,请他来自己的办公室会面。霍姆斯以为自己会和张伯伦单独见面,但当他到达办公室的时候,却发现办公室里已经来了二十几位债权人、他们的律师以及一位警探。

这让霍姆斯很惊讶,但他并没有惊慌失措。他和大家纷纷握手,并且直直地盯着债权人愤怒的眼睛。债权人的怒气马上减少了几分。他就是有这种魔力。

张伯伦的计划是把这次会面作为一个陷阱,打破霍姆斯泰然自若的神情。他惊叹于霍姆斯面对满办公室的怨气还能这么满不在乎。张伯伦告诉霍姆斯,他总共欠了债权人至少五万美元。

霍姆斯摆出了最严肃的表情。他理解他们的担忧,也解释了自己的过失:他的抱负超过了偿还债务的能力。事情本来会一帆风顺的,债也早应该还清了,可一八九三年的经济危机将他和他的希望一并摧毁掉了,就和芝加哥及全美国各地的人一样。

张伯伦发现,令人难以置信的事情发生了,有些债权人竟开始同情地点头。

霍姆斯的双眼噙满了泪水。他表达了最深刻、最真挚的歉意。他提出了一个解决方案,提议把自己用各种产业换来的一笔贷款给这些债权人,以此来偿还债务。

这个提议几乎让张伯伦笑了出来,不过在场的某位律师居然建议大家接受霍姆斯的提议。张伯伦惊讶地发现,霍姆斯虚假的温暖似乎正在让债权人变得心软。就在不久前,这些人还希望警探在霍姆斯走进办公室的那一瞬间就逮捕他,现在他们却想要探讨接下来该怎么做。

张伯伦让霍姆斯在隔壁房间等消息。

霍姆斯照做了,他平静地等待着。

随着会议的继续(而且形势变得激烈起来),那位一开始建议接受霍姆斯贷款的律师假装要喝水,出了张伯伦的房间,走到了霍姆斯等待的房间里。他和霍姆斯交谈了几句。没有人清楚接下来具体发生了什么。张伯伦后来声称,这位律师因为自己的提议被否决而怒不可遏,于是向霍姆斯走漏了消息,告诉他债权人开始倾向于逮捕他。也可能霍姆斯仅仅是给了这位律师一些钱来收买消息,或者施展了自己虚假的温暖和含泪的悔恨,引诱律师透露了债权人渐渐达成的共识。

律师回到了会议上,而霍姆斯偷偷溜走了。

很快,霍姆斯就启程前往得克萨斯的沃斯堡,想更加妥善地处理米妮·威廉姆斯的地产。他已经有了计划。他打算卖掉一部分,然后在剩余的地皮上建一栋三层的房子,和恩格尔伍德的那栋一模一样。与此同时,他会利用这片土地来获得贷款和流通的票据。他期待过上富有而满意的生活,至少在去往下一个城市之前是这样。他带上了助手本杰明·皮特泽尔,以及他的新未婚妻——娇小美丽的乔治安娜·约克小姐。就在离开芝加哥前,霍姆斯获得了一张人寿保险单——它从费城的富达互惠人寿保险公司购得,为皮特泽尔投了一万美元的人寿保险。

夜幕降临

越来越多的人意识到，留给他们参观白城的时间越来越短了，所以整个十月，世博会的参观人数一直在急速增长。十月二十二日，付费入园的游客人数总计十三万八千零十一人。两天以后，这个数字就达到了二十四万四千一百二十七人。现在每天都有两万人乘坐摩天轮，比月初的人数多了百分之八十。大家都期望入园人数能继续增加，并且希望前来参加十月三十日闭幕仪式的人数能打破芝加哥日的纪录。

为了吸引游客前来参加闭幕仪式，弗兰克·米勒安排了一整天的庆典活动，有音乐、演讲、烟花表演，还有"哥伦布"本人带领着妮娜号、平塔号以及圣玛丽亚号登陆的场景。这三艘船是世博会按照等比例在西班牙建造的。米勒聘用了演员来扮演哥伦布和他的船长们，船员队伍将由那些把船开到芝加哥来的人组成。米勒安排从园艺馆中借来了热带的植物和树木，将它们移到湖畔区域。他还计划让沙滩铺满橡树和枫树的落叶，以表明哥伦布登陆的季节是秋天，即使活生生的棕榈树和落叶树木并不是特别协调。登陆以后,哥伦布将把自己的剑插到地上,宣布新世界为西班牙的领土,他的手下则模仿为纪念哥伦布发现新世界而发行的两分钱邮票上那些人的姿势。与此同时,据《芝加哥论坛报》报道,从"水牛比尔"的秀场和世博会的各个展览上雇来的印第安人将"谨慎地窥视着"登陆的队伍,并且会陆陆续续地大声叫喊,来来回回地跑动。有了这些设定之后,米勒希望将访客们带回"四百年前"——尽管将西班牙帆船拉到岸上的是蒸汽拖船。

不过,首先到来的是哈里森市长的大日子——美国城市日,这天是十月二十八日星期六。五千名市长及市议员接受了哈里森的邀请,来参加世博会,其中包括旧金山市、新奥尔良市以及费城的市长。至于纽约市的市长有没有参加,记录上并没有显示。

那天早晨,哈里森向记者们宣布了好消息。他宣布,有关他和年轻的安妮·霍华德小姐的绯闻是真的,不仅如此,他们还计划在十一月十六日结婚。

下午,神圣的时刻来临,他起身向在座的市长发表了讲话。据朋友描述,他从未看上去如此潇洒,如此充满活力。

他赞扬了杰克逊公园卓越的改造成果。"看看它现在的样子!"他说,"这些建筑、这个大厅、几个世纪以来诗人的梦想,仅仅是疯狂的建筑师们实现的最狂野的抱负。"他对听众们说:"我自己也翻开了人生的新篇章。"或许这里是暗指霍华德小姐,"而且我相信,我将亲眼见到芝加哥成为全美最大、全球第三大的城市的那天。"他已经六十八岁了,却宣称:"我打算再活至少半个世纪,到了那时,伦敦就该害怕被芝加哥超过了……"

他瞥了一眼奥马哈市的市长，欣然提出接受奥马哈市是郊区的说法。

之后，他话锋一转。"当我看着这么了不起的世博会，一想到它将化为乌有，心里就一阵厌烦。"他说，他希望拆除工作能快一些，并且引用了伯纳姆最近说的话，"'让它去吧，如果这是注定的，那就让它去吧。让我们举起火把，将它付之一炬。'我认同他说的话。如果我们不能将它多保留一年，我赞同举起火把将它付之一炬，让它去往明亮的天空，进入永恒的天堂。"

普伦德加斯特再也忍不了了。他去造访市政顾问办公室（按理说应该是他自己的办公室）这件事太屈辱了。他们故意迎合他，还得意地发笑。不过哈里森肯定会答应给他这个职位的。他要怎么做才能受到市长的关注呢？他寄出去的明信片都石沉大海。没有人回信给他，也没有人拿他当回事。

这天是美国市长日，当天下午两点，普伦德加斯特离开母亲的房子，来到密尔沃基大道上的一家鞋店。他付给了鞋商四美元，买了一把二手的六发左轮手枪。他知道这种特定型号的左轮手枪在被撞到或者掉到地上时容易走火，于是他只上了五发子弹，留空了击锤下方的弹膛。

后来，这一项预防措施导致了许多事件的发生。

三点钟，大约是哈里森正在做演讲的时间，普伦德加斯特走入市中心的联合大楼，州长约翰·P·阿尔特盖尔德在这儿办公。

普伦德加斯特看起来脸色苍白，异常兴奋。大楼的一位官员发现他举止异样，于是告诉他不能入内。

于是，普伦德加斯特回到了街上。

当哈里森离开杰克逊公园，穿过寒冷而烟雾弥漫的暮色返回自己位于阿什兰大道的府邸时，已经快到晚上了。这一周以来，气温急速下降，夜间气温降到了三十多华氏度，天空似乎永远都是乌云密布。哈里森七点到家，胡乱地修补了一阵一楼的某扇窗户，然后就和他的两个孩子一起坐下吃饭。这两个孩子是索菲和普雷斯顿，他也有另外的孩子，不过都长大离开家了。当然，他们的菜单里也包括西瓜。

大约七点半，饭吃到一半的时候，有人按了前门的门铃。客厅女仆玛丽·汉森前去应门，发现一位年轻男人站在外面，脸上胡子刮得很干净，留着黑色短发，但是面容憔悴，看起来好像生病了。他要求见市长。

这个请求本身没什么特别。在阿什兰大道上的这间宅子，晚上有陌生人找上门来是很平常的事情，因为哈里森以能为芝加哥不分阶级的每位市民服务为荣。不过，这天晚上的访客看起来比大多数访客更没精打采，行为举止也更怪异。玛丽·汉森便让他半小时后再来。

这天对于市长来说是兴奋的一天，但也让他筋疲力尽。他在餐桌上就睡着了。快到八点的时候，他的儿子离开餐厅回到了楼上的房间，准备换衣服参加晚上的一次约会。索菲也上楼了，她要写一封信。房子里很暖和，通透明亮。玛丽·汉森和其他仆人正聚在厨房吃晚餐。

八点整，前门的门铃又响了。汉森再次前去应门。

站在门口的还是刚才那个男人。汉森让他在门厅里等候，自己去请市长。

"大约八点钟，我听到了吵闹声，"哈里森的儿子普雷斯顿说，"我吓了一跳，听起来像是有画从墙上掉下来了。"索菲也听到了，并且听到她父亲大声地呼喊。"我没多想。"她说，"我以为是有纱窗掉到后厅附近的地板上了，还以为父亲是在打哈欠。他有大声打哈欠的习惯。"

普雷斯顿离开自己的房间，看到有烟从门厅冒出来。当他下楼时，又听到了两声枪响。"最后一枪清晰而尖锐。"他说，"我知道一定是左轮手枪。"那听起来就像"下水道里的爆炸声"。

他跑到了大厅，发现哈里森仰面躺在地上，被一圈仆人围着，空气里充斥着一股弹药味。哈里森几乎没出什么血。普雷斯顿叫道："父亲没事吧？对吧？"

市长自己回答了。"不，"他说，"我被射中了。我快死了。"

从街上又传来了三声枪响。马车夫用自己的手枪朝空中开了一枪，提醒警察出事了，还对普伦德加斯特开了一枪。普伦德加斯特也开枪回击。

这场骚动引来了一位叫威廉·J·查尔默斯的邻居，他将自己的外套叠起来，枕在了哈里森的头下。哈里森告诉他自己的心脏中枪了，不过查尔默斯并不相信，因为血迹太少了。

他们为此争执起来。

查尔默斯告诉哈里森，他的心脏没有中枪。

哈里森怒斥道:"我告诉你是中枪了,我要死了。"

过了一会儿,他的心脏停止了跳动。

"他生气地死去了。"查尔默斯说,"因为我没有相信他。就连在死亡这件事上,他都这么强势专横。"

普伦德加斯特走到附近的德斯普兰斯街警察局,平静地对执勤警员O.Z.巴伯说:"把我铐起来吧,我就是射杀了市长的那个人。"警员并不相信,直到普伦德加斯特交出了左轮手枪,上面还散发着浓浓的弹药味。巴伯发现弹膛里有四枚弹壳,以及一枚子弹。第六个弹孔是空的。

巴伯问普伦德加斯特为什么要射杀市长。

"因为他背叛了我的信任。我从一开始就支持他的竞选运动,他答应过要任命我为市政顾问,但他没有兑现承诺。"

世博会公司取消了闭幕仪式。不会有欢乐大游行,哥伦布登陆,哈洛·希金博特姆、乔治·戴维斯,或者贝莎·帕玛的演讲了;也不会有颁奖仪式,以及对伯纳姆和奥姆斯特德的表彰;没有《美国万岁》,也不会有集体合唱《友谊地久天长》了。取而代之的是在世博会节庆大厅里举办的追悼会。随着群众入场,一位风琴演奏家在大厅的巨型管风琴上演奏着肖邦的《葬礼进行曲》。大厅里非常冷,主持追悼会的官员宣布来宾们可以不用脱帽。

牧师J.H.巴罗斯博士念了一段祷文进行祈福,然后在世博会官员的请求下,念了希金博特姆原本准备在闭幕仪式上发表的演讲。这篇演讲似乎仍然适用,特别是其中的一段。"我们正在背弃文明史上最美的一场梦,打算让它化为灰烬,"巴罗斯念道,"就像一位亲密朋友的死亡一样。"

众人缓缓离开,走进了下午寒冷灰暗的空气里。

四点四十五分,黄昏降临,密歇根号战舰发射了一枚炮弹,并接连发射了二十枚,这时,一千个男人正安静地守在世博会的每一面旗帜下。随着密歇根号最后一枚炮弹发射完毕,行政大楼前的大旗降落到地面上。与此同时,这一千面旗帜也开始降落,荣耀中庭的一群小号手和巴松管乐手演奏起了《星条旗》和《美国》。二十万名访客也跟着一起唱了起来,许多人眼里饱含着泪水。

世博会结束了。

卡特·哈里森的送葬队伍绵延数英里,包括六百辆马车。车队在黑色的人海中缓慢而安静地前行,男人女人都穿着黑色衣服表示哀悼。载着哈里森黑色棺材的灵车走在最前面,后面跟着哈里森挚爱的肯塔基马,马镫在空空的马鞍上交叉着。在所有的地方,代表白城的白色旗帜都降了半旗。成千上万的男人和女人戴着有"我们的卡特"字样的徽章,默默无语地看着市里最优秀的人的马车一辆接着一辆经过,它们分别属于阿莫尔、普尔曼、施瓦布、菲尔德、麦考密克以及沃德。

伯纳姆的心情也十分复杂。

对他而言,这是一段非常艰难的旅程。这条路他走过,他曾为约翰·鲁特送葬。世博会以死亡开始,现在又以死亡结束。

行进的队伍如此庞大,以至于需要两个小时才能全部经过每处地点。当队伍到达市区北部的雅园墓地时,夜幕已经降临,地面上笼罩着一层薄薄的雾气。前往墓地的褐色砂石小教堂的小径两边站着长长的警察队伍。在旁边,站着五十名"联合德国歌咏社"的成员。

哈里森曾经在野餐时听到过他们唱歌,并且开玩笑说要请他们来自己的葬礼上歌唱。

哈里森被谋杀的事件给芝加哥蒙上了一层沉重的阴影。一切事物都好像幻梦一场。本来市里的报纸都准备连续不断地刊登关于世博会余波的报道了,如今却都悄无声息。十月三十一日,世博会非正式开放,许多男人和女人来到园里进行最后一次游览,仿佛在向一位逝去的亲人致敬。一位女子流着泪告诉专栏作家特雷莎·迪恩,"这一次告别是我有生以来最难过的一次。"英国编辑威廉·斯特德的弟弟赫伯特·斯特德曾经报道世博会的开幕式。威廉·斯特德从纽约出发,在世博会官方闭幕日当晚抵达了芝加哥,并且在第二天首次造访了世博会。他声称,之前他在巴黎、罗马、伦敦看到过的事物中,没有哪一样可以和荣耀中庭媲美。

那天晚上,世博会最后一次照亮了整个园区。"在星空之下,湖水深沉而阴郁,"斯特德写道,"可是湖岸却闪耀着金色的光芒,犹如象牙之城一般,它像诗人的梦一般美妙,却像死亡之城一般沉寂。"

黑城

事实证明，世博会没有办法长时间将黑城的影响阻挡在外。在正式闭幕后，成千上万的工人加入了与日俱增的失业队伍，无家可归的人在世博会废弃的伟大建筑中安了窝。"在世博会结束后那个严寒的冬天，穷人们变得瘦骨嶙峋，饥饿难耐。"小说家罗伯特·赫里克在《人生之网》中写道，"在这一项华丽的事业中，这座奢侈的城市使出了吃奶的力气，却在向全世界展现了自己至为绚烂的能量之花后，迅速凋谢了……这座城市的'衣服'对它而言太大了。绵延数里的店铺、旅馆、住宅都空着，证明了它萎缩的状态。数以万计的人被高得出奇的薪酬吸引过来，却困在了这里，没有食物果腹，也没有权利住在那些并没有租客的房子里。"正是这种对比让人感到心痛。"多么壮观！"雷·斯坦纳德·贝克在《美国纪事》里写道，"多么壮观的人类衰败场景！宏伟而奢侈的世博会才刚刚落幕！前一个月还处在绚丽、骄傲、得意洋洋的巅峰，下一个月就坠入了凄惨、磨难、饥饿和寒冷的深渊。"

在接下来的那个残酷冬天里，伯纳姆的摄影师查尔斯·阿诺德拍下了一组与众不同的照片。其中一张照的是机械馆，因为烟尘和垃圾而肮脏不已，有一面墙还被人泼上了深色的液体。一根柱子的根部有一个大箱子，显然是一位无家可归的流浪汉的居所。"满目荒芜。"专栏作家特雷莎·迪恩在描述一八九四年一月二日造访杰克逊公园的见闻时这样写道，"你会宁愿自己根本没有来。如果不是周围有这么多人，你会伸出胳膊默默祷告，期望一切都回到你身边。太残忍了，让我们看到这样的场景实在太残忍了。我们做了一场美梦，在天堂里逡巡了六个月，然后它却又从我们的生命中抽离。"

在她造访六天后，第一起火灾发生了，烧毁了好几栋楼，其中就包括著名的列柱廊。次日早晨，缺了口的脏兮兮的"大玛丽"伫立在烧得变了形的钢铁废墟里。

那个冬天对于美国劳工而言是一场严酷的考验。对于工人而言，尤金·德布斯和塞缪尔·冈珀斯越来越显得像救世主一般，而芝加哥的富商们却变得像恶魔一样。尽管金库里还有足足六千万美元现金，乔治·普尔曼却选择继续裁员降薪，而且不降低房租。他的朋友们警告他这样做太固执了，低估了工人们的愤怒。他便把自己的家搬到了芝加哥外，并把最值钱的瓷器藏了起来。一八九四年五月十一日，两千名普尔曼公司的工人在德布斯的美国铁路工会的支持下开始了罢工。全国各地纷纷爆发罢工，德布斯也开始策划在七月进行一场全国性的大罢工。克利夫兰总统下令联邦军队进入芝加哥，并让世博会总执行官尼尔森·A·迈尔斯将军统一指挥。迈尔斯面对这个新任务感到十分不安。在这场不断扩散的动荡里，他觉察到了一些不同以往的东西，"比以前发生过的任何事情都更具有威胁性，更意义深远"。不过他还是遵从了命令,于是这位世博会总执行官现在却和建造世博会的人开始了斗争。

罢工者们拦截火车,烧毁了车厢。一八九四年七月五日,纵火犯烧掉了世博会最宏伟的七个场馆——博斯特雄伟的制造与工艺品馆、亨特的穹顶、沙利文的金色大门全部毁于一旦。在环线内,男人和女人们聚集在各处屋顶,以及鲁克利大楼、共济会大楼和禁酒联盟大楼最高层的办公室里,还占领了此外所有的高处,目睹了远处这场大火。火焰升到百尺高的夜空,光亮投射到了远处的湖面。

伯纳姆的心愿姗姗来迟。"这没有什么遗憾的。"《芝加哥论坛报》评论道,"这反而让人感到一阵愉悦。是自然的力量,而不是肇事者将独属于哥伦布之季的壮美景观彻底抹除了。"

第二年,这里传出了令人惊愕的消息。

"数以百计的人去了芝加哥参加世博会,从此音信全无。"《纽约世界报》写道,"当世博会闭幕时,这个'失踪名单'已经变得很长了,大多数人疑似被谋杀了。这些前来参观世博会的人过去从未来过芝加哥,是不是因为看到霍姆斯发出的诱人广告才找到了霍姆斯的旅馆,然后就再也没有回去?他把自己的旅馆建在世博会园区附近,是不是为了尽可能多地获取受害者?"

一开始,芝加哥警方没有做出回应,原因显而易见:在世博会期间的芝加哥,失踪是多么寻常的事。

霍姆斯旅馆的秘密最终公诸于世,仅仅是因为一位来自遥远城市的侦探忍着丧亲之痛,孤独地开始了调查。

第四部
真相大白

1895

H.H. 霍姆斯的财产

　　弗兰克·盖尔侦探个子很高大，面目和善而真诚，蓄着一大丛像海象一般的胡须，眼神和举止中透露出一种罕见的严肃。他是费城的顶级侦探之一，曾经当过二十年的警察，在此期间，他调查过大约两百起杀人案。他对谋杀案十分熟悉，深谙其不变的模式。丈夫杀死妻子，妻子杀死丈夫，穷人彼此杀害，通常都是因为钱、妒忌、一时冲动或者爱情。鲜少有谋杀案涉及那些廉价小说或怪诞小说里写到的神秘元素。不过从一开始，盖尔的这一次任务（时间来到了一八九五年六月）就和以往不同。其中一个不同寻常的方面是，嫌疑犯已经被拘留了，七个月前他就已经因为保险欺诈而被捕，现在正关押在费城的摩亚门森监狱里。

　　这名嫌疑犯是一位医生，他的姓氏是马盖特，但是他的化名H.H.霍姆斯更加广为人知。他曾经住在芝加哥，在那儿有一个名为本杰明·皮特泽尔的同伴，并且在一八九三年世界哥伦布博览会期间经营过一家旅馆。他们后来搬到了得克萨斯的沃斯堡，又搬到了圣路易斯，接着搬去了费城，一路上都在实施诈骗。在费城，霍姆斯显然伪造了投保人本·皮特泽尔的死亡，骗取了富达互惠人寿保险公司近一万美元。霍姆斯在一八九三年世博会即将闭幕时，从富达公司芝加哥办事处购买了这份保险。随着欺诈的证据逐渐累积，富达公司雇用了被称为"永不睡觉的眼睛"的平克顿国家侦探所来寻找霍姆斯。该所的侦探们在佛蒙特州的伯灵顿发现了他的踪迹，一路追随到波士顿，并在那儿设法让警察将他逮捕。霍姆斯承认了欺诈行为，同意被引渡到费城接受审讯。那时，这起案件似乎已经结案了。不过到了一八九五年六月，有越来越明显的证据表明，霍姆斯并非伪造了本·皮特泽尔的死亡，事实上，他杀死了皮特泽尔，并把现场布置得像是意外死亡一样。现在，皮特泽尔五个孩子中的三个——爱丽丝、内莉和霍华德已经失踪。最后一次有人看见他们时，他们是和霍姆斯在一起。

盖尔的任务是找到这几个孩子。费城的地方检察官乔治·S·格雷厄姆多年来习惯将最为敏感的调查交给盖尔，于是邀请他加入了这个案件。不过，格雷厄姆这次是经过再三考虑才作此决定的，因为他知道仅仅在几个月前，盖尔才由于家中失火，失去了妻子玛莎和十二岁的女儿埃丝特。

盖尔在霍姆斯的牢房里和他面谈，但什么都没问出来。霍姆斯一口咬定，他最后一次见到皮特泽尔的孩子时，他们还活着，正和一位叫米妮·威廉姆斯的女人一起旅行，前往他们父亲藏身的地方。

盖尔发现霍姆斯为人圆滑，油嘴滑舌，是个社交变色龙。"霍姆斯非常擅长给自己的谎话添油加醋。"盖尔写道，"他所有的故事都被饰以华丽的辞藻，他这样做的目的就是增强自己故事的可信度。在交谈的时候，他看起来十分坦诚，当需要煽情的时候，就会变得楚楚可怜，讲话的声音都开始颤抖，通常眼睛也饱含泪水，之后，他说话的方式会快速地转变为决绝有力，仿佛从触及心灵深处的柔软记忆中迸发出了愤怒或决心似的。"

霍姆斯声称自己弄到了一具和本·皮特泽尔相像的尸体，然后将它放在了专门租来进行欺诈的房子二楼。不知是出于巧合，还是某种恶意的幽默，这个房子正位于市政厅以北几个街区外市里的停尸房后面。霍姆斯承认安排这具尸体是为了伪造皮特泽尔在一场爆炸中意外死亡的假象。他在尸体的表面倒了一层溶剂，然后点燃了它，把尸体搬到了有阳光直射的地板上。尸体被发现的时候，形态已经扭曲到完全无法辨认了。霍姆斯主动提出帮助验尸官进行辨认。在停尸房，他不仅帮着找到了死者颈部一颗显著的疣子，还拿出自己的手术刀亲手将它割下来，煞有介事地递给了验尸官。

验尸官希望皮特泽尔的家人也在场进行辨认。皮特泽尔的妻子嘉莉因为身体抱恙无法到场，于是派来了二女儿——十五岁的爱丽丝。验尸官用布遮住了尸体，只让爱丽丝看到了皮特泽尔的牙齿。她似乎很确定尸体是她父亲。富达公司支付了抚恤金。接下来霍姆斯来到圣路易斯，这是皮特泽尔一家现在居住的地方。爱丽丝仍被他控制着，他还说服嘉莉让他带走了另外两个孩子，理由是他们的父亲现在正在躲避风声，见子心切。他带走了十一岁的内莉和八岁的霍华德，然后和三个孩子踏上了一段奇异而悲伤的旅程。

盖尔从爱丽丝的信件中得知，一开始她以为这是一段冒险之旅。在一八九四年九月二十日写给她母亲的一封信中，爱丽丝写道："我希望你也能看到我看到的东西。"在同一封信里,她又表达了对霍姆斯的甜言蜜语的厌恶。"我不喜欢他叫我宝贝、孩子、亲爱的,以及类似的鬼话。"第二天,她却又写道:"妈妈,你看过或吃过红色的香蕉吗?我吃了三根。它们好大,我用手握住,大拇指和食指才刚刚能碰到。"自从离开圣路易斯,爱丽丝就失去了家里的消息,她十分担心母亲的病情恶化。"你收到过除了这封信之外的四封信吗?"爱丽丝写道,"你是卧病在床还是已经可以走动了?我希望能收到你的消息。"

盖尔侦探能确定的事情不多,但其中一件就是嘉莉·皮特泽尔一封信都没有收到。爱丽丝和内莉在霍姆斯的监控下曾写了很多信给她们的母亲,她们将信交给了霍姆斯,期望他能把信寄出去。但他从来没有寄过。在他被捕之后没多久,警方找到了一个铁盒,上面写着"霍姆斯的财产",里面有各种各样的文件,还有几十封女孩子写的信。他把信件藏在盒子里,仿佛它们是从沙滩上捡来的贝壳。

皮特泽尔夫人几乎被焦急和痛苦压垮了,尽管霍姆斯保证说爱丽丝、内莉和霍华德三个孩子正待在英国伦敦,被米妮·威廉姆斯照顾得很好。伦敦警察厅进行了搜寻,但是没有发现他们的踪影。盖尔一点也不觉得自己的搜寻会有更好的效果。距离有人最后看到这几个孩子已经过去大半年了,盖尔写道:"这个任务的前景似乎十分灰暗,和这个案件有利害关系的人几乎都认为这几个孩子永远找不到了。不过,地方检察官认为还是要做最后一次努力,去寻找这些孩子,就算不为其他,也要看在这位可怜母亲的分上。他没有向我施加任何限制,只是要我放手去干,凭借我自己的判断,跟着线索一路查到底。"

一八九五年六月二十六日，炎炎夏日的一个酷热夜晚，盖尔踏上了寻找孩子们的旅途。六月初，一个名为"永久性高压"的高气压带控制了大西洋沿岸的中部各州，费城的气温高达九十多华氏度。乡间则被一种潮湿的沉闷所控制。即使在夜里，盖尔的火车车厢内的空气也是凝滞的，湿度很大。雪茄残留的气味从男士们的西服上飘散开来，每到一处站点，青蛙和蟋蟀的叫声就填满了整个车厢。盖尔时睡时醒。

第二天，火车在宾夕法尼亚州和俄亥俄州热得有如蒸汽缭绕一般的山谷间加速前进，盖尔把孩子们的信件又重新读了一遍，希望找到之前遗漏的线索，能引导他的搜寻。这些信不仅提供了孩子们一直都和霍姆斯在一起的铁证，还提供了地理参照物，让盖尔大致推测出了霍姆斯带着孩子们走过的路线。他们的第一站似乎是辛辛那提。

六月二十七日星期四，晚上七点半，盖尔侦探抵达了辛辛那提。他在皇宫酒店办理了入住手续。第二天早晨，他去了警察局总部，向辛辛那提的警司汇报了自己的任务。警司派了一位警探来协助他，这位警探名叫约翰·斯诺克斯，是盖尔的一位旧友。

盖尔希望以辛辛那提为起点，重走一遍孩子们的旅程。要办到这一点很不容易。除了他的笔记本、几张照片、孩子们的信和自己的智慧之外，他没有别的工具。他和斯诺克斯警探列出了辛辛那提所有火车站附近的旅馆，然后步行至每家旅馆查看入住登记簿，期望找到孩子们和霍姆斯的线索。毫无疑问，霍姆斯会使用假名，于是盖尔随身带上了他的照片，甚至带上了孩子们显眼的"平顶"行李箱的速写。不过，距离孩子们写信的日期已经过去好几个月了，对于能有人记得这个男人和三个孩子，盖尔几乎不抱任何希望。

巧的是在这一点上，他错了。

两名侦探从一所旅馆走到另一所旅馆。天气越来越热，但这两位都彬彬有礼，从未显得不耐烦，尽管他们必须一遍又一遍地自我介绍，并且一遍又一遍地讲同一个故事。

他们来到了中央大道上一家不大的便宜旅馆，名字是大西洋宾馆。和在其他旅馆所做的一样，他们询问工作人员是否可以查看入住登记簿。他们首先翻到一八九四年九月二十八日星期五，在那天之前霍姆斯就已经控制了爱丽丝，而就在那天，他也把内莉和霍华德从他们位于圣路易斯的家中接来了。盖尔猜测霍姆斯和孩子们在同一天稍晚的时候抵达了辛辛那提。盖尔的手指在页面上往下滑，最后停在了一条名为"亚历克斯·E·库克"的条目上。登记簿上显示，这位旅客正带着三个孩子出行。

这个名字触发了盖尔的记忆。霍姆斯曾经用这个名字在佛蒙特州的伯灵顿租过房子。而且迄今为止，盖尔已经见过许多霍姆斯的笔迹。这本登记簿上的字迹看起来挺眼熟。

根据登记簿上的内容，"库克"一行人只停留了一晚。不过盖尔从女孩们的信上得知他们在辛辛那提多留了一晚。这一点看起来很奇怪，霍姆斯怎么会不嫌麻烦地换到第二家旅馆呢？但根据经验，盖尔十分清楚，对罪犯的行为做出假设永远都是一件危险的事。他和斯诺克斯向职员的友好关切道过谢后，就去其他旅馆查看了。

太阳高照，街道冒着热气。知了在每一棵树上制造出巨大的噪音。

在第六街和范恩街交汇处,他们走进了一家名为布里斯托尔的旅馆,并且发现在一八九四年九月二十九日星期六,一行人以"A.E.库克"的名义登记入住了,其中有三个孩子。当工作人员看到盖尔的照片后,便确认当天的旅客就是霍姆斯、爱丽丝、内莉以及霍华德。他们在第二天,九月三十日星期天早上退房。这个日期符合推测中的事件时间表:盖尔从孩子们的信上了解到,在星期天早上,他们离开了辛辛那提,晚间抵达了印第安纳波利斯。

不过,盖尔还没打算离开辛辛那提。他有一种预感。平克顿的侦探们发现霍姆斯有时会在自己途经的城市租下房屋,就像他在伯灵顿做的那样。盖尔和斯诺克斯将注意力转向了辛辛那提的房屋中介上。

他们最终搜寻到了东三街的J.C.托马斯地产事务所。

霍姆斯身上一定有什么特质让人印象深刻,因为托马斯和他的店员都记得这个人。霍姆斯以A.C.海耶斯的名义在波普拉街三百〇五号租了一间房子,并且预支了一大笔租金。

托马斯说,签署协议的日期是一八九四年九月二十八日,霍姆斯和孩子们抵达辛辛那提的那个周五。霍姆斯只在这个房子里待了两天。

托马斯无法提供更多的细节,但是他向两位侦探介绍了一位名为亨丽埃塔·希尔的女士,她就住在这间房子的隔壁。

盖尔和斯诺克斯马上出发前往希尔小姐的住处,结果发现她是一位敏锐的观察者,也很爱说些闲言碎语。"我知道的真的不多。"她说,然后便向他们提供了一堆信息。

她首先在九月二十九日星期六发现了这位新房客，当时有一辆运家具的马车在出租的房子前停了下来。一个男人和一个男孩下了车。最吸引希尔小姐注意的是，这辆运家具的马车几乎是空的，上面只有一个铁炉，不过这个铁炉对于私人住宅来说似乎太大了。

希尔小姐觉得这个炉子十分古怪，于是向邻居们提到了此事。第二天早上，霍姆斯找上门来，告诉她自己本来也没打算在这个房子久住。如果她想要这个炉子，可以送给她。

盖尔侦探推理道，霍姆斯一定是觉察了邻居的审慎，于是改变了计划。不过，他的计划是什么呢？盖尔写道："这时候，我还无法洞察租下波普拉街这个房子和运来这么大一个炉子背后的重大意义。"不过，他确定自己已经"牢牢拽住了线索的这一端"，沿着线索就一定能找到孩子们。

基于孩子们的信，盖尔的下一站显而易见。他感谢了斯诺克斯警探的陪伴，然后登上了前往印第安纳波利斯的列车。

印第安纳波利斯的天气更加炎热。在凝滞的热空气中，树叶像刚刚死去的人的手一样下垂着。

星期天一大早，盖尔就去了当地的警察局，和他的新旅伴见面，这位警探的名字是大卫·理查德。

霍姆斯的一部分路线很容易追寻。内莉·皮特泽尔在印第安纳波利斯写的信里提到，"我们在英国 H"。理查德警探知道这个地方——英国旅馆。

在旅馆的登记簿里，盖尔发现了九月三十号登记着"三位姓坎宁的小孩"。他知道，坎宁是嘉莉·皮特泽尔娘家的姓氏。

不过，事情远没有这么容易。根据登记簿记载，坎宁家的孩子们在第二天，即十月一日星期一就退房了。不过盖尔也是从信里得知，孩子们在印第安纳波利斯至少还多停留了一周。霍姆斯似乎是在重复他在辛辛那提的模式。

盖尔开始像在辛辛那提一样系统地搜查起来。他和理查德警探一家家地排查旅馆，但是没有找到关于孩子们的进一步的线索。

不过，他们却有了另外的发现。

在一家名为"环形公园"的旅馆里，他们发现登记簿上有一栏写着"乔治娅·霍华德太太"。盖尔已经知道，霍华德是霍姆斯更为常用的一个假名。他认为这个女人有可能就是霍姆斯的"现任太太"——乔治安娜·约克。根据登记簿记载，"霍华德太太"在一八九四年九月三十日星期日退房，总共在这个旅馆住了四晚。

盖尔给旅馆的老板娘罗迪尔斯太太看了照片，她认出了霍姆斯和约克，但是没认出这几个孩子。罗迪尔斯太太解释道，她与约克成了朋友。在一次交谈中，约克告诉她，自己的丈夫是一位"很有钱的男人，在得克萨斯州拥有地产和畜牧场。他还在德国柏林有丰厚的产业，等他把生意打点好以后，他们就会去德国"。

他们住宿旅馆的时间十分令人困惑。盖尔至多可以判断，在九月三十日周日的同一天，霍姆斯不知用什么方式将三个孩子和他自己的太太安排在了同一个城市，住在了不同的旅馆中，而他们彼此都不知道对方的存在。

不过，后来孩子们去哪儿了？

盖尔和理查德查遍了印第安纳波利斯所有旅馆和寄宿公寓的登记簿，却都没有找到孩子的下落。

盖尔在印第安纳波利斯的搜查工作似乎走入了死胡同,这时,理查德想起来,有一家名为"环形宾馆"的旅馆在一八九四年秋天还在营业,后来就倒闭了。他和盖尔与其他旅馆联系,试图找出这个旅馆的经营者,并从一位前工作人员处得知,旅馆的入住登记簿被市区一位律师保管着。

登记簿保存得并不好,但是在十月一日星期一的入住旅客中,盖尔发现了熟悉的名字:三位姓坎宁的小孩。记录显示,孩子们来自伊利诺伊州的加尔瓦——这是皮特泽尔太太的家乡。盖尔觉得必须和这个旅馆的前任经理聊一聊,并发现他如今正在西印第安纳波利斯经营一家酒馆。他的名字是赫尔曼·阿克洛。

盖尔向阿克洛解释了自己的任务,随即向他展示了霍姆斯和皮特泽尔家的几个孩子的照片。阿克洛沉默了半晌。"是的。"他说,他很确定,照片里的男人来过他的旅馆。

不过,最让他印象深刻的是这几个孩子。接着,他告诉了两位侦探其中的原因。

到目前为止,盖尔对孩子们在印第安纳波利斯停留期间的所有了解都来自铁盒中的信件。在十月六号到八号之间,爱丽丝和内莉至少写了三封信,却都被霍姆斯拦截了。这几封信很简短,写得也很潦草,但能让人清晰地窥见孩子们生活的部分情况,以及他们在霍姆斯近乎囚禁的控制下的状态。"我们都挺好的,"内莉在十月六日星期六写道,"今天天气暖和了一些。有太多的马车来来去去,都让人没法进行思考了。我一开始用水晶笔给你写了一封信……这支笔是玻璃做的,所以我必须很小心,不然它会断的。它才花了五分钱。"

爱丽丝也在同一天写了一封信。她离开母亲的时间最长，对她而言，这段旅程已经变得乏味而痛苦了。那天是星期六，下着很大的雨。她感冒了，在读《汤姆叔叔的小屋》。她读得太久了，以至于眼睛都开始疼。"我希望这个周日过得慢一点……为什么你不给我写信？自从我走了以后，就没有收到过一封你的信。到后天，我就离开三个星期了。"

星期一，霍姆斯"让"孩子们收到了一封来自皮特泽尔太太的信，爱丽丝似乎马上就写了回信，信中写道："你似乎非常想家。"在这封霍姆斯从来没有寄出的信里，爱丽丝告诉母亲，霍华德很不乖。"有一天上午，H先生要我告诉霍华德，让他第二天上午待在房间里等他过来，然后就带他出去。"但是霍华德不听话，当霍姆斯过来找他的时候，发现找不到他了。霍姆斯非常生气。

尽管爱丽丝难过又无聊，却还是发现了一些值得庆祝的开心时刻。"昨天我们吃了土豆泥、葡萄、鸡肉，喝了牛奶，每人都吃了冰淇淋和各种好东西，还有柠檬派蛋糕，是不是很棒？"

如果皮特泽尔太太收到了这封信，知道孩子们吃得不错，也许心里会好受点。不过，这位前任旅馆经理告诉盖尔的故事可不是这样的。

每天，阿克洛都会派自己的大儿子去孩子们的房间叫他们吃饭。这个男孩通常都会回来说，孩子们在房间里哭，他们"显然很难过，十分想家，想见到自己的母亲，或者收到她的信"。盖尔这样写道。一位名为卡洛琳·克劳斯曼的德国服务员负责照看孩子们的房间，她也目睹了同样凄惨的画面。阿克洛说，她已经搬去芝加哥了。盖尔在笔记本上记下了她的名字。

"霍姆斯说霍华德是一个非常坏的小孩。"阿克洛回忆道，"他还说打算将霍华德送到某个机构去，或者送去给农民当学徒。他想摆脱照看霍华德的责任。"

盖尔心里仍然抱有一丝希望，希望孩子们真的还活着，就像霍姆斯一口咬定的那样。尽管当了二十年的警察，盖尔还是很难相信会有人毫无缘由地杀掉三个小孩。如果霍姆斯只是想杀掉他们，为什么要费这么大的精力和金钱把他们从一个城市带到另一个城市，从一个旅馆转移到另一个旅馆呢？为什么还要给他们每个人买水晶笔，带他们去辛辛那提的动物园，让他们吃柠檬派和冰淇淋？

盖尔启程前往芝加哥，但是心里很不愿意离开印第安纳波利斯——"我有一种直觉，霍华德没能活着离开那儿。"在芝加哥，他惊讶地发现，警察部门对霍姆斯一无所知。他找到了卡洛琳·克劳斯曼，她目前正在克拉克街上的一间瑞士旅馆工作。当他向她展示孩子们的照片时，她的双眼噙满了泪水。

盖尔乘坐火车来到了底特律，在这里，爱丽丝写了铁盒中的最后一封信。

对于自己的调查对象，盖尔开始有了感觉。霍姆斯完全不按常理出牌，但是他的行为似乎有一定的模式。盖尔清楚自己在底特律想要查些什么，并且在另一名警探的协助下，再一次对旅馆和寄宿公寓展开了地毯式的搜查。尽管需要无数次地讲故事、展示照片，他却从不觉得疲惫，总是充满耐心和礼貌。这是他的长处。他的弱点是认为邪恶是有边界的。

他再一次发现了孩子们的踪迹，以及霍姆斯和约克在另一条线路上的踪迹，不过这一次，他发现了更古怪的事情：同一段时间，嘉莉·皮特泽尔带着她的另外两个孩子——黛丝和小婴儿沃顿，入住了底特律的另一家旅馆，盖斯旅馆。盖尔惊讶地意识到，霍姆斯正将三组不同的旅人从一个地点转移到另一个地点，驱使着他们从一处赶到另一处，仿佛他们是他的玩具一般。

他还有了其他的发现。

他发现，在各个住处之间，霍姆斯不仅没让嘉莉见到爱丽丝、内莉和霍华德，还把他们安排在只相隔三个街区的地方。突然，霍姆斯的所作所为在他眼中变得清晰起来。

他重新读了爱丽丝的最后一封信。她在十月十四日星期日给祖父母写了这封信，就在同一天，她的母亲带着黛丝和宝宝入住了盖斯旅馆。这是所有的信中最让人悲伤的一封。爱丽丝和内莉都感冒了，天气也变得寒冷起来。"告诉妈妈，我得有一件外套。"爱丽丝写道，"这件薄夹克让我都快冻僵了。"孩子们没有暖和的衣服，只好日复一日地待在房间里。"内莉和我唯一能做的就是画画，我快无聊死了，每天只能坐在这里。我真想飞走。我好想见到你们。我好想家。我不知道该怎么办。我想沃顿这时应该能走路了，是吗？我想让他在这里陪我，这样时间能过得快一点儿。"

盖尔震惊了。"所以，当爱丽丝这个可怜的孩子写信给伊利诺伊州加尔瓦的祖父母抱怨天气冷，想让他们转告母亲给她买厚一点、舒服一点的衣服，想念小沃顿，想让他陪她消磨时光的时候——当这个疲惫又孤单的孩子一边想家，一边写这封信的时候，她的母亲和妹妹，以及她日思夜想的沃顿，就在走路十分钟即可到达的地方，并且接下来的五天都住在那里。"

盖尔明白了,对霍姆斯来说这就是一场游戏。他掌控了所有人,并且陶醉其中。

爱丽丝的信中还有一句话,一直在盖尔的脑子里打转。

"霍华德,"她写道,"现在不和我们在一起。"

摩亚门森监狱

霍姆斯在摩亚门森监狱的牢房中坐着。摩亚门森监狱是一栋带有塔楼的大型建筑，位于费城南部的第十街和里德街交汇处。虽然霍姆斯抱怨自己入狱是不公平的，但似乎并不觉得不安。"比起需要忍受的不适，自己变成犯人带来的极大羞辱更令我痛苦不堪。"他写道。但事实上，他根本就没有感到丝毫的耻辱。如果说他有任何感觉，那就是一种自鸣得意的满足感：目前为止没有任何人能找到确凿的证据，证明他杀了本·皮特泽尔或者失踪的孩子们。

他的牢房长十四英尺，宽九英尺，外墙高处有一扇装有铁栏的小窗，里面只有一盏电灯，狱警每天晚上九点会将它熄灭。墙壁被刷成了白色。监狱的石墙将现在费城以及美国大范围肆虐的炎热挡在了外面，但无法挡住费城那臭名远扬的潮湿空气。这种空气像一条受了潮的羊毛斗篷一样紧紧缠着霍姆斯和其他囚犯，不过，他似乎同样不怎么在意。霍姆斯变成了模范囚犯——事实上成了模范中的模范。他耍了一些伎俩，用他的魅力从狱警处换来了一些特权，比如可以穿自己的衣服，还可以保留自己的手表和一些小的随身物品。他还发现可以花钱买到食物、报纸和杂志，这些都是从外面来的。在报纸上，他得知自己已在全国范围内越来越臭名昭著。他也得知那位在六月和他面谈过、名为弗兰克·盖尔的费城侦探现在正在中西部搜寻皮特泽尔的孩子们。这个消息让霍姆斯很高兴，满足了他需要关注的心理，也给了他一种掌控侦探的权力感。他知道盖尔的搜寻只会是徒劳无功。

霍姆斯的牢房里还有一张床、一把凳子和一个书桌，他就在这桌上写自己的回忆录。他自称，前一个冬天他就已经开始动笔了——更准确地说，是从一八九四年十二月三日开始的。

回忆录的开头，他仿佛在写一篇寓言故事："如果你愿意，请跟着我来到一座安静的新英格兰小村庄……我，赫尔曼·W·马盖特，这篇回忆录的作者，于一八六一年出生在这里。我没有理由认为我的童年时光和任何一个在乡村长大的普通男孩有什么不同。"日期和地点都是准确的。不过，他将自己的童年描述成典型的田园牧歌式的生活，这几乎可以肯定是捏造的。精神变态者的一个典型特征是从童年起就随性地撒谎，对动物和其他小孩展现出异常的残忍，并且经常做出破坏行为，其中最受他们喜爱的是纵火。

霍姆斯还在回忆录中插入了"监狱日记"。他声称从进入摩亚门森监狱的第一天就开始写了。但更有可能的是，他是为了写回忆录才特地创作了这些日记，目的是制造一种温暖而虔诚的印象，让他自称无罪的说法更有力度。在日记里，他自称制订了一套日程表，目标是进行自我提升。每天早上，他会在六点三十起床，进行"每日海绵擦洗浴"，然后打扫牢房。七点吃早饭。"我被禁锢于此，就不会吃任何肉类。"根据计划,他会做运动和读早报,一直到十点。"一周里的六天,从十点到十二点,两点到四点,我会安排自己学习以往的医学课程以及其他大学课程,包括速记、法语和德语。"其他的时间,他用来阅读各种期刊和从图书室借来的书。

他在日记中的一处提到,他正在读《特里比》,一八九四年的一本畅销书,作者是乔治·杜·莫里哀,讲的是一位叫特里比·奥法雷的年轻歌手被催眠师斯文加利控制的故事。霍姆斯写道:"有一些情节我十分喜欢。"

在日记的其他部分,霍姆斯走的是煽情路线。

一八九五年五月十六日的日记中写道:"今天是我的生日。我三十四岁了。就像以前每年的这一天一样,我想知道,母亲有没有写信给我……"

在另一篇中,他提到了现任妻子乔治安娜·约克来探监的事。"她很痛苦,虽然她竭力想掩盖自己的痛苦,却徒劳无功。再过几分钟,就又要和她告别了。知道她要带着沉重的负担走到外面的世界去,这比任何形式的垂死挣扎都更令我痛苦。除非知道她不再受到伤害和侵扰,否则每一天我都会活得像身处炼狱一般。"

在监狱里,霍姆斯也给嘉莉·皮特泽尔写了一封长信,根据他写信的方式我们可以推测,他知道警察会读这封信。他一口咬定爱丽丝、内莉和霍华德正和"W小姐"一起待在伦敦,并声称如果警察按照他提供的线索去详细调查,一定会解开关于孩子们的谜团。"我很细心地照顾他们,将他们视为己出,你应该足够了解我,不会像这里的陌生人一样对我妄下判断。本不会做任何伤害我的事,我也不会做任何伤害他的事,我们情同手足,从未吵过架。即便我有杀他的理由,也下不去手,他对我而言太重要了。至于孩子们,除非你亲自告诉我,否则我永远不会相信他们已经死了,也不相信自己会做任何事情来除掉他们。你这么了解我,能想象我杀死无辜的小孩吗?特别是在没有任何动机的情况下?"

他解释了为什么孩子们没有寄来任何信件。"他们无疑是写过信的,W小姐出于自身安全的考虑将信件扣下了。"

霍姆斯每天都仔细地阅读报纸。显然,侦探们的搜寻没有任何成果。霍姆斯认为,盖尔很快就不得不终止调查,返回费城,他对此毫不怀疑。

一想到这个,他就惬意到了极点。

房客

一八九五年七月七日星期日，盖尔侦探来到多伦多继续调查，当地的警察部门委派阿尔夫·卡迪警探协助调查。盖尔和卡迪一起对多伦多的旅馆和寄宿公寓进行了详细走访，经过几天的调查之后发现，霍姆斯在这儿也同时转移着三批旅伴。

霍姆斯和约克住在沃克宾馆。记录为"G.豪威太太，来自哥伦布"。

皮特泽尔太太住在联合宾馆。记录为"C.A.亚当斯太太及女儿，来自哥伦布"。

女孩们住在阿尔比恩旅馆。记录为"爱丽丝·坎宁及内莉·坎宁，来自底特律"。

没有人记得霍华德出现过。

盖尔和卡迪开始搜查房地产公司的记录，并联系了出租房屋的业主，但多伦多比盖尔之前调查过的城市都要大得多。这个任务似乎不可能完成。七月十五日星期一早晨，他一醒来就想到又是一天的重复工作，顿时感到心烦意乱。不过当他到达警察局总部时，却发现卡迪警探心情格外好。他收到了一条消息，觉得很值得调查。一位名为托马斯·莱维斯的居民在一份报纸上读到了关于霍姆斯的描述，认为有点像一八九四年十月租下他隔壁房子的一个男人。他的房子位于圣文森特街十六号。

盖尔心存怀疑。关于他的任务和他抵达多伦多的消息有铺天盖地的媒体报道，警方也收到了数以千计的消息，却都没有什么用。

卡迪同意，这一条消息或许也会让他们徒劳无功，但至少提供了一次改变方向的机会。

现在，盖尔已经是全国人民着迷的对象，简直成了美国的福尔摩斯。美国各地的报纸都在报道他的调查之旅。在那个时期，一个男人可能杀死三个幼儿的消息在大众看来极其恐怖。而盖尔侦探顶着炎热的酷暑独自查案，这让每个人都浮想联翩。他变成了每个男人幻想中的自我化身：一个面对艰巨的任务却不畏困难、完美执行的人。无数人在早上醒来时，都希望在报纸上读到这位可靠的侦探终于找到失踪的孩子们的消息。

盖尔对他最近不断上涨的人气毫不在意。他的调查已经持续将近一个月了，可是他查到了什么？每一个阶段似乎都只是引出了新的问题：为什么霍姆斯要带着这些孩子？为什么他要设计这种曲折的路线，从一个城市转移到另一个城市？霍姆斯拥有何种力量，竟可以如此控制别人？

关于霍姆斯，有些事情盖尔怎么也想不明白。所有的犯罪都有动机，可是驱使霍姆斯犯罪的动机似乎在盖尔的经验之外。

他一次次地得出了同样的结论：霍姆斯只是在享受这个过程而

已。他实施保险诈骗是为了钱，其他的都是为了享受。霍姆斯只是想通过摆弄其他人的命运来验证自己的力量。

最让盖尔烦恼的，还是那个至今仍没有答案的核心问题：孩子们究竟在哪儿？

两位侦探发现托马斯·莱维斯是位上了年纪的苏格兰人，他很有魅力，并且热情地接待了他们。莱维斯向他们解释了这位隔壁的房客引起他注意的原因。他的家具很少，只有一张床垫，一张老式的床，以及一个大到离谱的箱子。一天下午，这位房客到莱维斯的房子来借铁铲，说是想在地下室里挖一个洞储藏土豆。第二天上午，他归还了铁铲，第三天，他便把箱子运走了。莱维斯后来再也没见过他。

莱维斯的话让盖尔侦探浑身一激灵，他让莱维斯一小时后在隔壁房子门口和他碰头。然后他和卡迪火速赶往了负责这次租房的地产经纪人家中。几乎没有任何开场白，盖尔直接向她展示了霍姆斯的照片。她立刻就认出他来。因为他很英俊，并且有一双迷人的蓝眼睛。

"我幸福得简直像是做梦。"盖尔写道。他和卡迪快速地向经纪人道了谢，然后赶回了圣文森特街。莱维斯已经在门外等候了。

盖尔向莱维斯借了铁铲，莱维斯从家里拿出了他借给房客的那一把。

这是一间很迷人的房子，中央的山形墙陡峭地伫立着，还有扇形的镶边，活像童话故事里的姜饼屋，不过这栋房子不是单独位于深林里，而是在多伦多一条精致的街上，和周围其他别致的房子相连，这些房子的庭院外都围着印有鸢尾花图案的栅栏。怒放的铁线莲爬上了门廊的一根柱子。

现任房客J.阿布拉斯特太太打开了门。莱维斯向她介绍了两位侦探。阿布拉斯特太太领着他们进入了房子。他们走进了一个中厅，房子分为两边，每边有三间房。有楼梯通向二楼。盖尔提出了去地下室看一看的请求。

阿布拉斯特太太领着两位侦探走进厨房，然后掀起了地板上的一块油布。油布下面有一扇方形的活板门。两位侦探打开活板门，一股潮湿泥土的气味飘到了厨房里。地下室不深，但是非常暗。阿布拉斯特太太把灯取了过来。

盖尔和卡迪沿着一段更像梯子而非台阶的陡峭阶梯爬了下去，下面的空间很小，约十英尺长、十英尺宽，并且高度只有四英尺。闪烁的橘黄色灯光将两位侦探的影子拉得又长又大。盖尔和卡迪弓着身子，生怕碰上头顶的横梁，他们用铁铲敲打着地面进行测试。在西南角上，盖尔发现有一处的土质很松软。铁铲没怎么费劲就插进去了，这令他感到很不安。

"只挖开了一个小洞，"盖尔说，"就涌出了一股刺鼻的臭味。"

在地下三英尺的地方，他们发现了人类的尸骨。

他们请来了一位名叫B.D.汉弗莱的殡葬人员帮助复原遗体。盖尔和卡迪小心翼翼地爬到地下室。汉弗莱直接跳了下来。

尸臭味弥漫了整个房子。阿布拉斯特太太看起来十分痛苦。

然后棺材送到了。

汉弗莱的手下把棺材放在了厨房里。

孩子们被埋的时候没有穿衣服。爱丽丝侧卧着，她的头位于墓穴的西侧。内莉脸朝下，她的身体和爱丽丝有一部分重叠着。她的黑发又长又密，被精心梳成了辫子搭在背上，精致得就像才梳过似的。工作人员在地下室的地板上铺开了一张布。

他们首先从内莉开始。

"我们尽可能小心地将她搬起来，"盖尔说，"但是由于尸体腐烂太严重，那一条辫子吊在背后，将她的头皮都扯了下来。"

他们还有了其他的发现：内莉的双脚被锯断了。在对整个房子进行搜查后，警察并没有找到内莉的脚。一开始，这件事似乎显得有些令人费解，直到盖尔回忆起内莉的脚部有畸形。霍姆斯锯断她的脚可能是想掩饰她的身份。

皮特泽尔太太从早报上得知了自己的女儿们被找到的消息。她当时在芝加哥探访朋友，所以盖尔无法直接发电报告诉她这个消息。她乘坐火车来到了多伦多。盖尔来火车站接她，把她带到了罗森宾馆住下。她显得筋疲力尽，悲痛欲绝，仿佛随时都会晕倒一样。盖尔只好用嗅盐来帮助她保持清醒。

盖尔和卡迪在第二天下午过来，将她带到了停尸房。他们还带了白兰地和嗅盐。盖尔写道："我告诉她，几乎什么都看不到了，除了爱丽丝的牙齿和头发，而内莉只剩下头发了。这让她浑身瘫软，几乎昏厥。"

验尸官的手下已经竭尽所能地让这次遗体辨认别太令人难受。他们清洁了爱丽丝头骨上的肉，小心地打磨了她的牙齿，并用帆布覆盖了她的身躯。他们在她脸上盖了张纸，纸上开了一个口子，只让她的牙齿露了出来,就像费城的验尸官对她父亲做的那样。

他们将内莉的头发洗干净,并小心地将它放在了覆盖住爱丽丝的帆布上。

卡迪和盖尔一左一右地搀扶着皮特泽尔太太,引着她走进了停尸房。她马上就认出了爱丽丝的牙齿。她转身问盖尔:"内莉在哪儿?"直到那时,她才注意到内莉长长的黑发。

验尸官无法找到施暴的痕迹,于是推测霍姆斯是将女孩们锁在了巨大的箱子里,并在箱子内灌满了从煤气灯阀口引出的煤气。确实,当警方找到箱子时,发现在箱子侧面有一个钻孔,被一个临时的补丁覆盖住了。

"这简直令人震惊到了极点。"盖尔写道,"霍姆斯居然这么轻易就谋杀了两个小姑娘,就在多伦多最繁华的市中心,并且没有引起任何人的怀疑。"要不是格雷厄姆决定派他来调查此案,他相信,"这几起谋杀永远不会被发现,而皮特泽尔太太直到进了坟墓,都不会得知自己的孩子是生是死。"

对盖尔来说,找到这两个女孩是"一生中最满足的事情之一",不过他的满足感却被霍华德仍不见踪迹的事实给冲淡了。皮特泽尔太太不愿相信霍华德也死了。她"痴痴地期盼他最终会活着回来"。

连盖尔都留有一丝期待,希望霍姆斯至少在这件事上没有撒谎,确实是按照他在印第安纳波利斯告诉旅馆员工那样处置霍华德的。"(霍华德)会不会被送到某个机构了,就像霍姆斯暗示的那样?还是说他被藏到了某个隐匿的处所,让人根本找不到?他是活着还是已经死了?我感到十分困惑,只能在黑暗中摸索。"

活生生的死尸

一八九五年七月十六日星期二早晨,盖尔在多伦多的发现被全国的报纸报道了,费城的地方检察官办公室向摩亚门森监狱的监狱长紧急去电,要求他把这些报纸和霍姆斯隔离开来。这个命令来自助理检察官托马斯·W·巴罗,他想带着这个消息突袭霍姆斯,希望能够让他措手不及,逼他承认罪行。

巴罗的命令来得太晚了。被派去拦截晨报的狱警发现霍姆斯正坐在桌前读报纸上的新闻,平静得就像在读天气预报一样。

在回忆录里,霍姆斯声称这些消息确实令他震惊。那天早晨,他的报纸如往常一样在八点半送达了他的手中,他写道:"我刚打开它,就看到报纸的大标题上宣布在多伦多找到了孩子们。那时候,这件事显得如此不可思议,我倾向于认为这又是报社在博眼球,之前也出现过这种情况……"不过,他写道,突然间他意识到发生了什么。是米妮·威廉姆斯杀了他们,或者是叫别人杀了他们。霍姆斯知道她和一个叫"哈奇"的人有不正当关系。他猜测是威廉姆斯暗示哈奇杀死这几个孩子，然后哈奇照办了。太可怕了，他无法理解，他写道："我没办法继续读文章，脑海中浮现出了当我匆匆离开时，那两个小孩看着我的样子——我感受到了孩子们小心翼翼地亲我时的感觉，仿佛再一次听到了她们真诚地和我道别的声音。我意识到，我得背负着更多的压力走向坟墓了……我想，要不是马上被告知前往地区检察官的办公室，我一定会疯掉。"

那天上午，天气十分炎热。霍姆斯被载着沿布罗德街北行，穿过像太妃糖一般黏稠的空气到达了市政厅。在地区检察官的办公室里，巴罗对他进行了审问。据《费城公众记录报》报道，霍姆斯"解释的天分抛弃了他。在两个小时的审问中，面对像雨滴般砸过来的问题，他拒绝回答。他没有受到任何形式的恐吓，但是显得一点也不满意"。

霍姆斯写道："我不应该忍受他的指控，也不想回答他的问题。"他告诉巴罗，显然，威廉姆斯小姐和哈奇也把霍华德杀了。

霍姆斯被送回了摩亚门森监狱。他开始热忱地试图找人出版他的回忆录，希望能够将它迅速出版，扭转公众对他的看法。如果他无法直接行使自己说服人的力量，至少可以间接地办到。他和一位名叫约翰·金的记者达成了协议，后者会安排出版他的回忆录，并且负责这本书的推广。

他给金写信说道："我的想法是，你应该想办法弄到《纽约先驱报》和《费城新闻报》的所有文章，然后把我们想要的那些交给出版方，让他们出钱进行电镀印刷。"他特别提出，想要《纽约先驱报》上的一张他蓄着大胡须的照片。他还希望将"两个名字（霍姆斯和马盖特）的签名同时刻好并电镀印刷，置于照片的下方"。他希望一切尽快安排，这样，一旦手稿排版完毕，这本书的所有准备工作就万事俱备，可以直接交付印刷了。

他向金提供了一些推广建议："一旦书出版了，就放到费城和纽约的杂志摊上去卖。然后在费城找一些可靠的推销员，可以在下午工作的那种。每次选一条合适的街，把书留下，半个小时后再回去取钱。不要在中午之前做这些事，那会儿人们都很忙。我在做学生时就这样兜售过东西，发现这个方法很有效。"

"接下来，如果你喜欢出行，可以走遍书里涉及的地方，花几天时间去一趟芝加哥、底特律以及印第安纳波利斯。给这些城市的报社送几本样书让它们评论，这样可以刺激销量……"

霍姆斯清楚，这封信也会被当局看到，于是拐弯抹角地利用这封信来为自己喊冤。他敦促金，当他为了销售书来到芝加哥后，应该去一间旅馆查找登记簿里的证据，并且收集旅馆员工的证词，证明米妮·威廉姆斯在大家以为她被谋杀那天很久以后，还和霍姆斯一起在那家旅馆住过。

"如果她那时已经死了，"霍姆斯写信告诉金，"那她真是一具活生生的死尸。"

那些令人筋疲力尽的日子

盖尔处在了一种诡异的状态中。他已经调查了每一条线索，检查了每一所旅馆，拜访了每一家寄宿公寓以及每一位房地产商，可是现在他又要重新来过。到底在哪儿？还有哪条路可以走？天气仍然十分闷热，仿佛是在嘲讽他。

他的直觉一直在告诉他，霍姆斯在印第安纳波利斯就已经杀死了霍华德。他在七月二十四号返回印第安纳波利斯，又一次获得了大卫·理查德警探的协助，不过这一次，盖尔还寻求了媒体的帮助。第二天，全市所有的报纸都报道了盖尔抵达印第安纳波利斯的消息。有几十人来到了他住的旅馆出谋划策，告诉他应该上哪儿找霍华德。"在印第安纳波利斯市内及周边地区租房的神秘人士与日俱增。"盖尔写道。他和理查德顶着炎热的天气从一间办公室查到另一间办公室，从一家旅馆查到另一家旅馆，可是什么也没有查到。"时间一天天地过去，可是我仍然没有任何头绪，现在看起来，这个大胆又聪明的罪犯似乎真的比侦探们还聪明……似乎霍华德·皮特泽尔失踪案会作为一个未解之谜被写入历史了。"

与此同时，关于霍姆斯自己的谜团也变得更加深邃而黑暗。

盖尔发现了两个女孩的尸体之后，芝加哥警方进入了霍姆斯在恩格尔伍德的房子展开调查。每一天，他们都在一点点地挖掘这座"城堡"的秘密，每一天，都有新的证据显示，霍姆斯的所作所为比盖尔那令人毛骨悚然的发现还要可怕得多。有人估计，在世博会期间，他可能杀死了几十个人，受害者大多为年轻女性。还有一种估计认为这个数字高达两百人，这当然是夸张了。对大多数人而言，霍姆斯能谋杀这么多人而不被发现，似乎不太可能。盖尔原本也会支持这个观点，若不是他自己的调查一次又一次地证明霍姆斯确实有躲避侦察的天分的话。

芝加哥的警探们在七月十九日星期五的夜里开始对"城堡"进行搜查。首先，他们大致检查了这栋楼。三楼有许多小间的客房。二楼一共有三十五个房间，但是很难区分它们的功能。有一些是常规的卧室，而其他的房间没有窗户，安装的房门使房间具有密闭性。有一间房里建了一个步入式保险库，里面有铁制的墙壁。警察在保险库里找到了一个煤气喷嘴，似乎除了往保险库里释放煤气之外没有其他功能。这个煤气喷嘴的停气阀位于霍姆斯的私人卧室里。在霍姆斯的办公室里，他们发现了一本银行存折，开户者为一位叫露西·伯班克的女子，存折上的余额为两万三千美元。他们无法找到这位女子。

当警察们高举着闪烁的提灯进入旅馆的地下室时，调查最恐怖的阶段开始了。这是一个由砖块和木材构成的洞穴，长一百六十五英尺，宽五十英尺。警察很快就有了发现：一个盛着酸液的大桶，桶底沉着八根肋骨和部分头骨；一堆堆生石灰；一个大烧窑；一张解剖台，上面的污渍疑似血迹。他们还找到了手术器械和烧焦了的高跟鞋。

他们还发现了很多骨头：

来自一个小孩躯干的十八根肋骨。

好几根脊椎。

一块脚上的骨头。

一块肩胛骨。

一个髋臼。

各种衣服从墙壁、灰坑以及生石灰中被找出来，包括一条女孩的裙子，以及很多条沾染了血迹的工装裤。人类的头发在一个火炉烟囱里面结成了块状。他们推测，这些遗骸可能是米妮·威廉姆斯和安娜·威廉姆斯最后的痕迹，她们是最近才被发现失踪的两位得克萨斯女子。在一个大火炉的灰烬中，警察找到一段链子，霍姆斯药店里的珠宝商认出，这是霍姆斯作为礼物送给米妮的手表带上的一段。他们还找到了一封信，是霍姆斯写给他药店里的药剂师的。"你是否看到过威廉姆斯姐妹的鬼魂？"霍姆斯写道，"她们现在还会骚扰你吗？"

第二天，警方在地下室的西南角发现了另外一间隐蔽的密室。是一个名为查尔斯·查普尔的男人领着他们找到这个地方的，据说，查普尔曾帮助霍姆斯将死尸清理成骨架。他很配合，很快警方就从现在的骨架所有者处找回了三具完整的骨架。第四具骨架估计是在芝加哥哈内曼医学院。

在二楼的步入式保险库内，警察有了最惊人的发现。门的内侧清清楚楚地印着一个女性的光脚印。警方推测,这个脚印来自一个被关在保险库里窒息而死的女人。他们认为她的名字叫艾米琳·西格兰德。

芝加哥警方通过电报告知了地区检察官格雷厄姆,他们在霍姆斯的房子里找到了一具小孩的骨架。格雷厄姆命令盖尔前往芝加哥确认骨骸是否就是霍华德·皮特泽尔。

盖尔发现,霍姆斯"城堡"里的秘密让芝加哥举城震惊。媒体的报道十分详尽,几乎所有日报的头版头条都是关于这件事的报道。《芝加哥论坛报》的一篇头条的新闻标题为《魔鬼的受害者》,里面称霍华德·皮特泽尔的遗骸在霍姆斯的房子里被找到了。头版一共七个栏,这篇报道就占了六栏。

盖尔和领头的巡警碰头,得知一位医生刚刚检查了小孩的尸骨,判断是一个女孩。巡警以为盖尔会知道女孩的身份,便提起了一个名字——珀尔·康纳。盖尔对这个名字没有任何印象。

盖尔给格雷厄姆发去电报,汇报了这个令人失望的消息。格雷厄姆便命令他返回费城进行磋商和休息。

八月七日星期三晚,盖尔再次出发。气温高达九十多华氏度,火车里就像有炉子在燃烧一般。这一次与他一起出行的是富达互惠保险公司的调查员 W.E. 加里。盖尔很高兴有人陪着他。

他们一起去了芝加哥,然后去了印第安纳州,在洛根斯波特和伯鲁稍作停留,之后去了俄亥俄州的蒙彼利埃枢纽站,随后去了密歇根州的艾德里安。每到一个地方,他们都会花好几天的时间去所有能找到的旅馆、寄宿公寓和房地产公司查记录。"所有的努力，"盖尔说，"都毫无成效。"

虽然在费城的短暂休息令盖尔重燃希望，现在他却发现希望正在"快速地流失"。他仍然相信自己最初的直觉是准确的，霍华德应该还在印第安纳波利斯及周边某处。他下一站就去了印第安纳波利斯，这已经是这个夏天他第三次来这里了。

"我必须承认，回到印第安纳波利斯，我并没有兴高采烈的感觉。"盖尔写道。他和调查员加里住进了每次来都会下榻的斯宾塞宾馆。费了这么大工夫还找不到霍华德，着实让人疲惫不堪，伤透脑筋。"这个谜团，"盖尔写道，"似乎怎么也看不透。"

八月十九日星期四，盖尔得知，就在前一天夜里，霍姆斯在恩格尔伍德的"城堡"——他阴暗的梦幻世界——被一场火烧毁了。《芝加哥论坛报》用头版头条咆哮道："霍姆斯的老巢烧毁了，大火摧毁了这个埋藏着谋杀和秘密的地方。"消防部门怀疑有人纵火。警方推测，不论是谁放的火，都是希望销毁仍然埋藏其中的秘密。他们并没有抓到纵火犯。

盖尔侦探和调查员加里一起调查了九百条线索。他们将调查范围扩大到了印第安纳波利斯周围的小镇。"截至周一，"盖尔在给总部的一份报告中写道，"我们已经搜遍了除欧文顿以外的周边所有镇子，而欧文顿的搜查也需要一天时间。在欧文顿之后，我真的不知道应该再去哪里查了。"

一八九五年八月二十七日星期二早晨，他们乘坐电车前往欧文顿。这是一种新型电车，通过车顶一种叫曳绳的轮式传导装置获得动力。就在电车抵达终点站前，盖尔发现了一处房地产商的标志。他和加里决定从这里开始查起。

这里的业主是布朗先生。他给两位侦探都搬了张椅子，但他们表示宁愿站着。他们并不认为这次拜访会持续很长时间，在天黑之前还有许多办公室要去。盖尔打开了已经变得脏兮兮的照片包。

布朗调整了一下自己的眼镜，仔细地看了一下霍姆斯的照片。他停顿了许久，然后开口说道："我并没有那栋房子的租用权，但是我有钥匙。去年秋天的某一天，这个男人走进我的办公室，匆匆忙忙地说他想要那栋房子的钥匙。"盖尔和加里一动不动地站着。布朗接着说："我对这个男人印象很深，因为我对他的举止没有好感，我认为他看到我的白发，应该多一点尊敬之意。"

两位侦探交换了眼神，他们同时坐了下来。"当我发现谜题即将揭晓的那一瞬间，所有的辛苦，所有令人筋疲力尽的日子，一周又一周的跋涉，在一年最热的几个月里东奔西走，在信仰和希望、失望及绝望之间的来回切换，所有的这些都得到了补偿。"

在接下来的审讯中，一位名叫埃尔维特·摩尔曼的年轻男子证实，他曾帮助霍姆斯在房子里安装一个大型柴火灶。他还记得曾经问霍姆斯，为什么不安装一个燃气灶。霍姆斯回答说他"认为燃气对孩子的健康不利"。

印第安纳波利斯一间修理厂的业主证实，霍姆斯曾经在一八九四年十月三日来过他的店里，他带着两箱手术器械，请这个人帮忙打磨尖锐。霍姆斯是三天后将这些器械取回的。

盖尔侦探作证，自己在搜索房子的过程中打开了贯穿地下室和屋顶的烟囱底部。用一块纱窗筛掉灰烬后，他发现了人类的牙齿和一块颌骨。他还发现了"一大块烧焦的物体，切开以后，发现是胃、肝、脾脏的一部分，都被烤得很硬了"。这些器官是被紧紧挤成一团塞入烟囱的，因此没有充分燃烧。

当然，皮特泽尔太太也被召来了。她认出了霍华德的外套和围巾夹针，还有一根属于爱丽丝的钩针。

最后，验尸官向她展示了盖尔在房子里找到的一个玩具。这个玩具是一个旋转陀螺上的锡人。她认识这个玩具。怎么可能认不出呢？这是霍华德最重要的财产，是皮特泽尔太太在孩子们跟着霍姆斯离开之前，亲自放到孩子们的箱子里的。这个玩具是他爸爸在芝加哥世博会上买给他的礼物。

有预谋的罪行

一八九五年九月十二日，费城的大陪审团投票同意以谋杀本杰明·皮特泽尔的罪名起诉霍姆斯。只有两位证人提供了证词，一位是富达互惠人寿保险公司的董事长 L.G. 福斯，另一位就是弗兰克·盖尔侦探。霍姆斯还是一口咬定是米妮·威廉姆斯和神秘的哈奇杀死了孩子们。印第安纳波利斯和多伦多的大陪审团认为他的证词不足以采信。印第安纳波利斯以谋杀霍华德·皮特泽尔的罪名起诉霍姆斯，多伦多则以谋杀爱丽丝和内莉的罪名起诉了霍姆斯。如果在费城没法将他定罪，那么还有两次机会；如果成功定罪，另外两次起诉就会自动失效。鉴于谋杀皮特泽尔罪行的恶劣程度，一旦在费城给霍姆斯定罪，就一定会判他死刑。

霍姆斯的回忆录在报刊摊上进行了销售。在最后一页上，他声称："最后，我想说，我只是一个再普通不过的人，甚至在体力和心智上都低于平均水平。按照指控，我计划并实施了这么多的恶行，这完全超出了我的能力范围……"

他请求公众在他努力反驳这些指控时暂停对他的评判,"我觉得我有能力迅速而圆满地完成这个任务。不过到这里,我还不能说事情已经结束了——还没有结束——因为在反驳对我的指控之余,还需要将那些犯下罪行并嫁祸于我的人绳之以法。这并不是为了延长或者拯救我的生命,因为自从那天听闻发生在多伦多的骇人恶行之后,我已经不在乎生死了,但是为了那些曾经尊敬过我的人,我也不希望就此蒙冤,我不希望他们未来听到我是因为谋杀这一可耻罪名而死的。"

令编辑们不解的是,过去霍姆斯是如何躲过芝加哥警方的严肃调查的?《芝加哥海际报》称:"若不是被霍姆斯欺诈或者说试图欺诈的保险公司做出努力,他可能还在逍遥法外,对这个社会虎视眈眈,因为他能把罪行掩盖得如此之好。一想到这个,真是令人感到羞耻。"《纽约时报》称,芝加哥"感到羞耻"并不令人惊讶。任何熟悉这个案件的人"都会惊讶于市政警察部门和当地检察机关的失败,他们不仅无法预防此类可怕的案件,连知晓其发生都有困难"。

最令人惊讶,或者说非常令人沮丧的一个事实是,芝加哥的警察局长在之前的律师生涯中,曾为霍姆斯代理过十几次常规的商业诉讼案件。

《芝加哥先驱报》采取了一种宏观的视角评判霍姆斯:"他是邪恶的奇观,披着人皮的恶魔,一个就连小说家也不敢虚构出来的角色。这个故事也表明,这个世纪要结束了。"

尾声
最后的交集

世博会

不论是从大的方面还是小的方面来说，世博会都对国家的精神产生了深刻而持久的影响。华特·迪士尼的父亲伊利亚斯·迪士尼曾协助建造白城，华特的神奇王国也许就是白城的一个后代。世博会显然给迪士尼家族留下了深刻的印象。同一年，这个家庭的第三个儿子出生，伊利亚斯曾满怀感激之情想给他取名为哥伦布，可见世博会为这个家族带来了多大的经济收益。后来他的妻子弗洛拉介入了，于是这个孩子的名字就成了"罗伊"。接着，华特在一九〇一年十二月五日诞生。L.弗兰克·鲍姆和他的艺术搭档威廉·华莱士·丹斯洛也参观了世博会。世博会的庄严宏伟给了他们创作《绿野仙踪》的灵感。伍迪德岛上的日本庙宇让弗兰克·劳埃德·赖特为之倾倒，也许影响了后来他"草原"住宅设计的演变。因为世博会，哈里森总统将十月十二日设为全国性的节日——哥伦布日。这一天，大家可以通过几千场游行来庆祝这个日子，还可以享受三天的假期。从一八九三年起，每一处的嘉年华狂欢节都会包含大道乐园和费里斯摩天轮，每一个杂货店里都能买到世博会上出现过的产品。麦丝卷还真的流传了下来。现在每家每户都有几十个白炽灯泡，用的是交流电，这两者都是在世博会上首次证明值得大范围使用的。几乎所有的城镇，不论大小，都有古罗马风格的建筑，包括使用了圆柱的银行、图书馆或者邮局。虽然它们外面或许包裹着涂鸦，甚至是一些拙劣的图画，但是在其外表之下，白城的光辉仍然在持续。甚至连华盛顿的林肯纪念堂都和世博会有一定的渊源。

世博会最大的影响在于它改变了美国人对他们的城市和建筑师的看法。它让整个美国——而不仅仅只是几个富有的建筑大亨——用前所未有的眼光来看待城市。伊莱休·鲁特[1]说，世博会引导"美国人民走出了原始的荒野，开始接受美好与尊贵的建筑新观念"。亨利·德玛雷斯特·劳埃德[2]认为世博会向美国大众展示了"社会之美观、实用与和谐的多种可能，在此之前他们做梦都想不到这些。若不是世博会，这样的景象不可能进入他们辛苦而乏味的生活，而且这种感受会一直延续到他们的第三代和第四代"。世博会让那些只关注实用性的男男女女领教到，城市并非仅仅是展示实用主义的黑暗、肮脏而危险的堡垒，它们也可以很美丽。

威廉·斯特德立即意识到了世博会的力量。受到白城美景及其与黑城强烈对比的启发，他写下了《如果基督来到芝加哥》，这本书常常被誉为城市美化运动的发起者，力图将美国的城市提升到欧洲大城市的水平。和斯特德一样，全世界范围的市政当局都认为世博会是它们奋斗的榜样。他们请伯纳姆将建造白城的城市思维运用到自

---

[1] 伊莱休·鲁特，美国律师、政治家，曾担任美国国务卿。
[2] 亨利·德玛雷斯特·劳埃德，19世纪美国的进步政治活动家。

己的城市里。伯纳姆成了现代城市规划的先锋。他为克利夫兰、旧金山以及马尼拉做了城市规划，还在世纪之交主导了复苏和扩大朗方①关于华盛顿建设构想的工程。每一个委托案，他都没有收取费用。

在协助进行新的华盛顿规划时，伯纳姆说服了宾夕法尼亚铁路公司的负责人亚历山大·卡萨特，将货运轨道和货场从联邦广场上移走，如此一来就创造出了一片没有阻挡的绿地，从今天的国会大厦延伸到林肯纪念堂。其他的城市也请丹尼尔·伯纳姆进行城市规划，包括沃斯堡、大西洋城和圣路易斯。不过他都拒绝了，只为了专注于他的最后一个项目——芝加哥城。多年来，他做出的芝加哥规划中的许多部分都已经被采纳了，其中包括优美的湖岸公园带以及密歇根大街上的"壮丽一英里"。为了向他致敬，湖岸的某个部分被命名为伯纳姆公园，里面建有军人球场和菲尔德博物馆，这也是他设计的。这座公园由一条沿着湖岸的狭长绿地向南连通至杰克逊公园，世博会的美术馆被改造成了一幢永久建筑，成了现在的科学与工业博物馆。从这栋楼可以俯瞰潟湖与伍迪德岛，那儿现在已经成了一片杂草丛生的野地，或许奥姆斯特德看到时会面带微笑，不过他肯定还能找到可以批判的地方。

二十世纪早期，世博会成了建筑师之间辩论的热门话题。评论家们声称，世博会摧毁了土生土长的芝加哥建筑流派，却重燃了人们对陈旧的古典风格的热爱。与此有关的理论层出不穷，并且首先通过一种奇怪的个人力量获得了重视，于是抵抗这个观点变得困难甚至危险——这在逼仄而古板的学术讨论中是常事。

---

①皮埃尔·查尔斯·朗方，法裔美国军事工程师，为华盛顿特区制订了基本的城市规划。

最早也是最严厉地声讨世博会对建筑影响的人，是路易斯·沙利文，不过那时候他已经很老了，而且伯纳姆也离世已久。

世博会后，沙利文过得并不如意。在世博会后经济衰退的第一年，艾德勒－沙利文公司只接到了两个委托案，在一八九五年，甚至一个都没有。一八九五年七月，艾德勒离开了公司。沙利文当时已经三十八岁了，没有办法拉来足够的生意让自己偿还债务。他是个独来独往的人，心智上很狭隘。当一名一起工作的建筑师向沙利文征求对自己设计方案的改进意见时，沙利文回答他："就算我告诉你，你也不会明白。"

随着事业的波动，沙利文发现自己要被迫离开大会堂里的办公室，并且得变卖个人物品了。他酗酒很严重，并且开始服用一种用来平复情绪的溴化物镇静剂。在一八九五年至一九二二年间，沙利文只建造了二十五栋新建筑，大约每年一栋。他时不时会为了钱来找伯纳姆，但尚不清楚是直接借债还是将自己收藏的艺术品卖给他。伯纳姆一九一一年的日记中有一则写道："路易斯·沙利文打来电话，向DHB[①]要更多的钱。"同一年，沙利文在一系列绘画上题字："敬赠丹尼尔·H·伯纳姆，他的朋友路易斯·H·沙利文献上最诚挚的祝福。"

可是，沙利文在一九二四年的自传里，却用夸张的手法抨击了伯纳姆以及世博会对前去参观的大众造成的影响。沙利文声称，白城的古典建筑风格给人们留下了如此深刻的印象，以至于在接下来的半个世纪中，美国注定会充满各种模仿式的建筑。世博会是一例"传染病"，一种"病毒"，一场"渐进的思想脑膜炎"。在他看来，世博

---

① 指丹尼尔·H·伯纳姆。

会有致命的后果。"因此,建筑艺术葬身于这片自由者的领土,勇敢者的家乡——这片热情歌颂民主、创造、谋略、胆识、进取和进步的土地。"

沙利文对伯纳姆及世博会的评价极低,却开始对自己高歌颂扬,他认为自己起到了重要作用,尝试为建筑界带来具有美国特色的清新气息。弗兰克·劳埃德·赖特扛起了沙利文的大旗。虽然沙利文在一八九三年将他解雇了,后来这两个人却成了好朋友。随着赖特这颗学术界的明星冉冉升起,沙利文的地位也如日中天。伯纳姆却从高空坠落了。建筑评论家和历史学家之间似乎形成了一种社交礼仪,纷纷批判伯纳姆由于自身没有把握,奴性地臣服于东部建筑师对古典风格的热爱,从而真真切切地毁掉了美国的建筑艺术。

不过,正如一些建筑历史学家及评论家最近意识到的,这种观点有些过分简单了。世博会其实唤醒了美国对美的认知,并且提供了一条必要的通道,为弗兰克·劳埃德·赖特及路德维希·密斯·范德罗[①]等人的成就打下了基础。

对伯纳姆本人而言,世博会是一场绝对的胜利。世博会让他兑现了对父母许下的承诺,成了美国最伟大的建筑师,显然在他的时代,他是当之无愧的。在世博会期间发生了一件事,对伯纳姆来说意义重大,然而除了最亲近的朋友之外,其他人都忽视了这一点:哈佛大学和耶鲁大学同时授予了伯纳姆荣誉硕士学位,以赞誉他建造世博会取得的成就。授衔仪式在同一天举行。他参加了哈佛大学的那一场。对他而言,这两个荣誉学位是一场救赎。过去,这两所大学将他拒

---

①路德维希·密斯·范德罗,德裔美国建筑师,现代主义建筑的先驱之一。

之门外,使他没能获得"正确的起步",这是他一生的遗憾。多年以后,当他的儿子丹尼尔在入学考试中表现得不尽如人意时,伯纳姆仍旧说服哈佛大学暂时录取丹尼尔。伯纳姆写道:"他必须知道自己是一位赢家,一旦他意识到了这一点,就会展示出真正的能力,就像我曾经做到的那样。我这一生最大的遗憾就是当年没有人替我争取入学资格……并且让当权者知道我有能力做什么。"

伯纳姆后来在芝加哥通过最艰苦的工作向人们证明了他的能力。一直有人认为世博会的美丽主要归功于约翰·鲁特,这种说法令伯纳姆怒不可遏。"当他去世的时候,完成的不过是一个最模糊的规划,"他说,"关于他对整个工程的贡献的传言,是从几位与他亲近的朋友口中传开的,其中大多是女性。在世博会的美丽给大众留下深刻印象后,这些人自然希望在其中融入对他的纪念。"

鲁特的死亡曾经带给伯纳姆巨大的打击,但同样也解放了他,令他成为一位更好的、拥有更宽广视野的建筑师。"许多人问,失去鲁特先生是不是一个无法弥补的缺憾。"詹姆斯·埃尔斯沃思在给为伯纳姆写传记的查尔斯·摩尔[①]的信中写道。埃尔斯沃思总结道,鲁特的死"激发出了伯纳姆先生身上一些品质,如果鲁特先生还活着,那么这些品质是无论如何也不会被激发出来的"。以前,大家通常认为伯纳姆负责公司的经营,而鲁特负责设计。埃尔斯沃思说,伯纳姆确实看起来"多多少少依赖着"鲁特的艺术能力,不过他补充道,在鲁特死后,"没有人能看出来这一点……没有人能从他的行为中推测出他曾有一位搭档,也没有人能看出他并非一直兼顾着经营和

---

① 查尔斯·摩尔,美国建筑历史学家、画家、教授。

设计"。

一九〇一年,伯纳姆在纽约二十三街与百老汇的三角形交汇口处建造了福勒大厦,不过附近的居民认为这栋楼和一样家用工具出奇地相像,并称其为"熨斗大厦"。伯纳姆和他的公司继续建造了几十栋建筑,包括纽约的金贝尔百货商店、波士顿的法林百货商店及加利福尼亚帕萨迪纳市的威尔逊山天文台。他和约翰·鲁尼在芝加哥环线内建造的二十七栋大楼中,如今只剩下三栋了,其中就包括鲁克利大楼,这栋大楼顶层的图书室仍然保持着一八九一年二月那场神奇的会议召开时的模样。瑞莱斯大厦现在已经被改造成了美丽的伯纳姆酒店。酒店内的餐厅被命名为阿特伍德餐厅,是为了纪念取代鲁特成为伯纳姆的首席设计师的查尔斯·阿特伍德。

伯纳姆变成了一位早期的环保人士。"在我们的时代之前,"他说,"人类一直没有对自然资源的利用进行严格的节制,但是从今以后一定要严格执行,除非我们的道德已经沦丧到要去损害子孙赖以生存的环境的地步。"他对汽车抱有很大的执念,也许甚至都有点盲目了。"马车时代的消逝将结束一场野蛮的瘟疫。"他说,"当这个转变来临时,文明将真正向前迈出一步。没有烟尘,没有煤气,没有马的排泄物,空气和街道会变得干净而纯粹。这意味着人类的健康和精神将会达到更好的状态,难道不是吗?"

在埃文斯顿度过的冬夜里,他和妻子会陪同弗兰克·劳埃德·赖特夫妇一起去滑雪橇。伯纳姆变成了狂热的桥牌爱好者,不过众所周知,他的牌技非常糟糕。他曾经向妻子承诺过,在世博会之后,自己的工作步伐会慢下来。但这种情况并没有发生。他告诉玛格丽特:"我认为世博会的那段日子确实非常紧张,但是我发现,正是因为有各种重要事项逼着自己前进，我才觉得一整天、一整周甚至一整年都过得非常充实。"

二十世纪初，伯纳姆已经五十多岁了，健康开始走下坡路。他得了结肠炎，并且在一九〇九年得知自己患有糖尿病。这两种病症都迫使他更加注重饮食健康。糖尿病破坏了他的循环系统，导致足部感染，使他后半生都备受折磨。时间一年年地过去，他开始对超自然的力量产生兴趣。他在旧金山雾气缭绕的双子峰顶有一间用来做设计的小屋，一天夜里，他告诉一位朋友："如果有足够的时间，我相信我能证明生命可以跨过死亡延续下去，从哲学上来说，这是基于对一种绝对而普遍的力量必要的信仰而进行的论证。"

他知道自己的大限已至。一九〇九年七月四日，当他和朋友们站在瑞莱斯大厦的天台上，俯瞰这座他深爱的城市时，他说："你会看到它变得可爱起来。我没有机会看到了。不过它一定会变得可爱起来。"

曲终人散

奥姆斯特德的耳朵里始终都有轰鸣声,口中的疼痛没有消除,还一直失眠,很快,他的眼神也开始变得空洞起来。他变得健忘了。一八九五年五月十日,在他过了七十三岁生日两周以后,他写信给自己的儿子约翰:"今天我第一次意识到,我无法再相信自己最近的记忆了。"那个夏天,在他告别布鲁克林办公室的那天,他给乔治·范德比尔特写了三封信,里面都是差不多的内容。

一八九五年九月的一周被他形容为"生命中最苦涩的一周",他向自己的朋友查尔斯·艾略特坦承,他担心自己很快就需要住进精神病院了。"你不知道我多么害怕让别人认为将我送进精神病院是对我有利的事。"他在九月二十六日的信里写道,"那是我最害怕的事。我父亲就是一家精神病休养院的主管。我自己也曾受雇于这种机构,在幕后工作,了解它所有的情况。我对这些地方有极大的恐惧。"

奥姆斯特德的失忆症状加速恶化,变得抑郁而偏执,并且谴责约翰精心策划了一场"政变"将他赶出公司。妻子玛丽将他带到位于缅因州一座岛上的房子里居住,在那儿,他的抑郁症逐渐加深,有时会变得十分暴力。他还会虐打家里的马。

玛丽和儿子们意识到,他们已经不能为奥姆斯特德做什么了。他变得难以控制,还有严重的痴呆。里克十分伤心,或许还带着很大一部分解脱感,安排父亲住进了马萨诸塞州韦弗利的麦克林精神病院。奥姆斯特德的记忆还没有被摧毁到认不出麦克林精神病院的庭院出自他的设计的地步。但这个事实并没有起到什么安慰作用,因为他马上就发现,发生在中央公园、比尔特莫庄园、世界博览会及许多建筑设计上的现象在这儿再次发生了,几乎所有的作品都惨遭破坏。"他们没有实施我的规划,"他骂道,"混账!"

一九〇三年八月二十八日凌晨两点,奥姆斯特德离开了这个世界。他的葬礼很简单,只有家人出席。他的妻子亲眼看着这位伟大的人物在自己眼前咽了气,她没有出席葬礼。

费里斯摩天轮在世博会上实现了二十万美元的盈利,并且在原地保留到了一八九四年春天,然后被乔治·费里斯拆除,在芝加哥北部重新组装。但到了那个时候,摩天轮已经不再是什么新鲜的玩意儿,没有了大道乐园,乘客数量也无法保证,摩天轮开始亏损。亏损的钱再加上十五万美元的迁移费用,以及费里斯的钢铁检验公司在持续的经济萧条中受到的财政损失,迫使费里斯出售了摩天轮大部分的所有权。

一八九六年的秋天,费里斯和他的太太分开了。她回到了父母家,他则搬到了匹兹堡市中心的迪凯恩酒店。一八九六年十一月十七日,他被送到慈爱医院,五天后由于伤寒症在医院病逝,当时年仅三十七岁。一年后,他的骨灰还保留在接收他尸体的殡仪人员手中。"费里斯太太申领骨灰的申请被拒绝了。"殡仪人员说,"因为死者有更亲近的家属。"有两位朋友在一份悼词中说费里斯"错估了自己的承受能力,是名誉和过剩野心的殉道者"。

一九〇三年,芝加哥房屋拆迁公司在拍卖中以八千一百五十美元的价格买下了摩天轮,然后在一九〇四年将它重新安装在了路易斯安那的采购博览会上。在那儿,摩天轮再次开始盈利,为它的新主人赚了二十一万五千美元。一九〇六年五月十一日,拆迁公司为了获取废铁炸毁了摩天轮。首批的一百磅炸药本该让摩天轮脱离支撑,向侧边倾倒。可是摩天轮却开始缓缓转动,仿佛试图在空中再转最后一圈似的。随后,在自身的重压之下,摩天轮轰然倒地,变成了一堆扭曲的钢材。

大道乐园的主管索尔·布鲁姆因为世博会初露锋芒之后,成了一位富有的年轻男士。他花重金投资了一家公司,这家公司主要通过购买易腐坏的食物并用最先进的冷冻车厢运送到偏远城市来换取利润。这个行业的前景似乎很好,不过普尔曼公司的罢工人员切断了芝加哥所有的铁路运输线,这些易腐坏的食物全都在车厢里变质了。他损失惨重。不过他还年轻,仍旧是以前那个布鲁姆。他用剩余的钱买了两套昂贵的正装,因为根据他的理论,接下来他要做的事情,看起来必须很有说服力。"有一件事是非常清楚的……"他写道,"破产不会令我感到丝毫沮丧。我本来就是白手起家,如果现在发现自己一无所有,那我不过是回到了从前。事实上比从前要好得多——我有过一段妙不可言的时光。"

布鲁姆后来成了国会议员，并且是联合国宪章的起草者之一。

世博会为"水牛比尔"带来了一百万美元的收入（约合今天的三千万美元），他用这笔钱建立了怀俄明州的科迪商业区，为内布拉斯加州的北普拉特建了一处墓地和一个露天集市，并为北普拉特的五座教堂偿还了债务，购买了威斯康星州的一家报社，还帮助一位叫凯瑟琳·克莱蒙斯的年轻可爱的女演员发展演艺事业，这也使得他和太太之间本就十分淡漠的关系愈加疏离。他曾一度指控自己的太太试图对他下毒。

一九〇七年的经济危机毁掉了他的蛮荒西部秀，迫使他不得不亲自出马表演马戏。他已经七十多岁了，却依然要骑着马，戴着那顶巨大的镶银边白帽子。一九一七年一月十日，他在位于丹佛的姐姐家去世了，甚至都没有留下足够的钱来埋葬自己。

西奥多·德莱塞娶了萨拉·奥斯本·怀特。一八九八年，在《嘉莉妹妹》出版两年前，他写信给萨拉："我去了杰克逊公园，想看看这个曾经让我学会怎么爱你的老世博会现在是什么模样。"

他曾多次对她不忠。

对于朵拉·鲁特而言，和约翰在一起的生活就像是在彗星上一样。他们的婚姻将她带进了一个充满艺术和金钱的世界，所有的事物似乎都充满了活力，栩栩如生。她丈夫的智慧、音乐天赋，还有那十根在每张照片里都如此显眼的修长而精致的手指，都给她的生活带来了一束光芒，在他死后，这束光芒再也无处可寻。二十世纪头一个十年快结束时,她给伯纳姆写了一封长信。"你认为这些年里我做得不错,这对我意义深重。"她写道,"每当我停下来想到这件事,就会对自己产生巨大的怀疑。这时,收到一个在生活中如此优秀的人的鼓励,让我有了新的动力。如果说全神贯注培养下一代,以谦逊的姿态传递火炬是女性的全部职责,我相信我值得受到一句称赞。"

不过她知道,随着约翰的逝去,通向一个更明亮的王国的大门已经轻轻地却严实地关上了。"如果约翰还活着,"她告诉伯纳姆,"一切都会不一样。在那使人振奋的生活中,我是他的妻子、他孩子的母亲。这该多么有趣!"

帕特里克·尤金·约瑟夫·普伦德加斯特在一八九三年十二月接受了审讯。控方律师是州里为这个案子专门雇来的刑事律师。

他的名字是阿尔弗雷德·S·特鲁德。

普伦德加斯特的律师们试图证明他患有精神疾病,不过陪审团成员都是愤怒而悲伤的芝加哥市民,他们可不这么认为。检方有一项重要证据,似乎能证明普伦德加斯特并没有精神疾病——他清空了自己放在口袋中的那把左轮手枪击锤下方的弹膛。十二月二十九日下午两点二十八分,陪审团在协商了一小时零三分后,判定他有罪。法官对他判处死刑。在审讯的过程中,以及接下来的上诉中,他一直在给特鲁德寄明信片。一八九四年二月二十一日,他写道:"如果可以避免的话,任何人,不论是谁都不应该判处死刑。这种野蛮的行为会使社会道德沦丧。"

克莱伦斯·丹诺介入了这个案子,用一种新方法为普伦德加斯特争取到了一次关于精神状况的审讯。但这一次也以失败告终,普伦德加斯特最终被处决了。丹诺称其为"一个可怜的精神错乱的低能儿"。丹诺本来就痛恨死刑，这一场处决让他的感觉更加强烈。"我为所有的父亲和母亲感到遗憾。"多年后，他在为内森·利奥波德及理查德·洛布辩护时说。这两人因为寻求刺激杀死了一个芝加哥男孩，因此受到了指控。"以后母亲看着小宝贝的蓝眼睛，会不禁想到这个孩子的结局，不知道这孩子是会被赋予她能想象的所有美好未来，还是会丧命于绞刑架下。"

利奥波德和洛布剥去了受害者的衣服以掩盖其身份，这一行为让他们变得臭名昭著。他们将受害者的部分衣服扔进了杰克逊公园由奥姆斯特德设计的潟湖里。

进入新世纪后的几年，在纽约的华尔道夫－阿斯托里亚酒店，几十位穿着晚礼服的年轻男子正围绕在一块巨型蛋糕旁边。蛋糕上装饰的生奶油开始移动。这时，一位女子出现了。她明艳动人，有橄榄色的皮肤和长长的黑发。她的名字是法里达·马扎尔。这些男士太年轻了，他们不知道很久以前，她在有史以来最伟大的世博会上跳过肚皮舞。

这些男士现在所关注的，只是她什么也没穿而已。

霍姆斯

一八九五年秋天，霍姆斯在费城因谋杀本杰明·F·皮特泽尔的罪名接受了审讯。地方检察官乔治·格雷厄姆从辛辛那提、印第安纳波利斯、欧文顿、底特律、多伦多、波士顿、伯灵顿及沃斯堡共召集了三十五位证人到费城，但是他们都没有被传唤到法庭上作证。法官规定格雷厄姆只能提交与皮特泽尔的谋杀案直接相关的证据，因此化名霍姆斯医生的赫尔曼·W·马盖特犯下的多件谋杀案的历史记录中，少了一系列详尽的细节。

格雷厄姆还将霍姆斯从本杰明·皮特泽尔尸体上割除的疣，以及一个装着皮特泽尔头盖骨的木盒子带上了法庭。审讯中出现了许多可怕的证词，包括尸体的腐烂情况、体液及氯仿的作用等。"他的嘴里流出了一种红色的液体，"威廉·斯科特医生作证说，"如果在腹部或者胸部施加压力，就会使这种液体流得更快……"他曾陪同警察一起前去发现皮特泽尔尸体的房间。

在听完斯科特医生一段极为可怕的证词之后，霍姆斯站起来说：

"我想请求暂时休庭,这样才有充分的时间吃午餐。"

审讯中出现了一些极为悲伤的时刻,特别是当皮特泽尔太太出现在证人席上时。她穿着一件黑裙子,戴着一顶黑帽子,披着一件黑披肩,看起来苍白而哀伤。她经常话说到一半就停下来,将头埋在手掌中。格雷厄姆向她展示了爱丽丝和内莉的信件,并请她辨认笔迹,这令她十分震惊。她崩溃了。霍姆斯一直面无表情。"他的脸上显示出极为冷漠的神情,"《费城公众纪录报》的一位记者说,"他记着笔记,一副事不关己的样子,仿佛他正坐在自己的办公室里写一封商务信函。"

格雷厄姆问皮特泽尔太太在一八九四年霍姆斯将孩子们带走后,是否见到过他们。她回答的声音轻得几乎让人听不见:"我在多伦多的停尸房见到了孩子们,他们一个挨一个躺在一起。"

旁听席上的男士和女士们纷纷掏出了手帕,仿佛法庭里突然下了一场雪。

格雷厄姆称霍姆斯为"世间最危险的男人"。陪审团判他有罪,法官对他判处绞刑。霍姆斯的律师对该判决提出上诉,但是失败了。

在霍姆斯等待处决的过程中,他准备了一份长长的供词,这是他的第三份供词。他承认自己杀死了二十七人。和前面两份供词一样,这一份也混合着真相和谎言。有些他声称谋杀了的人其实还活着。他究竟杀了多少人成了永远的谜团。但至少有九个人是确定的:朱莉娅·康纳、珀尔·康纳、艾米琳·西格兰德、威廉姆斯姐妹、皮特泽尔及他的孩子们。所有人都认为他还杀了更多的人。有人甚至估计他杀死的人的数量高达两百,但这种夸张的推测即使是对于他这种嗜血狂魔而言也太多了。盖尔侦探认为,如果平克顿侦探所没有追上霍姆斯,并且没有在波士顿将他逮捕,他会将皮特泽尔家的其他成员都杀掉。"毫无疑问,他已经计划好谋杀皮特泽尔太太、黛丝和宝宝沃顿了。"

霍姆斯自己的供词中也有很明显的撒谎痕迹,或者至少是深度的自欺欺人,他写道:"我确信,自从我入狱以来,我之前的外貌和体型都不幸地有了可怕的转变……我的头和脸开始逐渐拉长。我深信自己开始变得像一个恶魔——这样的外形转变已经基本完成。"

不过,他对杀死爱丽丝和内莉的描述却是真实的。他说,他将女孩们塞到了一个大箱子里,在箱子顶部开了一个豁口。"我把她们留在那儿,等到我回来以后可以从容地杀死她们。下午五点,我从邻居那儿借来一把铲子,还去皮特泽尔太太的旅馆看了她。然后我返回自己的旅馆,吃完晚饭,在七点再次返回囚禁孩子们的房子,把煤气灌到箱子里,结束了她们的生命。然后我打开箱子,开始观察她们乌青而变形的小脸蛋,最后,我在房子的地下室里为她们挖了浅浅的坟墓。"

他谈到了皮特泽尔:"从我们认识的那一刻起,我就打算杀了他,即便我当时并不知道他有家庭,并且后来会为我的嗜血欲望提供额外的受害者。"

由于担心自己遭到处决后会有人偷走尸体,霍姆斯向他的律师们交代了后事。他拒绝尸体解剖。他的律师们拒绝了一起以五千美元交换他尸体的请求。费城的威斯达研究所想要他的大脑,这个请求也被律师们拒绝了,这令管理着威斯达研究所有名的医学标本的弥尔顿·格里曼感到非常遗憾。"这个男人不仅仅是一个冲动行事的罪犯,"格里曼说,"他还是一个研究犯罪、规划自己事业的人。他的大脑或许会为科学提供宝贵的帮助。"

一八九六年五月七日上午，再过几分钟就到十点了。吃过有煮鸡蛋、干面包片和咖啡的早餐后，霍姆斯被押送到了摩亚门森监狱的刑场。这个时刻对看守他的狱警而言十分艰难，因为他们喜欢霍姆斯。他们知道他杀了人，但他是一个非常有魅力的杀手。一位名为理查德森的副主管在准备套索的时候看起来十分紧张。霍姆斯转向他，微笑着说："不用急，伙计。"十点十三分，理查德森拉开了活门，霍姆斯被绞死了。

根据霍姆斯的指示，一位名为约翰·J·欧诺克的殡仪人员雇了工人在一副棺材里灌上水泥，然后将霍姆斯的尸体放进去，在上面浇灌了更多的水泥。他们将他往南边运送，穿过乡间送到了圣十字公墓，这是一处天主教的墓地，位于费城南部的特拉华郡。他们费了很大的力气才把这副棺材运到了墓地的中央墓室里，那儿有两名平克顿的侦探彻夜守卫。他们轮流在一个松木棺材里休息。第二天，工人们打开了一座双棺墓穴，同样在里面灌上水泥，然后放入了霍姆斯的棺材。他们在上面浇灌了更多的水泥，然后封上了墓穴。"显然，霍姆斯的意图是要全方位保护他的尸首不受科研机构、装有酸液的大桶及匕首的侵扰。"《费城公众纪录报》如此报道。

奇怪的事情开始发生了，霍姆斯说他自己是恶魔的言论似乎显得颇有道理。盖尔侦探生了重病。摩亚门森监狱的监狱长自杀了。陪审团的主席在一次古怪的事故中触电身亡。主持霍姆斯临终祈祷仪式的牧师被发现死在了教堂的院子里，死因不详。艾米琳·西格兰德的父亲在一次锅炉爆炸中被离奇地烧死。而且地区检察官乔治·格雷厄姆的办公室毁于一起火灾，只有一张霍姆斯的照片完好无损。

437

赫尔曼·韦伯斯特·马盖特（化名 H.H. 霍姆斯）的坟墓没有任何石头或墓碑做标志。他被埋在圣十字公墓一事在某种程度上是一个秘密，只在一本古老的登记册上有记录，显示他的墓穴位于第十五区第十排第四十一组，在三号墓穴和四号墓穴之间，旁边就是墓地工作人员称为拉扎勒斯道的小径，是以《圣经》里那个起死回生的人命名的。登记册上还标注有"十英尺的水泥"。墓穴周围只有一块开放型草地，旁边是一些老旧的坟墓，埋葬着小孩子，还有一位在一战中阵亡的飞行员。

没有人来霍姆斯的墓前献花，不过他并没有被彻底遗忘。

一九九七年，芝加哥警方在奥黑尔机场逮捕了一位名叫迈克尔·史瓦哥的医生。他最初的罪名是欺诈，但是警方怀疑史瓦哥涉嫌连环杀人，通过使用致命剂量的药物谋杀医院的多名病人。最终，史瓦哥医生认罪，承认犯下了四起谋杀，不过调查人员认为他杀死的人远不止四个。在机场将他逮捕时，警察在他的所有物中发现了一个笔记本，上面摘抄了一些书上的片段，有的是用于激励自己，有的是因为产生了共鸣。其中有一个片段摘抄自《酷刑医生》，这是一本关于 H.H. 霍姆斯的书，作者是大卫·弗兰克。这一段文字试图让读者走入霍姆斯的心灵。

"他可以看着镜子里的自己，告诉自己，他就是世界上最有权力、最危险的男人之一。"史瓦哥的笔记本上这样写道，"他能感到自己就是伪装了的神。"

奥林匹克号上

在奥林匹克号上,伯纳姆等待着关于弗兰克·米勒和他乘坐的船的最新消息。就在起航前,他亲笔给米勒写了一封长达十九页的信,敦促他参加林肯委员会的下一次会议。林肯委员会即将挑选一位设计师来设计林肯纪念堂。伯纳姆和米勒强烈推荐来自纽约的亨利·培根,伯纳姆相信他先前对林肯委员会说的话应该很有说服力。"不过——我知道,当然你也知道,亲爱的弗兰克……当狗一背过身去,老鼠就又跑回来,开始啃咬老地方了。"他强调,米勒来参加下一次会议是十分重要的,"你一定要出席,并且重申真正的议题,告诉他们必须选一位我们有信心的人。我充满自信地把这件事托付给你了。"他自己写好了信封,确认了美国邮局投递的地址:

尊敬的F.D.米勒
即将登上
泰坦尼克号邮轮

纽约

伯纳姆希望当奥林匹克号到达泰坦尼克号沉没的地点时,他会发现米勒还活着,并且能给自己讲一些旅程中的骇人听闻的故事。不过在夜里,奥林匹克号回到了通往英格兰的原路线上。另一艘船已经赶到了泰坦尼克号附近。

但奥林匹克号返回原路线还有另一个原因。这两艘邮轮的建造者——J.布鲁斯·伊斯梅是泰坦尼克号上的乘客,也是船上少数幸存的男乘客之一,他执意不让其他幸存者看到这艘失事邮轮的复制品前来营救。他担心这样会带来过大的打击,并且对白星航运公司而言也是难以承受的屈辱。

泰坦尼克号灾难的严重性很快就显现出来了。伯纳姆失去了他的朋友。服务员失去了他的儿子。威廉·斯特德也在泰坦尼克号上,最终溺水而亡。一八八六年,斯特德曾在《蓓尔美街报》上提出警告,如果航运公司继续运行没有配备足够救生艇的邮轮,将很有可能发生灾难。后来,一位泰坦尼克号上的幸存者说当时听到斯特德说:"我觉得没出什么大事,还是回去继续睡觉吧。"

那一夜,伯纳姆的特等舱房里一片沉寂。在北边某处,他最后一位好朋友冻僵的尸体正在北大西洋异常平静的海上漂浮着。伯纳姆打开自己的日记本,开始写日记。他感到刺骨的孤独。他写道:"弗兰克·米勒,我深爱的人,正在那艘船上……因此,我和世博会上最好的伙伴之一的联系就这样切断了。"

伯纳姆只多活了四十七天。当他和家人旅行到海德堡时,他已陷入昏迷。这显然是糖尿病、结肠炎及脚部感染并发的结果,一次食物中毒让这些病症纷纷恶化。他于一九一二年六月一日去世。玛格丽特最终搬到了加利福尼亚的帕萨迪纳市，在那儿她经历了战争、传染病、毁灭性的经济萧条，然后又是战争。她于一九四五年十二月二十三日去世。夫妻俩都被埋葬于芝加哥的雅园墓地，在墓园唯一的池塘里的小岛上，约翰·鲁特就在附近长眠。同样被埋葬于此的还有帕玛、路易斯·沙利文、哈里森市长、马歇尔·菲尔德、菲利普·阿莫尔，以及许多其他的人，他们被埋在墓室或普通坟墓里，有的墓室十分简约，有的十分宏伟。帕玛夫妇仍然傲视群雄，仿佛高度在死后仍然很重要似的。他们的墓室活像一座雅典卫城，有十五根大柱子，伫立在墓园唯一的高地上俯瞰着池塘。其他的墓穴聚拢在周围。在天朗气清的秋日，你似乎可以听见上好的水晶杯互相碰撞的清脆声响，听到丝绸和羊毛的沙沙声，甚至可以闻到昂贵的雪茄的味道。

图书在版编目（CIP）数据

　白城恶魔／（美）埃里克·拉森著；徐佳雨译. ——
海口：南海出版公司，2019.7
　ISBN 978-7-5442-9626-7

　Ⅰ. ①白… Ⅱ. ①埃… ②徐… Ⅲ. ①长篇小说-美国-现代 Ⅳ. ①I712.45

中国版本图书馆CIP数据核字（2019）第095859号

著作权合同登记号　图字：30-2017-178

THE DEVIL IN THE WHITE CITY: Murder, Magic, and Madness at the Fair that Changed America by Erik Larson
Copyright © 2003 by Erik Larson
Published by arrangement with Erik Larson, c/o Black Inc., the David Black Literary Agency through Bardon-Chinese Media Agency
Simplified Chinese translation copyright © 2019
by Thinkingdom Media Group Ltd.
ALL RIGHTS RESERVED.

白城恶魔

〔美〕埃里克·拉森 著
徐佳雨 译

出　　版	南海出版公司　（0898）66568511
	海口市海秀中路51号星华大厦五楼　邮编 570206
发　　行	新经典发行有限公司
	电话（010）68423599　邮箱 editor@readinglife.com
经　　销	新华书店
责任编辑	翟明明
特邀编辑	李茗抒　敬雁飞
装帧设计	李照祥
内文制作	王春雪
印　　刷	河北鹏润印刷有限公司
开　　本	850毫米×1168毫米　1/32
印　　张	14
字　　数	313千
版　　次	2019年7月第1版
印　　次	2019年7月第1次印刷
书　　号	ISBN 978-7-5442-9626-7
定　　价	88.00元

版权所有，侵权必究
如有印装质量问题，请发邮件至zhiliang@readinglife.com